21世纪高职高专规划教材

计算机基础教育系列

信息技术应用基础

陶进 杨利润 主编

清华大学出版社

北京

内 容 简 介

本书是针对高职高专院校非计算机专业的公共课编写的,在编写时以教育部 2006 年《关于进一步加强高等学校计算机基础教学的几点意见(征求意见稿)》为依据,充分考虑了当前信息技术和计算机发展的新情况、新特征,重点突出知识性、实用性和可操作性,能够满足大学生对信息技术和计算机操作技能掌握的需要。

全书分信息技术与计算机、计算机基本操作技能、排版技术、数据处理技术、因特网应用技术五篇共 18 章,能够使不同专业的高职学生依据自身的实际情况学习相关的信息技术模块,也适合公务员和白领职员自学。

图书在版编目(CIP)数据

信息技术应用基础/陶进,杨利润主编. —北京:清华大学出版社,2010.9
(21 世纪高职高专规划教材. 计算机基础教育系列)
ISBN 978-7-302-23384-8

Ⅰ. ①信…　Ⅱ. ①陶… ②杨…　Ⅲ. ①电子计算机-高等学校:技术学校-教材
Ⅳ. ①TP3

中国版本图书馆 CIP 数据核字(2010)第 153035 号

责任编辑:孟毅新
责任校对:李　梅
责任印制:何　芊

出版发行:清华大学出版社　　　　　　　　地　　　址:北京清华大学学研大厦 A 座
　　　　　http://www.tup.com.cn　　　　　邮　　　编:100084
　　　　　社　总　机:010-62770175　　　　邮　　购:010-62786544
　　　　　投稿与读者服务:010-62776969,c-service@tup.tsinghua.edu.cn
　　　　　质　量　反　馈:010-62772015,zhiliang@tup.tsinghua.edu.cn
印　刷　者:北京市人民文学印刷厂
装　订　者:三河市金元印装有限公司
经　　　销:全国新华书店
开　　　本:185×260　印　张:21.5　字　数:483 千字
版　　　次:2010 年 9 月第 1 版　　印　　次:2010 年 9 月第 1 次印刷
印　　　数:1~4000
定　　　价:33.00 元

产品编号:036041-01

前　言

目前,全国各大、中专院校都把"计算机文化/应用基础"作为公共必修课,课程的覆盖面非常大。但长期以来,课程的教材只是随着课程涉及的软件的升级而更换版本,课程所授的知识和技能却没能随着计算机技术的发展而发展,教材成了微软系列软件的简易使用教程。全国许多讲授该课程的老师都觉得这门课程该改一改了,但目前尚无令人满意的改革方案。

在此情况下,根据多年的教学经验和现代教育理念,我们尝试性地对"计算机文化/应用基础"课程的内容做了大幅度的修改。整个课程不是在教学生 Windows、Office 是什么、具有哪些功能,而是按照大学生应该掌握的计算机基本技能和知识面,采用案例驱动的方式,让学生在做案例的过程中掌握计算机的基础知识和基本应用技能。几年来的教学实践收到了良好的效果。

本书是依据教育部 2006 年《关于进一步加强高等学校计算机基础教学的几点意见(征求意见稿)》,针对高职高专院校非计算机专业对计算机公共课的基本要求来编写的。

本书内容包含国家要求非计算机专业的大学生应该掌握的计算机软、硬件基础知识;利用计算机实用工具软件处理日常事务的基本技术;通过网络获取信息、分析信息、利用信息,以及与他人交流的知识和技能;对信息进行管理、加工、利用的基本技能(信息化社会对大学生的基本要求)。本书充分考虑了当前信息技术和计算机发展的新情况、新特征,重点突出知识性、实用性和可操作性,能够满足高职学生掌握信息技术和计算机基本操作技能的需要。

本书在编写时十分注重以下几点。

(1) 信息和计算机的知识构成以及应用技能的培养。

(2) 信息和计算机的知识面力求全面与新颖实用。

(3) 吸收现代国外著名大学教学之特长,通过案例的完成来促使学生思考问题、解决问题,培养学生的动手能力。

(4) 培养学生用计算机处理日常事务的基本能力;具备通过因特网获取信息、分析信息、利用信息,以及与他人交流的能力。

(5) 培养学生掌握信息技术,对信息进行管理、加工和利用的意识与能力。

本书是一本实用性很强的教材,无论在内容的选择上,还是在编写的方法上都有自己的特色,主要特点如下。

（1）内容覆盖面广。本书内容包括信息、信息处理技术、计算机基础知识、期刊情报检索、数字图书馆、排版技术、数据处理技术、网络和 Internet 方面的知识。

（2）编写内容新。为了适应计算机科学与技术发展速度快和知识更新快的特点，本书中涉及的计算机软、硬件的知识和技能都是当前最流行的。

（3）可操作性强。为了尽快缩短学与用的距离，本书的案例都依据目前社会所需的知识和技能来设计，并且从知识、技能和操作过程三方面详细讲解每个案例，充分体现案例教学的特点。

（4）可读性好。本书在编写上力求通俗易懂，并深入浅出地将当代信息技术和计算机的相关知识和技能全面地反映出来，以便读者能够自学。

本书分为信息技术与计算机、计算机基本操作技能、排版技术、数据处理技术、因特网应用技术五篇共 18 章。

本教材可以满足 48～64 学时的教学需要，可以通过不同专业学生的专业需求和社会需求来选学相关的知识技能。

本书由陶进、杨利润主编，参加编写的还有王铁慧、吴秋懿、刘若星、冯丽娜、谢珍、冯盛博等。全书由陶进审定。

目前信息技术发展日新月异，书中难免有不妥之处，恭请同行指正。

作　者

2010 年 6 月

第一篇　信息技术与计算机

第三篇　排 版 技 术

第四篇　数据处理技术

第一篇

信息技术与计算机

第 1 章

信息与信息技术

【案例】

人们每天都要接触很多信息,但是获取信息有什么意义呢?下面通过分析一个经济案例来说明。

20 世纪 60 年代,中国大庆油田还处于保密时期,但是日本人却最先判断、分析出大庆油田的情况,以致在后来与中国谈判购买设备时占了先机。日本人是怎么获得这些保密信息的呢?

(1) 1964 年 4 月 20 日,《人民日报》发表了该报记者写的长篇通讯《大庆精神大庆人》,日商从中获悉我国有一个新的大油田,名字叫大庆,但是具体的位置在什么地方却不知道。

(2) 1966 年 10 月 20 日,《人民日报》一条新闻中报道:"王进喜到马家窑,说了一声'好大的油田呀! 我们要把中国石油落后的帽子甩到太平洋去!'"日商从中分析得出油田在马家窑。

(3) 这篇报道中还有一幅照片,日商根据照片上王进喜的服装衣着确定,只有在北纬 46°~48° 的区域内,冬季才有可能穿这样的衣服,因此大庆油田可能在冬季温度为 −30℃ 的齐齐哈尔与哈尔滨之间的东北北部地区。之后,来中国的日本人坐火车时发现,来往的油罐车上有很厚一层土,从土的颜色和厚度分析,日本情报机构得出了"大庆油田在东北三省偏北"的结论。

(4) 1966 年 10 月,日本情报机构又对《人民中国》杂志上发表的王进喜的事迹介绍进行了详细的分析,从中知道了"最早钻井是在北安附近着手的",并从人拉肩扛钻井设备的运输情况中判明:井场离火车站不会太远。于是日本情报机构从伪满旧地图上查到:"马家窑是位于黑龙江海伦县东南的一个村子,它在北安铁路上一个小车站东边十多公里处。"经过对大量有关信息严格的定性与定量分析,日本情报机构终于得到了大庆油田位置的准确情报。

(5) 为了弄清楚大庆炼油厂的加工能力,日本情报机构从 1966 年的一期《中国画报》上找到了一张炼油厂反应塔照片,从反应塔上的扶手栏杆(一般为一米多)与塔的相对比例推知塔直径约 5 米,从而计算出大庆炼油厂年加工原油能力约为 100 万吨,而在 1966 年大庆已有 820 口井出油,年产 360 万吨,估计到 1971 年大庆年产量可增至 1 200 万吨。通过对大庆油田位置、规模和加工能力的情报分析后,日本决策机构推断:"中国在近几年中必然会感到炼油设备不足,买日本的轻油裂解设备是完全可能的,所要买的设备规模和数量要满足每天炼油一万吨的需要。"

(6) 中国当时的产油能力远远超过炼油能力,要解决这个矛盾有两个方案:一是出口原油;二是进口炼油设备。日本资源匮乏,十分紧缺原油,正愁找不到原油,而一衣带水的中国生产原油过剩,正好可以出口到日本。日本工业发达,产品亟须寻找市场,有人要买其炼油设备,那是最好不过的事。于是,日本很快就派出两个代表团到中国进行经济贸易洽谈,一个是谈判购买我国原油的经贸代表团,另一个是向我国出口炼油设备的经贸代表团。不出所料,洽谈一举成功,日本从中获得了很高的经济利益。

由上面的案例可以说明,掌握信息与获取处理信息的重要意义。

本章学习导航:

1. 信息的定义与特点
2. 信息技术
3. 信息技术应用

知识点与能力目标:

1. 信息与数据
2. 信息的概念、定义及特点
3. 信息处理
4. 信息技术的内涵与应用

1.1　信息的定义与特点

1.1.1　信息与数据

信息与人类的日常生活息息相关。在现代信息技术日新月异、社会高度信息化的今天,人们的学习、生活和工作无不与信息活动有关。人们每天都在接收、传递和处理信息。

1. 信息

信息是现实世界在人们头脑中的反映。它以文字、数据、符号、声音、图像等形式记录下来,进行传递和处理,为人们的生产、建设、管理等提供依据。

信息是客观事物属性的反映,是经过加工处理,并对人类客观行为产生影响的数据表现形式。从信息科学的角度来看,学习就是一个非常典型的接收、沟通和处理信息的过程。对于学生来说,通过学习可以获得大量新信息,掌握识别、加工、利用信息的基本技能,并在长期的信息活动中形成良好的信息素养。而且,学习过程就是一个感知、识别、沟通、加工、利用信息的过程。学生在学习中不仅要接收信息,还要学会分析、辨别、比较、评价信息,并利用所获得的信息处理学科和现实生活中的问题。

在信息化的今天,人们的日常生活同样离不开信息。衣食住行、社会交往、旅游购物、休闲娱乐等都需要大量的信息。人们每天都在从事信息活动。读书、看报、听广播、看电视、收发邮件、网上冲浪、打电话、收发手机短信、同学聚会、探亲访友等,都与信息活动有密切关系。现代信息技术在商业、金融、交通、文化教育等领域的广泛应用,大大方便了人们的日常生活,使人们的生活质量得到了极大提高。

2. 数据

数据指输入到计算机并能被计算机进行处理的数字、文字、符号、声音、图像等。数据是对客观现象的表示,数据本身并没有意义。数据的格式往往和具体的计算机系统有关,并随载荷它的物理设备的形式的变化而改变。

数据是用来描述信息的,这种信息被收集、排序并格式化,可以直接由计算机软件使用。信息(如笔记本上潦草的手写记录)是无法供软件直接使用的,人们必须处理这些信息,把它们转换为数据。例如:数据 1、3、5、7、9、11、13、15,它是一组数据,如果对它进行分析,便可以得出它是一组等差数列,可以比较容易地知道后面的数字,那么它便是一条信息,是有用的数据,而数据 1、3、2、4、5、1、41,它不能告诉人们任何东西,故它不是信息。

数据(Data,又称资料)是对客观事物的性质、状态以及相互关系等进行记载的物理符号或是这些物理符号的组合。它是可识别的、抽象的符号。这些符号不仅指数字,而且包括字符、文字、图形等。数值数据使得客观世界严谨有序;而其他类型的数据使得客观世界丰富多彩。

数据经过处理后,其表现形式仍然是数据。处理数据的目的是为了便于更好地解释。只有经过解释,数据才有意义,才成为信息。因此,信息是经过加工以后、并对客观世界产生影响的数据。

对同一数据,每个信息接收者的解释可能不同,其对决策的影响也可能不同。决策者利用经过处理的数据作出决策,可能取得成功,也可能得到相反的结果,关键在于对数据的解释是否正确。

数据是符号,是物理性的,信息是对数据进行加工处理之后所得到的、并对决策产生影响的数据,是逻辑性(观念性)的;数据是信息的表现形式,信息是数据有意义的表示。

3. 两者的关系

信息与数据既有联系,又有区别(有人认为,输入的都叫数据,输出的都叫信息,其实不然)。

数据是信息的表达、载体,信息是数据的内涵,两者是形与质的关系。只有数据对实体行为产生影响才成为信息;数据只有经过解释才有意义,成为信息。

数据是反映客观事物属性的记录,是信息的具体表现形式。任何事物的属性都是通过数据来表示的。数据经过加工处理之后,成为信息。而信息必须通过数据才能传播,才能对人类有影响。例如 1、0,独立的 1、0 均无意义。当它表示某实体在某个地域内存在与否,它就提供了"有"、"无"信息;当用它来标识某种实体的类别时,它就提供了特征码信息。

1.1.2　信息的特点

信息具有如下几个特性。

(1) 客观性:任何信息都是与客观事实相联系的,这是信息的正确性和精确度的保证。

(2) 适用性:问题不同、影响因素不同,需要的信息种类是不同的。信息系统将地理空间的巨大数据流收集、组织和管理起来，经过处理、转换和分析，变为对生产、管理和决策具有重要意义的有用信息，这是由建立信息系统的明确目的性所决定的。如股市信息，对于不会炒股的人来说，毫无用处；而股民们会根据它进行股票的购进或抛出，以达到股票增值的目的。

（3）传输性：信息可在信息发送者和接收者之间进行传输，这个用于信息传输的网络被形象地称为"信息高速公路"。

（4）共享性：信息与实物不同，信息可传输给多个用户，为用户共享，而其本身并无损失，这为信息的并发应用提供了可能性。

1.2　信息技术

1.2.1　信息处理

1642—1643 年，帕斯卡(Blaise Pascal)为了帮助做收税员的父亲，发明了一个用齿轮运作的加法器，称为 Pascalene，这是第一部机械加法器，如图 1-1 所示，这是人类历史上典型的信息处理工具。

信息处理(Information Processing)是指人、组织在机械的帮助下，为了实现辨识、评价和指令等功能所进行的信息传递、存储、变换等过程。

信息处理是由收集、分类、排序、计算、比较、归纳、记录、检索、判断、选择、印刷和传递等项作业构成的。人们往往把输入数据，并在其加工的基础上输出对决策起作用信息的过程称为信息处理。信息处理模式如图 1-2 所示。

图 1-1　Pascalene 机械加法器

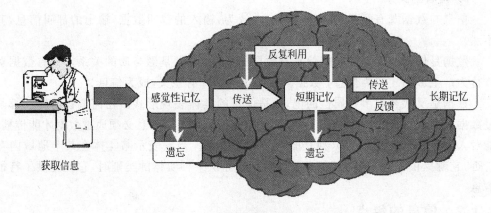

图 1-2　信息处理模式

1.2.2　信息技术

信息技术是指有关信息的收集、识别、提取、变换、存储、传递、处理、检索、检测、分析和利用等技术。凡涉及这些过程和技术的工作部门都可称做信息部门。

技术就是人类为了满足自身的需求、愿望,以能更好地适应大自然,而采取的方法和手段。

技术的发展使人们的工作和生活方式发生了巨大的变化。它满足了人的需求:如印刷技术满足了人学习文化知识的需要;农耕技术满足了人吃饱穿暖的需要;B 超技术满足了人们了解身体内部奥秘的需要。

技术为生产提供了先进的手段和工具,提高了生产效率和经济效益,同时改变了社会结构和人们的工作与生活方式。

技术具有目的性、创新性、综合性、专利性、两面性等性质,技术总是从一定的具体目的出发,针对具体的问题,形成解决的方法,从而满足人们某方面的具体需求。人类有目的、有计划、有步骤的技术活动推进了技术的不断发展。

信息技术能够延长或扩展人的信息功能。信息技术可能是机械的,也可能是激光的;可能是电子的,也可能是生物的。信息技术主要包括传感技术、通信技术、计算机技术和缩微技术等。

传感技术的任务是延长人的感觉器官收集信息的功能;通信技术的任务是延长人的神经系统传递信息的功能;计算机技术则是延长人的思维器官处理信息和决策的功能;缩微技术是延长人的记忆器官存储信息的功能。当然,这种划分只是相对的、大致的,没有截然的界限。如传感系统里也有信息的处理和收集;而计算机系统里既有信息传递,也有信息收集的问题。

凡是能扩展人的信息功能的技术,都是信息技术。这就是信息技术的基本定义。它主要是指利用电子计算机和现代通信手段实现信息的获取、传递、存储、处理、显示、分配等相关技术。

具体来讲,信息技术主要包括以下几方面技术。

(1) 感测与识别技术:它的作用是扩展人获取信息的感觉器官功能。它包括信息识别、提取、检测等技术,这类技术的总称是"传感技术"。它几乎可以扩展人类所有感觉器官的传感功能。传感技术、测量技术与通信技术相结合而产生的遥感技术,更使人感知信息的能力得到进一步的加强。信息识别包括文字识别、语音识别和图形识别等。通常采用一种叫做"模式识别"的方法。

(2) 信息传递技术:它的主要功能是实现信息快速、可靠、安全的转移。各种通信技术都属于这个范畴。广播技术也是一种传递信息的技术。由于存储、记录可以看成是从"现在"向"未来",或从"过去"向"现在"传递信息的一种活动,因而也可将它看做是信息传递技术的一种。

(3) 信息处理与再生技术:信息处理包括对信息的编码、压缩、加密等过程。在对信息进行处理的基础上,还可形成一些新的、更深层次的决策信息,这称为信息的"再生"。信息的处理与再生都有赖于现代电子计算机的超凡功能。

(4) 信息施用技术:它是信息过程的最后环节,包括控制技术、显示技术等。由上可见,传感技术、通信技术、计算机技术和控制技术是信息技术的四大基本技术,其中现代计算机技术和通信技术是信息技术的两大支柱。

1.2.3　信息技术的发展

在信息技术飞速发展的今天,人们在享受现代科技成果的同时,也面临着信息时代的新的挑战。

1. 信息的泛滥

从 20 世纪中期开始,随着大众传播业的不断发展,社会的总信息量每年在按照几何倍数增长,电视、广播、录像、VCD、CD、期刊、各类书籍和电子出版物,铺天盖地地向人们涌来,各种形式的广告更是渗透到了社会的每一个角落。各种无法逃避的视觉和听觉刺激,使人们普遍感到紧张和疲惫。据日本《信息流通调查报告》估计,近几十年来,人类的信息总量每 10 年约增加 4 倍,如此日积月累,必然导致信息的"雪崩"。人类在单位时间内处理和加工信息的能力是有限的,信息爆炸和信息泛滥必然会给现代社会中的人类带来各种负面的影响,各种信息疾病(由于信息超载而导致的身体和心理疾患)患者会随着信息泛滥的不断加剧而越来越多。

2. 信息污染

由于信息的过度泛滥,加之缺乏对社会信息有效的监控手段,越来越多负面的、消极的、有害的信息也进入了现代人的生活。各种大众传播媒体中充斥着大量错误的、失实的、过时的无效信息和宣扬色情、暴力的有害信息,利用手机短信、计算机网络、信用卡等现代信息技术产品所进行的诈骗和犯罪活动日渐增多。在大力发展信息技术产业的同时,如何净化人类的信息环境成了当前世界各国所面临的共同课题。

习题一

1. 选择题

(1) 下列关于信息的说法,不正确的是_____。

 A. 21 世纪是信息社会,信息是发展到 21 世纪才出现的

 B. 信息是伴随着人类的诞生而产生的

 C. 信息总是以文字、声音、图像、气味等形式被人们的感觉器官所接收

 D. 信息就像空气一样,无处不在

(2) 在计算机中,用文字、图像、语言、情景、现象所表示的内容都可称为_____。

 A. 表象   B. 文章   C. 程序   D. 信息

(3) 关于信息处理的论述正确的是_____。

 A. 信息处理包括信息收集、信息加工、信息存储、信息传递等几项内容

 B. 同学们对一段课文总结中心思想不能算是一个信息加工过程

 C. 信息传递不是信息处理的一项内容

 D. 信息的存储只能使用计算机的磁盘

(4) 所谓媒体是指_____。

 A. 表示和传播信息的载体

 B. 各种信息的编码

  C. 计算机的输入和输出信息

  D. 计算机屏幕显示的信息

(5) 人与人之间可以通过语言交流,此时语言是信息的_____。

  A. 载体   B. 时效   C. 价值   D. 传递

(6) 下列项目中,不能称为信息的是_____。

  A. 电视中播放的奥运会比赛的金牌数 B. 计算机教科书

  C. 报刊上登载的火箭发射成功的消息 D. 各班各科成绩

(7) 下列有关信息的描述正确的是_____。

  A. 计算机是一种信息处理机

  B. 信息处理只包括加工和输出两个环节

  C. 数字化信息需要转化为模拟信息才能被计算机处理

  D. 所有的文字、图形、声音都是数字信息,能够被计算机直接处理

(8) 上网查阅资料属于信息活动的_____内容。

  A. 信息收集 B. 信息加工 C. 信息存储 D. 信息传递

(9) 把妈妈的生日告诉给哥哥,这个过程是信息的_____活动。

  A. 收集   B. 加工   C. 存储   D. 传递

(10) 古人为了_____信息,就用刀把文字刻在龟甲、兽骨、石板或竹简上面。

  A. 收集   B. 加工   C. 存储   D. 传递

(11) IT 是指_____。

  A. Internet   B. Information Technology

  C. Internet Teacher   D. In Technology

(12) 信息技术包括计算机技术、网络技术和_____。

  A. 编码技术 B. 电子技术 C. 通信技术 D. 显示技术

2. 判断题

(1) 信息是客观世界中各种事物运动状态的反映。 (　　)

(2) 信息经过传递再现客观事物的状态。 (　　)

(3) 地震前的预兆属于社会信息。 (　　)

(4) 来自本系统的信息属于横向信息。 (　　)

(5) 人们对物质世界的认识是无限的,对信息的认识是有限的。 (　　)

(6) 信息是决策的依据,是决策的重要条件。 (　　)

3. 简答题

(1) 用一个例子来表示信息获取的一般过程。

(2) 简述信息收集的内容。

(3) 简述信息收集的渠道。

(4) 简述信息收集的方法。

(5) 简述信息的加工应注意的几个问题。

(6) 什么是信息处理,它包括哪几个部分?

第2章

计算机基础知识

【案例】

前两天在公交车上听广播，有一期节目叫《依赖》，有个人说，他发现越来越离不开计算机了，计算机就如同他老婆一样，对他非常重要。看来计算机确实已经进入到每一个人的日常和工作中了，无法想象，如果现今时代缺少了计算机，那世界会变成什么样子，人们的生活会变成什么样子。

可是在生活和工作中如何选择适合我们使用的计算机呢？面对使人眼花缭乱的广告和令人一头雾水的技术参数（如图 2-1 所示），将如何选择？

本章将详细讲解有关计算机的基础知识，帮助解决现实生活中的难题。

本章学习导航：

1. 计算机的产生、发展和未来
2. 计算机系统构成
3. 计算机科学信息的表示
4. 计算机的维护与安全

知识点与能力目标：

1. 计算机的诞生、发展历程
2. 根据计算机的尺寸、功率和用途，为其分类
3. 各种类型的微型计算机
4. 其他类型的计算设备
5. 中央处理器的作用
6. 测量微处理器速度的方式
7. 各类内存和存储器的名称及用途，包括 RAM、ROM 和 CD-ROM
8. 有关测量存储器的概念，包括位、字节和兆字节
9. 存储设备（如软磁盘或硬盘）
10. 各种实用程序的类型和用途
11. 其他软件类型
12. 计算机如何共享数据、文件、硬件和软件

名　　称	说　　明
机型	品牌机
CPU	Intel(R)酷睿 2 双核处理器 E7500（DUAL-CORE 2.93GHz 3MB 缓存）或以上
内存	2GB DDR2 800MHz 或以上、2 个 DIMM 插槽
硬盘	320GB(7200r/min)，SATA2
显示卡	独立显示卡 512MB
网卡	10/100/1000Mb/s
声卡	声卡
接口	USB 接口 6 个或以上(前端至少 2 个)，串口 2 个，加配 1394 接口，提供 HDMI 接口
光驱	DVD/RW
显示器	19″宽屏液晶彩色显示器
机箱	立式机箱
音箱、键盘	标准配套 其中键盘要求防水抗菌键盘
鼠标	光电鼠标
操作系统	正版 Windows 7 专业版操作系统并带 Licencf 及光盘，正版微软 Office 办公软件，并提供以上软件在使用期 5 年内的免费升级保障协议

图 2-1　计算机性能参数

13．计算机中数和信息的表示

14．计算机的安全使用环境

2.1　计算机概述

2.1.1　计算机的产生

1. 第一台计算机的诞生

计算机于 1946 年问世，有人说是由于战争的需要而产生的，实际上计算机产生的根本动力是人们为创造更多的物质财富，为了把人的大脑延伸，让人的潜力得到更大的发展。正如汽车的发明是使人的双腿延伸一样，计算机的发明事实上是对人脑智力的继承和延伸。近十年来，计算机的应用日益深入到社会的各个领域，如管理、办公自动化等。由于计算机日益向智能化发展，于是人们就把微型计算机称为"电脑"。

计算机产生的动力是人们想发明一种能进行科学计算的机器。它一诞生，就立即成了先进生产力的代表，掀开自工业革命后的又一场新的科学技术革命。

第二次世界大战期间，美国军方为了解决计算大量军用数据的难题，成立了由宾夕法尼亚大学的莫克利和埃克特领导的研究小组，开始研制世界上第一台电子计算机。

图 2-2　埃尼阿克

经过 3 年紧张的工作，第一台电子计算机终于在 1946 年 2 月 14 日问世了。1946 年 2 月 14 日，在美国宾夕法尼亚大学的莫尔电机学院，到处洋溢着喜庆的气氛，许多来宾怀着激动的心情来到这里，因为他们要参加人类历史上第一台现代电子计算机的揭幕典礼。呈现在人们面前的是一个外形奇怪、浑身闪闪发光的庞然大物。它就是世界上第一台现代电子计算机"埃尼阿克"（ENIAC）（如图 2-2 所示）。

在揭幕仪式上，"埃尼阿克"为来宾表演了它的"绝招"：分别在 1s 内进行了 5 000 次加法运算和 500 次乘法运算。这比当时最快的继电器计算机的运算速度要快 1 000 多倍。这次完美的亮相，使得来宾们喝彩不已。"埃尼阿克"由 18 000 个电子管、6 万个电阻器、1 万个电容器和 6 000 个开关组成，重达 30t，占地 $170m^2$，功率为 174kW，耗资 45 万美元。虽然 ENIAC 体积庞大，耗电惊人，运算速度不过几千次（现在的超级计算机的速度最快每秒运算达到万亿次），但它比当时已有的计算装置要快 1 000 倍，而且还有按事先编好的程序自动执行算术运算、逻辑运算和存储数据的功能。ENIAC 宣告了一个新时代的开始，从此科学计算的大门也被打开了。

第一台计算机诞生至今已过去 60 多年了，在这期间，计算机技术以惊人的速度发展着，首先是晶体管取代了电子管，继而是微电子技术的发展，使得计算机处理器和存储器上的元件越做越小、数量越来越多，计算机的运算速度和存储容量迅速增加。1994 年 12 月，美国 Intel 公司宣布研制成功世界上最快的超级计算机，它每秒可进行 3 280 亿次加法运算（是第一台电子计算机的 6 600 万倍）。如果让人完成它一秒钟进行的运算量，需要一个人昼夜不停地计算一万多年。

当年的"埃尼阿克"和现在的计算机相比，还不如一些高级袖珍计算器，但它的诞生为人类开辟了一个崭新的信息时代，使得人类社会发生了巨大的变化。

图 2-3　ABC 的复制品

1996 年 2 月 14 日，在世界上第一台电子计算机问世 50 周年之际，美国副总统戈尔再次启动了这台计算机，以纪念信息时代的到来。

2. 研制计算机的功勋们

（1）计算机之父

阿坦纳索夫和克利福德·贝里于 1939 年研究制造出第一台电子计算机——ABC，但样机在第二次世界大战中被拆除。图 2-3 所示为 ABC 的复制品，现存于美国艾奥瓦州立大学。

图灵机是一个虚拟的"计算机",完全忽略硬件状态,考虑的焦点是逻辑结构。图灵在他那篇著名的文章里,还进一步设计出被人们称为万能图灵机的模型,它可以模拟其他任何一台解决某个特定数学问题的图灵机的工作状态。他甚至还想象在带子上存储数据和程序。万能图灵机实际上就是现代通用计算机的最原始的模型。

图灵的文章从理论上证明了制造出通用计算机的可能性。几年之后,美国的阿坦纳索夫在 1939 年果然研究制造了世界上的第一台电子计算机 ABC,其中采用了二进位制,数字 0 与 1 分别代表电路的开与关,运用电子管和电路执行逻辑运算等。ABC 是图灵机的第一个硬件实现,它看得见、摸得着。而冯·诺依曼不仅在 20 世纪 40 年代研制成功了功能更好、用途更为广泛的电子计算机,并且为计算机设计了编码程序,还实现了运用纸带存储与输入。到此,天才图灵在 1936 年发表的科学预见和构思得以完全实现。

客观地说,阿坦纳索夫、冯·诺依曼、艾兰·图灵 3 人(如图 2-4～图 2-6 所示),都是研制计算机的先驱、计算机科学的奠基人,他们的伟大贡献被永远载入计算机的发展史中,他们都当之无愧被称为"计算机之父"。尤其是艾兰·图灵与冯·诺依曼,他们好似是计算机科学浩瀚星空中相互映照的两颗超级明亮的巨星。

图 2-4　阿坦纳索夫

图 2-5　冯·诺依曼

图 2-6　艾兰·图灵

(2) ENIAC 的功勋

1943 年,美国国防部批准了宾夕法尼亚大学教授莫克利(John Mauchly)和埃克特(Eckert)的一项研究计划:设计制造一台可以解决天气预报问题的机器。军方慷慨解囊,拨款 40 万美元。1946 年,莫克利和埃克特研制的计算机问世,名叫ENIAC(埃尼阿克),这是一台在功能上比 ABC 棒得多的计算机。图 2-7 中(左)就是莫克利教授。

图 2-7　莫克利和埃克特

2.1.2　计算机的特点与应用

1. 计算机的特点

计算机问世之初,主要用于数值计算,"计算机"也因此得名。但随着计算机技术的迅猛发展,它的应用范围不断扩大,不再局限于数值计算,而是广泛地应用于自动控制、信息处理、智能模拟等各个领域。计算机能处理各种各样的信息,包括数字、文字、表格、图形、图像等。

计算机之所以具有如此强大的功能,这是由它的特点所决定的。概括地说,计算机主要具备以下几方面的特点。

(1) 运算速度快

计算机的运算部件采用的是电子器件,其运算速度远非其他计算工具所能比拟,而且,运算部件由电子管升级到晶体管,再升级到小规模集成电路、中规模集成电路、大规模集成电路等,其运算速度还以每隔几年提高一个数量级的水平不断提高。现在高性能计算机每秒能进行超过 10 亿次的加减运算。

例如:气象、水情预报要分析大量资料,用手工计算需要 10 多天才能完成,这就失去了预报的意义;现在利用计算机的快速运算能力,10 多分钟就能做出一个地区的气象、水情预报。目前一般计算机的处理速度都可以达到每秒百万次的运算,巨型机可以达到每秒近千亿次运算。

(2) 存储容量大

计算机的存储器可以把原始数据、中间结果、运算指令等存储起来,以备随时调用。存储器不但能够存储大量的信息,而且能够快速准确地存入或取出这些信息。计算机的应用使得从浩如烟海的文献、资料、数据中查找信息,并且处理这些信息成为容易的事情。

一台普通的奔腾微机,主存储器 32MB,便可把 1 600 多万个汉字全部放入内存,而且能够快速地进行查找、排序、编辑等工作。

(3) 具有逻辑判断能力

计算机能够根据各种条件来进行判断和分析,从而决定以后的执行方法和步骤;还能够对文字、符号、数字的大小、异同等进行判断和比较,从而决定怎样处理这些信息。计算机被称为"电脑",便是源于这一特点。

例如,1997 年 5 月在美国纽约举行的"人机大战",国际象棋世界冠军卡斯帕罗夫输给了国际商用机器公司 IBM 的超级计算机"深蓝"。

"深蓝"的运算速度不算最快,但具有强大的计算能力,能快速读取所存储的 10 亿个棋谱,每秒钟能模拟 2 亿步棋,它的快速分析和判断能力是取胜的关键。当然,这种能力是通过编制程序,由人赋予计算机的。

(4) 工作自动化

计算机内部的操作运算是根据人们预先编制的程序自动控制执行的。只要把包含一连串指令的处理程序输入计算机,计算机便会依次取出指令,逐条执行,完成各种规定的操作,直到得出结果为止。

另外,计算机还具有运算精度高、工作可靠等优点。

2. 计算机的应用

计算机之所以能得到迅速发展,其生命活力源于它的广泛应用。目前,计算机的应用范围几乎涉及人类社会的各个领域:从国民经济各部门到个人家庭生活,从军事部门到民用部门,从科学教育到文化艺术,从生产领域到消费娱乐,无处没有计算机的踪迹。计算机的应用范围,按其应用特点可分为科学计算、信息处理、辅助技术、过程控制、多媒体技术、计算机通信、人工智能和电子商务。

（1）科学计算（或数值计算）

科学计算是指利用计算机来完成科学研究和工程技术中提出的数学问题的计算。在现代科学技术工作中,科学计算问题是大量和复杂的。利用计算机的高速计算、大存储容量和连续运算的能力,可以实现人工计算无法解决的各种科学计算问题。例如,建筑设计中为了确定构件尺寸,通过弹性力学导出一系列复杂方程,长期以来由于计算方法跟不上而一直无法求解;而计算机不但能求解这类方程,并且引起弹性理论上的一次突破,出现了有限单元法。

（2）数据处理（或信息处理）

数据处理是指对各种数据进行收集、存储、整理、分类、统计、加工、利用、传播等一系列活动的统称。据统计,80％以上的计算机主要用于数据处理,这类工作量大、面宽,决定了计算机应用的主导方向。

信息处理主要是指非数值形式的数据处理,包括对数据资料的收集、存储、加工、分类、排序、检索和发布等一系列工作。信息处理包括办公自动化（OA）、企业管理、情报检索、报刊编排处理等。它的特点是要处理的原始数据量大,而算术运算较简单,有大量的逻辑运算与判断,结果要求以表格或文件形式存储、输出。要求计算机的存储容量大,速度则不怎么要求。

目前,数据处理已广泛地应用于办公自动化、企事业计算机辅助管理与决策、情报检索、图书管理、电影电视动画设计、会计电算化等各行各业。信息正在形成独立的产业,多媒体技术使信息展现在人们面前的不仅是数字和文字,也有声情并茂的声音和图像信息。

（3）辅助技术（或计算机辅助设计与制造）

计算机辅助技术包括 CAD、CAM 和 CAI 等。

① 计算机辅助设计（Computer Aided Design,CAD）：计算机辅助设计是利用计算机系统辅助设计人员进行工程或产品设计,以实现最佳设计效果的一种技术。它已广泛地应用于飞机、汽车、机械、电子、建筑和轻工等领域。例如,在电子计算机的设计过程中,利用 CAD 技术进行体系结构模拟、逻辑模拟、插件划分、自动布线等,从而大大提高了设计工作的自动化程度。

② 计算机辅助制造（Computer Aided Manufacturing,CAM）：计算机辅助制造是利用计算机系统进行生产设备的管理、控制和操作的过程。例如,在产品的制造过程中,用计算机控制机器的运行,处理生产过程中所需的数据,控制和处理材料的流动以及对产品进行检测,等等。使用 CAM 技术可以提高产品质量、降低成本、缩短生产周期、提高生产率和改善劳动条件。

将 CAD 和 CAM 技术集成,实现设计生产自动化,这种技术被称为计算机集成制造系统（CIMS）,它的实现将真正做到无人化工厂（或车间）。

③ 计算机辅助教学（Computer Aided Instruction,CAI）：计算机辅助教学是利用计算机系统使用课件来进行教学。课件可以用著作工具或高级语言来开发制作,它能引导学生循序渐进地学习,使学生轻松自如地从课件中学到所需要的知识。CAI 的主要特色是交互教育、个别指导和因人施教。

（4）过程控制（或实时控制）

过程控制是利用计算机及时采集检测数据,按最优值迅速地对控制对象进行自动调节或自动控制。采用计算机进行过程控制,不仅可以大大提高控制的自动化水平,而且可以提高控制的及时性和准确性,从而改善劳动条件、提高产品质量及合格率。由于过程控制一般都是实时控制,有时对计算机速度的要求不高,但要求可靠性高、响应及时。因此,计算机过程控制已在机械、冶金、石油、化工、纺织、水电、航空、航天等部门得到广泛的应用。

例如,在汽车工业方面,利用计算机控制机床、控制整个装配流水线,不仅可以实现精度要求高、形状复杂的零件加工自动化,而且可以使整个车间或工厂实现自动化。

（5）多媒体技术

多媒体技术是把数字、文字、声音、图形、图像和动画等多种媒体有机组合起来,利用计算机、通信和广播电视技术,使它们建立起逻辑联系,并能进行加工处理(包括对这些媒体的录入、压缩和解压缩、存储、显示和传输等)的技术。目前多媒体计算机技术的应用领域正在不断拓宽,除了知识学习、电子图书、商业及家庭应用外,在远程医疗、视频会议中都得到了极大的推广。

（6）计算机通信

计算机通信是计算机技术与通信技术结合的产物,计算机技术与现代通信技术的结合,构成了计算机网络。计算机网络的建立,不仅解决了一个单位、一个地区、一个国家中计算机与计算机之间的通信,各种软、硬件资源的共享,也大大促进了国际间的文字、图像、视频和声音等各类数据的传输与处理。

（7）人工智能（或智能模拟）

人工智能是利用计算机模拟人类的智能活动,诸如感知、判断、理解、学习、问题求解和图像识别等。目前人工智能已经成为研究解释和模拟人类智能、智能行为及其规律的一门学科,其主要任务是建立智能信息处理理论,进而设计可以展现某些近似于人类智能行为的计算系统。人工智能学科包括：知识工程、机器学习、模式识别、自然语言处理、智能机器人和神经计算等多方面的研究。现在人工智能的研究已取得不少成果,有些已开始走向实用阶段。

例如,能模拟高水平医学专家进行疾病诊疗的专家系统,具有一定思维能力的智能机器人,等等。

（8）电子商务（Electronic Commerce）

电子商务是利用计算机技术、网络技术和远程通信技术,实现整个商务过程的电子化、数字化和网络化。人们不是面对实实在在的商品、靠纸介质单据(包括现金)进行买卖交易,而是通过网上琳琅满目的商品信息、完善的物流配送系统和方便的资金结算系统进行交易。

2.1.3　计算机的发展

1. 电子计算机的发展

（1）第一代电子管计算机(1946—1958年)

第一代计算机的逻辑元件采用电子管,主存储器采用汞延迟线、磁鼓、磁芯;外存储器采用磁带;软件主要采用机器语言、汇编语言;应用以科学计算为主。

第一代计算机的特点是体积大、耗电大、可靠性差、价格昂贵、维修复杂,操作指令是为特定任务而编制的,每种机器有各自不同的机器语言,功能受到限制,速度也慢;另一个明显特征是使用真空电子管和磁鼓储存数据。但它奠定了以后计算机技术的基础。

1952 年 1 月,由计算机之父——冯·诺依曼(Von Neumann)设计的 IAS 电子计算机 EDVAC 问世(如图 2-8 所示)。这台 IAS 计算机总共采用了 2 300 个电子管,运算速度却比拥有 18 000 个电子管的"埃尼阿克"提高了 10 倍,冯·诺依曼的设想在这台计算机上得到了圆满的体现。

(2) 第二代晶体管计算机(1956—1963 年)

1948 年,晶体管的发明大大促进了计算机的发展,晶体管代替了体积庞大的电子管,电子设备的体积不断减小。1956 年,晶体管首次在计算机中使用,晶体管和磁芯存储器导致了第二代计算机的产生。第二代计算机体积小、速度快、功耗低、性能更稳定。首先使用晶体管技术的是早期的超级计算机,主要用于原子科学的大量数据处理,这些机器价格昂贵,生产数量极少。图 2-9 所示是贝尔实验室使用 800 只晶体管组装的世界上第一台晶体管计算机 TRADIC。

图 2-8　计算机 EDVAC

图 2-9　晶体管计算机 TRADIC

1960 年,出现了一些成功地用在商业领域、大学和政府部门的第二代计算机。第二代计算机用晶体管代替电子管,还有现代计算机的一些部件:打印机、磁带、磁盘、内存、操作系统等。计算机中存储的程序使得计算机有很好的适应性,可以更有效地用于商业用途。在这一时期出现了更高级的 COBOL(Common Business-Oriented Language)和 FORTRAN(Formula Translator)等语言,以单词、语句和数学公式代替了二进制机器码,使计算机编程更容易。新的职业,如程序员、分析员和计算机系统专家,软件产业由此诞生。

(3) 第三代集成电路计算机(1964—1971 年)

虽然晶体管比起电子管是一个明显的进步,但晶体管还是会产生大量的热量,这会损害计算机内部的敏感部分。1958 年发明了集成电路(IC),将 3 种电子元件结合到一片小小的硅片上。科学家使更多的元件集成到单一的半导体芯片上。于是,计算机变得更小、功耗更低、速度更快。这一时期的发展还包括使用了操作系统,使得计算机在中心程序的控制协调下可以同时运行许多不同的程序。1964 年 4 月 7 日,在 IBM 成立 50 周年之际,由年仅 40 岁的吉恩·阿姆达尔(G. Amdahl)担任主设计师,历时 4 年研发的 IBM 360 计算机问世,标志着第三代计算机的全面登场,这也是IBM 历史上最为成功的机型(如图 2-10 所示)。

(4) 第四代大规模集成电路计算机(1971年至今)

出现集成电路后,唯一的发展方向是扩大规模。大规模集成电路(LSI)可以在一个芯片上容纳几百个元件;到了 20 世纪 80 年代,超大规模集成电路(VLSI)在芯片上容纳了几十万个元件,后来的甚大规模集成电路(ULSI)将数字扩充到百万级。可以在硬币大小的芯片

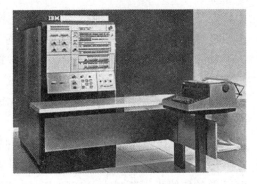

图 2-10　IBM 360 计算机

上容纳如此数量的元件,使得计算机的体积和价格不断下降,而功能和可靠性不断增强。基于"半导体"的发展,到了 1972 年,第一部真正的个人计算机诞生了。所使用的微处理器内包含了 2 300 个"晶体管",可以 1s 内执行 60 000 个指令,体积也缩小很多。而世界各国也随着"半导体"及"晶体管"的发展去开拓计算机史上新的一页。

20 世纪 70 年代中期,计算机制造商开始将计算机带给普通消费者,这时的小型机带有软件包,供非专业人员使用的程序和最受欢迎的字处理和电子表格程序。这一领域的先锋有 Commodore、Radio Shack 和 Apple Computers 等。

1981 年,IBM 推出个人计算机(PC),用于家庭、办公室和学校。20 世纪 80 年代个人计算机的竞争使得价格不断下跌,微机的拥有量不断增加,计算机继续缩小体积,从桌上到膝上再到掌上。与 IBM PC 竞争的 Apple Macintosh 系列于 1984 年推出,Macintosh 提供了友好的图形界面,用户可以用鼠标方便地操作。

计算机的发明是 20 世纪 40 年代的事情,经过几十年的发展,它已经成为一门复杂的工程技术学科;它的应用从国防、科学计算,到家庭办公、教育娱乐,无所不在;它的分类从巨型机、大型机、小型机,到工作站、个人计算机,五花八门。但是,无论怎样尖端,怎样高科技,从它诞生之日起,在许多人心目中它就是一部机器,一部冰冷的高速运算的机器。

图 2-11　DJS-1

从 ENIAC 揭开计算机时代的序幕,到 UNIVAC 成为迎来计算机时代的宠儿,不难看出这里发生了两个根本性的变化:①计算机已从实验室大步走向社会,正式成为商品,交付客户使用;②计算机已从单纯的军事用途进入公众的数据处理领域,真正引起了社会的强烈反响。

2. 我国计算机的发展

(1) 第一代电子管计算机研制(1958—1964 年)

我国从 1957 年开始研制通用数字电子计算机,1958年 8 月 1 日该机可以演示短程序运行,标志着我国第一台电子计算机诞生。为纪念这个日子,该机定名为八一型数字电子计算机。该机在 738 厂开始小量生产,改名为103 型计算机(即 DJS-1 型),如图 2-11 所示。

（2）第二代晶体管计算机研制（1965—1972 年）

我国在研制第一代电子管计算机的同时，已开始研制晶体管计算机，1965 年研制成功的我国第一台大型晶体管计算机（如图 2-12 所示）实际上从 1958 年起计算所就开始酝酿启动。在国外禁运条件下要造晶体管计算机，必须先建立一个生产晶体管的半导体厂（109 厂）。经过两年努力，109 厂就提供了机器所需的全部晶体管（109 机共用 2 万多支晶体管，3 万多支二极管）。对 109 机加以改进，两年后又推出 109 丙机，它为用户运行了 15 年，有效算题时间 10 万小时以上，并在我国两弹试验中发挥了重要作用，被用户誉为"功勋机"。

（3）第三代基于中小规模集成电路的计算机研制（1973 年至 20 世纪 80 年代初）

IBM 公司 1964 年推出 360 系列大型机是美国进入第三代计算机时代的标志，我国到 1970 年初期才陆续推出大、中、小型采用集成电路的计算机。1973 年，北京大学与北京有线电厂等单位合作研制成功运算速度每秒 100 万次的大型通用计算机。进入 20 世纪 80 年代，我国高速计算机，特别是向量计算机有新的发展。1983 年中国科学院计算所完成我国第一台大型向量机——757 机，计算速度达到每秒 1 000 万次。1983 年 12 月研制成功每秒运行 1 亿次的"银河-Ⅰ"巨型计算机（图 2-13）。

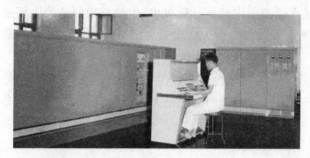

图 2-12　109 机

图 2-13　银河-Ⅰ

（4）第四代基于超大规模集成电路的计算机研制（20 世纪 80 年代中期至今）

我国第四代计算机研制也是从微机开始的。1980 年初我国不少单位也开始采用 Z80、x86 和 M6800 芯片研制微机。1983 年 12 月电子部六所研制成功与 IBM PC 兼容的 DJS-0520 微机。10 多年来我国微机产业走过了一段不平凡道路，现在以联想微机为代表的国产微机已占领一大半国内市场。

1992 年国防科技大学研究成功"银河-Ⅱ"通用并行巨型机，峰值速度达每秒 4 亿次浮点运算（相当于每秒 10 亿次基本运算操作），总体上达到 20 世纪 80 年代中后期国际先进水平。

从 20 世纪 90 年代初开始，国际上采用主流的微处理器芯片研制高性能并行计算机已成为一种发展趋势。国家智能计算机研究开发中心于 1993 年研制成功曙光一号全对称共享存储多处理机。1995 年，该中心又推出了国内第一台具有大规模并行处理机（MPP）结构的并行机曙光 1000（含 36 个处理机），峰值速度每秒 25 亿次浮点运算，实际运算速度上了每秒 10 亿次浮点运算这一高性能台阶。

1997 年国防科技大学研制成功"银河-Ⅲ"百亿次并行巨型计算机系统，采用可扩展分布共享存储并行处理体系结构，由 130 多个处理节点组成，峰值性能为每秒 130 亿次浮点运算,系统综合技术达到 20 世纪 90 年代中期国际先进水平。

国家智能计算机研究开发中心与曙光公司于 1997—1999 年先后在市场上推出具有机群结构的曙光 1000A,曙光 2000-Ⅰ,曙光 2000-Ⅱ超级服务器,峰值计算速度已突破每秒 1 000 亿次浮点运算,机器规模已超过 160 个处理机,2000 年推出每秒浮点运算速度 3 000 亿次的曙光 3000 超级服务器。2004 年上半年推出每秒浮点运算速度 1 万亿次的曙光 4000 超级服务器(如图 2-14 所示)。

图 2-14　曙光 4000

2007 年 5 月以来,中国科技大学计算机科学技术系与中国科学院计算技术研究所密切合作,采用代表国内当前高性能通用处理器设计最高水平的 64 位"龙芯 2F"芯片,研制国产万亿次高性能计算机。以陈国良院士为项目负责人的研制队伍,经过几个月的紧张工作和技术攻关,我国首台采用国产高性能通用处理器芯片"龙芯 2F"的万亿次高性能计算机"KD-50-I"在中国科技大学研制成功。

在已公开报道的运算次数达万亿次级的国内超级计算机中,中央处理器芯片主要来自 IBM、Intel 或 AMD 等国外公司,基于我国自主研发的处理器芯片的万亿次计算机系统的研制成功还是首次。

"KD-50-I"还具有低占地(相当于一台家用冰箱)、低功耗(小于 600 瓦)、低成本(在 80 万元以内)、高计算密度等特点,特别适合于高性能计算教学和科研方面的应用,以及创新型人才培养。

3. 微型计算机

微型计算机系统(Micro Computer System,MCS),是指以微型计算机为中心,以相应的外围设备、电源、辅助电路(统称硬件)以及控制微型计算机工作的系统软件所构成的计算机系统。

20 世纪 70 年代,微处理器和微型计算机的生产与发展是由于大规模集成电路技术及计算机技术的飞速发展,1970 年已经可以生产 1KB 的存储器和通用异步收发器(UART)等大规模集成电路产品,并且计算机的设计日益完善,总线结构、模块结构、堆栈结构、微处理器结构、有效的中断系统及灵活的寻址方式等功能越来越强,这为研制微处理器和微型计算机打下了坚实的物质基础和技术基础。因而,自从 1971 年微处理器和微型计算机问世以来,它就得到了异乎寻常的发展,大约每隔 2~4 年就更新换代一次。至今,经历了三代演变,并进入第四代。微型计算机的换代,通常是按其 CPU 字长和功能来划分的。

(1) 第一代(1971—1973 年):4 位或低档 8 位微处理器和微型机

代表产品是美国 Intel 公司首先推出的 4004 微处理器以及由它组成的 MCS-4 微型计算机(集成度为 1 200 晶体管/片)。随后又制成 8008 微处理器及由它组成的 MCS-8 微型计算机。字长 4 位或 8 位,指令系统比较简单、运算功能较差、速度较慢,系统结构仍然停留在台式计算机的水平上,软件主要采用机器语言或简单的汇编语言,其价格低廉。

1976 年 4 月 1 日,斯蒂夫·沃兹尼亚克(Stephen Wozinak)和斯蒂夫·乔布斯(Stephen Jobs)共同创立了苹果公司,并推出了自己的第一款计算机:Apple-Ⅰ,如图 2-15 所示。

(2) 第二代(1974—1978 年)：中档的 8 位微处理器和微型机

其间又分为两个阶段,1974—1975 年为典型的第二代,以美国 Intel 公司的 8080 和 Motorola 公司的 MC6800 为代表,集成度提高 1～2 倍(Intel 8080 集成度为 4 900 管/片),运算速度提高了一个数量级;1976—1978 年为高档的 8 位微型计算机和 8 位单片微型计算机阶段,称之为二代半。高档 8 位微处理器,以美国 ZILOG 公司的 Z80 和 Intel 公司的 8085 为代表,集成度和速度都比典型的第二代提高了 1 倍以上(Intel 8085 集成度为 9 000 管/片)。运算速度提高 10～15 倍,基本指令执行时间约为 1～2μs,指令系统比较完善,已具有典型的计算机系统结构以及中断、DMA 等控制功能,寻址能力也有所增强,软件除采用汇编语言外,还配有 BASIC、FORTRAN、PL/M 等高级语言及其相应的解释程序和编译程序,并在后期开始配上操作系统。

1981 年 8 月 12 日,经过了一年的艰苦开发,由后来被 IBM 内部尊称为 PC 之父的唐·埃斯特奇(D. Estridge)领导的开发团队完成了 IBM 个人计算机的研发,IBM 宣布了 IBM PC(图 2-16)的诞生,由此掀开了改变世界历史的一页。

图 2-15　Apple-I　　　　　图 2-16　IBM PC

(3) 第三代(1979—1981 年)：16 位微处理器和微型机

代表产品是 Intel 8086(集成度为 29 000 管/片),Z8000(集成度为 17 500 管/片)和 MC68000(集成度为 68 000 管/片)。这些 CPU 的特点是采用 HMOS 工艺,基本指令时间约为 0.05μs,从各个性能指标评价,都比第二代微型机提高了一个数量级,已经达到或超过中、低档小型机(如 PDP11/45)的水平。这类 16 位微型机通常都具有丰富的指令系统,采用多级中断系统、多重寻址方式、多种数据处理形式、段式寄存器结构、乘除运算硬件,电路功能大为增强,并都配备了强有力的系统软件。

(4) 第四代(1985 年以后)：32 位高档微型机

1985 年以后,Intel 公司在原来的基础上又发展了 80386 和 80486。其中,80386 工作主频达到 25MHz,有 32 位数据线和 24 位地址线。以 80386 为 CPU 的 COMPAQ 386、AST 386、IBM PS2/80 等机种相继诞生。同时随着内存芯片的发展和硬盘技术的提高,出现了配置 16MB 内存和 1 000MB 外存的微型机,微型机已经成为超小型机,可执行多任务、多用户作业。由微型机组成的网络、工作站相继出现,从而扩大了用户的应用范围。1989 年,Intel 公司在 80386 的基础上,又研制出了 80486。它是在 80386 的芯片内部增加了一个 8KB 的高速缓冲内存和 80386 的协处理器芯片 80387,而形成了新一代 CPU(如图 2-17 和图 2-18 所示)。

图 2-17　80386

图 2-18　80486

1993 年 3 月 22 日,Intel 公司发布了它的新一代处理器 Pentium(奔腾)。它采用 0.8μm 的 BicMOS 技术,集成了 310 万个晶体管,工作电压也从 5V 降到 3V。随着 Pentium 新型号的推出,CPU 晶体管的数目增加到 500 万个以上,工作主频率从 66MHz 增加到 333MHz。1998 年 3 月,Intel 公司在 CeBIT 贸易博览会展出了一种速度高达 702MHz 的 Pentium Ⅱ 芯片。1999 年,以 Pentium Ⅱ 450、Pentium Ⅲ 450 为微处理器、内存 128MB、硬盘 8.4GB 的微型机已在我国上市。

2000 年 11 月 20 日,Intel 正式推出了 Pentium 4 处理器。该处理器采用全新的 Netburst 架构,总线频率达到了 400MHz,并且另外增加了 144 条全新指令,用于提高视频、音频等多媒体及 3D 图形处理能力(图 2-19)。

微型机由于结构简单、通用性强、价格便宜,已成为现代计算机领域中一个极为重要的部分,并正以难以想象的速度向前发展。

图 2-19　Pentium 系列

4. 计算机的用途发展

未来的计算机将以超大规模集成电路为基础,向巨型化、微型化、网络化与智能化的方向发展。

(1) 巨型化

巨型化是指计算机的运算速度更高、存储容量更大、功能更强。目前正在研制的巨型计算机,其运算速度可达每秒百亿次。

(2) 微型化

微型计算机已进入仪器、仪表、家用电器等小型仪器设备中,同时也作为工业控制过程的心脏,使仪器设备实现"智能化"。随着微电子技术的进一步发展,笔记本型、掌上型等微型计算机必将以更优的性能价格比受到人们的欢迎。

(3) 网络化

随着计算机应用的深入,特别是家用计算机越来越普及,人们一方面希望众多用户能共享信息资源;另一方面,也希望各计算机之间能互相传递信息进行通信。

计算机网络是现代通信技术与计算机技术相结合的产物。计算机网络已在现代企业的管理中发挥着越来越重要的作用,如银行系统、商业系统、交通运输系统等。

（4）智能化

计算机人工智能的研究是建立在现代科学基础之上。智能化是计算机发展的一个重要方向，新一代计算机，将可以模拟人的感觉行为和思维过程的机理，进行"看"、"听"、"说"、"想"、"做"，具有逻辑推理、学习与证明的能力。

2.2 计算机中信息的表示

信息表示是计算机科学中的基础理论，通过对本节的学习，可以了解到计算机科学中的常用数制及其相互之间的转换以及字符信息在计算机中的表示方法。

2.2.1 计算机中的数和数制

1. 数的产生及发展

在人类历史发展的长河中，先后出现过多种不同的记数方法，其中有一些至今仍在使用当中，例如十进制和六十进制。

与十进制不同，古代巴比伦人则是使用以 60 为基数的六十进制数字体系，六十进制迄今为止仍用于计时。使用六十进制，巴比伦人把 75 表示成"1,15"，这和把 75 分钟写成 1 小时 15 分钟是一样的。

中美洲的玛雅人使用二十进制数，但又不是一种规则的二十进制。真正的二十进制应该是以 $1, 20, 20^2, 20^3$ 等顺序增加数目，而玛雅体系使用的序列是 $1, 20, 18 \times 20, 18 \times 20^2$，等等，这使得一些计算变得复杂。

在早期的数字系统中，还有一种非常著名的罗马数字沿用至今。钟表的表盘上常常使用罗马数字，此外，它还用来在纪念碑和雕像上标注日期，标注书的页码或作为提纲条目的标记。现在仍在使用的罗马数字有 I、V、X、L、C、D、M，其中 I 表示 1，V 表示 5，X 表示 10，L 表示 50，C 表示 100，D 表示 500，M 表示 1 000。

很长一段时间以来，罗马数字被认为用来做加减法运算非常容易，这也是罗马数字能够在欧洲长期用于记账的原因。但使用罗马数字做乘除法则是很难的。其实，许多早期出现的数字系统和罗马数字系统相似，它们在做复杂运算时存在一定的不足，随着时间的发展，逐渐被淘汰掉了。

2. 计算机中的数制

在计算机科学中，常用的数制是十进制、二进制、八进制、十六进制 4 种。人们习惯于采用十进位计数制，简称十进制。但是由于技术上的原因，计算机内部一律采用二进制表示数据，而在编程中又经常使用十进制，有时为了表述上的方便，还会使用八进制或十六进制。因此，了解不同计数制及其相互转换是十分重要的。

（1）十进制数及其特点

十进制数（Decimal notation）的基本特点是基数为 10，用 10 个数码 0、1、2、3、4、5、6、7、8、9 来表示，且逢十进一，因此对于一个十进制数，各位的权是以 10 为底的幂。

【例 2-1】 将十进制数 $(2836.52)_{10}$ 按位权展开。

解

$$(2836.52)_{10} = 2 \times 10^3 + 8 \times 10^2 + 3 \times 10^1 + 6 \times 10^0 + 5 \times 10^{-1} + 2 \times 10^{-2}$$

这个式子称为十进制数 2836.52 的按位权展开式。

(2) 二进制数及其特点

二进制数(Binary notation)的基本特点是基数为 2,用 2 个数码 0、1 来表示,且逢二进一,因此,对于一个二进制数,各位的权是以 2 为底的幂。

【例 2-2】 将二进制数 $(110.101)_2$ 按位权展开。

解

$$(110.101)_2 = 1 \times 2^2 + 1 \times 2^1 + 0 \times 2^0 + 1 \times 2^{-1} + 0 \times 2^{-2} + 1 \times 2^{-3}$$

(3) 八进制数及其特点

八进制数(Octal notation)的基本特点是基数为 8,用 0,1,2,3,4,5,6,7 这 8 个数字符号来表示,且逢八进一,因此,各位的权是以 8 为底的幂。

【例 2-3】 将八进制数 $(16.24)_8$ 按位权展开。

解

$$(16.24)_8 = 1 \times 8^1 + 6 \times 8^0 + 2 \times 8^{-1} + 4 \times 8^{-2}$$

(4) 十六进制数及其特点

十六进制数(Hexadecimal notation)的基本特点是基数为 16,用 0,1,2,3,4,5,6,7,8,9,A,B,C,D,E,F 这 16 个数字符号来表示,且逢十六进一,因此,各位的权是以 16 为底的幂。

【例 2-4】 十六进制数 $(5E.A7)_{16}$ 按位权展开。

解

$$(5E.A7)_{16} = 5 \times 16^1 + 14 \times 16^0 + 10 \times 16^{-1} + 7 \times 16^{-2}$$

(5) R 进制数及其特点

扩展到一般形式,一个 R 进制数,基数为 R,用 $0,1,\cdots,R-1$ 共 R 个数字符号来表示,且逢 R 进一,因此,各位的权是以 R 为底的幂。

一个 R 进制数的按权展开式如下。

$$(k_n k_{n-1} \cdots k_{-m})_R = k_n \times R^n + k_{n-1} \times R^{n-1} + \cdots + k_0 \times R^0 + k_{-1} \times R^{-1}$$
$$+ k_{-2} \times R^{-2} + \cdots + k_{-m} \times R^{-m}$$

2.2.2　数制的转换

虽然计算机内部使用二进制来表示各种信息,但计算机与外部的交流仍采用人们熟悉和便于阅读的形式。接下来将讨论几种进位计数制之间的转换问题。

1. R 进制数转换为十进制数

根据 R 进制数的按权展开式,可以很方便地将 R 进制数转换为十进制数。

【例 2-5】 将 $(110.101)_2$、$(16.24)_8$、$(5E.A7)_{16}$ 转换为十进制数。

解

$(110.101)_2 = 1 \times 2^2 + 1 \times 2^1 + 0 \times 2^0 + 1 \times 2^{-1} + 0 \times 2^{-2} + 1 \times 2^{-3} = 6.625$

$(16.24)_8 = 1 \times 8^1 + 6 \times 8^0 + 2 \times 8^{-1} + 4 \times 8^{-2} = 14.312\,5$

$(5E.A7)_{16} = 5 \times 16^1 + 14 \times 16^0 + 10 \times 16^{-1} + 7 \times 16^{-2} = 94.652\,3$(近似取 4 位)

2. 十进制数转换为 R 进制数

将十进制数转换为 R 进制数,只要对其整数部分,采用除以 R 取余法;而对其小数部分,采用乘以 R 取整法即可。

【例 2-6】 将 $(179.48)_{10}$ 转换为二进制数。

解

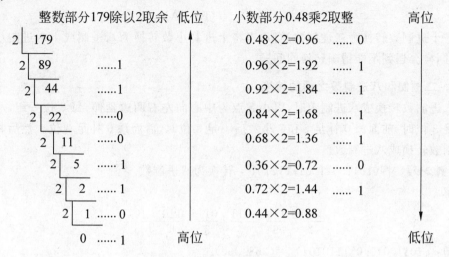

其中:
$$(179)_{10} = (10110011)_2 , (0.48)_{10} = (0.0111101)_2 (近似取 7 位)$$

因此,
$$(179.48)_{10} = (10110011.0111101)_2$$

从此例可以看出,一个十进制的整数可以精确转换为一个二进制整数,但是一个十进制的小数并不一定能够精确地转换为一个二进制小数。

【例 2-7】 将 $(179.48)_{10}$ 转换为八进制数。

解

整数部分179除以8取余		小数部分0.48乘以8取整	
8 | 179 3	低位	0.48×8=3.84 3	高位
8 | 22 6		0.84×8=6.72 6	
8 | 2 2		0.72×8=5.76 5	
0	高位	0.76	低位

其中:
$$(179)_{10} = (263)_8 , (0.48)_{10} = (0.365)_8 (近似取 3 位)$$

因此,
$$(179.48)_{10} = (263.365)_8$$

【例 2-8】 将 $(179.48)_{10}$ 转换为十六进制数。

解

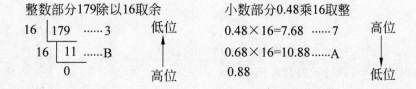

其中：

$$(179)_{10} = (B3)_{16}, (0.48)_{10} = (0.7A)_{16}(近似取 2 位)$$

因此，

$$(179.48)_{10} = (B3.7A)_{16}$$

与十进制数转换为二进制数类似，当将十进制小数转换为八进制或十六进制小数的时候，同样会遇到不能精确转换的问题。

3. 二进制和八进制数之间的转换

二进制数转换成八进制数时，以小数点为中心向左右两边延伸，每 3 位一组，小数点前不足 3 位时，前面添 0 补足 3 位；小数后不足 3 位时，后面添 0 补足 3 位。然后将各组二进制数转换成八进制数。

【例 2-9】 将 $(10110011.011110101)_2$ 转换为八进制数。

解

$$\underset{2}{010} \quad \underset{6}{110} \quad \underset{3}{011} . \underset{3}{011} \quad \underset{6}{110} \quad \underset{5}{101}$$

即：$(10110011.011110101)_2 = (263.365)_8$。

八进制数转换成二进制数则可概括为"1 位拆 3 位"，即把一位八进制数写成对应的 3 位二进制数，然后按顺序连接起来即可。

【例 2-10】 将 $(1234)_8$ 转换为二进制数。

解

$$\underset{001}{1} \quad \underset{010}{2} \quad \underset{011}{3} \quad \underset{100}{4}$$

即：$(1234)_8 = (1010011100)_2$。

4. 二进制数和十六进制数之间的转换

类似于二进制数转换成八进制数，二进制数转换成十六进制数时也是以小数点为中心向左右两边延伸，每 4 位一组，小数点前不足 4 位时，前面添 0 补足 4 位；小数点后不足 4 位时，后面添 0 补足 4 位。然后，将各组的 4 位二进制数转换成十六进制数。

【例 2-11】 将 $(10110101011.011101)_2$ 转换成十六进制数。

解

$$\underset{5}{0101} \quad \underset{A}{1010} \quad \underset{B}{1011} . \underset{7}{0111} \quad \underset{4}{0100}$$

即：$(10110101011.011101)_2 = (5AB.74)_{16}$。

十六进制数转换成二进制数时，将十六进制数中的每 1 位拆成 4 位二进制数，然后按顺序连接起来。

【例 2-12】 将 $(3CD)_{16}$ 转换成二进制数。

解

$$\underset{0011}{3} \quad \underset{1100}{C} \quad \underset{1101}{D}$$

即：$(3CD)_{16} = (1111001101)_2$。

5. 八进制数与十六进制数的转换

八进制数与十六进制数之间的转换,通常先转换为二进制数作为过渡,再用上面所讲的方法进行转换。

【例 2-13】 将$(3CD)_{16}$转换成八进制数。

解

$$\frac{\begin{array}{ccc} 3 & C & D \\ 0011 & 1100 & 1101 \end{array}}{\begin{array}{cccc} 001 & 111 & 001 & 101 \\ 1 & 7 & 1 & 5 \end{array}}$$

即:$(3CD)_{16}=(1715)_8$。

表 2-1 提供了在二进制、八进制、十六进制数之间进行转换时经常用到的数据,熟练掌握这些基本数据是必要的。

表 2-1　二进制、八进制、十六进制数之间的转换

十进制	二进制	八进制	十六进制	十进制	二进制	八进制	十六进制
0	0000	0	0	8	1000	10	8
1	0001	1	1	9	1001	11	9
2	0010	2	2	10	1010	12	A
3	0011	3	3	11	1011	13	B
4	0100	4	4	12	1100	14	C
5	0101	5	5	13	1101	15	D
6	0110	6	6	14	1110	16	E
7	0111	7	7	15	1111	17	F

2.2.3　汉字与编码

汉字编码,就是采用一种科学可行的办法,为每个汉字编一个唯一的代码,以便计算机辨认、接收和处理。在此介绍的是国家标准信息交换汉字编码。

汉字信息处理系统一般包括编码、输入、存储、编辑、输出和传输。其中编码是关键。不解决这个问题,汉字就不能进入计算机,下面介绍 3 种编码。

计算机处理汉字所用的编码标准是我国于 1980 年颁布的国家标准 GB 2312—1980,即《信息交换用汉字编码字附集·基本集》,简称国标码。国标码的主要用途是作为汉字信息交换码使用。

1. GB 2312—1980 编码

GB 2312—1980 收录简化汉字及符号、字母、日文假名等共 7 445 个图形字符,其中汉字占 6 763 个。GB 2312—1980 规定"对任意一个图形字符都采用两个字节表示,每个字节均采用 7 位编码表示",习惯上称第一个字节为"高字节",第二个字节为"低字节"。GB 2312—1980 包含了大部分常用的一、二级汉字和 9 区的符号。该字符集是几乎所有的中文系统和国际化的软件都支持的中文字符集,这也是最基本的中文字符集。其编码范围是:高位 0xa1～0xfe,低位也是 0XAL～0XFE;汉字从 0XB0AL 开始,结束于 0XF7FE。GB 2312 将代码表分为 94 个区,对应第一字节(0XAL～0XFE);每个区 94 个

位(0XAL～0XFE),对应第二字节；两个字节的值分别为区号值和位号值加 32(2OH),因此也称为区位码。01～09 区为符号、数字区,16～87 为汉字区(0XB0～0XF7),10～15 区、88～94 区是有待进一步标准化的空白区。GB 2312 将收录的 6 763 个汉字分成两级：第一级是常用汉字共计 3 755 个,置于 16～55 区,按汉语拼音字母/笔画顺序排列；第二级汉字是次常用汉字共计 3 008 个,置于 56～87 区,按部首/笔画顺序排列。

GB 2312—1980 的编码范围为 2121H～777EH,与 ASCII 有重叠,通行方法是将 GB 码两个字节的最高位,置 1 以示区别。

图 2-20 中位于 ASCII 区中的虚线区域即为原 GB 2312—1980 编码区域,右下角实线区域为平移后的 GB 2312—1980 编码区域。其中详细区位分布如图 2-20 所示。

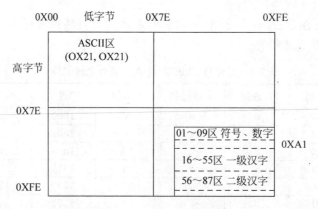

图 2-20　GB 2312 编码图

2. GBK 和 GB 18030 编码

由于 GB 2312—1980 表示的汉字比较有限,因此一些偏僻汉字无法表示。随着计算机应用的普及,这个问题日益突出,我国的信息标准化委员会对标准进行了扩充,得到了扩充后的汉字编码方案 GBK。它一方面向上兼容 GB 2312—1980；另一方面,将常用的繁体字填充到原编码标准中留下的空白码段中,使汉字数增加到 20 902 个。值得注意的是 GBK 并不是一个国家标准,而只是一个规范,随着 GB 18030 国家标准的发布,它将完成它的历史使命。GB 18030 采用变长编码,其中两字节部分与 GBK 完全兼容,共收录 27 484 个汉字,总的编码数超过 150 万个码位。

3. Unicode 编码

随着因特网的迅速发展,进行数据交换的需求越来越大,不同的编码体系越来越成为信息交换的障碍,而且多种语言共存的文档不断增多,单靠 ANSI 代码页已很难解决这些问题,于是 Unicode 编码应运而生。

Unicode 采用两个字节编码体系,因此它允许表示 65 536 个字符,这已能满足目前大多数场合的需要。前 128 个 Unicode 字符是标准的 ASCII 字符,接下来是 128 个扩展的 ASCII 字符,其余的字符供不同语言的文字和符号使用。其版本 V3.0 于 2000 年公布,内容包括字母和符号 10 236 个、汉字 27 786 个、韩文拼音 11 172 个、造字区 6 400 个、保留区 20 249 个,控制符 65 个。

Unicode 同现在流行的代码页最显著不同点在于：Unicode 是两字节的全编码，对于 ASCII 字符，它也使用两字节表示，代码页是通过高字节的取值范围来确定是 ASCII 字符，还是汉字的高字节。如果发生数据损坏，某处内容破坏，则会引起其后汉字的混乱。Unicode 则一律使用两个字节表示一个字符，最明显的好处是它简化了汉字的处理过程。

Unicode 有双重含义：首先 Unicode 是对国际标准 ISO/IEC 10646 编码的一种称谓（ISO/IEC 10646 是一个国际标准，亦称大字符集，它是 ISO 于 1993 年颁布的一项重要国际标准，其宗旨是使全球所有文种统一编码）；另外它又是由美国的 HP、Microsoft、IBM、Apple 等大企业组成的联盟集团的名称，成立该集团的宗旨就是要推进多文种的统一编码。

Unicode 使用平面来描述编码空间，每个平面分为 256 行、256 列，相对于两字节编码的高低两个字节。

Unicode 的第一个平面，称为 Basic Multilingual Plane（基本多文种平面，BMP），由于 BMP 仅用两个字节表示，所以备受青睐。

由于编码方案繁多，需要有一个统一的标准。1981 年，国家标准局公布了《信息交换用汉字编码字符集基本集》（简称汉字标准交换码），共分两级：一级 3 755 个字，二级 3 008 个字，共 6 763 个字。这种汉字标准交换码是计算机的内部码，可以为各种输入/输出设备的设计提供统一的标准，使各种系统之间的信息交换有共同一致性，从而使信息资源的共享得以保证。目前，正在制定《信息交换用汉字编码字符集辅助集》，以满足少数用字量超过基本集的用户和中国台湾、中国香港等地的需要。

2.3　计算机的组成原理

2.3.1　冯·诺依曼结构

美籍匈牙利科学家冯·诺依曼最先提出程序存储的思想，并成功将其运用在计算机的设计之中，根据这一原理制造的计算机被称为冯·诺依曼结构计算机，世界上第一台冯·诺依曼式计算机是 1949 年研制的 EDSAC。

冯·诺依曼理论的要点是：数字计算机的数制采用二进制；计算机应该按照程序顺序执行。

人们把冯·诺依曼的这个理论称为冯·诺依曼体系结构。从 ENIAC 到当前最先进的计算机，都采用的是冯·诺依曼体系结构。根据冯·诺依曼体系结构构成的计算机，必须具有如下功能。

（1）把需要的程序和数据送至计算机中。

（2）必须具有长期记忆程序、数据、中间结果及最终运算结果的能力。

（3）能够完成各种算术、逻辑运算和数据传送等数据的加工处理。

（4）能够根据需要控制程序走向，并能根据指令控制机器的各部件协调操作。

（5）能够按照要求将处理结果输出给用户。

为了完成上述的功能，计算机必须具备五大基本组成部件：输入数据和程序的输入设备；记忆程序和数据的存储器；完成数据加工处理的运算器；控制程序执行的控制器；输出处理结果的输出设备。

2.3.2　计算机系统

计算机系统由硬件系统和软件系统两大部分组成,如图 2-21 所示。其中,计算机硬件系统是计算机系统的基础,软件系统是计算机系统的灵魂。

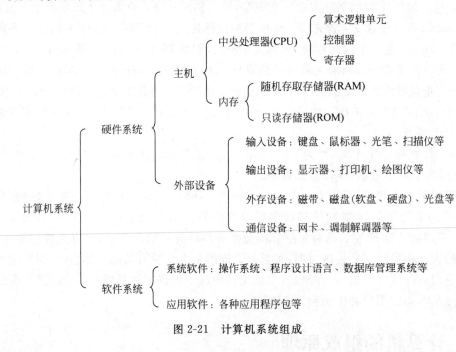

图 2-21　计算机系统组成

计算机硬件系统是组成一台计算机的各种物理装置,是计算机进行工作的物质基础。从第一代电子计算机到第四代计算机的体系结构都是相同的,一个计算机系统的硬件一般是由算术逻辑单元、控制器、存储器、输入设备和输出设备五大部分组成的,如图 2-22 所示。

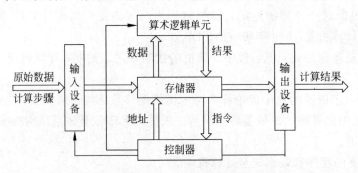

图 2-22　计算机组成结构

软件系统(Software Systems)是指由系统软件、支撑软件和应用软件组成的计算机软件系统,它是计算机系统中由软件组成的部分。它包括操作系统、语言处理系统、数据库系统、分布式软件系统和人机交互系统等。操作系统用于管理计算机的资源和控制程序的运行。语言处理系统是用于处理软件语言等的软件,如编译程序等;数据库系统是用于支持数据管理和存取的软件,它包括数据库、数据库管理系统等。数据库是常驻在计算机系统内的一组数据,它们之间的关系用数据模式来定义,并用数据定义语言来描述;数据库管理系统是使用户可以把数据作为抽象项进行存取、使用和修改的软件。分布式软件系统包括分布式操作系统、分布式程序设计系统、分布式文件系统、分布式数据库系统等。人机交互系统是提供用户与计算机系统之间按照一定的约定进行信息交互的软件系统,可为用户提供一个友善的人机界面。操作系统的功能包括处理器管理、存储管理、文件管理、设备管理和作业管理。

2.3.3 微型计算机的体系结构

1. 微型计算机的硬件

(1) 中央处理器(CPU)

CPU 是计算机的心脏,好比一家之主一样。计算机一旦通电,则所有的行为都要在它的控制之下运行。CPU 同其他设备如磁盘驱动器、内存和开关稳压电源等装在一个铁箱子中。这个箱子称为主机。在主机箱的背后有各种端口,用来沟通主机和其他输入/输出设备的联系。

① CPU 是计算机的核心部件,由算术逻辑单元和控制器组成。

② CPU 通过总线连接内存构成微型计算机的主机。总线分为内部总线和系统总线。系统总线又分为:地址总线,控制总线和数据总线。

微处理器(中央处理器,CPU)是计算机中最关键的部件,是由超大规模集成电路(VLSI)工艺制成的芯片,它由算术逻辑单元、控制器、寄存器组和辅助部件组成。

算术逻辑单元(Arithmetic Logic Unit,ALU)是用来进行算术运算和逻辑运算的元件。

控制器负责从存储器中取出指令、分析指令、确定指令类型,并对指令进行译码,按时间先后顺序负责向其他各部件发出控制信号,保证各部件协调工作。

寄存器组是用来存放当前运算所需的各种操作数、地址信息、中间结果等内容的。将数据暂时存于 CPU 内部寄存器中,加快了 CPU 的操作速度。

微处理器按字长可以分为:8 位、16 位、32 位、64 位微处理器。

微型计算机的 CPU 大部分都使用了美国 Intel 公司的芯片,此外还有美国的 AMD、Cyrix、IDT 等公司的产品在市场上与 Intel 公司的产品竞争。图 2-23 所示为常见各类型 CPU。

图 2-23 常见的 CPU

③ CPU 的主要性能指标有字长和主频。

(2) 总线结构

微型计算机结构是以总线为核心,将微处理器、存储器、输入/输出设备智能地连接在一起的。所谓总线,是指微型计算机各部件之间传送信息的通道。CPU 内部的总线称为内部总线,连接微型计算机系统各部件的总线称为外部总线。

微型计算机的系统总线从功能上分为地址总线、数据总线和控制总线。

① 地址总线:CPU 通过地址总线把地址信息送出给其他部件,因而地址总线是单向的。地址总线的位数决定了 CPU 的寻址能力,也决定了微型机的最大内存容量。例如:16 位地址总线的寻址能力是 $2^{16}=64\text{KB}$,而 32 位地址总线是 4GB。

② 数据总线:数据总线用于传输数据。数据总线的传输方向是双向的,是 CPU 与存储器、CPU 与 I/O 接口之间的双向传输。数据总线的位数和微处理器的位数是相一致的,是衡量微机运算能力的重要指标。

③ 控制总线:控制总线是 CPU 对外围芯片和 I/O 接口的控制以及这些接口芯片对 CPU 的应答、请求等信号组成的总线。控制总线是最复杂、最灵活、功能最强的一类总线,其方向也因控制信号不同而有差别。例如,读写信号和中断响应信号由 CPU 传给存储器和 I/O 接口;中断请求和准备就绪信号由其他部件传输给 CPU。

(3) 存储器

存储器是计算机的记忆部件,负责存储程序和数据,并根据控制命令提供这些程序和数据。存储器分两大类:一类和计算机的算术逻辑单元、控制器直接相连,称为主存储器(内部存储器),简称计算机的主存(内存);另一类存储设备称为辅助存储器(外部存储器),简称辅存(外存)。

① 内存。内存一般由半导体材料构成,存取速度快,因而容量相对小一些,价格较贵(如图 2-24 所示)。

图 2-24   内存条

在计算机内部,一切数据都是用二进制数的编码来表示。为了衡量计算机中数据的量,人们规定了一些表示数据量的常用单位,有位、字节、字。

- 位是计算机中存储数据的最小单位,指二进制数中的一个位数,其值为"0"或"1",因其英文名为"bit",故称为"比特"。
- 字节是计算机存储容量的基本单位,计算机存储容量的大小是用字节的多少来衡量的。其英文名为"byte",通常用"B"表示。字节经常使用的单位还有 KB(千字节)、MB(兆字节)和 GB(吉字节)等,它们与字节的关系如下。

$$1\text{B}=8\text{b}$$
$$1\text{KB}=2^{10}\ \text{B}=1\ 024\text{B}$$
$$1\text{MB}=1\times 2^{10}\ \text{KB}=1\ 024\text{KB}$$
$$1\text{GB}=1\times 2^{10}\ \text{MB}=1\ 024\text{MB}$$

通常,一个 ASCII 码用 1 个字节表示;一个汉字的国标码用 2 个字节表示;整型数用 2 个字节表示;单精度实型数用 4 个字节表示;双精度实型数用 8 个字节表示;

等等。

- 字是计算机内部作为一个整体参与运算、处理和传送的一串二进制数,其英文名为"字"(Word)。字是计算机内 CPU 进行数据处理的基本单位。

字长是计算机 CPU 一次处理数据的实际位数,是衡量计算机性能的一个重要指标。字长越长,一次可处理的数据二进制位越多,运算能力就越强,计算精度就越高。目前,计算机字长有 8 位、16 位、32 位和 64 位,通常所说的 N 位的计算机是指该计算机的字长有 N 位二进制数。例如,586 微机内部总线的字长是 64 位,被称为 64 位机,则 586 计算机一次最多可以处理 64 位数据。

② 外部存储器。辅存一般由磁记录设备构成,如硬盘、软盘、磁带、光盘等,容量较大,价格便宜,但速度相对慢一些。外部存储器主要有磁盘存储器和光盘存储器两种,其中磁盘存储器又分为软盘存储器和硬盘存储器。

- 常用的软盘是 3.5 英寸容量是 1.44MB。
- 硬盘容量通常为 10~500GB。
- 光盘有 CD 光盘(容量大约为 650MB)和 DVD(容量大约为 4.7GB)。
- USB 移动存储设备:通过串行总线 USB 连接的 U 盘和移动硬盘。

(4) 显示器与显示

显示器是微机必需的输出设备。显示器类似于电视屏幕,也被称为视频显示终端(VDTs),显示器有单色和彩色之分。单色显示器屏幕上仅显示一种颜色,它可能是白色或是一种悦目的绿色。彩色显示器通常提供许多种可供选择的颜色。

显示器有两种:阴极射线管(CRT)和液晶显示(LCD),如图 2-25 所示。

① CRT 显示器的主要技术指标:尺寸(14 英寸,15 英寸,17 英寸等)和分辨率(800×

图 2-25　CRT 显示器和 LCD 显示器

600,1024×768,1280×1024 等);

② LCD 显示器的主要技术参数:亮度,对比度,可视角度,信号反应时间和色彩等。

显卡也称显示适配器,它是显示器与主机通信的控制电路和接口。主要有 MDA、CGA、EGA、VGA、AGP、SVGA、AVGA 等,目前常用的是增强型 VGA。

(5) 打印机

打印机是除显示器外最常用的输出设备。打印机可以将程序运行的结果打印出来,从而成为永久的纸备份。打印机可以打印程序列表和图像。通常有 3 种类型的打印机可供选择:针式打印机、喷墨打印机和激光打印机(图 2-26)。

打印机的主要性能指标有打印速度和打印分辨率。

(6) 键盘和鼠标

键盘是计算机的一种必不可少的硬件设备,也是最常用的一种输入设备,是人与计算机的对话工具。可以通过键盘把数据、资料等需要计算机处理或保存的信息输入计算机。

针式打印机

喷墨打印机

激光打印机

图 2-26　各种类型打印机

图 2-27　键盘

一个典型的键盘包括一组位于键盘中间的标准键、许多功能键和一些附加键(如图 2-27 所示)。功能键和附加键在不同的软件中有不同的作用。

另一种常用的输入设备是鼠标(如图 2-28 所示)。鼠标是一个可以用手在桌面上推动的外部设备,通过它可以在屏幕上移动光标或者选中菜单上的某项功能。鼠标是一个必要的外部设备,它可以使用户以比仅使用键盘快得多的速度完成许多操作。

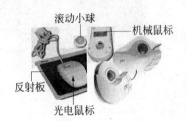

滚动小球
机械鼠标
反射板
光电鼠标

图 2-28　各类鼠标

2. 微型计算机的软件

系统软件是管理、监控、维护计算机资源(包括硬件与软件)的软件。它包括操作系统、各种语言处理程序(微机的监控管理程序、调试程序、故障检查和诊断程序、高级语言的编译和解释程序)以及各种工具软件等。

(1) 操作系统

操作系统在系统软件中处于核心地位,操作系统是由厂商随硬件提供的一组程序,它有两方面的基本作用。

① 使计算机更易于使用:操作系统的部分作用在于把程序设计者从非常复杂的程序设计任务中解脱出来,给他提供一种"扩充型"的机器。

② 使硬件资源的使用更有效:许多操作系统提供了多道程序功能,即可以将一系列

不同程序同时调入计算机，从而更有效地使用 CPU。

常见的操作系统有 DOS、Windows 98、Windows 2000、Windows NT、Windows XP、Linux、UNIX、OS/2 等。

（2）程序设计语言

程序设计语言是软件系统的重要组成部分。程序的作用就是向计算机转达用户的意图，指挥计算机工作，也就是说，程序是人机对话的语言工具，是人与计算机交流信息的桥梁。通常程序设计所使用的符号、短语及其语法规则通称为程序设计语言，而相应的各种语言处理程序，属于系统软件。程序设计语言一般分为机器语言、汇编语言、高级语言和第四代语言 4 类。

① 机器语言：机器语言是最底层的计算机语言，是用二进制代码指令表达的计算机语言，能被计算机硬件直接识别并执行，由操作码和操作数组成。机器语言程序编写的难度较大且不容易移植，即针对一种计算机编写的机器语言程序不能在另一种计算机上运行。

② 汇编语言：汇编语言是用助记符代替操作码，用地址符代替操作数的一种面向机器的低级语言，一条汇编指令对应一条机器指令。由于汇编语言采用了助记符，它比机器语言易于修改、编写、阅读，但用汇编语言编写的程序（称汇编语言源程序），机器不能直接执行，必须使用汇编程序把它翻译成机器语言即目标程序后，才能被机器理解、执行，这个编译过程称为汇编。

③ 高级语言：直接面向过程的程序设计语言称为高级语言，它与具体的计算机硬件无关，用高级语言编写的源程序可以直接在不同机型上运行，因而具有通用性。但是，计算机不能直接识别和运行高级语言，必须经过"翻译"。所谓"翻译"是由一种特殊程序把源程序转换为机器码，这种特殊程序就是语言处理程序。高级语言的翻译方式有两种：一种是"编译方式"；另一种是"解释方式"。编译方式是通过编译程序将整个高级语言源程序翻译成目标程序（.OBJ），再经过连接程序生成为可以运行的程序（.EXE）；解释方式是通过解释程序边解释边执行，不产生可执行程序。

它们中有一些是以科学家的名字命名的，而另一些则反映了它们的用途。例如：FORTRAN——公式翻译；ALGOL——算法语言；BASIC——初学者通用符号指令代码；COBOL——面向公共商业的语言；LISP——表处理；PASCAL——帕斯卡自动顺序计算机语言，它是以一个法国数学家 Blaise Pascal 的名字命名的；PROLOG——逻辑程序设计；ADA——以 Charles Babbage 的助手 Ada Lovelace 的名字命名；Visual C——由微软公司开发的可视化的程序设计语言之一；Java——爪哇是太平洋中的一个小岛，为了使这种语言更有趣而有名，Sun 公司命名它为"爪哇"。

每一种语言都被设计来满足特定的目的，FORTRAN，ALGOL 和 BASIC 都是面向数学计算的，COBOL 是一种面向商业的通用语言，而 Java 语言则是为因特网计算而设计的。

④ 第四代语言（简称 4GL）：4GL 是相对于机器语言、汇编语言、高级语言而命名的，是非过程化语言，编码时只须说明"做什么"，而无须描述算法细节。4GL 的两个典型应用是数据库查询和应用程序生成器。用户可以用结构化查询语言（SQL）对数据库中的信

息进行复杂的操作。操作时,用户只须将要查找的内容在什么地方、根据什么条件进行查找等信息告诉数据库服务器,即可自动完成查找过程。应用程序生成器则会根据用户的需求"自动生成"满足需求的高级语言程序。真正的第四代程序设计语言应该说还没有出现。目前,所谓的第四代语言大多是指基于某种语言环境上具有 4GL 特征的软件工具产品,如 Power Builder、Oracle、FOCUS 等。

(3) 数据库

数据库就是相互联系着的一些文件的集合,这些文件是由数据库管理系统(DBMS)创建的。数据库的内容是通过把一个组织中不同数据源的数据加以组织结合而得到的,以便于数据对所有用户可用,冗余数据可以被消除,或者将之最小化。数据库中的数据被不同的程序所共享,用户可以从数据库的不同部分检索数据,因为存储在数据库中的文件之间有着直接或间接的联系。

"数据管理"是指用计算机进行数据收集、数据存储和信息处理。自从文明诞生以来,人们就认识到了组织和存储大量原始数据对检索有效信息的必要性。

自从 20 世纪 60 年代第一次把计算机应用到数据管理以来,数据采集和信息生成量一直在以加速度增长。从大公司到小额交易、再到家务管理,计算机用于数据管理的范围日趋广泛。这主要是由于计算机硬件成本的降低和用户友好软件包的触手可及。这些软件包除具有传统的文本和图表显示外,还能够以图形、各种图符和其他图像方式显示信息。

数据库管理系统是数据库系统的主要软件成分,是许多相互关联的软件例行程序的集合,每个软件例行程序负责一项专门任务。DBMS 的基本功能如下。

① 创建和组织数据库。

② 建立和维护数据库的访问路径,以便迅速访问数据库中的任何一部分数据。

③ 按照用户的要求处理数据。

④ 维护数据完整性和安全性。

数据库管理系统解释和处理用户的请求,以便从数据库中检索信息。数据库管理系统在用户请求和数据库之间起到了接口作用。对数据库的查询有多种形式。在访问物理数据库之前,查询要求必须穿过数据库管理系统的几层软件和操作系统。数据库管理系统是通过调用恰当的子程序来响应用户查询的,每个子程序完成其特定的功能,解释查询之后,定位到所需要的数据,并把数据以期望的顺序提交。这样,数据库管理系统就使数据库用户脱离了烦琐的程序设计。

2.4 计算机的安全

2.4.1 外部环境

在使用计算机的过程中,不可忽视环境对计算机寿命的影响。只有保证计算机有一个良好的工作环境,才能使计算机正常地发挥功能。确保计算机运行环境良好需要注意以下 5 点。

1. 温度

计算机理想的工作温度应在 10℃～35℃,太高或太低都会影响配件的寿命。如果条件许可,可以在计算机使用房间内安装空调设备,以保证其温度的调节。

2. 湿度

计算机理想的相对湿度应为 30％～80％,湿度太高会影响配件的性能发挥,甚至引起一些配件短路。在天气较为潮湿的时候,最好每天能够使用计算机或者让计算机通电一段时间。

3. 洁净度

空气中灰尘含量对计算机影响也较大,被称为计算机硬件的天敌。如果灰尘太大,落在计算机硬件上,天长日久就会腐蚀各配件的电路板,同时也容易产生静电。所以,对计算机定期进行相应的清洁打扫是很重要的。

4. 电磁干扰

计算机存储设备的主要介质是磁性材料。如果计算机周边的磁场较强,会造成存储设备中的数据损坏甚至丢失,还会造成显示器出现异常的抖动或者偏色。

5. 电源

计算机对电源也有要求。交流电正常的范围应在 220V±10％,频率范围是 50Hz±5％,并且具有良好的接地系统。在可能情况下,使用 UPS 电源来保护计算机,使得计算机在断电时能继续运行一段时间。

2.4.2　内部环境

计算机的正常运行需建立可信任的内部运行环境,其关键是在操作系统内设置可信文件验证模块、可信进程内存代码验证模块,加载并运行安全的操作系统。可信文件验证模块截获所有文件操作行为,如是对可信任文件的操作行为,则根据该文件操作类型进行处理,如是对不可信文件的操作行为,则对该文件验证合格后再对文件进行操作;可信进程内存代码验证模块定时验证所有进程代码的运行状态和完整性是否正常,如不正常则发警告,保存该进程运行的现场数据后,关闭此进程并修复,否则正常运行。

采用合适的工具软件对文件及进程本身是否受到攻击进行检测,这样无论是否存在病毒的攻击,都能确保计算机运行环境的安全。

习题二

1. 选择题

(1) 一个完整的计算机系统包括_____。

    A. 主机、键盘、显示器

    B. 计算机及其外部设备

    C. 系统软件与应用软件

    D. 计算机的硬件系统和软件系统

(2) 反映计算机存储容量的基本单位是_____。

    A. 二进制位　　　　B. 字节　　　　C. 字　　　　D. 双字

(3) 在微机中,应用最普遍的字符编码是_____。

    A. ASCII 码　　　　　B. BCD 码　　　　　C. 汉字编码　　　D. 补码

(4) 微型计算机的发展是以_____的发展为表征的。

    A. 微处理器　　　　　B. 软件　　　　　　C. 主机　　　　　D. 控制器

(5) 计算机内部使用的数是_____。

    A. 二进制数　　　　　B. 八进制数　　　　C. 十进制数　　　D. 十六进制数

(6) 鼠标是微机的一种_____。

    A. 输出设备　　　　　B. 输入设备　　　　C. 存储设备　　　D. 运算设备

(7) 断电会使原存信息丢失的存储器是_____。

    A. RAM　　　　　　　B. 硬盘　　　　　　C. ROM　　　　　D. 软盘

(8) 操作系统负责管理计算机系统的_____,其中包括处理机、内存、外围设备和文件。

    A. 程序　　　　　　　B. 文件　　　　　　C. 资源　　　　　D. 进程

(9) 没有_____设备计算机将无法工作。

    A. 硬盘　　　　　　　B. 软盘　　　　　　C. 内存　　　　　D. 打印机

(10) 下面有关计算机操作系统的叙述中,不正确的是_____。

    A. 操作系统属于系统软件

    B. 操作系统只负责管理内存储器,而不管理外存储器

    C. Linux 是一种操作系统

    D. 计算机的处理器、内存等硬件资源也由操作系统管理

(11) 计算机硬件的组成部分主要包括:运算器、存储器、输入设备、输出设备和_____。

    A. 控制器　　　　　　B. 显示器　　　　　C. 磁盘驱动器　D. 鼠标器

(12) 用 MIPS 为单位来衡量计算机的性能,它指的是计算机的_____。

    A. 传输速率　　　　　B. 存储器容量　　　C. 字长　　　　　D. 运算速度

(13) 下列各组设备中,全部属于输入设备的一组是_____。

    A. 键盘、磁盘和打印机　　　　　　　B. 键盘、扫描仪和鼠标器

    C. 键盘、鼠标器和显示器　　　　　　D. 硬盘、打印机和键盘

(14) 鼠标器通常连接在微机的_____上。

    A. 并行口　　　　　　　　　　　　　B. 串行口或 PS/2 口

    C. IDE 接口　　　　　　　　　　　　D. 总线接口

(15) 并行口常用来连接_____。

    A. 键盘　　　　　　　B. 鼠标器　　　　　C. 打印机　　　　D. 显示器

(16) 微机的销售广告中"P4 2.4G/256MB/80GB"中的 2.4G 表示_____。

    A. CPU 的运算速度为 2.4GIPS

    B. CPU 为 Pentium 4 的 2.4 代

    C. CPU 的时钟主频为 2.4GHz

    D. CPU 与内存间的数据交换速率是 2.4Gbps

(17) 计算机的技术性能指标主要是指_____。

 A. 计算机所配备语言、操作系统、外围设备

 B. 硬盘的容量和内存的容量

 C. 显示器的分辨率、打印机的性能等配置

 D. 字长、运算速度、内/外存容量和 CPU 的时钟主频

(18) 下列设备组中,完全属于输入设备的一组是_____。

 A. CD-ROM 驱动器、键盘、显示器　　　　B. 绘图仪、键盘、鼠标器

 C. 键盘、鼠标器、扫描仪　　　　　　　　D. 打印机、硬盘、条码阅读器

(19) 微型计算机的总线一般由_____组成。

 A. 数据总线、地址总线、通信总线

 B. 数据总线、控制总线、逻辑总线

 C. 数据总线、地址总线、控制总线

 D. 通信总线、地址总线、逻辑总线、控制总线

(20) 操作系统的 5 项基本功能是_____。

 A. CPU 管理、软盘管理、硬盘管理、CD-ROM 管理、显示器管理

 B. CPU 管理、磁盘管理、打印机管理、显示器管理、软件管理

 C. 作业管理、文件管理、处理器管理、存储管理、设备管理

 D. 主机管理、外设管理、输入管理、输出管理、设备管理

2. 简答题

(1) 什么是信息?

(2) 什么是信息技术?

(3) 第一台计算机产生的时间、地点、名字是什么?

(4) 谁发明了第一台计算机?

(5) 计算机的发展经过了哪些时代?

(6) 计算机的发展经历了哪几个阶段? 各阶段的主要特征是什么?

(7) 存储器的容量单位有哪些? 若内存的大小为 256MB,则它有多少个字节?

(8) 简述计算机代码以二进制编码的优点。

(9) 微型计算机内部存储器按其功能特征可分为几类? 各有什么区别?

(10) 外部存储器的数据能否被 CPU 直接处理?

(11) 进行下列数的数制转换(D 表示十进制,H 表示十六进制,O 表示八进制,B 表示二进制)。

 ① $(213)_D = (\quad)_B = (\quad)_H = (\quad)_O$

 ② $(69.625)_D = (\quad)_B = (\quad)_H$

 ③ $(127)_D = (\quad)_B = (\quad)_H$

 ④ $(3E1)_H = (\quad)_B = (\quad)_D$

3. 填空题

(1) 确立了现代计算机基本结构的科学家是_____。

（2）现代计算机的划代原则主要是依据计算机所采用的_____的不同来划分的。

（3）冯·诺依曼首先在电子计算机中提出_____的概念。

（4）第三代电子计算机采用的电子器件是_____。

（5）微处理器芯片有许多性能指标，其中主要是字长和_____。

（6）_____位二进制数对应一个八进制数，_____位二进制数对应一个十六进制数。

（7）32MB 等于_____字节。

（8）_____语言可以直接在计算机上运行。

（9）计算机的软件系统由_____和_____两部分组成。

第 3 章

信息处理与信息检索

【案例】

美国施乐公司作为世界复印机行业的巨人之一,于 20 世纪 60 年代在世界首次推出办公用复印机(型号为 Xerox914),从而改变了人们的工作方式,施乐公司也因此垄断世界复印机市场长达十几年。后来,随着理光、佳能等日本企业先后进入复印机市场,该行业的竞争日益激烈。但是施乐公司忽视了全球性的竞争威胁情报研究,不能及时对经营战略进行调整,最后被迫进入防御状态。到 20 世纪 80 年代初,施乐公司的复印机全球市场份额由 82% 下降到 35%。这时施乐公司才开始分析日本的产品和价格,结果令他们大吃一惊——日本佳能公司竟然以施乐公司的成本价销售复印机。起初与其他美国企业一样,施乐公司怀疑日本产品质量差,但事实证明并非如此;施乐公司又认为日本产品采取低价倾销策略,价格如此之低肯定赚不到钱,结果又错了。经过对日本产品深入细致的竞争情报分析对比后,施乐公司才发现竞争对手企业在产品导入市场的时间和投入的人力都只有本公司的 $1/2$,而且设备安装时间仅是本公司的 $1/3$,这就是竞争对手可以大幅度降价的关键原因。

为了夺回已失去的市场份额,施乐公司加强了对竞争对手情报的搜集、处理和分析工作,决定以公司市场调研部为基础,成立了专门的竞争情报研究部门,协调和领导整个公司的竞争情报工作。为了时刻获得情报信息,施乐公司在 3 个层次上开展了竞争情报研究。

① 全球性的,由施乐公司的营业部负责收集和分析影响公司长期计划或战略计划的信息。

② 全国性的,由美国顾客服务部收集美国国内的竞争情报。

③ 地区性的,充分利用在公司遍布在美国的 37 个销售服务网点,要求通过各自的市场经理收集和分析所在地区的信息,并在此基础上公司建立"竞争数据库"和"顾客数据库"。

而且为了实施竞争情报分析,施乐公司还成立了竞争评估实验室,组织实施反求工程(reverse engineering),专门用以剖析竞争对手产品或有竞争威胁的产品。情报专家们通过合法渠道将这些产品买来并拆开,对其进行非常细致的分析,包括每一个细节、每一个特点、每一个优点和每一个缺点,尤其是公司可能面临的专利技术和秘密技术的应用及其特点,以了解竞争对手产品降低成本、提高质量的实用方法和制造原理,而后将分析报告传送给设计师和工程师,使他们能够了解竞争对手的产品开发动态。这些竞争策略的实施使施乐公司最终从日本佳能公司那里夺回了其应有的市场份额。

【案例分析】

实践证明,由于运用竞争情报,使施乐公司面对众多的对手,特别是不断地有强大的新对手加入,能够处之不惊,从大局着眼,把握竞争形势,始终保持竞争的主动性。关于竞争情报的重要性,施乐公司的副总裁 Judity M. Vezmar 认为:"竞争情报应成为企业营销活动的一部分,每一项受竞争影响的活动都需要竞争情报,而且最重要的是,要确保将正确的信息在正确的时间里传递给正确的人。"

因此,在当今信息时代,信息情报的获取和处理技术已成为企业和个人生存与发展的法宝及基本技能。

这一章主要讲解有关信息和信息处理的知识与技能。

本章学习导航:

1. 信息处理基础知识
2. 信息检索
3. 因特网信息处理
4. 数字图书馆

知识点与能力目标:

1. 信息技术
2. 信息处理
3. 文字处理技术
4. 信息检索技术
5. 因特网信息处理技术
6. 数字图书馆

3.1　信息处理基础知识

信息的表现形式是多种多样的,计算机信息处理过程的范例不胜枚举,它不只限于算术运算处理,在语言、文字、声音、图像等信息的处理方面都得到了长足的发展。

3.1.1　信息技术基本概念

IT(Information Technology,信息技术)是以电子计算机和现代通信为主要手段实现信息的获取、加工、传递和利用等功能的技术总和。

IT 实际上有 3 个层次:第一层是硬件,主要指数据存储、处理和传输的主机与网络通信设备;第二层是指软件,包括可用来搜集、存储、检索、分析、应用、评估信息的各种软件;第三层是指应用,指搜集、存储、检索、分析、应用、评估使用各种信息。有些人理解的IT 把前两层合二为一,统指信息的存储、处理和传输,后者则为信息的应用;也有人把后两层合二为一,则划分为前硬后软。通常第三层还没有得到足够的重视,但事实上却是唯有当信息得到有效应用时,IT 的价值才能得到充分发挥,也才真正实现了信息化的目标。信息化本身不是目标,它只是在当前时代背景下一种实现目标比较好的一种手段。

一般来说,人的信息功能包括:感觉器官承担的信息获取功能,神经网络承担的信息传递功能,思维器官承担的信息认知和信息再生功能,效应器官承担的信息执行功能。按扩展人的信息器官功能分类,信息技术可分为以下几方面技术。

(1) 传感技术——信息的采集技术,对应于人的感觉器官。

传感技术的作用是扩展人获取信息的感觉器官功能。它包括信息识别、信息提取、信息检测等技术。它几乎可以扩展人类所有感觉器官的传感功能。信息识别包括文字识别、语音识别和图像识别等。

(2) 通信技术——信息的传递技术,对应于人的神经系统的功能。

通信技术的主要功能是实现信息快速、可靠、安全的转移。各种通信技术都属于这个范畴。广播技术也是一种传递信息的技术。由于存储、记录可以看成是从"现在"向"未来"或从"过去"向"现在"传递信息的一种活动,因而也可将它看做是信息传递技术的一种。

(3) 计算机技术——信息的处理和存储技术,对应于人的思维器官。

计算机信息处理技术主要包括对信息的编码、压缩、加密和再生等技术。计算机存储技术主要包括着眼于计算机存储器的读写速度、存储容量及稳定性的内存储技术和外存储技术。

(4) 控制技术——信息的使用技术,对应于人的效应器官。

控制技术即信息施用技术是信息过程的最后环节。它包括调控技术、显示技术等。

由上可见,传感技术、通信技术、计算机技术和控制技术是信息技术的四大基本技术,其主要支柱是通信(Communication)技术、计算机(Computer)技术和控制(Control)技术,即"3C"技术。信息技术是实现信息化的核心手段。

信息技术是一门多学科交叉综合的技术,计算机技术、通信技术和多媒体技术、网络技术互相渗透、互相作用、互相融合,形成以智能多媒体信息服务为特征的时空的大规模信息网。信息科学、生命科学和材料科学一起构成了当代 3 种前沿科学,信息技术是当代世界范围内新的技术革命的核心。信息科学和技术是现代科学技术的先导,是人类进行高效率、高效益、高速度社会活动的理论、方法与技术,是国家现代化的一个重要标志。

3.1.2 信息处理基础知识

人类可以通过各种方式获取信息,最直接的就是用眼睛看、用鼻子闻、用耳朵听、用舌头尝;另外还可以借助各种工具获取更多的信息,例如用望远镜可以看得更远,用显微镜可以观察微观世界,等等。

人们的身边有大量的信息,不是所有的信息都是有用的,因此要对获取的信息进行处理:首先是获取信息,然后再处理信息,最后输出信息。

依照信息处理的过程,人工处理信息是人们用眼睛、耳朵、鼻子、手等感觉器官直接获取外界的各种信息,经过大脑的分析、归纳、综合、比较、判断等处理后,产生更有价值的信息,并且采用说话、写字、动作、表情等方式输出信息。

其实,在很多时候人们不仅仅依靠自己的感觉器官来处理信息,而是利用各种设备帮助进行信息的处理,就如人们用算盘来计算……在计算机发明以后,人们将处理信息的大量繁杂的工作交给计算机来完成,用计算机帮助人们收集、存储、加工、传递各种信息,既快又好,所以,人们也将计算机叫做信息处理机。计算机是利用各种输入设备将信息输入(键盘、鼠标、扫描仪等),再经过信息处理软件对信息进行加工处理,然后从各种输出设备把处理的结果输出(显示器、打印机等),例如气象工作者借助于计算机处理卫星发回的大量数据,绘制出气象云图,可以及时地报出近期的天气趋势。从计算机诞生到现在,计算机已经成为信息处理的重要工具。

使用计算机进行信息处理有如下特点。

(1) 能高速度、高质量地完成各种数据加工任务。

(2) 提供友善的使用方法和多种多样的信息输出形式。

(3) 具有庞大的信息存储容量和极快的信息存取速度。

(4) 计算机网络使得世界变"小",距离不再是限制信息传播的屏障。

(5) 计算机在辅助开发新的信息处理应用方面能提供有力的支持。

总之,用计算机进行信息处理,具有极高的处理速度,多种多样的处理功能,友善的人机界面,几乎不受限制的存储容量,方便而迅速的计算机通信,高效率的计算机辅助开发手段,所有这些,都决定了计算机在信息处理中具有最重要、最核心的突出地位。

3.1.3　文字信息处理技术

文字信息处理技术是计算机获得广泛应用的关键技术,它与数据库技术、操作系统技术同为最重要的三大基础核心软件技术。

处理文字的技术有手写、刻字、雕版印刷、活字印刷、机械式打字机和计算机。

无论怎么来看,文字信息加工总是可以分出两个层面。

(1) 在文字本位层面,文字信息是用来记载和描述的,是为思想主动者服务的一种功能体现。

(2) 在文字修饰层面,文字信息是为了记忆和表现的,是为思想受众服务的一种功能体现。

有了这样的区分,相应的技术学习就不会再迷惑。就面向大众的信息技术来说,主要进行内容方面的处理,通过方法与技术,达到使用文字更好地记载和描述事物的效果。在这一基础上,突出第二层面,即加强修饰,以便更好地呈现、记忆信息,从而提高受众的接受程度。在这个问题的理解上,还可以拿写书与出版这两个行为来对比:写书是基本的文字信息处理,强调的是基本的编辑技术;而出版却不同,要强调装帧、版式和美工。

实际上,在第二个层面上,文字信息已经开始向多媒体信息的性质靠近了。让文字美起来、格式化、图形化,甚至可以动起来,这些处理的确是在进一步把文字这种单媒体向多媒体效果去加工转化。因为人们已经不仅是在关注文字内在的信息,还要关注文字信息呈现的作用与效果。

3.2　信息检索

3.2.1　信息检索概述

信息检索是按照一定方式组织存储信息,并根据需求查找出有关信息的过程,又称信息存储与检索、情报检索。信息的查找萌芽于图书馆的工作。"信息检索"一词出现于

20 世纪 50 年代。信息检索包括 3 个主要环节。

(1) 信息内容分析与编码,产生信息记录及检索标识。

(2) 组织存储,将全部记录按文件、数据库等形式组成有序的信息集合。

(3) 用户提问处理和检索输出。

中文文献检索技术就是对中文文献进行储存、检索和各种管理的方法和技术。中文文献检索技术出现在 1974 年,20 世纪 80 年代得到了快速增长,20 世纪 90 年代主要研究支持复合文档的文档管理系统。中文信息检索在 20 世纪 90 年代之前都被称为情报检索,其主要研究内容有:包括布尔检索模型、向量空间模型和概率检索模型在内的信息检索数学模型;如何进行自动录入和其他操作的文献处理;进行词法分析的提问和词法处理;实现技术;对查全率和查准率研究的检索效用;标准化;扩展传统信息检索的范围;等等。中文信息检索主要是书目的检索,用于政府部门、信息中心等部门。

总体上,信息检索系统可分为 4 个部分:数据预处理、索引生成、查询处理、检索。下面分别对各个部分加以介绍。

(1) 数据预处理:目前检索系统的主要数据来源是 Web,格式包括网页、Word 文档、PDF 文档等,这些格式的数据除了正文内容之外,还有大量的标记信息,因此从多种格式的数据中提取正文和其他所需的信息就成为数据预处理的主要任务。

(2) 索引生成:对原始数据建索引是为了快速定位查询词所在的位置,为了达到这个目的,索引的结构非常关键。目前主流的方法是以词为单位构造倒排文档表,每个文档都由一串词组成,而用户输入的查询条件通常是若干关键词,因此如果预先记录这些词出现的位置,那么只要在索引文件中找到这些词,也就找到了包含它们的文档。

(3) 查询处理:用户输入的查询条件可以有多种形式,包括关键词、布尔表达式、自然语言形式的描述语句甚至是文本,但如果把这些输入仅当做关键词去检索,显然不能准确把握用户的真实信息需求。很多系统采用查询扩展来克服这一问题。各种语言中都会存在很多同义词,比如查"计算机"的时候,包含"电脑"的结果也应一并返回,这种情况通常会采用查词典的方法解决。但完全基于词典所能提供的信息有限,而且很多时候并不适宜简单地以同义词替换方法进行扩展,因此很多研究者还采用相关反馈、关联矩阵等方法对查询条件进行深入挖掘。

(4) 检索:最简单的检索系统只需要按照查询词之间的逻辑关系返回相应的文档就可以了,但这种做法显然不能表达结果与查询之间的深层关系。为了把最符合用户需求的结果显示在前面,还需要利用各种信息对结果进行重排序。目前有两大主流技术用于分析结果和查询的相关性:链接分析和基于内容的计算。

3.2.2 信息检索中的需求表达

在信息检索中,要获得目标值,提高检索的准确度,检索策略占据很重要的位置,而检索策略的制定取决于对信息需求的正确分析。对于信息检索人员来说,信息需求往往不是其自身研究的课题,而是外在需求,因此,正确分析这种信息需求就变得十分重要。

由此可知,获取需求是一个确定和理解不同需要和限制的过程。需求获取是在问题及其最终解决方案之间架设桥梁的第一步。需求获取可能是最困难、最关键、最易出错及最需要交流的方面。因此,当对信息需求进行分析时,必然要分析清楚需求间的逻辑关系,对所获取的需求进行优先级的排列,就能探索出描述这些需求的多种解决方案;否则,将费时费力。

情报检索不是一蹴而就的,应该是采用"总体规划,分步实施"的原则推进。在需求获取的过程中,可能会发现各层次信息化需求之间的逻辑关系,包括因果关系、依赖关系、主次关系等。只有当确立了信息化需求的逻辑结构,需求分析结果才能真正地为情报检索提供依据。

3.2.3　信息检索技术

计算机检索的基本检索技术有如下几种。

1. 布尔检索

利用布尔逻辑算符进行检索词或代码的逻辑组配,是现代信息检索系统中最常用的一种方法。常用的布尔逻辑算符有 3 种,分别是逻辑或 OR、逻辑与 AND、逻辑非 NOT。用这些逻辑算符将检索词组配构成检索提问式,计算机将根据提问式与系统中的记录进行匹配,当两者相符时则命中,并自动输出该文献记录。

下面以"计算机"和"文献检索"两个词来解释 3 种逻辑算符的含义。

(1)"计算机"AND"文献检索",表示查找文献内容中既含有"计算机"又含有"文献检索"词的文献。

(2)"计算机"OR"文献检索",表示查找文献内容中含有"计算机"或含有"文献检索"以及两词都包含的文献。

(3)"计算机"NOT"文献检索",表示查找文献内容中含有"计算机"而不含有"文献检索"的那部分文献。

检索中逻辑算符使用是最频繁的,对逻辑算符使用的技巧决定检索结果的满意程度。用布尔逻辑表达检索要求,除要掌握检索课题的相关因素外,还应在布尔算符对检索结果的影响方面引起注意。另外,对同一个布尔逻辑提问式来说,不同的运算次序会有不同的检索结果。布尔算符使用正确,但不能达到应有检索效果的事情是很多的。

2. 截词检索

截词检索就是用截断的词的一个局部进行的检索,并认为凡满足这个词局部中的所有字符(串)的文献,都为命中的文献。按截断的位置来分,截词可有后截断、前截断、中截断 3 种类型。

3. 原文检索

"原文"是指数据库中的原始记录,原文检索即以原始记录中的检索词与检索词间特定位置关系为对象的运算。原文检索可以说是一种不依赖叙词表,而直接使用自由词的检索方法。

原文检索可以弥补布尔逻辑检索、截词方法检索的一些不足。运用原文检索方法,可以增强选词的灵活性,部分地解决布尔检索不能解决的问题,从而提高文献检索的水平和筛选能力。但是,原文检索的能力是有限的。从逻辑形式上看,它仅是更高级的布尔系统,因此存在着布尔逻辑本身的缺陷。

3.3　因特网信息处理技术

3.3.1　搜索引擎

1. 搜索引擎的定义

搜索引擎(Search Engines)是一个对因特网上的信息资源进行搜集整理,然后供查询的系统,它包括信息搜集、信息整理和用户查询 3 部分。

搜索引擎是一个为使用者提供信息"检索"服务的网站,它使用某些程序把因特网上的所有信息归类,以帮助人们在茫茫网海中搜寻到所需要的信息。

早期的搜索引擎是把因特网中的资源服务器的地址收集起来,由其提供的资源的类型不同而分成不同的目录,再一层层地进行分类。人们要按它们的分类一层层进入,就能最后到达目的地,找到自己想要的信息。这其实是最原始的方式,只适用于因特网信息并不多的时候。随着因特网信息按几何级数增长,出现了真正意义上的搜索引擎,这些搜索引擎知道网站上每一页的开始,随后搜索因特网上的所有超级链接,把代表超级链接的所有词汇放入一个数据库。这就是现在搜索引擎的原型。

随着 Yahoo 的出现,搜索引擎的发展也进入了黄金时代,相比以前,其性能更加优越。现在的搜索引擎已经不只是单纯地搜索网页的信息了,它们已经变得更加综合化、完美化了。以搜索引擎权威 Yahoo 为例,从 1995 年 3 月由美籍华裔杨致远等人创办 Yahoo 开始,到现在,它从一个单一的搜索引擎发展到现在有电子商务、新闻信息服务、个人免费电子信箱服务等多种网络服务,充分说明了搜索引擎的发展从单一到综合的过程。

然而由于搜索引擎的工作方式和因特网的快速发展,其搜索的结果让人越来越不满意了。例如,搜索"电脑"这个词汇,就可能有数百万页的结果。这是由于搜索引擎通过对网站的相关性来优化搜索结果,这种相关性又是由关键字在网站的位置、网站的名称、标签等公式来决定的,这就是使搜索引擎搜索结果多而杂的原因。而搜索引擎中的数据库因为因特网的发展变化也必然包含了死链接。

2. 搜索引擎的基本检索功能

由于百度在纳斯达克成功上市,搜索引擎又一次成为全球投资机构关注的热点。最近联想集团也携手 IDG 等投资机构注资中搜网。中国的搜索引擎市场成为全球关注的重点,Google 开始加大了中国市场的投入和开拓。中国搜索市场将兴起一场激烈的优胜劣汰的战争。然而当投资机构和网络企业加强搜索引擎市场争夺的时候,却很少有企业关注搜索引擎技术和服务上存在的问题。搜索引擎之所以短短几年时间发展如此迅速,最重要的原因是搜索引擎为人们提供了一个前所未有的查找信息资料的便利方法,从一定意义上说改变了人们查找信息的习惯。

21 世纪是信息时代,信息的选择和分析是企业和个人决胜市场和社会的最重要手段。因此搜索引擎技术的出现,为人们提供了新的机会和手段。

搜索信息的及时性、有效性和针对性是搜索信息技术最重要功能也是最基本功能。

(1) 及时性

能否迅速及时查找到尽可能多的信息是搜索技术第一位功能。

（2）有效性

有了信息的及时性还不够，还要有信息的有效性，无效的信息不但没用，还可能造成错误。

（3）针对性

信息搜索除了要满足及时性和有效性外，还需要有针对性。

人们通过搜索引擎查找信息，除了查找需要访问的网站外，还有一个重要的信息查找需求，就是主题内容的查找，通常是技术、经济、文化和市场方面主题内容搜寻和查找。这就是信息查找的针对性。

搜索引擎这3项基本功能是搜索引擎存在和发展的价值依靠和保证。

3.3.2　常用中文搜索引擎

1. Google 搜索引擎

目前最优秀的支持多语种的搜索引擎之一，约搜索 3 083 324 652 张网页。提供网站、图像、新闻组等多种资源的查询。包括中文简体、中文繁体、英语等 35 个国家和地区的语言资源，如图 3-1 所示。

图 3-1　Google 搜索引擎

2. 中国雅虎搜索引擎（Yahoo）

Yahoo 是世界上最著名的目录搜索引擎之一。Yahoo 中国于 1999 年 9 月正式开通，是 Yahoo 在全球的第 20 个网站。Yahoo 目录是一个 Web 资源的导航指南，包括 14 个主题大类的内容，如图 3-2 所示。

3. 百度（Baidu）中文搜索引擎

百度是全球大型中文搜索引擎之一。提供网页快照、网页预览/预览全部网页、相关搜索词、错别字纠正提示、新闻搜索、Flash 搜索、信息快递搜索、百度搜霸、搜索援助中心等多种资源的查询，如图 3-3 所示。

4. Lycos 中国搜索引擎

Lycos 创建于 1995 年，是搜索引擎的元老，是较早提供信息搜索服务的网站之一。Lycos 可以对网站、网页、新闻、电子图书、产品、FTP、MP3、多媒体等多种资源进行查询，并可以对上述资源作综合查询，具备多媒体和文学作品搜索引擎，如图 3-4 所示。

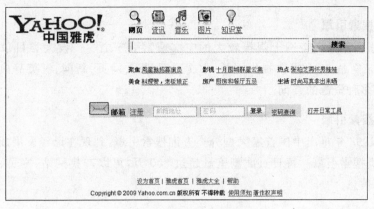

图 3-2　中国雅虎搜索引擎

图 3-3　百度(Baidu)中文搜索引擎

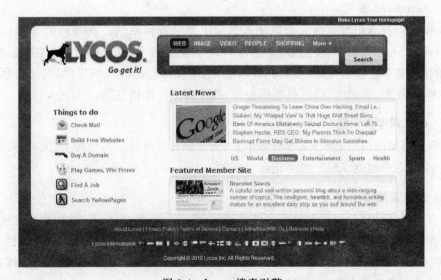

图 3-4　Lycos 搜索引擎

5. 新浪搜索引擎

新浪搜索引擎是因特网上规模较大的中文搜索引擎之一。设大类目录 18 个,子目 1 万多个,收录网站 20 余万。提供网站、中文网页、英文网页、新闻、汉英辞典、软件、沪深行情、游戏等多种资源的查询。

6. 搜狗搜索引擎

搜狐于 1998 年推出中国首家大型分类查询搜索引擎,到现在已经发展成为中国影响力最大的分类搜索引擎。每日页面浏览量超过 800 万,可以查找网站、网页、新闻、网址、软件、黄页等信息。

7. 网易搜索引擎

网易新一代开放式目录管理系统(ODP)。拥有近万名义务目录管理员。为广大网民创建了一个拥有超过 1 万个类目,超过 25 万条活跃站点信息,日增加新站点信息 500～1 000 条,日访问量超过 500 万次的专业权威的目录查询体系。

8. 3721 网络实名/智能搜索

3721 公司提供的中文上网服务——3721 网络实名,使用户无须记忆复杂的网址,直接输入中文名称,即可直达网站。3721 智能搜索系统不仅含有精确的网络实名搜索结果,同时集成多家搜索引擎。

9. 北大天网中英文搜索引擎

由北京大学开发,有简体中文、繁体中文和英文 3 个版本。提供全文检索、新闻组检索、FTP 检索(北京大学、中科院等 FTP 站点)。目前大约收集了 100 万个 WWW 页面(国内)和 14 万篇 Newsgroup(新闻组)文章。支持简体中文、繁体中文、英文关键词搜索,不支持数字关键词和 URL 名检索。

10. Search163 搜索

Search163 搜索引擎是面向全球华人的网上资源查询系统。拥有网站搜索、网页搜索、新闻搜索、人才搜索、职位搜索、交通搜索、个人网页搜索、餐厅搜索、食谱搜索、打折搜索、比价搜索等多项搜索功能,相应拥有网站库、网页库、人才库、职位库、交通信息库、个人网页库、餐厅库、食谱库、线下打折信息库、线上商品比价信息库。

11. 中华网搜索引擎

中华网所属的搜索引擎,支持简体中文、英文和日文网站。共分为 14 大类,数据库中收藏有 17 万余个网站。现已经停止收录新站。

12. 北极星搜索引擎

万方数据(集团)公司开发的中文搜索引擎,具有内容丰富、分类准确、检索速度快、版面简洁等特色。其分类浏览、快速检索、高级检索、站点注册、新站推荐等功能与栏目一目了然,使用非常便捷。在 2001 年 CNAZ(中文网站评估认证网)的网络专项功能排名调查中获得搜索引擎类排名第 10 位的骄人成绩。

3.3.3 因特网检索实例操作

以前忘了什么时候在电视上看过一部电影,只看了一部分,不知道名字,情节也忘得差不多了,只记得是讲一场英国的足球惨案,记得的镜头只有许多人拥挤,推倒了铁栅栏。当时看了很伤感,很好的竞技运动竟引发惨案。今天利用因特网的搜索引擎找回那一段让人难忘的场景。具体操作如下。

(1) 用 Baidu 搜索"足球惨案+英国",结果主要集中在 1985 年 5 月 29 日的海瑟尔足球惨案和 1989 年 4 月 15 日的希尔斯堡足球惨案。经过对惨案经过的比较,判断是后者。再加关键词"电影"搜索,未获得有价值的信息。换用 Google 搜索,结果一样。

(2) 进入 Wikipedia 英文版,进入 April 15。在事件中查到以下内容:

1989 - Hillsborough disaster: A human stampede occurs at Hillsborough, a football stadium in Sheffield, England, resulting in the loss of 96 lives.

进入 Hillsborough disaster,得到以下结果:

"Hillsborough" television drama

In 1996, the ITV television network in the United Kingdom screened a ninety-minute one-off drama-documentary recounting the events of the disaster, written by the acclaimed Liverpudlian scriptwriter Jimmy McGovern, who had previously been responsible for hard-hitting television productions such as Cracker.

(3) 在 IMDB 中搜索 Hillsborough,得到 Hillsborough (1996) (TV),就是它了。

(4) 用 Google Earth 给 Hillsborough 照张相。

【相关资料】

希尔斯堡足球场惨案

1989 年 4 月 15 日下午 3 时,在英国设菲尔德市希尔斯堡体育场,利物浦队和诺丁汉森林队开始了英国第 108 届足总杯的一场半决赛。

可容纳 54 000 人的希尔斯堡球场内座无虚席,连球门后面的站席看台上也挤满了观众。球赛开始后,场外 4 000 余名无票球迷和迟到者心急如焚,他们势如潮涌,向一个 16 英尺宽的大铁门入口挤去。3 时零 6 分,大铁门被打开,数千球迷如洪水决堤般直冲球门后面的站席看台。看台上正在欣赏球赛的观众毫无准备,有的被撞得人仰马翻,有的不由自主地被推向球场边的防暴网。在大门通向看台的过道上,人群像多米诺骨牌一样一个连一个倒下,后来者又被迫从倒地者身上踩过。看台上顿时乱作一团,惨叫声、哭喊声四起。被挤压在防暴铁网上的球迷最为遭殃,后来死亡人数主要集中在这一区域。此时主裁判被迫中止比赛。

十几分钟后,大批警察和救护人员赶到现场,但已造成 95 人死亡,200 多人受伤。遇难者大多为 30 岁以下的年青人,其中还有数名妇女。年龄最小的才 10 岁。英国女王伊丽莎白对这一惨案深感震惊和悲痛。撒切尔夫人宣布政府动用 50 万英镑抚恤受害者。美国总统布什、法国总统密特朗、意大利总统科西嘉、西班牙国王卡洛斯等纷纷致电表示对死难者家属慰问。罗马教皇保罗二世亦对这场惨重的灾难表示深切哀悼。据意大利卡塔尼亚反体育暴力国际会议上公布的数字,自 1946 年足球场上第一个重大惨案发生以来,至 1989 年共有 1 200 多人死于足球惨事,4 000 多人受伤。

【课堂互动】

根据要求解决问题。

(1) 实例一：鸡毛信——《推销的五步八点》是什么?

有一天,在社区论坛里看到了一个帖子,标题是"鸡毛信",内容如下:

请各位前辈指教,《推销的五步八点》是什么? 如果哪位前辈知道,请速发帖(下午两点前)谢谢!

让我们来看看能否帮助他。

(2) 实例二：急需一篇文章中提到的经典案例。

一日收到一个网友关×来信:

看到这篇文章里面说,《中国经营报》曾经讲了以舒蕾的终端促销作为经典案例来分析,所以想知道,具体是哪一期啊? 去中国经营报的网站查了一下,居然没有找到。因为比较着急要找这份资料,所以还请帮忙,谢谢。

不过既然来信了,就让我们看看能否帮助他,不要辜负了读者的信赖与支持。

3.4 超星数字图书馆及其检索

3.4.1 概况及特点

北京世纪超星信息技术发展有限责任公司成立于 1993 年,长期致力于纸张图文资料数字化技术及相关应用与推广,是国内外数字图书馆和档案自动化方面最重要的整体解决方案提供商和图文资料数字化加工服务商,是国内数字图书资源最丰富的商业化数字图书馆和加工能力最强的纸张资料数字化加工中心。2000 年 1 月,超星数字图书馆正式开通,标志着世纪超星全面转向基于因特网的数字图书业务。

超星数字图书馆是国家"863"计划中国数字图书馆示范工程项目,由北京世纪超星信息技术发展有限责任公司投资兴建,以公益数字图书馆的方式对数字图书馆技术进行推广和示范。图书馆设文学、历史、法律、军事、经济、科学、医药、工程、建筑、交通、计算机和环保等几十个分馆,目前拥有数字图书十多万种。每一位读者下载了超星阅览器(SSReader)后,即可通过因特网阅读超星数字图书馆中的图书资料。凭超星读书卡可将馆内图书下载到用户本地计算机上进行离线阅读。专用阅读软件超星图书阅览器是阅读超星数字图书馆藏图书的必备工具,可从超星数字图书馆网站免费下载,也可以从世纪超星公司发行的任何一张数字图书光盘上获得。

3.4.2 超星数字图书馆的功能及超星阅览器

由北京世纪超星信息技术发展有限责任公司倡导的图文资料数字化技术以及超星读书卡等相关的一整套数字图书馆技术解决方案和商务应用方案已成功应用于广东省中山图书馆、国家知识产权局、美国加州大学圣地亚哥分校等国内外 500 多家单位,成为中国乃至全世界数字图书馆建设的基本模式之一。

超星经过多年的研发,已经拥有了成熟的整套图书馆数字化解决方案,不仅占据了国内图书馆市场的理想份额,也开始跻身于世界图书馆数字化进程的领跑者行列。美国加州大学图书馆管理专家评价说："就技术和规模而言,超星数字图书馆系统已在全世界居于领先地位,与之相比,美国至少要落后 5 年。"

1. 超星数字图书馆的功能

超星图书馆具有丰富的电子图书资源提供阅读,其中包括文学、经济、计算机等 50 余大类,40 多万册电子图书,全文数据总量 15 000GB,大量免费电子图书。专为数字图书馆设计的 PDG 电子图书格式,具有很好的显示效果、适合在因特网上使用等优点。"超星阅览器"是国内目前技术最为成熟、创新点最多的专业阅览器,具有电子图书阅读、资源整理、网页采集、电子图书制作等一系列功能。

图书不仅可以直接在线阅读,还提供下载(借阅)和打印。多种图书浏览方式、强大的检索功能与在线找书专家的共同引导,帮助读者及时准确查找阅读到书籍。书签、交互式标注、全文检索等实用功能,让读者充分体验到数字化阅读的乐趣。24 小时在线服务永不闭馆,只要上网可随时随地进入超星数字图书馆阅读到图书,不受地域时间限制。

2. 超星阅览器(Super Star Reader)

超星阅览器(SSReader)是超星公司拥有自主知识产权的图书阅览器,是专门针对数字图书的阅览、下载、打印、版权保护和下载计费而研究开发的。可以阅读网上由全国各大图书馆提供的、总量超过 30 万册的 PDG 格式数字图书,并可阅读其他多种格式的数字图书。

超星阅览器具有文字识别、个人扫描功能;经过多年不断改进,SSReader 现已发展到 4.0 版本,是国内外用户数量最多的专用图书阅览器。

3.4.3　检索方法及检索实例

1. 单条件检索

利用单条件检索能够实现图书的书名、作者、出版社和出版日期的单项模糊查询。对于一些目的范围较大的查询,建议使用该检索方案。

查询实例:读者查询计算机学科中关于 ASP 语言类图书。

操作步骤如下。

(1) 在"简单检索"的"检索内容"文本框中输入"ASP",在检索范围下拉菜单中选择想要查询的大类,单击"查询"图标。

(2) 查询结果显示出来后,从中选择感兴趣的图书,双击"阅读"按钮进入即可阅读。

2. 高级检索

利用高级检索可以实现图书的多条件查询。对于目的性较强的读者建议使用该查询。

查询实例与技能:读者查询计算机学科中书名含有"C",作者为"谭浩强",索书号含有"I",出版日期在"2001 年"的图书。

操作步骤如下。

(1) 单击"高级检索"按钮,出现"高级检索"对话框。

(2) 在"高级检索"对话框书名一栏中输入"C",在检索范围下拉菜单中选择想要查询的大类,在"作者"对话框中输入"谭浩强",在索书号中输入"I",在出版日期中输入"2001",单击"检索"图标。

（3）查询结果显示出来后，从中选择感兴趣的图书，双击"阅读"按钮进入即可阅读。

3.4.4　超星数字图书馆实例操作

1. 注册并下载安装超星图书阅览器

（1）进入站点

首先，进入超星数字图书馆站点（http://www.SSReader.com），超星数字图书馆的主界面如图 3-5 所示。

图 3-5　超星数字图书馆主页

（2）下载并安装超星图书阅览器

超星数字图书馆必须使用超星图书阅览器阅读和下载。由于超星全文采用 PDF 格式，要阅读超星电子图书的全文，必须首先下载阅览器。如果系统已有该阅览器，就不必重复下载。

其下载方法如下。

① 单击镜像站点"浏览器"图标。

② 在弹出的文件下载窗口中选择"在当前位置运行该程序"，然后单击"确定"按钮。

③ 在弹出的"安全警告"对话框中选择"是"按钮。

④ 系统会提示是否继续安装超星阅览器，选择"是"按钮。

⑤ 这时会出现超星阅览器安装向导，根据向导安装阅览器。

安装完浏览器后，就可以进行数据库的检索和阅览了。

（3）用户注册登录

① 注册成为登录用户。初次使用者可单击"需建立书签用户在此注册"图标进行注册。进入注册页面，按照提示填入个人信息，填写完成后，单击"提交"按钮。此时，如果填

写的个人信息合法,系统将提示"注册成功,单击返回"回到主页。

② 回到主页后,在用户登录栏中填入注册成功的用户名和密码。单击"登录"按钮,成为注册用户。

2. 超星图书阅览器检索

具体操作步骤如下。

(1) 打开超星浏览器。在地址栏中输入:http://www.SSReader.com,进入图书馆网站,单击超星电子图书馆进入超星页面,如图 3-6 所示。

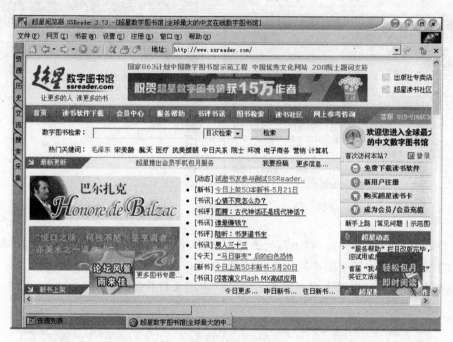

图 3-6　超星页面

(2) 单击"资源"总目录前的"＋"号,列表分类展开,选择类目逐层单击前面的加号"＋"。

(3) 单击 图标,窗口右面的"题名"栏目出现书名,浏览书名,选择所要阅读的图书双击书名,阅览器自动跳转到新窗口并显示图书信息。例如,单击"数字图书馆"总目录前的"＋"号,列表分类展开,共列有 52 个类目(如图 3-7 所示)。

(4) 依次单击"社会科学总论图书馆"前面的加号"＋"和带有 图标的"社会科学现状及发展"目录,窗口右面的"题名"栏目显示书名,与此同时, 图标由关闭状态变为打开状态 ,该类图书全部集中到这个栏目中(如图 3-8 所示),选择一个图书单击书名,阅览器自动跳转到新窗口并显示该书信息。

图 3-7　资源目录窗口(1)

3. 使用超星浏览器阅读图书

通过图书检索查找：单击"图书搜索"按钮，按书名的关键词查找需要的相关图书。从资源中选择图书阅读。

操作步骤如下。

（1）单击"资源"标签，如图3-9所示，就可以从左侧的"数字图书馆"中查看到网上最新的图书馆分类，并且分类的更新与超星数字图书馆同步。

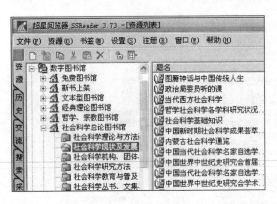

图 3-8　资源目录窗口（2）

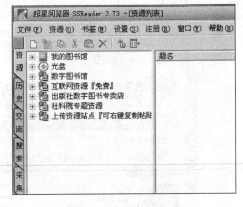

图 3-9　资源目录窗口（3）

（2）单击图书馆分类前的"＋"，列表分类展开，将看到中间书名窗口显示的书名。

（3）双击书名或超星阅览器，自动跳转到新窗口并显示图书信息页面。

查询到的书目可以单击书名下面的"阅读"字样来打开该书，如图3-10所示。

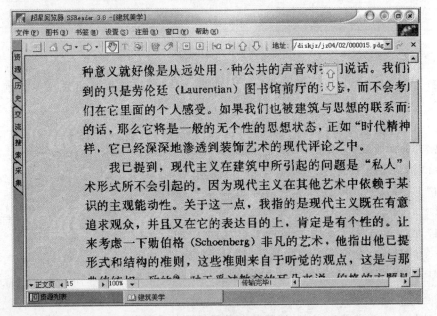

图 3-10　超星阅览器的"阅读"窗口

在阅读时可以通过悬浮在页面上的黄色箭头向前或向后翻页,在同一页中可以通过单击上下左右的滚动条移动页面。如果觉得字体大小不合适,则可以通过单击浏览器底部"显示百分比"按钮来调节字体大小。

如果需要把电子书中的某段文字引用到自己的文章中,则可以进行如下操作。

(1)单击工具条上 T 按钮,然后在所需文字上用按住鼠标左键拖拉出一个虚框,如图 3-11 所示。

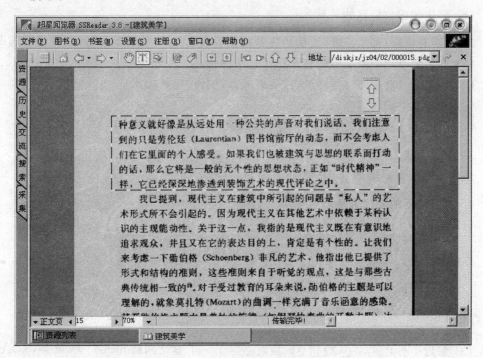

图 3-11 超星阅览器的"阅读"窗口

(2)松开鼠标左键,系统弹出如图 3-12 所示对话框。

(3)通过选择、复制和粘贴就可以将这段文字插入到自己文章中。

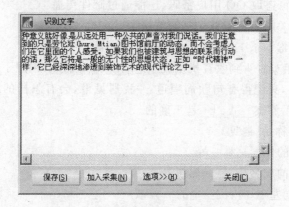

图 3-12 超星阅览器的"识别文字"窗口

习题三

1. 简述题

(1) 简述专利文献的特点。

(2) 简述如何评价网站提供的信息质量。

(3) 简述知识与信息的关系。

2. 判断分析题（判断正误，正确的在题后括号内画"√"，错误的画"×"，并说明理由）

(1) 列举式书目中对文献的特征作了详细的描述。   （   ）

(2) 分类语言适用于多维性的、按专题概念进行的特性检索。   （   ）

(3) 光盘数据库可以实时更新。   （   ）

(4) 报纸是刊载最新资料或市场信息的主要载体。   （   ）

3. 上机实践

试用超星阅览器阅览自己的专业书籍。

4. 用因特网的搜索引擎填空

(1) 世界四大冲浪胜地不包括_____。

    A. 法国西海岸   B. 塔西提岛

    C. 民大威群岛   D. 马里布海岸

(2) 要想把酒长久储存，最理想的温度应该是_____。

    A. 华氏 45 度   B. 华氏 55 度

    C. 华氏 60 度   D. 华氏 65 度

(3) 最近小明给朋友发 QQ 信息时后面总会带一句"这个网站 http://www.ktv530.com 不错，快来看看"的信息，朋友看了这个网站也会同样出现这种情况，大家帮忙看看这是怎么回事？

    A. 这是一种叫"QQ 尾巴"的病毒

    B. 该病毒可盗取 QQ 用户密码，还能通过邮件传播

    C. 把 QQ 关闭后重新登录一遍就好了

    D. 流行病毒专杀工具(Spant)可查杀该病毒

(4) 李刚坐出租车时听到收音机里放了一首很好听的歌，很想下载放在自己的 MP3 上，但是忘记了歌名，只记得有句歌词唱道："我遇见谁，会有怎样的对白；我等的人，他在多远的未来……"，答案_____是正确的。

    A. 歌曲名称是《遇见》

    B. 这首歌的作词是林一峰

    C. 演唱者的成名作是《天黑黑》

    D. 电影《向左走 向右走》中的一首歌

第 4 章

网络文化与道德

【案例 1】 网恋造成的不良影响

据《新闻晨报》报道,2003 年 12 月 13 日晚约 9 时,一名女大学生从上海海运学院 9 楼跳下自杀,疑因网恋所致。经警方证实,该女子当场身亡。据几名了解情况的学生介绍,跳楼女子来自山东济南一所大学,她通过网络与海运学院某系 2001 级一本科男生相恋。几天前,该女生来到上海与恋人相会,不料双方见面后并未如网上那般投缘,由此竟引发悲剧。在许多大学生眼中,爱情是神圣的、洁净的。无数大学生都向往理想中的爱情,希望能找到理想的情侣。但是,许多时候,在现实中难以寻觅到这样的爱情。于是,许多大学生把目光转向了拥有各种即时通信工具、聊天网站和 BBS 的网络世界,不过结果却往往是苦涩的。

【案例 2】 网上传播"自杀完全手册"

《中国青年报》2004 年曾报道,网上出现的"自杀完全手册"在网民和媒体中引起了较大反响。据了解,早在 2001 年,国内已经有人在境外自杀网站的诱导下轻生自杀。2002 年,"自杀网站"和"自杀完全手册"就在我国出现,不少大学生热衷于浏览这样的网页。目前在中国大学生论坛等处就见到了类似的东西,其中列举了各种稀奇古怪的自杀方法。这样的东西看多了、看久了,潜意识中会受到某种诱导,甚至产生出于好奇的尝试。与一般青年相比,大学生的自我意识非常强烈,富有理想和抱负,憧憬未来。心理上的需求也相对丰富而高远,尤其是实现自身价值、受人尊重、爱情和审美等方面的需求相当强烈。除生理上的发育成熟与文化知识技能的提高以外,大学生在发展过程中,需要完成个体角色的定位以及独立人格的形成。他们最关心的是如何把自己目前的现实与将来的角色协调起来。而网络,在这个过程中扮演了极其重要的角色。

【案例 3】 网上黑客

加拿大一位网上化名为"黑手党男孩"的少年黑客,2000 年 2 月 8 日使用"拒绝服务程序"致使 CNN.com 商业网站以及 1 200 多个美国有线新闻网支持的网站瘫痪了 4 个小时。在美国联邦调查局特工和计算机犯罪部门检察官的合作下,他于 2000 年 4 月 15 日在加拿大蒙特利尔被加警方逮捕。因此美国司法部长雷诺表示,必须让年轻人认识到,他们不会因为年纪小就可以逃脱法律的惩罚,更为重要的是,要通过不懈的努力对青少年进行网络道德教育,使网络真正成为学习、交流和商务的工具。

【案例4】 网络毒瘾

海淀双榆树中学的张楠校长也讲述了这样一个故事：15岁的学生李某本是优等生，自从学校附近开了家网吧后，他天天光顾，越玩越上瘾。零花钱用光了，就开始和同学借钱，从家里偷钱，后来发展到在小学校门口，向小学生强行索要钱财去"泡"网吧。终于有一天，被抢学生的家长报告了派出所，李某被送进了工读学校。据来自某公安分局的统计，1998—1999年，沉迷于网吧的中小学生因受带有黄色、暴力、赌博、迷信等色彩游戏的影响而误入歧途的有90多人，为了玩游戏而偷、抢他人钱财的有50多人。

6月19日晚，浙江省绍兴县柯桥镇一小区内，一名连续3个通宵在网吧上网的少年，因父亲不准他再去网吧，竟然情绪失控，从4楼窗口一跃而下，以身殉"网"。

因玩游戏误了学业，毁了身体的更是举不胜举。由此可见网络对青少年危害之大，不得不引起社会的高度关注。

【案例分析】

上述案例触目惊心，新科技的诞生本身就是双刃剑：一方面，网络的诞生为人类提供了全新的生存空间，它的丰富性、传播的快捷性、参与的直接性成为学生获取各种知识和信息的重要渠道；另一方面，又以其传播的虚拟性、杂乱性和多元性给德育带来了新的难题。人们必须正视这一新生事物，通过正面舆论引导，大力加强健康网络文化建设，使之成为培养学生健康成长的精神家园。

网络文化是一种建立在因特网基础上不分国界、不分地域的信息文化。其知识的道德教育必须把握网络文化的这一时代性格。

网络社会并不独立于现实社会之外，适用于现实社会的法律和道德准则同样适用于网络社会。这是十分重要的，能否做到这一点，是关乎网络文化能否取得健康发展的根本性问题。因此大学生必须认真地学习了解网络文化，使其成为世界科技文明发展传承的平台，抵御不良文化的冲击。

本章学习导航：

1. 网络对社会的冲击
2. 网络文化的特点
3. 网络文化是双刃剑
4. 网络文化的价值
5. 网络文化与道德
6. 网络的安全与防护

知识点与能力目标：

1. 网络文化概念及特点
2. 网络对社会文化道德和伦理的影响
3. 网络文化的价值
4. 网络文化对大学生思想意识、道德完善的重要作用
5. 网络虚拟环境与现实的不同与差距
6. 增强抵御网络不良文化的意识和辨别能力
7. 网络文化和道德可能导致的犯罪土壤和潜在触发因素

8. 黑客、制作病毒和不良信息对社会造成的危害
9. 建立信息安全防范意识,掌握信息安全方法

4.1　网络文化

4.1.1　网络冲击波

伴随着计算机的普及与发展,Internet 一词已经不再让人们感到陌生,随着 E 时代的到来,新的理念和结构也在不断地形成和完善,网络给人类的工作学习和生活带来了极大的方便,计算机网络技术的发展对人类技术史的发展产生了不可磨灭的深远影响,甚至于一些学者们认为计算机技术的发展将会引起一场新的科学革命。但是,当看到网络带给人们利益的同时,也有着一些不容忽视的弊端值得去探讨和深思。

网络从 20 世纪 70 年代出现用于军事领域,到大规模民用只花了 30 年时间。目前,全球 Internet 用户已突破 3 个亿,被连通的国家和地区已突破 200 个;在国内,1995 年还没有几个人知道 Internet 为何物,到 1998 年年底,已有 200 多万用户上网,现在已有上亿的用户,用户数量每年还在大幅度地增长。

网络对人类生活的影响可以说是革命性的。它改变了人们传统的生活方式,通过 Internet,人们可以从浩如烟海的信息中查询到自己需要的信息,可以和远隔重洋的亲朋好友互通音信,可以和未曾谋面的陌生人交流情感,可以坐在家中接受全球各地医学专家的会诊,可以实现网上学习、网上购物、网上婚礼、网上营销、网上办公,凡此种种,都是人们过去所不能想象的。信息化、数字化和网络化的高度一体化的信息交流方式使人们明显感觉到这种新的方式带来的快捷与自由,开放与互动;同时,也有一些人利用网络牟取暴利,违背了理性,超越了法制的界限而给社会和个人带来极大危害。

网络打破了国家界限,突破了民族文化的围墙,连通全球任何一个可以连通的角落,网络世界成为名副其实的文化百花园。这种开放的、多元的文化,一方面加速了各种文化的融合与发展;另一方面,也使一些异文化中的糟粕裹挟进来,导致青少年思想的混乱。尤其需要提及的是,英语在因特网上的广泛使用以及以美国文化为主导的网络文化,使网络信息中大多隐含着美国式的意识形态,极易冲破青少年的“精神屏障”,接受不同于中国国情的思想潮流、生活方式乃至政治观念,从而导致思想混乱和价值迷惘。甚至由于信息内容产生的地域性与信息传播方式的超地域性矛盾所导致的民族国家间伦理道德冲突,使得道德相对主义盛行,无政府主义泛滥。因为因特网自身的特点决定了它在加速各种文化的相互吸收和融合、促使各种文化在广泛传播中得到发展的同时,也正日益严重地面临着“殖民文化”和“文化侵略”的压力,这种压力也必然会反映到社会道德领域。发达国家在通过网络连续不断地传播文化信息的同时,也将其意识形态、世界观和价值观、伦理道德观念等四处传播,对受众群体产生着潜移默化的影响。久而久之,这种影响便会产生不可忽视的作用,使人们失去本民族文化与价值观的信任、依赖和自豪。这对于一个民族和一个国家来说,这种倾向是非常危险的。

网络是人类有史以来最大的信息库,同时也是一个巨大的信息垃圾场。网上信息良莠不齐,泛滥成灾,各种不良信息充斥其中。

1. 网络技术的特点

计算机网络技术的发展推动了人类的科学技术的发展,同时给人们的学习、工作和生活带来了诸多的好处,其特点主要体现在以下几个方面。

(1) 快捷性

下面先来追溯人类传播方式的变化速度:从语音到文字,几万年;从文字到印刷,几千年;从印刷到电影和广播,400年;从第一次试验电视到从月球传回实况电视,50年,从网络作为军事用途出现到大规模的民用,30年。很显然,变化进程是呈加速度发展,每一种传播方式普及后,都给人类的生活方式带来了翻天覆地的影响。同样,当网络应用到百姓的日常生活中时,很自然地将改变人们的生活方式。人类从最初的语言信息的传递,到后来的文字以及文字的记载等不同的信息交换方式,直至今日的网络信息传递,人们更加清楚地意识到计算机网络技术这种新的技术对人类社会影响的力量之强、速度之快、范围之广是前所未有的,人们无论在何时何地,总能享受到它带给人们的快捷,它让在地球不同角落的人们在最短的时间之内就能接收到相同的消息,这种快捷是以前任何一种信息交流方式所不能做到的。这种新的信息传递方式不仅仅可以跨越时间与空间,更能使信息的发布者与接收者进行密切的互动,以更加快捷的信息交流方式服务于人类。

(2) 自由性

网络的迅速发展和广泛应用为个人言论自由提供了手段和工具,这种网络中的自由可以让不同身份、不同地位的人平等地享有发表自己言论,表达自己的思想和看法的权利。网络中的自由打破了现实生活中的陈规,在网上人们可以不必在意对方的职位、年龄、文化层次,享有同等的权利在网络上发表自己的言论。同时,网络的这种自由性也消除了人与人之间的传统界限,降低了技术应用的门槛儿,大大提高了广大劳动人民的科学文化素质,在现实中的社会平等方面也起到了推动作用。

(3) 开放性

开放性是网络的根本特征之一,开放与共享也是一脉相承的,网络在现实发展中始终也遵循着开放与共享的精神,比如使用计算机时必不可少的软件,以使用方式分类可以分为:收费软件(以营利为目的),共享软件(作者拥有版权,但可以免费试用),免费软件(版权一般仅限于让其传播版权拥有者的名字,使用者可以随便使用,但不得对软件进行程序上的修改)和公共软件(不具备版权,允许任何人使用,修改)4种,以此为例就可以看出网络的共享性给传统的知识产权观念提出了很大的挑战。同时在网络上,信息的知识产权的概念也变得模糊了,很难分辨出信息的发布者有无出版的知识产权,而那种完全封闭性的方式又难以做到信息的共享,所以就使得网络具有开放性。

(4) 互动性

网络为不同民族文化的交流与互动提供前所未有的工具,使人们能以多对多的方式进行沟通,打破了传统文化中的单向的传播方式。信息的发出者还可以是接收者;人们既可成为参与者,也可作为制作者;具有双重性,这种互动性可以积极地调动起人们参与的欲望,实现一些在现实中受于限制而不能参与的交流,在数字时代的虚拟世界里,人们并未像想象中那样谎话连天,因特网的独特性,某种程度上出人意料地抑制了说谎,出于对现实世界的虚伪的反弹,人们更愿意在网络中表露内心世界的真实。诚信在网络间弥漫,并在不同个体间相互传播,这种互动性使个人的价值得到前所未有的突显和发挥。

（5）创新性

每一项技术的发展都离不开创新,网络技术的发展也是如此。不断创新是网络始终保持旺盛生命力的根本,这种创新性也让人们不断地接收新的观念,学习新的技术,从而引导人们更好地去发展社会。

2. 网络技术的负面影响

计算机网络技术的发展虽然对人类社会的发展起到了不可磨灭的推动作用,但是作用与反作用往往是并存的,在技术发展的背后引发出的种种问题也是显而易见的。

首先,正是因为网络空间的这种虚拟性,让人们在这个空间里放纵自己,沉迷于这样的虚拟世界。人们往往在现实中解决不了的问题就喜欢跑到幻想中去解决,比如计算机游戏,它给人一种逃避现实的途径,在游戏中扮演一个自己从未体验过的角色或者是在现实中根本不可能实现的梦想,从而使人们沉迷于游戏,沉迷于网络,而造成了现实中的一些危害甚至危及个人的学业、财产和生命。

其次,可以说,只要愿意,网络可以将全球不同角落的每一个人都"网"在其中。而且,网络化的交往是"虚拟"的交往,社会成员可以在任何时间、任何地点,就任何内容与自己所关心的对象进行交流。它一方面使道德活动的范围大幅度拓宽,引发了社会价值观念互动方式的更新。世界各地区、各民族的风俗习惯、价值观念以虚拟方式呈现在人们面前,为个体道德的社会化提供了一个广阔的舞台,为传统伦理道德的发展注入了新的生机和活力。另一方面,网络使现实的、真实的社会道德关系日趋松散,使人际关系淡漠,情感疏远。人们在网络上交流时,言谈举止都被转换成二进制的语言,人的音容笑貌以数字化方式在屏幕上传播,人成了数码化的存在。Internet 改变了个体交往的方式,使人与人之间的交流变成了人与机器之间的交谈,感情的直接交流越来越小,人与人之间的依赖关系逐渐被人对网络的依赖关系所取代。这种状况在网络发达的社会中已有充分的表现,即使是在我国目前网络欠发达的情况下也有一定程度的反映。数字化、电子化在一定意义上会无情地伤害人类,正如一位美国学者所提醒的:"社会在文化价值方面通常很难跟上技术革命的迅猛发展。因此,人们在抓住信息时代机遇的同时,却并未意识到和密切关注各种风险以及为迅猛的技术进步所付出的日渐增长的社会代价。"

网络的虚拟性引发人格分裂,长时间的人—机交流,容易导致青少年情感机械化和钝化、疏离人群、不善交往,甚至逃避社会。而且,网络的无奇不有、无所不能,很容易使青少年从中获得满足感和成就感,而现实却是艰难和存有缺憾的,这使他们宁愿生活在网络中或借助网络逃避现实,从而导致青少年在现实生活中产生虚伪或双重人格。

网络社会以虚拟实在(Virtual Reality)和虚拟空间(Cyber Space)为基本的技术支撑。在现实交往中那些备受关注的特征,诸如性别、年龄、相貌、身份等都可能借助虚拟网络而隐匿和篡改,人们的行为变得"虚拟化"和"非实体化"。成长之中的青少年,由于缺乏生活阅历和社会经验,很容易混淆网络与现实的关系,甚至将两者等同起来,视网络为现实而沉溺其中。

3. 网络的发展

网络技术健康发展需要采取经济、社会、法律、伦理、文化等多种手段,比如:改革不合理的国际政治经济秩序,建构具有适应性和灵活性的网络社会结构,发展具有人性化的新技术;建构和完善网络法律、法规;建构具有现代网络精神的网络伦理、培养健康、全面的网络人格;等等。技术的进步给了人们以更大的信息支配能力,也要求人们更严格地控制自己的行为。要建立一个"干净"的因特网,需要法律和技术上的不断完善,也需要网络中的每个人的自律和自重。所以,网络的未来应朝着个人与社会、个体与群体、个性与共性之间分散而有张力的互动形态发展,从而实现个人自由发展与社会共和体健康发展的双重目标。

4.1.2 网络的价值

网络正在迅速改变着人们的生活方式、思维方式,甚至改变着人们对这个世界的认知。

截至 2007 年 12 月,中国内地网民达 2.1 亿,而且正以极快的速度增加着,"网民世界"几乎触手可及。

网络环境出现半个多世纪以来,在现实世界之外,为人类另建了一个虚拟的世界。这个虚拟的世界曾经只属于科学研究者们,是他们用来储存和交换信息的技术媒介。但随着 Internet 等 IT 技术的发展,虚拟世界里储存的信息海量增长,并产生了大量的接口,向现实世界里的人们输出越来越多的信息。最新的进展,是以 Web 2.0 为代表的社会性软件(Social Software)的出现,使得现实生活和网络虚拟生活产生了越来越显著的交接,虚拟世界不再虚幻。尽管仍然摸不着、看不到,但虚拟的身份和现实的身份、虚拟的事业和现实的事业正在实现(无缝)对接。越来越多的人开始在网络这一个生活的"组成部分"里,获得新的生活体验。

1. 认识网络价值

人类已开始进入网络时代,但是网络时代并不等于网络社会。在农业时代整个社会只有一种架构,即农业社会。进入工业时代以后呈现出两种社会形态,一种形态仍是农业社会,一种形态则是工业社会。也就是说,即使在工业时代中,仍然有人选择过农业社会生活。同样的状况也会发生在网络时代,即进入网络时代后,并非所有的人都会一起迈进网络社会,这个时代将呈现 3 种基本社会形态:农业社会形态,工业社会形态和网络社会形态。

站在网络时代认识网络的意义和价值,就要防止以工业时代、工业社会的价值理念和思维方式看待网络的消极一面。正因为网络时代主体的思维具有工业时代所不具有的新特征,所以,主张在进入网络时代后,不能用工业时代的价值理念和思维方式去评价网络的跨时代意义和价值。

2. 网络在各个领域的价值

(1) 网络的教育价值

网络环境的出现,对教育而言其价值是根本性的。首先,它影响了个体人的成长方式:以因特网为代表的网络环境,让个体人用全新的视角(自主、互动、网络化、系统性、社会性等)去认识这个现实世界,由此深刻地改变了个体人的成长和发展方式。建构主义教育理论认为,学习者个体的成长,是自我建构的过程,知识和经验的积累,在与学习者过去的知识和经验衔接的前提下,被吸收成为学习者个人的有效体验加以内化。网络生活体验的出现,使个体人几乎是第一次有了一个轻而易举能够实现的主动自我建构途径。这样的改变,使得传统的教育面临了巨大的变革。既是一个巨大的冲击,又是巨大的机遇。

（2）网络文化的价值

从文化作为人的活动的对象化成果的视角来分析,网络本身便是人在信息时代的一种创造物,一种文化。信息技术、网络技术所导致的信息革命,实质就是文化领域的产业革命。在文化领域里,以电子技术为基础的文化产业革命正在促进先进的文化信息技术系统、文化网络系统的形成。构成网络的要素有许多是文化产业的产品,如交互式电视、多媒体、光盘、摄像机乃至网上图书馆等。它们是融物质产品与精神消费品于一体的。它向人类提供声、图、文集成一体的,并能进行动态交互作用的丰富多彩的信息,人类将享受到前所未有的绚丽多彩的文化生活。人们在任何时候、任何方式下,都可以通过网络获得教育、文化娱乐等满意的服务。

（3）网络的社会价值

网络使人们实现了跨时空的交往。交往是人的社会本性,但人的交往方式、交往的时空范围受到交往工具、通信手段的制约。18 世纪的工业革命使千余年来僵化不变的农业社会交往方式的宗法血缘性受到直接冲击。今天,随着信息技术、网络技术的发展,因特网使人们突破了交往的时空限制,使全球性普遍交往成为可能。

网络社会之所以能为人们打开超时空的、全球性普遍交往的通道,最主要机理就在于它是一个依托信息技术、网络技术而形成的信息化社会。信息通过网络在全球自由传递和流动,人类所创造的文明财富就有可能为网上每个人所共享。

（4）网络的传播价值

中国第一个商业性的网络广告出现在 1997 年 3 月,到 1998 年年初才稍见规模。2000 年以后,中国网络广告市场开始处于一个高速上升的时期。在新浪和搜狐等门户网站近日公布的 2010 年财务报告中,网络广告收入是门户网站最主要的收入。

艾瑞网《2010 年第一季度中国网络广告市场季度监测报告》显示,2010 年第 1 季度中国网络广告市场规模 63.6 亿元,同比高速增长,达到 85.4%。其中品牌图形占 44.3%,搜索引擎占 30.0%,视频及富媒体占 6.8%,其他广告形式占 11.0%。

（5）网络的商业价值

越来越多的因特网公司的商业实践证明,因特网已经不只是一种可以用来以更快捷、更省钱的方式去做以往同样事情的工具,它的价值也不只是在于取消了中间商,更重要的意义在于因特网正在为客户和原厂商创造新的价值,并在此基础上,引发更大规模的企业活动。

（6）网络的娱乐价值

无论是大众文化还是因特网,娱乐功能都是其显赫的功能之一。网络大众文化的娱乐与现实中大众文化的娱乐相比,最大的不同在于它的自主娱乐。

网络大众文化的娱乐表现形态纷繁,网络歌曲、网络影视、网络游戏、网络文学等都是网络大众娱乐的实践形式,其实就连网络论坛中常见的"灌水"也具有明显的娱乐驱动。不少网民发布帖子不是为了确切意义的表达,而是为了好玩。

4.1.3　网络文化与现实生活

1. 网络文化

20世纪下半叶是一个以网络征服世界的时代。在网络出现与盛行之前,文化传播主要通过电影、电视、广播等媒体。这些媒体的一个共同特点是为数不多的制作者将文化信息传送给为数甚众的文化消费者。而网络媒体打破这一状况,不可否认,这种新的文化交流方式、传播方式的出现,已经带来了一系列的变化,并且其中确实蕴藏着众多文化发展的潜力。

网络文化就是一种崭新的文明形态。因特网是知识的民主、交往的自由、信息的共享、观念的开放、信仰的多元以及市场机会的扩展。网络文化的基本精神是源于因特网在技术上的一个基本特性,就是平等、自由、参与、共享和兼容。由于有这种理念,就使得精英文化和大众文化、民族文化和外来文化、传统文化和新型文化并存,并且形成了一种新的文化模式,叫做网络文化。

2. 网络对现实生活的影响

时至今日,网络正以不可估量的影响力影响和改变着人们的生活,已经成为人们生活的一部分。一般的公民在这里有他的空间,政府、单位在这里有它的发展平台,不管是查找新闻、搜索资料,还是打发时间、寻找刺激,在因特网上都能够得到所需要的信息,都能够得到满足。因此网络对人们的影响和作用很大,而且这只是刚刚起步,将来的发展还不可限量。

因特网变换了人际交往的方式,改变了文化传承的手段,它让人们足不出户就可以沟通信息、协调关系、交流情感,网络上恋爱、聊天、交友,能够让弱小、孤寂者也发出自己的心声,这是《数字化生存》一书中讲到的。网络让人们"海内存知己、天涯若比邻",孤独的网民在网络上选择狂欢、在现实中可能选择孤独,他可能知道网络上发生的一切,却不知道邻居姓什么,甚至对身边的亲朋好友形同陌路,这也是人际关系的改变。因特网又是流动的图书馆、庞大的信息,在家里就可以把世界上所有的信息在计算机上看到。只要善于搜索,就可以把英国大不列颠图书馆、美国国会图书馆等世界600多个大型图书馆和400多个专业机构的馆藏目录随手调来。网络有无尽的宝藏,传承人们的文化,又创造新的文化。

网络是一把双刃剑,可以杀死敌人,也能刺伤自己。它在造福苍生的同时也带来一些始料未及的社会问题:网络打造了文明,却也颠覆了很多文明;它在给人类带来自由和平等的同时,也给人们带来了失望和负担;它让人们获得交往的便利和信息的丰富,却引发了情感危机;等等。

网络还会导致一些不良行为的发生,这使得网络空间成为电子烟尘的集散地,甚至是藏污纳垢的"痰盂"。网恋一幕幕的悲喜剧,让人们警惕这种虚拟的网络爱情游戏,给社会道德带来的冲击。上网成瘾的问题,色情成瘾、交友成瘾,使很多豆蔻年华的青少年陷入,难以自拔,让家长头疼。

黑客和计算机病毒,如"熊猫烧香"等,几乎每天网络上都有各种各样的病毒在流行,防范不住,造成的损失是非常大的。

侵犯隐私、盗窃别人的密码和账号等,还有远程控制别人的摄像头。这样的案例已经多次发生,令人惶恐,成为社会公害。

信息崇拜、技术至上、工具理性,导致人类价值取向的偏离和人文精神的缺失,这些问题让人们痛心疾首,需要全社会高度关注,也需要人们很好地解决这些问题。人们需要建立和健全网络的法律、法规,遏制网络犯罪,等等,以弥补技术的人文缺陷。

4.1.4　网络文化的伦理

网络空间表面上展现的纯粹是数字信息之间的关系,但在本质上无疑是被数字信息所遮蔽的人与人之间的关系,由于虚拟人的身份隐匿性和极度张扬的个性以及虚拟社会交往的超时空性和无律无羁,网络空间产生着许多反常和有害的现象,凸现了网络伦理道德问题。

1. 信息低俗、价值混杂

网络交往具有广阔性和随意性,致使主体可以全面发挥兴致意愿,毫无顾虑地释放心里的能量,超越真实社会的伦理道德规范,追求刺激快感,猎取各种信息,体验虚拟社会的自由个性。部分网络媒体迎合受众低俗趣味,登载低俗新闻、信息,甚至降低格调和品位,发布色情、淫秽内容。这就不可避免地牺牲网络文化的高雅品位和正面社会功能,对受众的思想意识产生毒化作用。

2. 行为失范、秩序混乱

由于常态网络交往中真实身份隐匿,主体就可以利用虚拟身份实现在真实交往中达不到或不允许的行为目标。在真实社会中,人们都有要对自己的言行负责的意识,但在网络上,虚拟人却可以倾泻私愤,肆意辱骂、攻击他人,甚至编造谎言,传播流言飞语,狂妄地放纵自己的言行。

3. 危害网络、危害社会

伦理的缺失与滞后对网络及其应用造成了极大的危害。网民不仅生活在虚拟世界中,同时也生活于现实世界中,由网络技术引发的伦理问题,对真实社会也带来极大的冲击和危害。这些危害主要体现:在虚拟空间的妄为使现实人的人际关系"面具化",道德虚无主义滋长蔓延;道德真空中的网上行为不受旧规范的约束,现实社会的道德规范受到挑战和冲击。网上的不道德行为,如信息严重污染、网络文化侵略、网络欺骗、非法交易等,转换到真实社会中危害极大。要解决目前因特网存在的诸多问题,关键在于要建立一个规范体系,包括法律的、管理的、技术的、教育的和网络文化的伦理。

网络技术引发的各种消极行为和消极影响,又一次证明科技是一把"双刃剑"。只有积极地分析问题的症结所在,才能找到解决问题的思路和办法,才能促进网络文明的发展和成熟。

4.1.5　建立和健全网络立法

1. 网络立法受到世界各国的关注与重视

20 世纪以来,西方各主要发达国家先后走过了从网络发明到网络兴起再到网络普及的发展路径。网络问题乃至严重的网络犯罪也与此相伴而生,从无到有、从少到多、从简单到复杂。为了维护网络技术的健康发展,保证网络技术促进人类文明,控制、减少、制裁网络犯罪,发挥网络的正面效能,世界许多国家先后根据本国的实际情况,或制定出台新的法律、法规,或修改完善原有的法规条款,使网络的运行与发展纳入了法制化管理的轨道。

网络立法主要分为两个方面:一是针对网络经营方,二是针对网络使用方。

如美国联邦及各州政府十分重视计算机安全和计算机犯罪方面的立法。1978 年以来,几乎所有的州都制定颁布了维护计算机安全、防止计算机犯罪的法律、法规。美国政府各部门提出的相关法案有 130 多项。另外,全美计算机安全中心于 1981 年成立,主要责任是评价商用计算机系统的安全程度和适用范围。

"1978 年 8 月,美国佛罗里达州第一个通过了《佛罗里达计算机犯罪法》。这一法规包括题名、立法宗旨、名词定义,包括侵犯知识产权、侵犯计算机装置与设备、侵犯计算机用户等项犯罪和惩处的规定以及关于同其他法律不相抵触的规定,关于本法案的生效日期的规定等。随后,美国共有 47 个州相继颁布了计算机犯罪法。如加利福尼亚州 1979 年制定的《计算机犯罪限制法》、佐治亚州与 1981 年颁布的《佐治亚州计算机系统保护法》。自 1978 年以来,美国各部门也提出了 130 多项法案。1984 年美国国会通过了《联邦禁止利用电子计算机犯罪法》。1987 年,国会通过了一项议案,批准成立国家计算机安全技术中心,并制定了《计算机安全法》。1996 年美国颁布了《通信道德条例》规定:不仅通过网络传播有害青少年的内容要受到惩罚,甚至知情者也有罪。"

2. 我国的网络立法亟待加强和完善

20 世纪 80 年代以来,我国的信息技术、信息产业迅速融入世界发展大潮,网络普及化程度日益提高,上网人数与日俱增,网络对社会生活的影响越来越明显,网络引发的社会问题随之凸现出来。

与此同时,我国的市场经济逐渐走向成熟,人们的法律意识、法制观念不断增强,促进了整个国家的法制化进程。知识产权保护法、专利法、商标法、著作权法、计算机软件保护条例等法律和法规的制定、实施,为计算机信息安全、网络技术维护营造了良好的信息环境,也为进一步建立和完善网络立法提供了先决条件。

与世界发达国家相比,我国的信息产业、网络技术发展较晚,这也为我们吸取他人教训,借鉴国外经验,避免走弯路提供了有利条件。1984 年年初,经国务院批准,中华人民共和国公安部成立了计算机管理监察局,专门负责全国的计算机安全工作。1987 年10 月,制定颁布了《电子计算机系统安全规范(试行草案)》,这是我国第一部有关计算机安全工作的法规。"规范"对涉及计算机系统安全的各主要环节作出了具体说明和规定,使计算机系统的设计、安装、运行及监察部门,有了统一的衡量标准、工作依据和法律保证。

20 世纪 90 年代以来,国家加快了网络立法的进程和步伐。如:1994 年 2 月 18 日,国务院颁布《中华人民共和国计算机信息系统安全保护条例》;1994 年出台《中华人民共和国计算机信息网络国际联网管理暂行规定》;1996 年 2 月,国务院发出通知,要求对进入因特网的计算机用户进行登记;2000 年 7 月 5 日,教育部印发《教育网站和网校暂行管理规定》;2000 年 9 月 25 日,国务院发布《互联网信息服务管理办法》;2000 年 9 月25 日,国务院颁发《中华人民共和国电信条例》;2000 年 11 月 7 日,国务院新闻办公室和信息产业部颁布《互联网站从事登载新闻业务管理暂行规定》、《互联网电子公告服务管理规定》;2000 年 12 月 18 日,全国人大常委会颁布《关于维护互联网安全的决定》。

3. 建立配套的监督执法机构,保证网络立法的真正落实

网络法规是网络管理的基本准则,是网络道德规律的基本依据,法律和法规出台后的落实、监督、执法就显得尤为重要。如果只满足于制定和出台一系列的法律条款,却没有与之配套的执法监察部门,法律和法规就会成为一纸空文,不能起到监督、管理和保护作用。网络犯罪是一种高科技犯罪,具有极强的技术含量和隐蔽性,与之相对应的监督管理部门必须具备高技术、高智商,准确、及时、有效的反应能力,才可能有效判断犯罪与否、量刑准确、执法公正、管理到位。建立专业化的监察、稽核、执法机构和特别法庭,是有效管理和监督网络犯罪的当务之急。

4.1.6 倡导网络文明

网络以其无法阻挡的强大势头将对人类的精神世界发挥着深长的、持久的影响。尤其是受着网络文化熏陶而成长起来的年青一代,在生活方式、思维习惯与思想观念等方面都与传统的文化模式产生了差异,这可能导致他们情感淡漠、价值迷惘、思想空虚。这绝不是人类创造因特网的初衷。科技是人类征服自然,实现自身目的的工具。人类发明了网络,就一定有能力管理、控制它。这种能力来源于人类的精神境界和伦理自觉。英国著名历史学家汤因比在《选择生命》一书中指出:"要对付力量所带来的邪恶结果,需要的不是智力行为,而是伦理行为。科学所造成的各种恶果,不能用科学本身来根治。"面对科学这样一种中立的智慧,道德理性是明智的选择。

倡导网络伦理,建设网络道德

因特网的一个基本特征就是它打破了地域和民族的界限,把世界连成了一个"网络共同体"。在这个共同体中,如果各地区、各民族的人们都以各自的意愿和习惯参与网络生活,各行其是,网络空间就会混乱不堪,无法正常运行。因此,网络成员达成共同的伦理规则,遵循共同的道德规范是保证网络顺利运行的基本前提。

网络以其超乎寻常的自由时空为人们提供了展示个性风采的巨大舞台,只要有才华就可以尽情施展。但是,无论网络如何自由,它毕竟是人类生活的工具,是人类智慧的延伸,归根结底要遵守人类生活的准则,符合人际互动规律。这是网络得以存在和继续的根本法则。试想一下,如果网上成员没有基本的人格素质,不懂得人类最一般的伦理习惯,不遵守共同的道德规范,想怎么干就怎么干,想说什么就说什么,出卖个人尊严,损害他人利益,破坏"游戏规则",网络时空如何得以保全呢? 比如,1999 年让全世界闻之色变的"CIH"病毒,就是一位台湾大学生的玩笑之举,却造成全球 3 000 多万台计算机失灵。至今,"CIH"病毒每月 26 日还会在世界各地的计算机中发作一次,给全球造成的经济损失难以估量。又如,2000 年 5 月,黑客把"爱虫"病毒输入因特网。据不完全统计,"爱虫"爆发两天内全球就有 4 500 万台计算机被感染,造成的经济损失高达 26 亿美元。上述典型案例告诫人们,科学技术越发展,越需要具有高尚道德素质的人与之平衡,道德自律、伦理自觉必须加在天平的另一端,与不断进化的科学技术共同支撑人类的天空。

近年来,伴随着计算机网络技术的飞速发展,许多国家政府和公众都深刻地意识到道德自律具有的重要意义,倡导网络伦理,建设网络道德日益成为世界各国共同的呼声。

美国计算机伦理协会制定的 10 条戒律如下。

（1）你不应用计算机去伤害别人。

（2）你不应干扰别人的计算机工作。

（3）你不应窥探别人的文件。

（4）你不应用计算机进行盗窃。

（5）你不应用计算机作伪证。

（6）你不应使用或复制你没有付钱的软件。

（7）你不应未经许可而使用别人的计算机资源。

（8）你不应盗用别人的智力成果。

（9）你应该考虑你所编的程序的社会后果。

（10）你应该以深思熟虑和慎重的方式来使用计算机。

网络伦理和网络道德建设同样引起我国政府和公众的关注。从伦理道德角度来看，技术先进国家曾经出现过或正在经历的问题，我们同样遭遇了：网络黑客、道德失范、价值混乱、网络色情、网络犯罪等。由于网络语言以英语为主，西方文化占据主流，由此引起的中西价值观冲突、西方思想意识的强化、西方生活方式及消费观念的影响，都对当代中国青少年产生着强烈的冲击，由此而出现的道德问题、思想空虚、心理不适和行为失范甚至更为严重。因此，加强中国网络道德建设，尽快形成健康、文明的网络文化，是摆在全体中国人面前的紧要课题。政府和社会各界已经开始着手这方面的工作。

2001年11月23日早晨，《全国青少年网络文明公约》在网上首发，这份70字的网络文明公约由团中央、教育部、文化部、国务院新闻办及全国青联、学联、少工委和中国青少年网络协会联合发布。其内容如下。

"要善于网上学习，不浏览不良信息；

要诚实友好交流，不侮辱欺诈他人；

要增强自护意识，不随意约会网友；

要维护网络安全，不破坏网络秩序；

要有益身心健康，不沉溺虚拟时空。"

2001年11月26日，全国100多所大学，1 000多所中学以"遵守网络文明公约，争做网络文明先锋"为主题，开展了形式多样的团日活动。全国1 000多所小学的少先队同时上网，参加了全国少工委举办的"争做网络文明小使者"网络主题会。全国300多万名学生通过网上讨论、制作个人主页、张贴宣传画等形式，积极参加"公约"的宣传活动。

中国"网络文明工程"旨在弘扬因特网络精神文明的"网络文明工程"2000年12月7日在京正式启动。"网络文明工程"是由文化部、共青团中央、广电总局、全国学联、国家信息化推进办公室、《光明日报》、中国电信、中国移动等单位共同发起的。15家中国优秀文化网站在启动仪式上发出倡议，号召网站自律。

4.2 网络安全

4.2.1 网络安全问题

1994年以来，因特网在全球迅猛发展，为人们提供了极大的方便、自由和无限的财富,国家的政治、军事、经济、科技、教育、文化等各个方面都越来越网络化,人们的生活、娱乐、交流方式也受其影响。可以说,信息时代已经到来,信息已成为物质和能量以外的维持人类社会的第三资源,而且它是未来生活的介质。然而,信息化在给人们带来种种物质和文化享受的同时,也带来了一些负面影响。"信息垃圾"、"邮件炸弹"、"计算机病毒"、"网上犯罪"、"网上黑客"等越来越威胁到网络的安全。尤其是黑客攻击,随着因特网的普及,已成为威胁网络安全的最大隐患。

网络安全问题主要可以分成:在网上冒充他人,连环邮件,盗用他人信用卡进行网络购物,盗用他人密码,盗用他人 IP 地址,发送电子邮件炸弹,未经允许的广告发送,传播病毒和特洛伊木马,非法链接他人的网页,非法收集 E-mail 地址,抄袭他人网页内容,传播和下载色情图片、信息等形式。

目前,我国网络安全问题日益突出。主要表现如下。

(1) 计算机系统遭受病毒感染和破坏的情况相当严重。据江民统计的数据,截至2009 年 12 月 31 日,共截获新增计算机病毒数总计(包括木马、后门、广告程序、间谍木马、脚本病毒、漏洞攻击代码、蠕虫病毒)12 711 986 个。其中,新增木马 9 665 551 个,新增后门 1 260 018 个,新增广告程序 389 265 个,新增漏洞攻击代码 121 398 个,其他病毒1 275 754 个。2009 年 11 月,"无极杀手"变种 b(Win32/Piloyd.b)在短短 20 天的时间内就感染了 37 万余台计算机。

(2) 黑客活动已形成重要威胁。网络信息系统具有致命的脆弱性和易受攻击性,从国内情况来看,目前我国 95% 与因特网相联的网络管理中心都遭受过境内外黑客的攻击或侵入,其中银行、金融和证券机构是黑客攻击的重点。

(3) 信息基础设施面临网络安全的挑战。面对信息安全的严峻形势,我国的网络安全系统在预测、反应、防范和恢复能力方面存在许多薄弱环节。

(4) 网络政治颠覆活动频繁。国内外反动势力利用因特网组党结社,进行针对我国党和政府的非法组织与串联活动,猖獗频繁,屡禁不止。尤其是一些非法组织有计划地通过网络渠道,宣传异教邪说,妄图扰乱人心,扰乱社会秩序。

4.2.2　网络安全的防范策略

随着网络攻击方式日趋多样化,呈现出突发性、隐藏性等特点,人们并不知道采取怎样的措施才能有效地保护自己的信息安全。下面介绍有关网络安全的防范措施。

1. 对个人计算机的安全防范

(1) 不要轻易运行来历不明的软件,需要通过杀毒软件的检查。

(2) 保持警惕性。不要轻易相信别人发来的 E-mail,特别是不明来路邮件中所携带的附件。

(3) 不要访问色情、邪教的网站,否则会导致自己的机器注册表被修改,浏览器出现异常情况,无法正常使用。

(4) 不要在聊天室内公布 E-mail 地址。对来历不明的 E-mail 应及时清除。

(5) 不要随便下载软件(特别是不可靠的 FTP 站点)。

(6) 不要将重要密码存放在计算机上。

2. 自我保护措施

(1) 经常下载最新的操作系统补丁软件,以减少系统的漏洞。

(2) 经常升级浏览器,以减少漏洞。

(3) 保证密码不易被人猜中,尽量采用数字与字符相混的口令,多用特殊字符,诸如"!"、"@"、"#"和"$"等。经常更改口令,至少一个月一次。这样即使有人破译了密码,你也会在口令被人滥用之前将其改变。

(4) 如果访问的站点要求输入个人密码,不要使用与个人邮件账户相同的密码。许多站点会把这个密码存在浏览器的相关文件中,这就意味着任何站点都能看到密码。

(5) 这一点听起来有点可笑,但是却是关键——不要向任何人透露你的密码,有时黑客们会发 E-mail 或打电话问你的密码,必须明白网络服务商不需要你向其他人透露。

(6) 安装一种正版的杀病毒软件并需要经常升级。建议下载"注册表保护器",以便机器的注册表被恶意修改后能够轻松修复。

3. 防范措施

(1) 安装有效的病毒防护软件,并有效运作。如卡巴斯基 KIS 因特网安全套装 6.0、诺顿等。

(2) 安装有效的专门木马、间谍软件或程序的清理软件,应随时检查清理。如 Ewido、Ad-aware、SpybotSD 等。

(3) 运用恶意软件之清理软件经常扫描微机系统。如 360 安全卫士、恶意软件清理助手。

(4) 安装防火墙,制定合适的防护规则。如卡巴斯基防火墙(KIS 已自带防火墙)、天网防火墙。

(5) 控制上网时间,增加风险意识,不上网时断开网络连接。可在桌面创建网络本地连接快捷方式,随时控制网络断开、连接。论坛、QQ 聊天软件不要长时间挂网,以免长时间暴露自己的 IP 地址,招惹不必要的麻烦。

(6) 上网微机不要存储涉密敏感信息内容,以免引起黑客兴趣。

(7) 不必要的软件尽量不要安装。下载程序、图片、资料等要特别注意杀毒检测。

(8) 不健康网站往往携有大量病毒程序,不要轻易点击。

(9) 经常安装系统安全补丁,堵塞安全漏洞。

(10) 重要资料注意刻录备份。

习题四

1. 选择题

(1) 根据统计,当前计算机病毒扩散最快的途径是_____。

    A. 软件复制   B. 网络传播   C. 磁盘复制   D. 运行游戏软件

(2) 计算机预防病毒感染有效的措施是_____。

    A. 定期对计算机重新安装系统

      B. 不要把 U 盘和有病毒的 U 盘放在一起

      C. 不准往计算机中复制软件

      D. 给计算机安装上防病毒的软件

(3) 关于信息安全和计算机病毒的错误描述是_____。

      A. 安装杀毒软件，一般都能保证系统安全，不必要花费更多钱经常升级软件

      B. 感染了病毒的计算机有可能突然死机又自动启动

      C. 对含有重要数据的软盘或者 U 盘进行写保护，并做好备份

      D. 养成使用计算机的良好习惯，采取必要的安全策略和防护措施

(4) 计算机感染病毒后，一定不能清除的措施是_____。

      A. 更新杀毒软件病毒库，运行杀毒软件

      B. 关闭计算机

      C. 找出病毒文件并删除

      D. 格式化病毒所在硬盘

(5) 下列关于计算机软件版权的说法，正确的是_____。

      A. 计算机软件受法律保护是多余的

      B. 正版软件太贵，软件能复制就不必购买

      C. 受法律保护的计算机软件不能随便复制

      D. 正版软件只要能解密就能随便复制

(6) 下列叙述中正确的是_____。

      A. 计算机病毒只能传染给可执行文件。

      B. 计算机软件是指存储在软盘中的程序

      C. 计算机每次启动的过程之所以相同，是因为 RAM 中的所有信息在关机后不

         会丢失

      D. 硬盘虽然装在主机箱内，但它属于外存

(7) 计算机病毒的主要来源不可能是_____。

      A. 黑客组织编写   B. 恶作剧

      C. 计算机自动产生   D. 恶意编制

(8) "网络黑客"是指_____。

      A. 总在深夜上网的人

      B. 匿名上网的人

      C. 制作 Flash 的高手

      D. 在网上私自侵入他人计算机系统的人

(9) 威胁信息安全的因素有很多，需要利用有效的方法防护信息安全。关于信息安全的描述正确的是_____。

    ① 威胁信息安全的常见因素有：人为的无意失误、人为的恶意攻击、软件的漏洞和"后门"、计算机病毒的侵害等

    ② 系统安全配置的不当、用户口令过于简单都会对信息安全带来威胁

    ③ 面对信息安全威胁，可以采取禁用不必要的服务、安装补丁程序、安装安全防护产

品、提高安全意识、养成良好的使用习惯、及时备份数据等方法

④ 计算机病毒是信息安全的重大危害。病毒入侵和发作会占用系统资源、影响系统效率并干扰正常操作。

    A. ①③④   B. ②③④   C. ①②③   D. ①②③④

(10) 下列行为违反计算机使用道德的是_____。

    A. 不随意删除他人的计算机信息

    B. 随意使用盗版软件

    C. 维护网络安全,抵制网络破坏

    D. 不浏览不良信息,不随意约会网友

(11) 计算机病毒的传染是以计算机运行和_____为基础的,没有这两个条件,病毒是不会传染的。

    A. 编辑文稿   B. 读写磁盘   C. 编程序   D. 打印

(12) 下列不是信息技术的消极影响的是_____。

    A. 信息泛滥   B. 信息加速   C. 信息污染   D. 信息犯罪

2. 案例分析

案例:网络中的谩骂之风令人发指,一旦发生一点点摩擦,各种粗口便充斥网页;有点学问的知识分子的骂道更可谓是"百花齐放、百家争鸣"。有识之士呼吁,网上也要讲文明,别让骂人这种缺德行为蔓延,更别让骂人成为职业!

与同学讨论然后简述:在"虚拟社会"中,应该如何与他人交流? 如何保护自己? 案例说明了什么?

第二篇

计算机基本操作技能

第5章

计算机操作系统

【案例】 不懂操作系统的麻烦

（1）不懂操作系统的人会将所有文件放到桌面上，导致桌面一塌糊涂，还会把所有程序装在默认的 C:\Program Files 目录下（假设系统装在 C 盘），到最后系统提示磁盘空间不足，因为 C 盘被填得差不多了。

（2）不懂操作系统的人直接删除程序，而且发现计算机越来越慢。其实很多程序都跟注册表有关联，注册表里面已经储存了一大堆垃圾信息，当然，Windows 优化大师扫一下就行，有些人磁盘从来不整理，导致碎片越来越多，不知道使用"磁盘碎片整理"程序。

（3）不懂操作系统的人不知道为什么操作系统里面的文件没有扩展名，不知道把"隐藏已知文件的扩展名"前面的钩去掉，不知道 C 盘容量为什么一会儿变大，一会儿变小，其实那是设置了虚拟内存的缘故。

【案例分析】

案例中提到的麻烦就是计算机的使用者不懂什么是操作系统，如何使用操作系统所致。操作系统是现代计算机必不可少的最重要的系统软件，是计算机正常运行的指挥中枢，其他软件是建立在操作系统的基础上，并在操作系统的统一管理和支持下运行的。

其实，操作系统就是管理计算机软、硬件的程序。操作系统不仅为应用程序提供基础，而且充当计算机硬件和计算机用户的中介。令人惊奇的是，操作系统完成这些任务的方式多种多样：大型机操作系统设计的主要目的是为了充分优化硬件的利用率；个人计算机的操作系统是为了能支持复杂的游戏、商业应用或位于两者之间的事物；手持计算机的操作系统是为了给用户提供一个可以与计算机方便地交互并执行程序的环境。因此，有的操作系统设计是为了方便，有的设计是为了高效，而有的设计目标是这两者都有。

本章学习导航：

1. 操作系统的概念、类型和功能

2. 操作系统的发展概况

3. 常用操作系统

知识点与能力目标：

1. 操作系统的概念、类型和功能

2. 操作系统的发展过程

3. 能根据需求选择适用的操作系统

5.1 操作系统概述

5.1.1 操作系统的概念

操作系统很难明确定义,概括地说,操作系统就是为了对计算机系统的硬件资源和软件资源进行控制和有效地管理,合理地组织计算机的工作流程,以充分发挥计算机系统的工作效率和方便用户使用计算机而配置的一种系统软件。操作系统向用户提供了一个良好的工作环境和友好的接口。

硬件资源包括中央处理器(CPU)、存储器(包括主存和外存)和输入/输出设备,以及网络资源等物理设备。软件资源是以文件形式保存在存储器上的程序或程序库、知识库、数据、共享文件、系统软件和应用软件等信息。

操作系统两个重要的作用如下所示。

1. 通过资源管理,提高计算机系统的效率

操作系统是计算机系统的资源管理者,它含有对系统软、硬件资源实施管理的一组程序。其首要作用就是通过 CPU 管理、存储管理、设备管理和文件管理,对各种资源进行合理的分配,改善资源的共享和利用程度,最大限度地发挥计算机系统的工作效率,提高计算机系统在单位时间内处理工作的能力。

2. 改善人机界面,向用户提供良好的工作环境

操作系统不仅是计算机硬件和各种软件之间的接口,也是用户与计算机之间的接口。试想如果不安装操作系统,用户将面对的是 0 和 1 组成的代码和一些难懂的机器指令,通过按钮或按键来操作计算机,这样既笨拙,又费时。一旦安装操作系统后,用户面对的不再是笨拙的裸机,而是操作便利、服务周到的操作系统,从而明显改善用户界面,提高用户的工作效率。

5.1.2 操作系统的类型

操作系统的分类,可根据处理方式、运行环境、服务对象和功能的不同,分为批处理操作系统(简称批处理)、分时操作系统、实时操作系统、网络操作系统、分布式操作系统、微机操作系统、嵌入式操作系统。

1. 批处理操作系统

在早期的计算机系统中,程序的每一次运行都需要人工干预,操作过程烦琐,占用很多人工等待的时间,也很容易产生错误,可真正执行程序的时间却很短;而且程序在执行的过程中,要独占系统的全部硬件资源,利用率很低,为此引入了批处理操作系统。在批处理操作系统中,用户要把计算的问题、数据和作业说明书一起交给系统操作员,操作员将作业成批地装入计算机,然后由操作系统控制执行,最后由操作员将运行结果交给用户。

2. 分时操作系统

分时操作系统将 CPU 的工作时间划分为许多很短的时间片,使多个用户轮流分享

计算机系统的资源,实现了多个用户同时使用一台计算机的目的。在使用分时操作系统时,每个用户仿佛有一台支持自己请求服务的计算机。

3. 实时操作系统

实时是指计算机对于外来信息能够以足够快的速度进行处理,并在被控对象允许的时间范围内作出快速反应。实时操作系统对交互能力要求不高,但要求可靠性有保障。实时操作系统分为实时控制系统和实时信息处理系统。

(1) 实时控制系统:主要用于生产过程的自动控制、实验数据自动采集、武器的控制(包括火炮自动控制、飞机自动驾驶、导弹的制导系统)。

(2) 实时信息处理系统:主要用于实时信息处理,如飞机订票系统、情报检索系统。

4. 网络操作系统

网络操作系统是使联网的计算机能方便而有效地共享网络资源,为网络用户提供所需各种服务的软件和有关协议的集合。因此,网络操作系统的功能主要包括:高效、可靠的网络通信;对网络中共享资源(在局域网(LAN)中有硬盘、打印机等)进行有效的管理;供电子邮件、文件传输、共享硬盘、打印机等服务;网络安全管理;提供互操作能力。网络操作系统繁多,例如:Windows Server 2003、UNIX、Linux 等。

5. 分布式操作系统

用于管理分布式系统资源的操作系统称为分布式操作系统。所谓分布式系统,是指由若干台无主从关系的计算机组成的系统,系统中各个计算机虽然是分散的,但它们又是相连的;计算机间可相互进行通信,资源可以共享。

分布式操作系统在资源管理、通信控制和操作系统的结构等方面都与其他操作系统有较大的不同。分布式计算机系统的资源分布于系统的不同计算机上,操作系统对用户的资源需求是要在系统的各台计算机上搜索,找到所需资源后才可进行分配。对于有些资源,如果具有多个副本的文件,还必须考虑一致性。所谓一致性是指多个用户对同一个文件同时读出的数据是一致的。为了保证一致性,操作系统须控制文件的读写操作,使得多个用户可同时读一个文件,而任一时刻最多只能有一个用户在修改文件。分布式操作系统的通信功能类似于网络操作系统。由于分布计算机系统不像网络分布得很广,同时分布式操作系统还要支持并行处理,因此它提供的通信机制和网络操作系统提供的有所不同,它要求通信速率高。分布式操作系统的结构也不同于其他操作系统,它分布于系统的各台计算机上,能并行地处理用户的各种需求,有较强的容错能力。

6. 微机操作系统

微型计算机拥有巨大的使用量和广泛的用户。配置在微型计算机上的操作系统统称为微机操作系统。常用的微机操作系统有 MS-DOS、MS Windows、OS/2、SCO UNIX、Linux 等。

7. 嵌入式操作系统

嵌入式操作系统是运行在嵌入式智能芯片环境中,对整个智能芯片及其控制的各种部件装置等资源进行统一协调、处理、指挥和控制的系统软件。一般情况下,嵌入式操作系统可以分为两类：一类是面向控制、通信等领域的实时操作系统，如 WindRiver 公司的 VxWorks、ISI 的 pSOS、QNX 系统软件公司的 QNX、ATI 的 Nucleus 等；另一类是面向消费电子产品的非实时操作系统，包括个人数字助理（PDA）、移动电话、机顶盒、电子书、WebPhone 等。

5.1.3　操作系统的功能

操作系统的主要功能是资源管理、程序控制和人机交互等。

1. 资源管理

系统的硬件资源和软件资源都是操作系统根据用户需求，按一定的策略来进行分配和调度的。

（1）存储管理

操作系统的存储管理负责把内存单元分配给需要内存的程序以便让它执行，在程序执行结束后将它占用的内存单元收回，以便再使用。

（2）处理器管理

处理器管理或称处理器调度，是操作系统硬件管理功能的另一个重要内容。在一个允许多道程序同时执行的系统里，操作系统会根据一定的策略将处理器交替地分配给系统内等待运行的程序。一道等待运行的程序只有在获得了处理器后才能运行。一道程序在运行中若遇到某个事件，例如启动外部设备而暂时不能继续运行下去，或一个外部事件的发生，等等；操作系统就要来处理相应的事件，然后将处理器重新分配。

（3）设备管理

操作系统的设备管理功能主要是分配和回收外部设备以及控制外部设备按用户程序的要求进行操作等。对于非存储型外部设备，如打印机、显示器等，它们可以直接作为一个设备分配给一个用户程序，在使用完毕后回收，以便给另一个需求的用户使用。对于存储型的外部设备，如磁盘、光盘等，则是提供存储空间给用户，用来存放文件和数据。存储性外部设备的管理与信息管理是密切结合的。

（4）文件管理

文件管理是操作系统的一个重要的功能，主要是向用户提供一个文件系统。一般来说，一个文件系统向用户提供创建文件、撤销文件、读写文件、打开和关闭文件等功能。有了文件系统后，用户可按文件名存取数据而无须知道这些数据存放在哪里。这种做法不仅便于用户使用，而且还有利于用户共享公共数据。此外，由于文件建立时允许创建者规定使用权限，这就可以保证数据的安全性。

2. 程序控制

一个用户程序的执行自始至终是在操作系统控制下进行的。一个用户将他要解决的问题用某一种程序设计语言编写了一个程序后，就将该程序，连同对它执行的要求输入到计算机内，操作系统就根据要求控制这个用户程序的执行直到结束。

3. 人机交互

操作系统的人机交互功能是决定计算机系统"友善性"的一个重要因素。

人机交互功能主要靠可输入/输出的外部设备和相应的软件来完成。可供人机交互使用的设备主要有键盘显示、鼠标、各种模式识别设备等,与这些设备相应的软件就是操作系统提供人机交互功能的部分。人机交互部分的主要作用是控制有关设备的运行,理解并执行通过人机交互设备传来的有关的各种命令和要求。

早期的人机交互设施是键盘显示器。操作员通过键盘打入命令,操作系统接到命令后立即执行,并将结果通过显示器显示。打入的命令可以有不同方式,但每一条命令的解释是清楚的、唯一的。

随着计算机技术的发展,操作命令越来越多,功能也越来越强。随着模式识别,如语音识别、汉字识别等输入设备的发展,操作员和计算机在类似于自然语言或受限制的自然语言这一级上进行交互成为可能。此外,通过图形进行人机交互也吸引着人们去进行研究。这些人机交互可称为智能化的人机交互。这方面的研究工作正在积极开展。

5.2　操作系统的发展概况

5.2.1　无操作系统的计算机

从 1946 年诞生第一台电子计算机以来,计算机的每一代技术进步都以减少成本、缩小体积、降低功耗、增大容量和提高性能为目标,随着计算机硬件的发展,同时也加速了操作系统(OS)的形成和发展。

最初的计算机并没有操作系统,人们通过各种操作按钮来控制计算机。后来出现了汇编语言,操作人员通过有孔的纸带将程序输入计算机进行编译,这些将语言内置的计算机只能由操作人员自己编写程序来运行,不利于设备、程序的共用。为了解决这种问题,就出现了操作系统,这样就很好地实现了程序的共用以及对计算机硬件资源的管理。

图 5-1 所示是约翰·莫克利在操作 ENIAC,输入的数字使用了几百个标度盘。与今天的键盘相比,这些处理是费力的,但那时却具有革命性的意义。

图 5-1　ENIAC 计算机

5.2.2　单任务操作系统

单任务是指一台计算机同时只能提交一个作业,一个用户独自享用系统的全部硬件和软件资源。常用的单用户单任务操作系统有:MS-DOS、PC-DOS、CP/M 等,这类操作系统通常用在微型计算机系统中。

5.2.3　多任务可视化操作系统

多任务可视化操作系统是允许用户一次提交多项任务的图形界面的操作系统。其典型代表有 UNIX、XENIX、OS/2 以及 Windows 操作系统。OS/2 采用图形界面,不仅可以处理 OS/2 系统的应用软件,也可以运行 DOS 和 Windows 软件。它将多任务管理、图形窗口管理、通信管理和数据库管理融为一体。

20 世纪 80 年代另一个崛起的操作系统异数是 Mac OS(如图 5-2 所示),Mac OS 操作系统紧紧与麦金塔计算机捆绑在一起。此时一位全录柏拉图实验室的员工 Dominik Hagen 访问了苹果计算机的史蒂夫·乔布斯，并且向他展示了此时全录发展的图形化使用者界面。苹果计算机惊为天人，并打算向全录购买此技术，但因柏拉图实验室并非商业单位而是研究单位，因此全录回绝了这项买卖。在此之后，苹果公司一致认为个人计算机的未来必定属于图形使用者界面，因此也开始发展自己的图形化操作系统。现今许多基本要件的图形化接口技术与规则，都是由苹果计算机打下的基础（例如下拉式菜单、桌面图标、拖曳式操作与双/单击等）。但正确来说，图形化使用者界面的确是全录始创的。

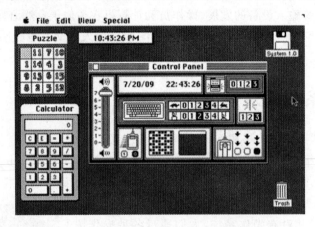

图 5-2　Mac OS System 1.0 界面

对于图形化操作系统来说，GUI(Graphical User Interface，图形用户接口)是最重要的组成部分。历史上最早的图形化操作系统诞生于施乐公司，而苹果公司早期的 Apple Lisa 和 Apple Macintosh 则把便捷的图形化享受带进了普通用户的家中。微软的 Windows 系列操作系统沿袭了这一光荣的传统，从初试啼声的 Windows 1.0，默默无闻的 Windows 2.0，到后来一炮走红的 Windows 3.0，全都是图形化操作系统的忠实拥护者。

1995 年，代号 Chicago 的 Windows 95 问世，这是个人计算机操作系统发展史上一个里程碑式的作品。在此之前的 Windows 操作系统作为 DOS 的功能扩展和延伸，更像是和 DOS Shell 一样的外壳程序。但到了 Windows 95，系统发生了巨大的改变。Windows 95 使用自带的 DOS 启动，图像显得更华丽，操作界面更加人性化，其内置了大量常用的多媒体和上网工具，带来了高性能 32 位多线程多任务的广泛应用、革命性的硬件即插即用(Plug&Play)技术……这些崭新的特性创造了一个前所未有的操作系统，所有的用户很快陷入了微软所营造的极其舒适的计算机操作环境中去。

图 5-3 所示漫画形象地刻画了 Windows 与苹果的图形操作系统之间的颇有争议的话题。

图 5-3　Windows 与苹果的图形

5.3　常用操作系统

5.3.1　DOS 操作系统

1. 认识 DOS 操作系统

DOS 是英文 Disk Operating System(磁盘操作系统)的缩写,它是一种单用户单任务的微机操作系统,其操作界面为文字界面。

DOS 操作系统由 4 个核心程序、外部命令集及批处理命令所构成,4 个核心程序分别是:引导程序、输入/输出管理程序、文件管理程序和命令处理程序。

2. DOS 操作系统的硬件平台

DOS 最初是为 IBM-PC 开发的操作系统,因此它对硬件平台的要求很低,即使对于 DOS 6.0 这样的高版本 DOS,在 640KB 内存、40MB 硬盘、80286 处理器的环境下也可正常运行,因此 DOS 操作系统既适合于高档微机使用,又适合于低档微机使用。

3. DOS 操作系统的产品

常用的 DOS 有 3 种不同的品牌,它们是 Microsoft 公司的 MS-DOS、IBM 公司的 PC-DOS 以及 Novell 公司的 DR DOS,这 3 种 DOS 都是兼容的,但仍有一些区别,3 种 DOS 中使用最多的是 MS-DOS。

从 1981 年问世至今,DOS 经历了 7 次大的版本升级,从 1.0 版到现在的 7.0 版,不断地改进和完善。但是,DOS 操作系统的单用户、单任务、字符界面和 16 位的大格局没有变化,因此它对于内存的管理也局限在 640KB 的范围内。

4. DOS 操作系统的兼容

DOS 操作系统一个最大的优势是它支持众多的通用软件,如各种语言处理程序、数据库管理系统、文字处理软件、电子表格。而且围绕 DOS 开发了很多应用软件系统,如财务、人事、统计、交通、医院等各种管理系统。

5. DOS 界面

图 5-4 所示是 DOS 操作系统的工作界面。

图 5-4　DOS 操作系统的工作界面

DOS 的特点如下。

(1) 命令式输入方式：即在操作系统的系统提示符下直接输入操作指令。

(2) 单任务操作，即每输入一条命令执行一个任务。

它的工作界面简单，采用文本式操作环境，在窗口中只有文字或字符等标识。

5.3.2　Windows 操作系统

1. Windows 操作系统

要说 Windows，必然要先了解一下 Microsoft（微软），Microsoft 公司是全球最大的计算机软件提供商，总部设在华盛顿州的雷德蒙市（Redmond，大西雅图的市郊）。公司于 1975 年由威廉·亨利·盖茨（昵称比尔·盖茨）和保罗·艾伦成立（如图 5-5 所示）。公司最初以"Micro-soft"的名称（意思为"微型软件"）发展和销售 BASIC 解释器。最初的总部是新墨西哥州的阿尔伯克基。

图 5-5　比尔·盖茨和保罗·艾伦在微软公司合影（1981 年）

Windows 是一个为个人计算机和服务器用户设计的操作系统，它有时也被称为"视窗操作系统"。

2. Windows 的发展

(1) Windows 1.x

Windows 是 Microsoft 公司在 1985 年 11 月发布的第一代窗口式多任务系统，它使 PC 开始进入了所谓的图形用户界面时代。Windows 1.x 版是一个具有多窗口及多任务功能的版本，但由于当时的硬件平台为 PC/XT，速度很慢，所以 Windows 1.x 版本并未十分流行，图 5-6 所示是 Windows 1.0 的界面。

(2) Windows 2.x

1987 年 12 月 9 日，Microsoft 公司又推出了 MS-Windows 2.x 版，它具有窗口重叠功能，窗口大小也可以调整，并可把扩展内存和扩充内存作为磁盘高速缓存，从而提高了整台计算机的性能，此外它还提供了众多的应用程序：文本编辑 Write、记事本 Notepad、计算器 Calculator、日历 Calendar 等。随后在 1988 年、1989 年又先后推出了 MS Windows/286-V2.1 和 MS Windows/386 V2.1 这两个版本。

(3) Windows 3.x

1990 年 5 月 22 日，Microsoft 公司推出了 Windows 3.0，它的功能进一步加强，具有强大的内存管理，且提供了数量相当多的 Windows 应用软件，因此成为 386、486 微机新的操作系统标准。随后，Windows 发表 3.1 版，而且推出了相应的中文版。3.1 版较之 3.0 版增加了一些新的功能，受到了用户欢迎，是当时最流行的 Windows 版本。

1994 年，Windows 3.2 的中文版本发布，相信国内有不少 Windows 的先驱用户就是从这个版本开始接触 Windows 系统的；由于消除了语言障碍，降低了学习门槛，因此很快在国内流行了起来。图 5-7 所示是 Windows 3.2 的界面。

图 5-6　Windows 1.0

图 5-7　Windows 3.2

（4）Windows 95

1995 年 8 月 24 日，Microsoft 公司发行了 Windows 95。在此之前的 Windows 都是由 DOS 引导的，也就是说它们还不是一个完全独立的系统，而 Windows 95 是一个完全独立的系统，并在很多方面做了进一步的改进，还集成了网络功能和即插即用功能，是一个全新的 32 位操作系统。图 5-8 所示是 Windows 95 的界面。

（5）Windows 98

1998 年 6 月 25 日，Microsoft 公司推出了 Windows 95 的改进版 Windows 98，Windows 98 的一个最大特点就是把微软的 Internet 浏览器技术整合到了 Windows 98 里面，使得访问 Internet 资源就像访问本地硬盘一样方便，从而更好地满足了人们越来越多的访问 Internet 资源的需要。图 5-9 所示是 Windows 98 的界面。

图 5-8　Windows 95

图 5-9　Windows 98

（6）Windows Me

2000 年 9 月 14 日。Microsoft 公司发行了 Windows Me（Windows Millennium edition）是一个 16 位/32 位混合的 Windows 系统，Windows Me 是最后一个基于 DOS 的混合 16 位/32 位的 Windows 9x 系列的 Windows，其版本号为 4.9。其名字有两个含义：一是纪念 2000 年，Me 是千年的意思；二是指个人运用版，Me 是英文中自己的意思。图 5-10 所示是 Windows Me 的界面。

（7）Windows 2000

2000 年 12 月 19 日，Microsoft 公司发行 Microsoft Windows 2000（起初称为 Windows NT 5.0）。为了纪念特别的新千年而被命名的 Windows 2000，是 Windows NT 系列的纯 32 位图形的视窗操作系统。Windows 2000 是主要面向商业的操作系统，包含新的 NTFS 文件系统、EFS 文件加密、增强硬件支持等新特性，向一直被 UNIX 系统垄断的服务器市场发起了强有力的冲击。图 5-11 所示是 Windows 2000 的界面。

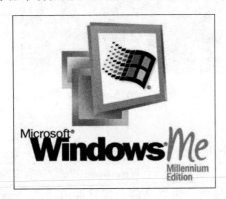 

图 5-10　Windows Me　　　　　　　　　图 5-11　Windows 2000

（8）Windows XP

2001 年 10 月 25 日，Windows XP 发布。Windows XP 是微软把所有用户要求合成一个操作系统的尝试，和以前的 Windows 桌面系统相比，稳定性有所提高，而为此付出的代价是丧失了对基于 DOS 程序的支持。由于微软把很多以前是由第三方提供的软件整合到操作系统中，XP 受到了猛烈的批评，这些软件包括防火墙、媒体播放器（Windows Media Player），即时通信软件（Windows Messenger）。它与 Microsoft Passport 网络服务的紧密结合，被很多计算机专家认为存在安全风险以及对个人隐私的潜在威胁。这些特性的增加被认为是微软继续其传统的垄断行为的持续。

微软最初发行了两个版本：专业版（Windows XP Professional）和家庭版（Windows XP Home Edition），后来又发行了媒体中心版（Media Center Edition）和平板 PC 版（Tablet PC Editon）等。图 5-12 所示是 Windows XP 的界面。

（9）Windows Server 2003

2003 年 4 月，Windows Server 2003 发布；它对活动目录、组策略操作和管理、磁盘管理等面向服务器的功能作了较大改进，对 . NET 技术的完善支持进一步扩展了服务器的应用范围。

图 5-12　Windows XP

Windows Server 2003 有 4 个版本：Windows Server 2003 Web 服务器版本（Web Edition）、Windows Server 2003 标准版（Standard Edition）、Windows Server 2003 企业版（Enterprise Edition）和 Windows Server 2003 数据中心版（Datacenter Edition）。

说明： Web Edition 主要是为网页服务器（Web hosting）设计的，而 Datacenter 是一个为极高端系统使用的系统。标准版和企业版则介于两者中间。

Windows Server 2003 是目前微软最新的服务器操作系统，如图 5-13 所示。

（10）Windows Vista

Windows Vista 是 Microsoft 公司开发代号为 Longhorn 的下一版本 Microsoft Windows 操作系统的正式名称。它是继 Windows XP 和 Windows Server 2003 之后的又一重要的操作系统。该系统带有许多新的特性和技术。2005 年 7 月 22 日太平洋标准时间早晨 6 点，微软正式公布了这一名字。图 5-14 所示是 Windows Vista 的界面。

图 5-13　Windows Server 2003　　　　　图 5-14　Windows Vista

（11）Windows 7

2009 年 10 月 23 日微软的 Windows 7 于中国发布。有如下版本。

① Windows 7 简易版——简单易用。Windows 7 简易版保留了 Windows 为大家所熟悉的特点和兼容性，并吸收了在可靠性和响应速度方面的最新技术。

② Windows 7 家庭普通版——使日常操作变得更快、更简单。使用 Windows 7 家庭普通版，可以更快、更方便地访问使用最频繁的程序和文档。

③ Windows 7 家庭高级版——在计算机上享有最佳的娱乐体验。使用 Windows 7 家庭高级版，可以轻松地欣赏和共享喜爱的电视节目、照片、视频和音乐。

④ Windows 7 专业版——提供办公和家用所需的一切功能。Windows 7 专业版具备需要的各种商务功能，并拥有家庭高级版卓越的媒体和娱乐功能。

⑤ Windows 7 旗舰版——集各版本功能之大全。Windows 7 旗舰版具备 Windows 7 家庭高级版的所有娱乐功能和专业版的所有商务功能，同时增加了安全功能以及在多语言环境下工作的灵活性。

Windows 7 启动界面如图 5-15 所示。

图 5-15　Windows 7 启动界面

5.3.3　Linux 操作系统

Linux 操作系统是一个遵循标准操作系统界面的免费操作系统。它是一个可与 UNIX 和 Windows 相媲美的操作系统，具有完备的网络功能。Linux 看起来与其他的 UNIX 系统非常相似；事实上，UNIX 的兼容性已成为 Linux 项目的主要设计目标。

1. Linux 的诞生

林纳斯·托瓦尔兹(Linus Torvalds)(如图 5-16 所示)从 10 岁出头当他外公的"键盘手"开始,到了中学就已成了不折不扣的计算机迷。1990 年,他就读于赫尔辛基大学(University of Helsinki)信息系二年级,选修一门《C 语言与 UNIX 操作系统》的课程,因而疯狂地迷恋上了 UNIX 操作系统。那年赫尔辛基大学正好添购了一台 VAX,安装 Ultrix 操作系统,连接了 16 台终端机供授课师生使用。有所限制的计算机资源,对一位计算机迷来说是极痛苦及难以忍受的。

图 5-16　Linus Torvalds

托瓦尔兹开始梦想"搞"一套可以在自己计算机上运行的 UNIX。1991 年 1 月,托瓦尔兹利用"学生贷款"加上去年的"耶诞红包",以分期付款方式买了一台 386 DX33 个人计算机(他的第 3 台计算机)。他选择安装的操作系统则是在学术界颇负盛名的 Minix(Minix 是 Andrew Tanenbaum 教授为教学目的而撰写的操作系统。在教育界可算是一套学习 UNIX 基础的好范本)。在几番奋战下,就绪运作的 Minix OS 功能性却多方面无法满足托瓦尔兹的需求,因而激发了他重头来的欲念。于是托瓦尔兹在他的 386 DX33 上逐步探索并撰写出他自己的核心程序。他网络上释放的第一个版本是 1991 年 9 月 17 日的 0.01 版。虽然它是个简陋的开始,但由于托瓦尔兹本人持续维护,网友回馈贡献,原本一个人所撰写的核心程序竟在不知不觉中逐渐转化成"虚拟团队"的运作模式。

然而,一般计算机使用者需要的是可安装运作的操作系统,而非单一的操作系统核心。当时英国的曼彻斯特计算中心(Manchester Computer Center,MCC)便根据 0.12 版核心程序制作了一套名为 MCC Imterin 的安装套件。随后各地的安装套件有如雨后春笋般地出现,如:美国德州 Dave Safford 的 TAMU(Texas A&M University)版、Martin Junius 的 MJ 版、Peter McDonald 的 SLS(Softlanding Linux System)版等非商业安装套件。在安装需求日增的情况下,Linux 安装套件创造出了一块新的需求市场。Slackware 大概可算是最早出现的商业安装套件了。到如今,商业与非商业的安装套件已多得数不清了。

随着使用人数激增,核心程序的版本与功能也开始加速演化,Linux 也因此被雕琢成为一个全球最稳定的、最有发展前景的操作系统。曾经有人戏言:要是比尔·盖茨把 Windows 的源代码也作同样处理,现在 Windows 中残留的许多 BUG(错误)早已不复存在,因为全世界的计算机爱好者都会成为 Windows 的义务测试和编程人员。

2. Linux 操作系统的特点

它是一个免费软件,可以自由安装并任意修改软件的源代码。Linux 操作系统与主流的 UNIX 系统兼容,这使得它一出现就有了一个很好的用户群。

Linux 支持几乎所有的硬件平台,包括 Intel 系列,680x0 系列,Alpha 系列,MIPS 系列等,并广泛支持各种周边设备。

3. Linux 操作系统的产品

目前,Linux 正在全球各地迅速普及推广,各大软件商如 Oracle、Sybase、Novell、IBM 等均发布了 Linux 版的产品,许多硬件厂商也推出了预装 Linux 操作系统的服务器产品,当然,PC 用户也可使用 Linux。另外,还有不少公司或组织有计划地收集有关 Linux 的软件,组合成一套完整的 Linux 发行版本上市。比较著名的有 Red Hat(红帽子) Linux、红旗 Linux 6.0、openSUSE 10.3、Fedora 8 等。虽然,现在说 Linux 会取代 UNIX 和 Windows 还为时过早,但一个稳定性、灵活性和易用性都非常好的软件,肯定会得到越来越广泛的应用。

（1）中科红旗 Linux

继 2006 年 3 月中科红旗发布了 Linux 桌面版 5.0(代号 Apatite)后,2007 年 9 月,中科红旗又推出了红旗 Linux 桌面版 6.0 系统。红旗 Linux 桌面版 6.0 的英文名称为 Red Flag LinuxDesktop 6.0,产品代号(CodeName)是 Sylph。基本系统基于 Everest。

Sylph 是红旗软件公司针对原红旗 Linux 桌面版 5.0 产品存在的问题以及电子政务、教育、SMB,尤其是 OEM 等领域的实际需求,同时结合了 Linux 技术的发展趋势以及国家 863 重大项目的技术规范和要求而全力推出的。

Sylph 主要面向家庭、教育、政府、金融以及行业等领域的通用桌面操作系统平台,适用于学习、办公、上网、开发,以及娱乐等应用。中科红旗 Linux 6.0 的界面如图 5-17～图 5-19 所示。

图 5-17　红旗 Linux 6.0 启动界面

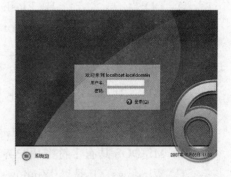

图 5-18　红旗 Linux 6.0 登录界面

（2）Red Hat Linux

目前常用的版本是 Red Hat Linux 9.0,继承了 Linux 的高性能,融入了更多易操作的特点,又开发了很多新功能。Red Hat Linux 9.0 整合了各开放源代码社团的最新 Linux 技术成果和优秀的 Bluecurve 界面,因而增加了更多的新功能和改善了桌面应用。在安装过程中,字体浏览、打印服务等都有了显著的改进。另外,Red Hat Linux 9.0 还采用了 Linux 2.4.20 内核和 Apache 2.0、最新版本的 Mozilla 浏览器、Ximian Evolution 电子邮件客户端软件、日历和交流工具以及 OpenOffice.org 提供的办公套件等。对开发者而言,新版本的产品能提供更好的网络打印功能和 Posix Threading Library(NPTL)功能。Red Hat Linux 9.0 的系统界面如图 5-20 所示。

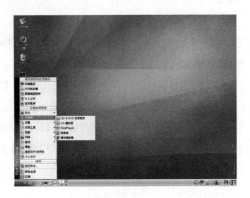

图 5-19 红旗 Linux 6.0 桌面

图 5-20 Red Hat Linux 9.0 登录界面

习题五

1. 多项选择题

（1）操作系统的基本功能包括＿＿＿＿＿。

  A. 文件管理   B. 设备管理   C. 用户接口

  D. 处理机管理   E. 网络与通信管理   F. 存储管理

（2）下列软件中，＿＿＿＿＿是操作系统。

  A. DOS   B. Flash Get   C. Mac OS

  D. Office   E. Fox mail   F. Windows XP

（3）Windows XP 的特性包括＿＿＿＿＿。

  A. 增强了安全性   B. 减少了体积   C. 增强了对新硬件的支持

  D. 更易于使用   E. 简化了管理过程   F. 强化了文件管理

（4）下列描述错误的是＿＿＿＿＿。

  A. 开机后，可以先运行 Word，再运行操作系统

  B. MS-DOS 具有字符型用户界面，因此用户使用起来更方便

  C. Windows XP 是继 Windows 2000 之后普遍使用的操作系统

  D. Windows 2000 操作系统自身带有防火墙

  E. Windows 95 是 Microsoft 公司推出的，能够独立在硬件上运行的一款操作系统

  F. UNIX 操作系统是一个通用交互型分时操作系统

（5）下列＿＿＿＿＿是操作系统的主要特性。

  A. 并发性   B. 通用性   C. 安全性

  D. 共享性   E. 可靠性   F. 异步性

2. 简答题

（1）谈谈你所见过的操作系统，说明各种操作系统的优缺点。

（2）操作系统的功能有哪些？

（3）简述 Windows 操作系统的发展历程。

第 6 章

定制计算机

【案例】

无论居家还是工作中,人人都希望能挥洒自己的个性。不懂得设计自己的生活,生活将会毫无情趣。自己的计算机也是一样,单一的桌面图案、不变的操作环境和模式,工作久了一定会感到厌倦、操作系统也不听摆布,麻烦和枯燥接踵而来,使人们对计算机失去兴趣。

【案例分析】

造成上述问题的原因就是不知道如何定制计算机,使计算机更好地为人们服务。在Windows XP 中个性化计算机非常容易。可以添加色彩、图案和图片,以改善屏幕的外观——为了提供更加丰富的体验,甚至可以添加声音。也可以通过定制鼠标,使控制变得更简单。通过在开机时自动加载最喜爱的程序,那么当要用它们的时候,早已启动完毕,随时候命。用计算机能做很多有趣的事情,个性化计算机是其中之一。而且也可以提高工作效率,并从使用计算机的过程中享受到更多的乐趣。

操作系统将使计算机的个性化变得容易:增添色彩、样式、图片、甚至声音,将改善计算机屏幕的外观;自定义鼠标使之更容易操作;设定计算机自动下载喜爱的节目以备享用;还有更多。将 PC 个性化是使用计算机过程中一件充满乐趣的事。将提高工作效率,并从使用计算机中享受到更多。

本章学习导航:

1. 计算机的环境与定制
2. 定制桌面、窗口及菜单
3. 控制面板与环境设置

知识点与能力目标:

1. 桌面、窗口及菜单的定制
2. 通过控制面板设置计算机的运行环境

6.1 设置桌面

桌面环境是用户进入操作系统首先所看到的,也是将来用户进行各种操作的工作平台。操作系统为用户提供了个性化设置的功能,可以根据个人兴趣定制个性化的桌面环境。

6.1.1　桌面换肤

用户可以设置喜欢的图片或动画作为自己的桌面，如图 6-1 所示。

图 6-1　个性化桌面

方法很简单，只需在桌面空白位置右击，在打开的快捷菜单中，选择"属性"命令（如图 6-2 所示），打开"显示 属性"对话框，选择"桌面"选项卡，如图 6-3 所示。

图 6-2　快捷菜单

图 6-3　"显示 属性"对话框

操作系统为用户提供了精美的图片和曾经选择设置的桌面图片，可供用户选择设置，操作如下。

（1）单击"浏览"按钮，打开"浏览"对话框，可以选择存储于计算机中的任何图片、动画及网页，文件类型包括 .bmp、.jpg、.jpeg、.gif、.htm 和 .html，如图 6-4 所示。

（2）设置显示方式，图片、动画及网页等图像文件有 3 种显示方式。

① 居中：选择的图像文件显示在屏幕的中间。

② 平铺：选择的图像文件铺满屏幕。

图 6-4　"浏览"对话框

③ 拉伸：选择的图像文件拉伸到整个屏幕。

（3）颜色设置，在第（2）步中，选择居中位置显示方式。所设置的颜色将显示在除图片外的其他位置。

（4）设置桌面系统图标，通过"自定义桌面"可以选择桌面需要显示的系统图标，如："我的文档"、"我的电脑"、"网上邻居"、Internet Explorer 等图标；还可以设置定期清理桌面。如图 6-5 所示单击"自定义桌面"按钮，弹出"桌面项目"对话框，如图 6-6 所示，即可实现以上功能。

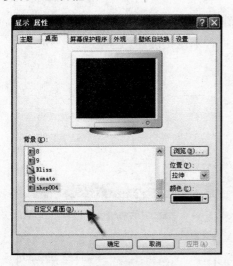

图 6-5　单击"自定义桌面"按钮

图 6-6　"桌面项目"对话框

（5）单击"确定"或"应用"按钮，保存桌面换肤设置。

6.1.2　设置屏保

当一段时间对计算机没有任何操作，既不必管计算机，又可以保护屏幕和个人信息时,屏幕保护程序就可以派上用场了。只须按任意键或移动鼠标,就可以返回到系统工作状态或用户登录界面。

在图 6-5 所示界面中,选择"屏幕保护程序"选项卡,进行设置。

屏幕保护程序设置,如图 6-7 所示。具体操作如下。

(1) 屏幕保护程序设置后的预览窗口。

操作系统为用户提供了各类屏幕保护,如图 6-7 中①所示。用户也可以下载屏幕保护程序,自行安装后选择,如图 6-8 所示。

图 6-7 "屏幕保护程序"选项卡

图 6-8 自行安装的屏幕保护程序

(2) 在图 6-8 所示界面中选择任意一种屏幕保护程序,单击"设置"按钮,如图 6-9 所示。在打开的对话框中(如图 6-10 所示)可对其进行个性化设置。

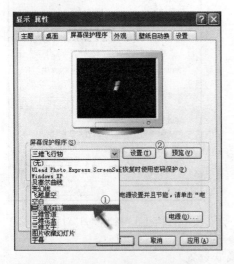

图 6-9 选择"三维飞行物"选项

图 6-10 "三维飞行物设置"对话框

（3）单击"预览"按钮，可以预览所作的屏幕保护设置，如图 6-11 所示。当按任意键或移动鼠标时，返回到设置屏幕保护对话框状态。

图 6-11 自行安装的屏幕保护程序

用户可以设置屏幕保护程序出现的等待时间，即当等待多长时间计算机没有工作，则执行屏幕保护程序。

（4）"在单击时使用密码保护"复选框，用来设置返回工作状态时，是否需要密码保护。即选中该复选框后，当按任意键或移动鼠标时，弹出"用户登录"界面，只有输入正确的密码，才可以进入操作系统的桌面，否则不能使用系统。这项设置可以保证用户的计算机私人使用，保护隐私。

（5）单击"确定"或"应用"按钮，保存屏幕保护设置。

6.1.3 设置分辨率

屏幕分辨率设置决定了监视器显示的信息量。在较低的设置中，屏幕内容显示犹如通过近距离的照相机镜头——信息量相对较少（例如电子表格或网页的一部分），但项目本身（文本、照片等）却显示较大。高分辨率设置可以提供鸟瞰视图，即可以显示更多的信息，但屏幕项目却显示较小。在操作系统中，根据自己的喜好更改屏幕分辨率设置是一件很容易的事。

1. 设置分辨率

分辨率是对屏幕上可显示的像素多少进行设置。较高的屏幕分辨率会减小屏幕上项目的大小，同时增大桌面上的相对空间。有些应用程序或者游戏有特定的分辨率要求，当运行程序时，需要暂时切换到指定分辨率下运行；当关闭程序后，再恢复到默认分辨率。

监视器和显示适配卡决定了该用户能将屏幕分辨率更改到多少。用户可能无法使分辨率超过某些等级。

更改屏幕分辨率会影响所有登录这台计算机上的用户。仅列出推荐的屏幕分辨率。要查看其他设置，选择"设置"选项卡，在弹出的界面中单击"高级"按钮，再选择"适配器"选项卡，然后在弹出的界面中单击"列出所有模式"按钮。选择所需的分辨率、颜色等级和刷新频率,如图 6-12 所示。

2. 设置颜色质量

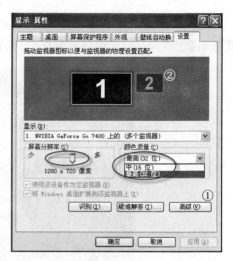

图 6-12   "设置"选项卡

颜色质量是设置屏幕上每个像素可以显示的颜色范围。选择"中"可以显示超过 65 000 种颜色,选择"高"以显示超过 1 600 万种颜色,选择"最高"以显示超过 40 亿种颜色。选择的颜色越多,屏幕的颜色质量越好。

显示很多颜色的设置一般需要更多的计算机内存,并且可能影响较旧型计算机的性能。

如果游戏或其他程序在 256 色下运行得更好或必须在此等级下运行,可以暂时将颜色质量切换到 256 色。要切换到 256 色,右击该游戏或程序(在桌面或在"开始"菜单上),然后选择"属性"命令。选择"兼容性"选项卡,选中"以 256 色运行"复选框。当关闭该程序时,显示将恢复其默认颜色质量。

监视器和显示适配器卡决定在屏幕上可用的颜色设置。更改颜色设置会影响所有登录这台计算机上的用户。

如图 6-12 所示,设置中仅列出了推荐的颜色设置。要查看其他设置,选择"设置"选项卡,在弹出的界面单击"高级"按钮,再选择"适配器"选项卡,然后在弹出的界面中单击"列出所有模式"按钮。选择所需的分辨率、颜色等级和刷新频率,如图 6-12 中①所示。

如果正使用多个监视器,则可以为每个显示指定单独的设置。如果单击辅助监视器的图标,则必须选中"将我的 Windows 桌面扩展到此监视器上"复选框才可以更改该监视器的设置,如图 6-12 中②所示。

6.2　定制窗口及菜单

6.2.1　设置窗口

1. 窗口的状态

在操作系统中,每一个程序只占据屏幕上的一个窗口,而每个窗口都有它特定的内容,用来使用和管理相应的内容,如图 6-13 所示。当一个应用程序窗口被关闭时,也就终止了应用程序的运行;而当一个应用程序窗口被收缩窗口——最小化时,此操作将窗口减小成任务栏上的按钮,转而在后台工作,如图 6-14 所示。

2. 认识窗口

窗口是操作系统最重要的组成部分,通过窗口中的菜单、工具栏及地址栏等,可以访问系统。窗口分为文件夹窗口、应用程序窗口和文档窗口 3 类。图 6-15 和图 6-16 都是典型的窗口,其中包括边框、标题栏、窗口控制按钮、菜单栏、工具栏、状态栏及工作区域。

图 6-13 显示管理"图库"文件夹中图片内容

图 6-14 转入后台的"图库"窗口

图 6-15 典型的窗口(1)

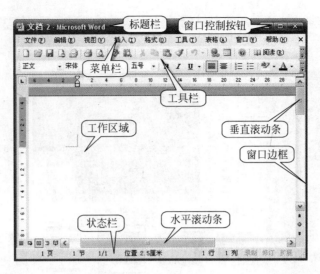

图 6-16　典型窗口(2)

（1）标题栏

显示应用程序、文档或文件夹的图标和名称。多任务操作系统可以同时打开多个窗口，只有一个窗口为当前工作窗口，该窗口标题栏的颜色会比较深，而其他窗口的标题栏呈灰色。

（2）菜单栏

菜单栏集合了应用程序所有的命令，按类别划分为多个菜单项。每个菜单项包含了一系列菜单命令，选择菜单项，打开下拉菜单即可使用相应的菜单命令。

（3）工具栏

工具栏将菜单中常用的选项作为命令按钮和对话框按钮，以图形化表示。它可以加快应用程序命令的使用。通常位于菜单栏下面。

在窗口上，工具栏的显示和隐藏可以通过"查看"→"工具栏"→"标准按钮"选项设置。

（4）地址栏

地址栏是文件夹位置（路径）的具体显示。在地址栏中直接输入需要打开的文件夹位置（路径）后，按 Enter 键，即可打开该位置的文件夹窗口，如图 6-17 所示。

图 6-17　在地址栏中直接输入文件夹位置

单击地址栏右侧的下三角按钮可以选择计算机任意位置的文件夹，如图 6-18 所示。

在地址栏中直接输入正确的网址，按 Enter 键，即可打开相应网页，如图 6-19 所示。

（5）状态栏

状态栏位于窗口的下方，显示当前状态或一些帮助信息。随着用户当前的操作给出

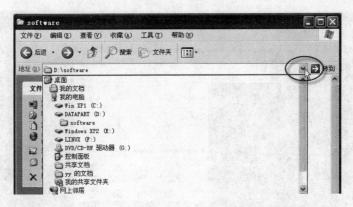

图 6-18 使用地址栏下三角按钮选择

图 6-19 输入网址

相应的提示信息。可通过"查看"→"状态栏"选项来设置状态栏的显示或隐藏设置。

（6）常用任务链接区

操作系统中，在窗口的左侧是常用任务链接区，会根据用户当前所处的位置，智能地显示相应的命令、其他位置和详细信息，方便用户完成常用的文件操作或跳转到想要的目标位置。

（7）滚动条

当无法在一个窗口内显示全部内容时，操作系统提供垂直和水平方向的滚动条，用鼠标单击滚动条上的箭头或拖动滚动条上的"滑块"，可以滚动窗口浏览窗口上的信息。

（8）窗口的边框

窗口的边框将窗口与桌面分隔开来。

（9）窗口控制按钮图标

不同的窗口，其窗口控制按钮图标可能不相同，但是功能一样。单击窗口控制按钮图标，弹出窗口控制下拉菜单，通过菜单命令可对窗口进行一些基本操作，如图 6-20 所示。

图 6-20 窗口控制菜单

3．窗口的操作

（1）最大化、最小化、还原或关闭窗口

在多任务操作系统中，对于多个正在运行的程序窗格，根据用户操作要求，扩大窗口到满屏幕以最大化显示窗口内容，如图 6-21 和图 6-22 所示。

当需要结束程序时，提供以下方法。

① 单击"关闭"按钮，如图 6-23 所示。

② 在任务栏中，使用快捷菜单关闭，如图 6-24 所示。

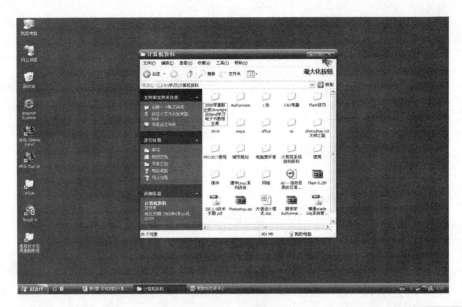

图 6-21　原窗口

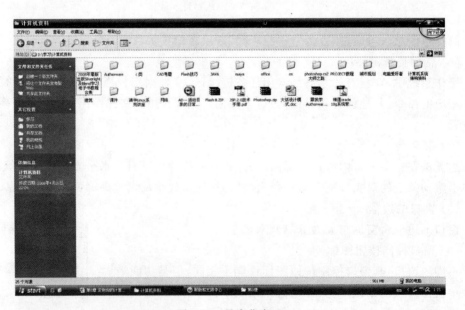

图 6-22　最大化窗口

　　③ 使用 Alt＋F4 键。

　　④ 选择"文件"→"退出"命令。

　　⑤ 双击窗口控制图标,如图 6-23 所示。

　　⑥ 单击窗口控制图标(或右击窗口标题栏,或按 Alt＋Space 键,或右击任务栏上窗口对应的按钮,如图 6-24 所示)在弹出的菜单中选择"关闭"命令。

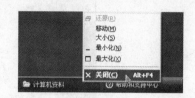

图 6-23　使用"关闭"按钮结束程序窗口　　　图 6-24　使用快捷菜单结束程序窗口

（2）移动窗口或改变窗口大小

当窗口的大小没有被设为最大化或最小化时，用户可以将鼠标移到标题栏处，然后单击并按住不放，拖动鼠标来改变窗口的位置，如图 6-25 所示。

如果想要改变窗口尺寸，方法很简单。只需要把鼠标移到窗口的边框或角上，鼠标拖动左键进行移动，窗口大小即可改变。图 6-26 所示为改变窗口尺寸时鼠标的形状与位置。

图 6-25　拖曳窗口

图 6-26　改变窗口大小

（3）切换窗口

Windows 启动一个程序后，通常会打开一个程序窗口，同时在任务栏上产生一个相应的按钮，即程序、窗口、任务栏基本上是一一对应的。在任何时候，只有一个程序是当前活动程序，多个程序之间的切换就是活动程序与后台程序的切换。

① 单击切换。前提是要切换窗口没有被其他窗口完全覆盖。

② 通过任务栏切换。单击任务栏中对应的窗口按钮即可。

③ 通过 Alt＋Tab 键切换。

（4）排列窗口

在操作系统平台上,有时为了特殊的用途,需要将打开的窗口按一定方法在桌面上排列。可以使用任务栏中的快捷菜单进行排列,如图 6-27 和图 6-28 所示。

图 6-27　任务栏快　　　　　　图 6-28　"横向平铺窗口"的排列结果
　　　　捷菜单

6.2.2　设置开始菜单和级联菜单

在操作系统使用中,有这样一句总结:从开始菜单可以访问计算机中的所有资源,完成计算机的全部操作。可想而知,开始菜单是每一个用户进行各种操作必不可少的操作方式。那么,进行符合个人操作习惯、方便、个性的操作设置成为用户需要掌握的基本技能。

1. 程序列表

"开始"菜单上的程序列表分为两个部分。

（1）固定项目列表:在分隔线上方显示的程序,如图 6-29 所示。

固定项目列表中的程序保留在列表中,始终可供用户单击启动。可以向固定项目列表中添加程序。操作非常简单:右击要在"开始"菜单顶部显示的程序(可以右击"开始"菜单、Windows 资源管理器、"我的电脑"中或桌面上的程序),在打开的菜单中选择"附到「开始」菜单"命令,如图 6-30 所示。该程序即显示在"开始"菜单上的分隔行上方区域中的固定项目列表内,如图 6-31 所示。

注意:通过右击程序,然后在弹出的菜单中选择"从「开始」菜单脱离"命令,可以从固定项目列表中删除该程序,如图 6-32 所示。

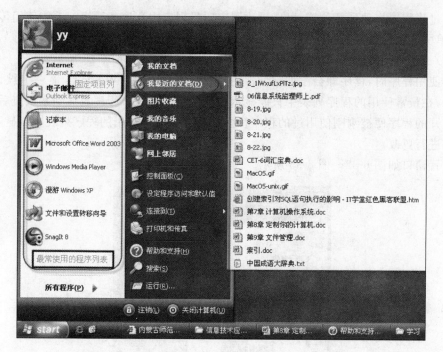

图 6-29 "开始"菜单

图 6-30 "程序"快捷菜单

图 6-31 向固定项目列表中添加程序

　　通过将程序拖动到新位置，可以更改固定项目列表中程序的顺序。不能使用传统"开始"菜单引入或脱离项目。

　　（2）最常使用的程序列表：在分隔线下方显示的程序，如图 6-29 所示。

　　当使用程序时，程序即会添加到最常使用的程序列表中。Windows 有一个默认的程序数量，在最常使用的程序列表中只能显示这些数量的程序。程序数达到默认值后，最近还未打开的程序便被刚刚使用过的程序替换。可以对最常使用的程序列表中所显示的程序数量进行更改。

　　设置窗口如图 6-32～图 6-35 所示。

图 6-32　从固定项目列表中删除程序

图 6-33　右击"开始"按钮

图 6-34　设置"开始"菜单属性

操作方法：在"开始"按钮上，右击，选择"属性"命令，在弹出的对话框中单击"自定义"按钮。

2. 最近打开的文档

通过添加名为"最近打开的文档"的文件夹（其中包含最近打开的文件），如图 6-29 所示，可以对"开始"菜单进行自定义。还有一种对"开始"菜单进行自定义的方法，即将项目设置为"当鼠标停止在它们上面时打开子菜单"，这是一种更简单的查看项目内容的方法，如图 6-36 所示。

图 6-35 设置"「开始」菜单上的
程序数目"的默认值

图 6-36 "自定义「开始」菜单"对话框

3. 级联菜单

"开始"菜单包括为用户提供了管理计算机软硬件资源和使用安装程序的快捷方式。使用级联菜单使种类繁多、内容庞杂的各类操作、程序得以清晰。

"开始"菜单中的级联菜单并不是一成不变的。

"所有程序"级联菜单中的程序快捷方式是安装程序时的默认安装选项，用户可以在实际使用中进行移动、删除、添加程序的修改。

① 移动程序：按下鼠标左键，拖曳到指定位置就可移动程序位置。

② 删除程序：在程序上右击，在弹出的菜单中选择"删除"命令，如图 6-37 所示。

③ 添加程序：需在"经典「开始」菜单"中完成操作。

首先，在"开始"按钮上右击，选择"属性"命令，在打开的对话框中选中"经典「开始」菜单"单选按钮，并单击"自定义"按钮，如图 6-38 所示。然后在"自定义经典「开始」菜单"对话框中单击"添加"按钮，如图 6-39 所示。

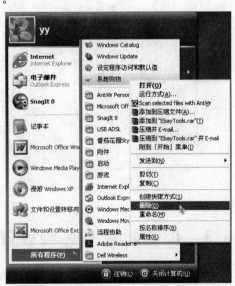

图 6-37 删除"开始"菜单中的程序

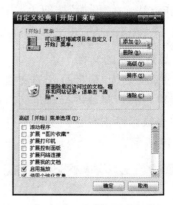

图 6-38　"任务栏和「开始」菜单属性"对话框　　　图 6-39　"自定义经典「开始」菜单"对话框

接着在"创建快捷方式"对话框中单击"浏览"按钮,如图 6-40 所示。

最后,在"浏览文件夹"对话框中选择已安装程序,如图 6-41 所示,单击"确定"按钮后,在出现图 6-42 所示的对话框中,选择程序文件夹位置。输入该快捷方式的名称,单击"完成"按钮,如图 6-43 所示。

图 6-40　"创建快捷方式"对话框　　　　　图 6-41　选中需添加的程序

图 6-42　选择程序文件夹　　　　　图 6-43　命名程序标题

6.3　控制面板与环境设置

操作系统的一个重要功能就是管理和控制计算机的软硬件资源,这些有关系统环境设置功能都统一到了控制面板中。

在控制面板里,用户可以使用字体、显示、声音等项目来调节用户界面;用网络、用户、调制解调器等项目来设置网络;用 Internet、电子邮件和传真来设置 Internet 的使用;可以设置一些安全措施以保障计算机系统的正常工作;对于系统安装的软件进行管理,等等。

总之,控制面板是整个计算机系统的统一控制中心,它使用户可以对系统的软硬件进行个性化设置。

打开"开始"菜单,或者打开"我的电脑",单击任务窗格里的"控制面板"选项,都可以打开"控制面板"窗口,如图 6-44 和图 6-45 所示。

图 6-44 　"开始"菜单

图 6-45 　"控制面板"窗口

6.3.1　设置鼠标与键盘

1. 鼠标

用鼠标在屏幕上的项目之间进行交互操作就如同现实生活中用手取用物品一样。可以用鼠标将对象移动、打开、更改以及将其从其他对象之中剔除出去。

虽然只有在启动计算机后才可使用鼠标,但可以更改它的某些功能和鼠标指针的外观和行为。例如,可以更改鼠标上某些按钮的功能或调整双击的速度。对于鼠标指针而言,可以更改其外观,改善其可见性或将其设置为在输入字符时隐藏。

可以通过"鼠标"控制面板更改鼠标和鼠标指针。选择"开始"→"控制面板"→"鼠标"选项,如图 6-44 和图 6-45 所示。

(1) 鼠标按钮(鼠标键)

每个鼠标都有一个主要按钮和次要按钮,通常称为左键和右健,如图 6-46 所示。

使用主要按钮可以选择和单击项目、在文档中定位光标以及拖曳项目。主要按钮一般是鼠标上的左按钮。

使用次要按钮可以显示根据单击位置不同而变化的任务或选项的菜单，该菜单对于快速完成任务非常有用。单击次要按钮的操作被称为"右击"。

可以改变主次按钮，并将右边的按钮作为主要按钮，如图 6-47 所示。

现在多数鼠标都具有一个鼠标轮，该轮可以帮用户更容易地滚动文档。鼠标轮也可以作为第三按钮。

（2）使用鼠标按钮和鼠标轮的提示

单击时要指向屏幕上的对象，然后快速按下再放开主要按钮。双击时要指向屏幕上的对象，然后两次快速按下再放开主要鼠标按钮。如果双击有困难，一般可以通过右击对象，然后在弹出的快捷菜单中选择第一个选项执行相同的任务。

要拖曳对象，可以将鼠标指针移到屏幕上的对象上，单击并按住主要按钮，将该对象移动到新位置，然后放开主要按钮。

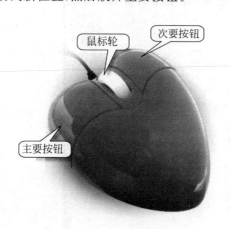

图 6-46   鼠标

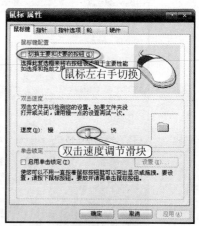

图 6-47   "鼠标 属性"选项卡

显示快捷菜单时要指向屏幕对象，然后单击次要按钮。

如果按钮具有鼠标轮，用中指转动轮子在文档或网页中上下移动。

（3）设置鼠标

① 左手鼠标：在图 6-45 所示窗口中，双击"鼠标"图标，打开"鼠标 属性"对话框，如图 6-47 所示。用来适应左手操作鼠标的用户，即如图 6-46 所示的主要按钮和次要按钮将会互换。

② 双击速度：每个用户都有自己的鼠标双击操作习惯，有些速度快些，将如图 6-47 所示选项卡中的鼠标"双击速度调试滑块"向右拖曳；反之，则向左拖曳。

③ 鼠标外观：鼠标在不同工作状态下，其外观形状也各不相同。系统有默认的鼠标外观，也提供了用户个性化设置鼠标的选择，如图 6-48 所示，可以随意选择或动态，或简约的鼠标外观。

④ 指针选项：拖动其上的滑块可以更改鼠标移动的速度，如图 6-49 所示。滑块向右移动，则移动实际鼠标，在显示器中显示的鼠标移动的距离大；反之，则显示器中显示的鼠标移动的距离小。

图 6-48 "指针"选项卡

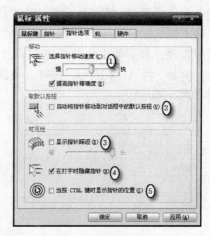

图 6-49 "指针选项"选项卡

选中该复选框时,鼠标将自动移动到弹出对话框中的默认按钮上。选中此复选框,可以节省鼠标的移动定位时间。

当快速移动鼠标时,有时眼睛无法快速找到显示的鼠标,选择该选项,可以看到像是彗星尾巴的鼠标轨迹,方便定位鼠标位置。

选择该复选框,鼠标将在输入文本时隐藏其鼠标指针,以免鼠标遮挡文字。

选择该复选框可以快速定位鼠标位置。

⑤ 鼠标轮:更改如图 6-50 所示的数字,可实现鼠标滑轮一个齿格滚动的行数或者实现文档窗口一屏文字的滚动。

2. 键盘

尽管将来可能会使用手写和语音识别程序取代键盘,但现在键盘仍然是计算机中输入文本的主要方式。插入键盘后,不需对其进行调整或软件设置即可工作。

可以调整当按住键盘上的某一键时该字符的重复率,如图 6-51 中的②所示;重复开始前的时间延迟,如图 6-51 中的①所示;也可以调整插入点的闪烁频率,如图 6-51 中的③所示。

图 6-50 鼠标轮

图 6-51 "键盘 属性"对话框

就速度而言,键盘仍是王者。几乎所有的鼠标操作和命令都可以通过键盘的综合应用变得更快。这些简单的键盘快捷方式比起单击几下鼠标来说,可以更快找到目标。在电子制表软件和类似文档的环境下会工作得更快,因为不必在鼠标和键盘之间进行来回切换。例如:按 Alt+F4 键,就可以关闭当前正在打开的程序或内容窗口。键盘快捷键如表 6-1 和表 6-2 所示。

表 6-1　常用键盘快捷键

快　捷　键	功　　能
Alt+Enter	查看所选项目的属性
Alt+F4	关闭当前窗口或退出当前应用程序
Alt+Space	打开当前窗口的系统菜单
Alt+Shift+Tab	在当前打开的各窗口间进行切换,当有两个以上的窗口时,转换顺序与 Alt+Tab 键相反
Alt+Esc	以窗口打开的顺序循环切换
Alt+Tab	在当前打开的各窗口间进行切换
Alt+菜单名称中带下画线字母	打开窗口中加有下画线的对应字母的菜单
Ctrl+Esc	显示"开始"菜单
Ctrl+A	选中全部内容
Ctrl+C	复制所选内容到剪贴板
Ctrl+V	把剪贴板中的内容粘贴到当前位置
Ctrl+X	把所选内容剪切(或移动)到剪贴板
Ctrl+Z	撤销刚进行的操作
Ctrl+→	将插入点移动到下一个单词的起始处
Ctrl+←	将插入点移动到前一个单词的起始处
Ctrl+↓	将插入点移动到下一段落的起始处
Ctrl+↑	将插入点移动到前一段落的起始处
Ctrl+Shift+任何方向键	突出显示一块文本
Shift+任何方向键	在窗口或桌面上选择多个对象,或者选中文档中的文本
Del 或 Delete	删除所选对象
Shift+Delete	永久删除所选项,而不将它放到"回收站"中
Esc	取消当前操作
F1	显示当前窗口或对话框的帮助信息
F2	重新命名所选对象
F3	在窗口中搜索文件或文件夹
F4	显示"我的电脑"和"Windows 资源管理器"中的"地址"栏列表
F5	刷新当前窗口
F6	在窗口或桌面上循环切换屏幕元素
F10	激活当前程序中的菜单条
Print Screen	复制当前屏幕图像到剪贴板
Alt+Print Screen	复制当前窗口、对话框或者其他对象到剪贴板
将光盘插入到 CD-ROM 驱动器时按住 Shift 键	阻止光盘自动播放
拖动某一项时按住 Ctrl 键	复制所选对象
拖动某一项时按住 Ctrl+Shift 键	创建所选项目的快捷方式
→	打开右边的下一菜单或者打开子菜单
←	打开左边的下一菜单或者关闭子菜单

表 6-2 自然键盘快捷键

快 捷 键	功 能
⊞	显示或隐藏"开始"菜单
⊞+Break	显示"系统属性"对话框
⊞+D	显示桌面
⊞+M	最小化所有窗口
⊞+Shift+M	还原最小化的窗口
⊞+E	打开"我的电脑"
⊞+F	搜索文件或文件夹
Ctrl+⊞+F	搜索计算机
⊞+F1	显示 Windows 帮助
⊞+L	如果连接到网络域,则锁定您的计算机;如果没有连接到网络域,则切换用户
⊞+R	打开"运行"对话框
▤	显示所选项的快捷菜单
⊞+U	打开"辅助工具管理器"

注意:必须将密码与用户账户相关联以确保那些未经授权的访问的安全。如果没有将密码与用户账户相关联,那么按⊞+L 键不会阻止其他用户访问账户信息。

6.3.2 添加新的硬件设备

一台拥有主机、显示器、鼠标及键盘的计算机只是计算机的标准配置,还有种类繁多的外部设备,如打印机、扫描仪、绘图仪、ADSL Modem 等,来扩充计算机的功能。操作系统对于这些非标准配置的硬件设备,只需安装其驱动程序就可以运行并对其管理。

安装硬件的驱动程序,通常有 3 种方法。

下面以打印机为例,添加硬件。

1. 光盘自动运行硬件安装向导

购买硬件设备时随机配有包括驱动程序在内的硬件信息光盘。无须马上连接设备,只将光盘放入光驱即可安装硬件驱动程序等相关信息。如图 6-52～图 6-55 所示。

图 6-52　自动运行

图 6-53　默认安装

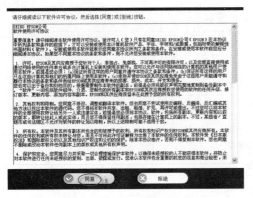

图 6-54　正版软件安装条款

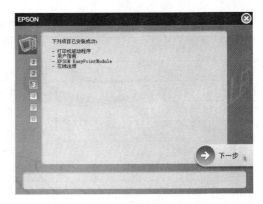

图 6-55　安装成功

2．系统自动搜索到硬件

将硬件设备连接到计算机上，并将设备电源打开，将会自动弹出如图 6-56 所示对话框，可依据"找到新的硬件向导"对话框安装驱动程序。如图 6-56～图 6-59 所示。

图 6-56　找到新的硬件

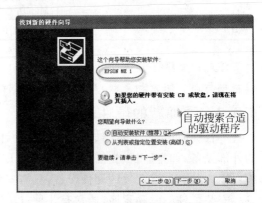

图 6-57　自动安装硬件接口

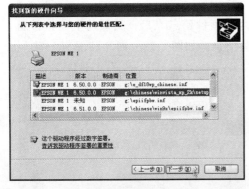

图 6-58　选择驱动程序

图 6-59　安装完成

3．使用控制面板

在图 6-45 所示窗口中，双击"添加硬件"图标，弹出"添加硬件向导"对话框（如图 6-60），

单击"下一步"按钮。显示搜索硬件如图 6-61 所示,如果硬件已经连接到计算机上,就会
依次弹出如图 6-56～图 6-59 所示界面,完成硬件的安装。

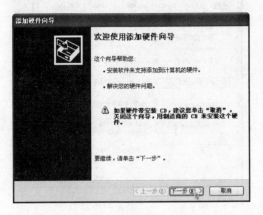

图 6-60   添加硬件向导

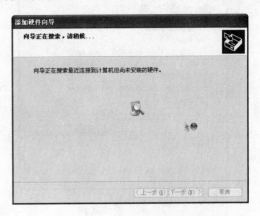

图 6-61   搜索硬件

以上 3 种方法完成硬件的添加后,将在任务栏系统图标
处出现打印机图标,如图 6-62 所示。

图 6-62   打印机

6.3.3   硬件设备的属性设置

操作系统可以对计算机的硬件设备进行识别和管理。

在图 6-45 中,双击"系统"图标,打开"系统属性"对话框,选择"硬件"选项卡,单击"设
备管理器"按钮,打开"设备管理器"窗口,如图 6-63 和图 6-64 所示。在图 6-64 中,任选一
个硬件项目,在硬件项目名称上右击,在弹出的菜单中选择"属性"命令,显示如图 6-65 所
示对话框,可以看到有关硬件的相关信息,也可以查看、更新或者卸载硬件的驱动程序,如
图 6-66 所示。

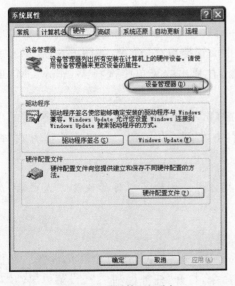

图 6-63   "硬件"选项卡

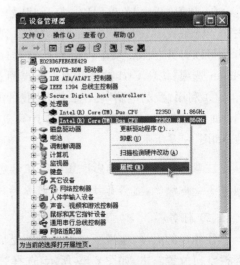

图 6-64   "设备管理器"窗口

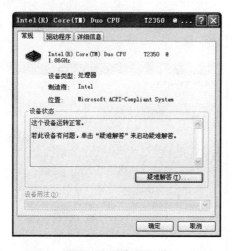

图 6-65　硬件属性　　　　　　　　　　图 6-66　硬件驱动程序信息

6.3.4　个性化环境设置

现代社会讲求个性化,其实也是个人审美、爱好的一种体现,计算机尤其是体现个性、展示自我的平台,在操作系统中,提供了用户个性化环境设置。

1. 桌面布局

（1）图标

桌面上的图标有两种:一种是系统图标,如 等;另一种是快捷图标,如 等。可以看出,所有的快捷图标的左下角有一个 标记。

系统图标是指在安装操作系统后即可默认显示的图标,可以显示或删除其图标;快捷图标是为了使用户方便快速运行程序或打开窗口的捷径方式,可以随意创建和删除。

创建快捷方式方法如下。

① 利用"开始"菜单创建:打开"开始"菜单,选择"所有程序"命令,在弹出的菜单中右击 Windows Media Player,选择"发送到"→"桌面快捷方式"命令,如图 6-67 所示。或者也可以打开"开始"菜单,选择"所有程序"命令,在弹出的菜单中选择 Windows Media Player 选项,按住 Ctrl 键将其拖曳到桌面。

② 利用"我的电脑"创建:打开"我的电脑"窗口,双击驱动器或文件夹,在所需的项目（如文件、程序、文件夹、打印机或计算机）上右击,选择"发送到"→"桌面快捷方式"命令,如图 6-68 所示。

注意:除桌面上,其他位置上也可以建立快捷方式。删除某项目的快捷方式之后,原项目不会被删除,它仍在计算机中的原始位置。

（2）任务栏

任务栏的大小、位置及显示项目不是固定不变的。可以对其进行个性化设置。在任务栏空白位置右击,如图 6-69 所示,选择"属性"命令,打开"任务栏和「开始」菜单属性"对话框,如图 6-70 所示。

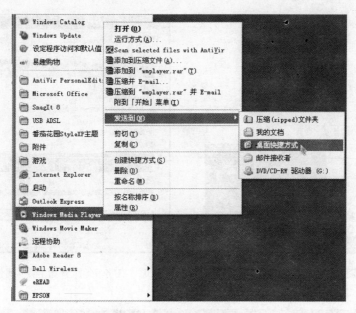

图 6-67　创建桌面快捷方式

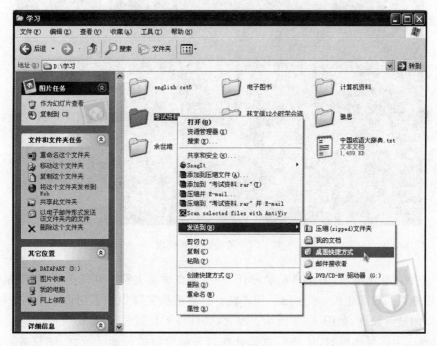

图 6-68　创建文件夹快捷方式

图 6-70 设置说明如下。

① 选中此项,任务栏不可以移动。反之,可以拖曳移动任务栏到桌面上的上下左右边,并且可对任务栏大小做更改,如图 6-71 所示。

图 6-69   任务栏属性

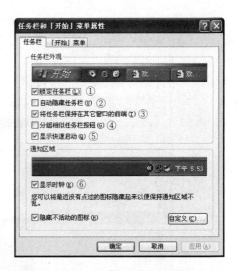

图 6-70   "任务栏和「开始」菜单属性"对话框

图 6-71   改变任务栏位置

②选中此复选框时,将会自动隐藏任务栏,即在桌面上看不到任务栏,当把鼠标移动到原来任务栏的位置上时,才会显示任务栏。这样的设置既保护了用户操作的隐私,也扩大了窗口的显示尺寸,如图 6-72 所示。反之,则任务栏保持显示状态。

③当选中该复选框时,任务栏总是处在打开的窗口的前面。反之,则任务栏将被打开的窗口遮挡。

④当选中该复选框时,任务栏中打开的多个相似的窗口将以小组形式显示。反之,则所有窗口以任务栏按钮方式排列显示。

⑤当选中该复选框时,在任务栏中有一个区域用来快速启动一些程序。反之,则没有。该选项可加速使用频率高的程序的启动速度,如图 6-73 所示。

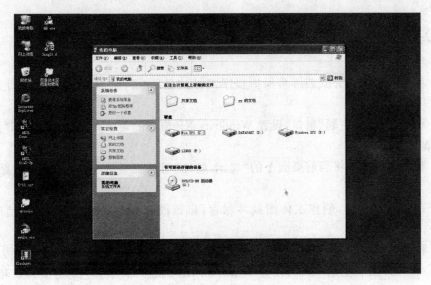

图 6-72　隐藏任务栏

图 6-73　快速启动及分组显示

⑥ 当选中该复选框时,在任务栏右侧系统任务栏区域中将显示时间。反之,则隐藏时钟。

2. 桌面主题

桌面主题是图标、字体、颜色、声音和其他窗口元素的预定义的集合,它使桌面具有统一与众不同的外观。系统提供了一些桌面主题选项,用户也可以自己从网站下载桌面主题安装包,安装后,会自动出现在“主题”下拉列表中。

在桌面空白位置处右击,选择“属性”命令,在打开的对话框中选择“主题”选项卡,如图 6-74 所示。可以看到用户自行安装的主题选项。设置效果如图 6-75 所示。

图 6-74　“主题”选项卡

图 6-75　主题设置效果

习题六

（1）利用网络下载并安装屏幕保护程序，利用"显示 属性"对话框，设置个性屏幕保护程序。

（2）利用"外观和主题"窗口，设置 Windows XP 窗口的菜单和工具提示使用"淡入淡出效果"。

（3）利用拷屏操作将当前桌面上的"显示 属性"对话框放入剪贴板，然后粘贴到"画图"中。

（4）在"画图"窗口，创作主体图画并保存，将该图片设置为墙纸（平铺），然后关闭窗口。

（5）利用"显示 属性"对话框，设置活动窗口字体大小为特大字体，颜色为橄榄绿。

（6）利用"外观和主题"窗口，设置 Windows XP 的窗口大小和色彩方案外观和主题。

第 7 章

文 件 管 理

【案例】

用计算机时常常碰到一些麻烦,一个项目有很多个模块,需要很长的时间。每天都要做很多的东西,到最后文件堆积如山。如何有效地管理?

一天,导师要看我某一个版本的设计,说记得有一个什么什么想看一下。然后,翻江倒海地找啊找啊,把每一个文件都打开找了一个上午,还是没有找到,文件那么多,时间过去那么久,好困难。

平时用计算机不经意间将文件资料存在 C 盘,可是一旦计算机出了问题,系统重装,C 盘格式化,里面保存的东西可是一点也没有了。真令人恼火!

【案例分析】

出现上述问题的主要原因是不懂操作系统的文件管理,那么什么是文件管理呢?

文件管理是操作系统中一项重要的功能。其重要性在于,在现代计算机系统中,用户的程序和数据,操作系统自身的程序和数据,甚至各种输入/输出设备,都是以文件形式出现的。可以说,尽管文件有多种存储介质可以使用,如硬盘、软盘、光盘、闪存、记忆棒等,但是,它们都以文件的形式出现在操作系统的管理者和用户面前。

所谓文件管理,就是操作系统中实现文件统一管理的一组软件、被管理的文件以及为实施文件管理所需要的一些数据结构的总称(操作系统中负责存取和管理文件信息的机构)。

从系统角度来看,文件系统对文件存储器的存储空间进行组织,分配和回收,负责文件的存储、检索、共享和保护。

从使用者的角度来看,文件系统主要是实现"按名取存",文件系统的使用者只要知道所需文件的文件名,就可存取文件中的信息,而无须知道这些文件究竟存放在什么地方。本章将重点讲解文件的管理。

本章学习导航:

1. 操作系统的文件管理模式和原理

2. Windows XP 的文件管理

3. 资源管理器

知识点与能力目标:

1. Windows XP 的文件命名规则

2. Windows XP 的各种文件类型

3. 文件与文件夹的关系

4. 资源管理的使用方法

7.1 文件与文件夹

大多数的操作系统是通过文件和文件夹进行数据管理的。就像资料室中,在分门别类档案柜中使用档案夹整理各种文件一样,操作系统使用文件夹作为资料室、档案柜等容器,为计算机上的文件提供存储系统。

7.1.1 文件的格式与类型

文件是以计算机硬盘为载体存储在计算机上的信息集合。文件可以是数据、程序、文本、图像、视频等。文件是基本的存储单位,它使计算机能够区分不同的信息组。用户可以对文件进行检索、更改、删除、保存或发送到一个输出设备(例如打印机或电子邮件程序)。

1. 文件的格式

一个硬盘可以存放许多文件,为了区分它们,对于每一个文件,都必须给它命名(即文件名)。文件名由主文件名和扩展名组成。它们之间以小数点分隔。格式为:主文件名.扩展名。

说明:主文件名是文件的主要标记,而扩展名表示文件的类型。

2. 文件的类型

在操作系统环境中,文件类型是文件的操作或结构特性的制定。文件类型可标识打开该文件的程序,例如:具有 .mp3 或 .wma 扩展名的文件,是"声音"文件类型,可使用包括 Windows Media Player 等所有的声音播放器打开。

文件类型不同时,其显示的图标和描述也不同。常用的文件类型及对应的扩展名如表 7-1 所示。

表 7-1   常用文件、文件图标及其说明表

文 件 类 型	图 标	扩 展 名	说 明
程序文件		.com,.exe	计算机可以识别的二进制编码文件。在操作系统环境下运行
文本文件		.txt	有 ASCII 码字符组成的文件
Word 文件		.doc	Word 应用程序图文混排文件
Excel 文件		.xls	Excel 应用程序图表表格混排文件
PowerPoint 文件		.ppt	PowerPoint 应用程序包含图片、文字、表格、声音、视频等对象的幻灯片文件

续表

文件类型	图　标	扩　展　名	说　明
图片文件		．gif、．bmp、．jpg、．jpeg	以不同格式存储的图片文件
AutoCAD 文件		．dwg	AutoCAD 工程制图文件
数据文件		．dbf、．mdb	有一定格式存储的数据库文件
压缩文件		．zip、．arj	经过一定算法将信息进行压缩后的文件
网页文件		．htm、．html	由文档、图像、声音等多媒体信息组成的 Web 页文件
声音文件		．wav、．mp3、．wma	由数字化声音信息组成
视频文件		．avi、．3gp、．mpeg、．rm、．rmvb、．wmv、．mp4	由数字化视频信息组成(包括动画文件)
快捷方式		．lnk	应用程序的快捷方式

3. 命名规则

(1) 文件的名字不能超过 255 个字符(1 个汉字相当于 2 个字符)。

(2) 文件名中不能出现下列半角字符：

/　|　\　＜　＞　：　"　？　＊

(3) 文件名中不区分大小写字母。

(4) 文件名中可以使用多个分隔符"．"，文件名中可以使用空格符。

(5) 同一位置中不能有同名(主文件名和扩展名全相同)的文件。

7.1.2　文件及文件夹的组织结构

文件夹是用于图形用户界面中的程序和文件的容器，在屏幕上由一个文件夹图标表示。文件夹作为磁盘中组织程序和文档的一种手段，它既可以可包含文件，也可以包含其他文件夹。

文件夹中可以包含多种不同类型的文件，例如文档、音乐、图片、视频和程序。可以将其他位置上的文件(例如其他文件夹、计算机或者 Internet 上的文件)复制或移动到自己创建的文件夹，甚至可以在文件夹中创建文件夹。操作系统中的文件、文件夹存储结构图，如图 7-1 所示。

图 7-1 中，将操作系统中信息存储的结构表示出来。

说明：

(1)"桌面"是存储结构中的最大的容器，类似于工作中的资料室。

(2)"我的文档"、"我的电脑"、"网上邻居"、"计算机 1"、"计算机 2"、"C 盘"、"D 盘"、

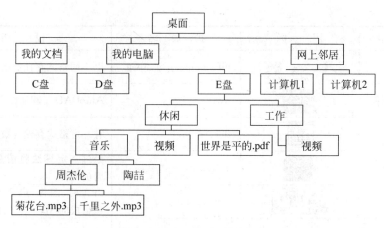

图 7-1　操作系统存储结构图

"E盘"类似于资料柜,用来存放各种类型的文件或文件夹。

（3）"休闲"、"音乐"、"视频"、"周杰伦"、"陶喆"和"工作"是文件夹,类似存放同类别文件的档案夹。

（4）"菊花台.mp3"和"千里之外.mp3"是声音文件,"世界是平的.pdf"是电子书文件,类似工作中的文件资料。

由此可见,操作系统中的文件、文件夹的组织结构是树形结构,即一个文件夹中包含多个文件和文件夹,但一个文件或文件夹只能属于一个文件夹。

计算机的存储空间越大,也就意味着操作系统管理的树形结构越庞杂！那么,对于文件和文件夹的操作,成为计算机中最为频繁的操作,用户可以根据需要创建、浏览、搜索、复制、移动及删除文件和文件夹。在实际操作中,每一种操作实现的方法都有很多。对于文件和文件夹的操作基本通过菜单、按钮及键盘来实现。下面主要介绍菜单操作。

（1）菜单类型有如下两种。

① 窗口菜单:图 7-2 和图 7-3 所示为窗口菜单。单击菜单中的某项,就会打开"下拉式"菜单。

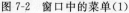

图 7-2　窗口中的菜单(1)

图 7-3　窗口中的菜单(2)

② 快捷菜单：在选定项目上，右击即可打开该项目的快捷菜单。

（2）菜单约定如下。

① 颜色暗淡的命令，表示该命令在当前状态下不起作用，如图 7-3 所示。每条命令都有一个下画线字符，用括号括起来，称为热键。在显示出下拉菜单后，用户可以在键盘上按热键来选择命令。

② 命令名后面跟着省略号"…"，表示如果选择了此命令，将会出现一个对话框。可以选择一个或多个对话框中的内容完成操作。

③ 菜单右侧有"▶"标记，表明如果用户选择了此命令，将会出现一个级联菜单。

④ 命令名前有"√"标记，表示该命令在当前状态下正使用。再选此命令后，"√"标记消失，该命令不起作用。

7.1.3 文件及文件夹的创建

文件和文件夹的创建方法很简单，可以通过下面任何一种方式实现操作。

（1）在需要操作的窗口中空白位置右击，在打开的快捷菜单中操作，就可以新建文件和文件夹，如图 7-4 中①所示。

（2）在打开的需要操作的窗口左侧的常用任务链接区中选择"创建一个新文件夹"选项即可，如图 7-4 中②所示。

（3）在窗口中，选择"文件"→"新建"→"文件夹"（或文件类型）命令，如图 7-5 所示。

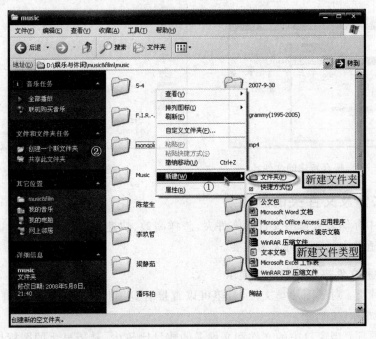

图 7-4　新建文件或文件夹

（4）可以打开应用程序后新建文件，如图 7-6 和图 7-7 所示。在保存文件时，可以同时在图 7-8 所示窗口中，创建文件夹。

图 7-5　通过"文件"菜单创建文件和文件夹

图 7-6　打开程序

图 7-7　保存新建的文件

图 7-8　保存文件

7.1.4　文件及文件夹的浏览

计算机中存储着大量的文件和文件夹,怎样高效、快速地浏览显示出所需的文件,有效地选择合适的方法就显得尤为重要。

1. 文件和文件夹在窗口中的显示

（1）图片类：对于图片类文件,希望可以直接看到图片效果,选择"幻灯片"或者"缩略图"命令,如图 7-9 所示。

（2）大图标：当窗口中的文件和文件夹的数量比较少,希望显示的图标尺寸稍大时,可以选择"平铺"视图,该视图状态附带显示文件类型,如图 7-10 所示。

（3）图标：当只需显示文件和文件夹的名字,并且窗口中显示的内容数量较大时,采用"图标"视图方式。

（4）列表：当窗口中的内容比较庞大,希望尽可能在一屏之内显示更多的内容,可以采用"列表"视图。该视图状态的内容以多列方式排列，显示小图标。

（5）详细信息：需要显示文件和文件夹的同时，显示文件的大小、类型及修改日期等相关信息，可采用"详细信息"视图，如图 7-11 所示。

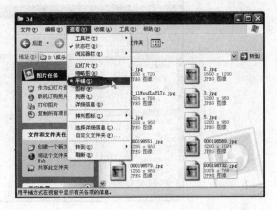

图 7-9　图片视图状态　　　　　　　　图 7-10　"平铺"方式选项

2. 使用视图方式显示文件和文件夹

（1）打开"查看"菜单。

（2）在窗口中的空白位置右击，选择"查看"命令，如图 7-11 所示。

（3）在窗口中的"标准工具栏"处单击 ![按钮]· 按钮。

图 7-11　快捷菜单

3. 文件和文件夹在窗口中的排列

各种各样的文件和文件夹存储于计算机中，怎样才能快速地浏览查找指定的文件和文件夹呢？操作系统根据文件的名称、大小、类型及修改时间提供了快速查找文件的方法。

(1) 打开"查看"菜单选择"排列图标"命令。

(2) 在窗口中空白位置右击,选择"排列图标"命令。

(3) 在"详细信息"视图窗口中,单击"排列类型"按钮,如图 7-12 所示。

图 7-12 排列图标

排列方式有如下几种。

① 名称:按照文件和文件夹的名称排列。文件夹和文件名称分别按照数字(0～9)、字母(A～Z)、汉字(拼音首字母 a～z)的顺序排列。

② 大小:按照文件和文件夹所占空间大小排列。文件和文件夹分别按照从大到小或从小到大的顺序排列。

③ 类型:按照文件夹和文件的类型排列。文件类型按照字母、汉字的顺序排列,也可按照汉字、字母的顺序排列,如图 7-13 所示。

图 7-13 按照类型排列图标

④ 修改日期：按照文件和文件夹的最后一次修改日期排列。日期最近的可排列在前面，日期远的文件排列在后面；反之也可以。

7.1.5 文件及文件夹的选定

要对存储与计算机中的文件或文件夹进行复制、移动、删除和恢复等管理操作，必须先选择要操作的对象。

1. 选定一个文件或文件夹

(1) 在所要选择的文件或文件夹上单击。

(2) 用键盘上的方向键(↑、↓、←、→)直接将鼠标指针移到待选定的文件或文件夹上。

2. 选定多个连续文件或文件夹

(1) 在待选定的矩形区域沿对角线拖曳鼠标成矩形区域，如图 7-14 所示。

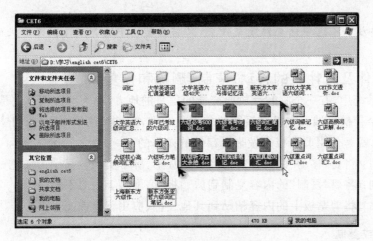

图 7-14 选定矩形连续区域

(2) 在要选定的第一个文件或文件夹上单击，再移动鼠标指针到最后一个文件或文件夹上，先按住 Shift 键，然后单击，如图 7-15 所示。

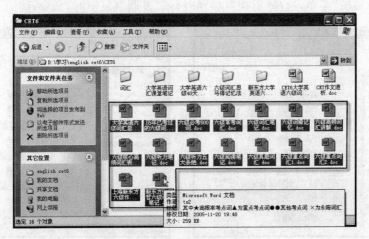

图 7-15 选定连续文件或文件夹

3. 选定全部文件和文件夹

（1）按 Ctrl＋A 键。

（2）打开"编辑"菜单选择"全部选定"命令。

（3）鼠标拖曳选中全部文件。

4. 选定某字母打头的第一个文件或文件夹

按某一字母键，可以选定第一个以该字母打头的文件或文件夹。继续按该字母键，变为选定下一个以该字母打头的文件或文件夹。

5. 反向选择

当一个窗口中不需选择的文件或文件夹只占少数时，可先选择不想操作的文件或文件夹，然后打开"编辑"菜单选择"反向选择"命令。则系统将选定前面未选择的所有文件或文件夹。

注意：要放弃已选中的文件或文件夹，只需在窗口中没有文件或文件夹的地方，单击即可。

7.1.6   文件及文件夹的移动、复制、删除和恢复

在操作系统中，有一个临时存放要交换的信息的地方，称为剪贴板。它是在内存中临时开辟的一个存储区域。在操作系统的应用程序中，"编辑"菜单中的"剪切"、"复制"、"粘贴"3 项功能，都是使用剪贴板来做临时存储的操作的。

（1）剪切：将要"移动"的内容剪切到剪贴板上，屏幕上内容显示为灰色。

（2）复制：将要"复制"的内容复制到剪贴板上，屏幕上内容不消失。

（3）粘贴：将剪贴板上的内容粘贴到其他文档、应用程序或文件夹中。

1. 移动或复制

对于选定的文件或文件夹实现移动或复制的方法如下。

（1）选定须移动或复制的文件或文件夹，如图 7-16 所示。

（2）移动或复制文件或文件夹（以下任意一种均可实现）。

① 打开"编辑"菜单，选择"剪切"（移动时）或"复制"（复制时）命令，如图 7-17 所示。

图 7-16   选定文件或文件夹

图 7-17   利用菜单"剪切"或"复制"

② 在选定文件或文件夹上右击,选择"剪切"或"复制"命令,如图 7-18 所示。

③ 在"常用任务链接区"选择"移动所选项目"或"复制所选项目"命令,如图 7-19 所示。

④ 按 Ctrl+X(移动)键或 Ctrl+C(复制)键。

图 7-18 利用快捷菜单"剪切"或"复制"   图 7-19 利用"常用任务链接区"实现
"剪切"或"复制"

(3) 打开需要移动或复制的目标位置窗口。

如果使用"常用任务链接区"选择"移动所选项目"或"复制所选项目"命令,则会弹出"移动项目"对话框,如图 7-20 所示。在此选择需要移动或复制的目标位置。

(4) 从剪贴板中将移动或复制的内容粘贴到目标位置(以下任意一种均可实现)。

① 打开"编辑"菜单,选择"粘贴"命令。

② 在选定文件或文件夹上右击,选择"粘贴"命令。

③ 按 Ctrl+V 键。

以上需要 4 步完成的移动或复制操作,其实也可以使用鼠标拖曳的方法完成。

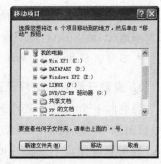

图 7-20 "移动项目"对话框

方法 1:

用鼠标左键将选定的文件或文件夹拖动到目标文件夹中,但拖曳时要根据下面 4 种目标位置的不同情况进行不同的操作。

① 目标位置为同一驱动器,移动时可以直接拖曳。

② 目标位置为其他驱动器,移动时需先按住 Shift 键同时用鼠标左键拖曳。

③ 目标位置为同一驱动器,复制时要按住 Ctrl 键同时用鼠标左键拖曳。

④ 目标位置为其他驱动器,复制时可以直接拖动。

方法 2:

选择要移动或复制的文件或文件夹,用鼠标右键将选定的文件或文件夹拖曳到目标文件夹后,松开鼠标,屏幕给出图 7-21 所示的移动或复制文件或文件夹的快捷菜单,在菜单中选择"移动到当前位置"或"复制到当前位置"命令。

图 7-21　快捷菜单

2. 删除文件或文件夹

对于不需要的文件或文件夹可执行删除操作,将其从存储器上移除。

(1) 选定需要删除的文件或文件夹。

(2) 删除文件或文件夹(以下任意一种均可实现)。

① 打开"文件"菜单,选择"删除"命令。

② 在选定的文件或文件夹上右击,选择"删除"命令。

③ 在"常用任务链接区"选择"删除所选项目"命令,参考图 7-19。

④ 按键盘上的删除键 Del 键或 Delete 键。

(3) 屏幕给出图 7-22 所示的"确认删除多个文件"对话框。

图 7-22　"确认删除多个文件"对话框

图 7-23　直接删除确认对话框

在对话框中单击"是"按钮,硬盘上所选文件或文件夹被放入回收站,发现删错时还可以恢复,而可移动的外部存储设备将被彻底删除。

说明:为了保护用户的隐私,被删除的硬盘上的对象也可以不放入回收站而从磁盘上彻底删除,按 Shift+Delete 键,出现图 7-23 所示对话框,确认删除后,被删除的文件或文件夹不能再被恢复了,也不会被其他人从回收站中恢复后查看。

3. 恢复已删除的文件及回收站的使用

当删除一个文件或文件夹后,如果没有执行其他操作,那么可以在"编辑"菜单中选择"撤销删除"命令,将刚刚删除的文件或文件夹恢复。

如果删除硬盘上的文件或文件夹后,又执行了其他操作,这时要恢复被删除的文件或文件夹,就需要在"回收站"中进行。回收站是在硬盘上开辟出的一个存储区域,系统默认的回收站的容量是本机硬盘容量的 10%。

(1) 使用"回收站"恢复被删除的文件。

① 双击桌面上的"回收站"图标,打开"回收站"窗口。

② 选中需要恢复的文件。

③ 恢复选定的文件,方法如下几种任选其一。

- 打开"文件"菜单选择"还原"命令。

- 在选定的文件上右击,选择"还原"命令。

- 在窗口左侧的"常用任务链接区"选择"回收站任务"命令选择"还原选定的项目"命令。

④ 到原删除文件或文件夹的位置查看恢复的文件或文件夹。

（2）清空回收站。双击桌面上的"回收站"图标，打开"回收站"窗口，执行以下任一种操作。

① 打开"文件"菜单，选择"清空回收站"命令。

② 在选定的文件上右击，选择"清空回收站"命令。

③ 在窗口左侧的"常用任务链接区"，选择"回收站任务"→"清空回收站"命令。

④ 直接在桌面上的"回收站"图标上，右击，选择"清空回收站"命令。

7.1.7　查看及修改文件属性

文件属性用来表示文件的特性，包括文件类型、打开方式（应用程序）、位置、大小、相关时间信息以及属性等。属性可以分为"只读"、"隐藏"和"存档"文件 3 种，如图 7-24 所示。

1. 查看文件属性或改变文件属性

（1）选择要查看文件属性或改变文件属性的文件。

（2）打开"文件"菜单或在选择的文件上右击，选择"属性"命令，弹出如图 7-24 所示的"属性"对话框。

说明：

① 文件类型：创建文件时的类型。

② 打开方式：打开该文件的默认应用程序，单击"更改"按钮可修改应用程序类型。

③ 位置：该文件在计算机中的存储位置。

④ 大小：文件的字节数。

⑤ 占用空间：文件在计算机中占用的空间大小。

⑥ 创建时间：创建该文件的日期及时间。

⑦ 修改时间：最近一次修改文件的日期及时间。

⑧ 访问时间：最近一次访问或打开文件的日期及时间。

⑨ 属性：文件的特性，选中"只读"复选框，则表示该文件只可读取信息，不可修改文件内容；选择"隐藏"复选框，表示可将该文件隐藏于该存储位置。

（3）在属性对话框的"常规"选项卡下修改属性内容。

2. 显示隐藏文件

某些文件及文件夹，基于系统安全、个人隐私等各方面原因，被设置为"隐藏"属性，则在计算机中将看不到这些文件或文件夹。查看时，需要对计算机更改设置。

（1）打开"工具"菜单，选择"文件夹选项"对话框，选择"查看"选项卡，如图 7-25 所示。

（2）在"高级设置"选项组中，选中"隐藏文件和文件夹"复选框，选中"显示所有文件和文件夹"单选按钮。系统中的隐藏和非隐藏文件及文件夹都将显示出来（系统文件和系统文件夹除外）。如果要显示系统文件和文件夹，则应取消选中"隐藏受保护的操作系统文件（推荐）"复选框。

（3）单击"确定"按钮。

用类似的方法也可以不显示隐藏文件或系统文件。

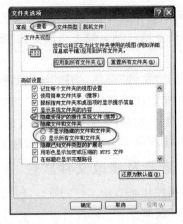

图 7-24　"属性"对话框　　　　　图 7-25　"文件夹选项"对话框

7.2　资源管理器

资源管理器是操作系统文件管理系统的主要工具。目前的操作系统已将资源管理器与"我的电脑"整合成为一个集文件管理、系统管理为一体的系统工具。它们之间的切换可以简单地通过"文件夹"按钮来实现。

用户利用资源管理器可以方便地对文件或文件夹进行各种操作,如文件夹的新建、更名、移动、复制、删除等。

7.2.1　系统资源的管理

1. 资源管理器的启动

(1) 打开"开始"菜单,选择"所有程序"→"附件"→"Windows 资源管理器"命令。

(2) 在"开始"菜单处右击"资源管理器"命令。

(3) 在"文件夹"窗口单击 按钮,如图 7-26 所示。

2. 系统资源的管理

文件和文件夹在计算机中的存储模式也就是操作系统对于系统资源的管理模式,而资源管理器将其直观形象地展示出来。

(1) 资源管理器窗口中的左窗口显示树形存储的文件夹存储结构。

(2) 单击左窗口中的某一位置,右窗口中显示该窗口中的文件及文件夹,如图 7-26 所示。

(3) 在文件夹窗口中,当一个文件夹名称的左边带有 ➕ 时,表示该文件夹中还含有子文件夹,只是在树形结构中没有显示出来。双击此文件夹或单击 ➕ ,则其中的子文件夹会显示出来,同时 ➕ 变为 ➖ 。再双击此文件夹或单击 ➖ ,其中的子文件夹又会隐藏起来,同时 ➖ 又变为 ➕ 。

(4) 利用资源管理器与其他窗口一样可以实现移动、复制、删除及恢复操作。

(5) 在窗口菜单中的排列方法同样适用于资源管理器窗口中,尤其适用于鼠标拖曳方式。

7.2.2 文件的检索

在存储量庞大的计算机中找到所需文件似乎不是一件容易的事,但是操作系统考虑到了文件和文件夹的搜索。

1. 打开搜索界面

搜索界面(图 7-27)可通过以下方法之一打开。

图 7-26 资源管理器   图 7-27 "搜索结果"窗口

(1) 打开"开始"菜单,选择"搜索"命令。

(2) 右击"开始"菜单,选择"搜索"命令。

(3) 打开"我的电脑"窗口单击标准工具栏上的 🔍搜索 按钮。

在搜索界面中,可以搜索计算机中的图片、音乐或视频文件,甚至搜索所有文件或者其他计算机或用户。

2. 设置搜索选项

选择要查找的对象,如果要查找的对象是普通文件,则选择"所有文件和文件夹"选项,如图 7-29 所示。在"全部或部分文件名"文本框中输入要查找的文件名(可以使用通配符"?"表示任意单个字符,"＊"表示任意一到多个字符),在"在这里寻找"下拉列表框中,选择搜索范围,如文件所在的磁盘或文件夹。

(1) 图片、音乐或视频:搜索所有图片、声音或视频格式的文件,如图 7-28 所示。

(2) 文档(文字处理、电子数据表等):所有文本类或表格类文件。

(3) 所有文件和文件夹:任意文件夹或任意类型的文件,如图 7-29 所示。

(4) 计算机或用户:与本机链接的局域网或广域网上的计算机或用户。

3. 开始搜索

单击"搜索"按钮,系统会将指定磁盘上所有包含给定名称的文件查找出来。查找后在原查找对话框下面显示被找到文件的名称、所在的文件夹等信息。

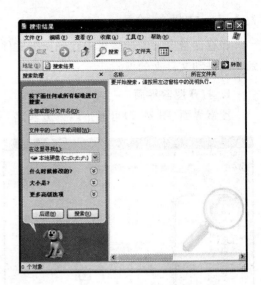

图 7-28　搜索图片、音频、视频　　　　　　图 7-29　任意文件搜索

说明：在"全部或部分文件名"文本框中可以指定文件的全名，也可以输入名称的一部分，还可以使用通配符。

搜索时，如果不知道文件名或想细化搜索条件，可以在"什么时候修改的"、"大小是"和"更多高级选项"命令中，设置与搜索相匹配的数据。

搜索时，如果想浏览搜索的范围，可以选择"在这里寻找"下拉列表中的"浏览"选项。

习题七

(1) 什么是文件？什么是文件夹？简述文件和文件夹的关系。

(2) 计算机中的文件如何命名？

(3) 简述"资源管理器"与"我的电脑"的关系。

(4) 在桌面上新建工作文件夹形如"09 级 1 班张三"，然后在该文件夹中建立子文件夹"BQKS"。

(5) 通过记事本打开 C 盘目录下"新建文件.txt"文件，设置记事本自动换行，并将其字体设为"隶书"，初号。

(6) 设置 Windows 在文件夹中显示所有文件和文件夹。

(7) 打开资源管理器，在 Student 文件夹下的 CWINLX 下创建一个名为 AB12 的文件夹。

(8) 对"文件夹选项"进行相应设置，显示隐藏的文件和文件夹。

(9) 设置"文件夹选项"，使浏览文件夹时，在不同窗口中打开不同的文件夹。

(10) 利用"资源管理器"，在 C 盘根文件夹下创建名为"考试"的文件夹。

第 8 章

病毒的防治

【案例1】

程利宏就读某大学应用数学系硕士班,眼看学期即将结束,几个星期以来,程利宏将他的时间与精力全部投注在专题研究期末报告的撰写上,为了求得精确无误的研究数据,他利用他家中的台式机,一遍又一遍地试算。正当他的研究工作进入紧锣密鼓的阶段时,他突然发现他的计算机"中毒"了,计算机死机而完全无法使用,让他心急如焚,最后差一点延误了交报告的最后期限。

【案例2】

每年3月6日,一只与文艺复兴时代大师米开朗琪罗同名的计算机病毒,选择在他的诞生日发病,到了这一天计算机使用者无不胆战心惊,心脏够强的以自己硬盘下赌注;心脏不够强的,干脆当天不开机或是更改系统日期,以求自保。

【案例3】

罗伯特·莫里斯(Robert T. Morris, Jr.)是美国康奈尔大学(Cornell University)的学生,年仅23岁。1988年11月2日,他在自己的计算机上,用远程命令将编写的蠕虫(Worm)程序送进因特网。他原本希望这个"无害"的蠕虫程序可以慢慢地渗透到政府与研究机构的网络中,并且悄悄地待在那里,不为人知。然而莫里斯的蠕虫一夜之间攻击了因特网上约6 200台VAX系列小型机和Sun工作站,300多个大学、议院和研究中心都发布了关于蠕虫攻击的报告。DCA的一位发言人宣称,蠕虫不仅攻击了Arpanet系统,而且攻击了军用的MILNET网中的几台主机。大量数据被破坏,整个经济损失估计达9 600万美元。

【案例分析】

目前计算机发展迅猛,它已经成为人们工作、学习、生活中的重要工具。上述案例表明,计算机病毒的出现,对计算机的应用带来了极大的损害,给社会造成巨大的经济损失。人们在欢喜计算机带来方便的同时,也在为计算机病毒造成的危害而苦恼。而且随着计算机技术的飞速发展和计算机应用的日益普及,计算机病毒也在不断地推陈出新。目前,病毒已成为困扰计算机系统安全和网络发展的重要问题,因此必须要增强计算机病毒的防范意识,最大限度地减少计算机病毒所带来的危害。

本章学习导航:

1. 计算机病毒的危害及计算机犯罪相关的概念以及信息安全法律

2．计算机病毒的基本特征和种类

3．计算机病毒表现形式

4．各种防范病毒的方法

5．学会使用常用杀毒软件

知识点与能力目标：

1．病毒的种类、特征和表现形式

2．各种防范病毒的方法

3．常用杀毒软件

4．计算机病毒的防治方法，自觉预防计算机犯罪的发生

8.1　病毒概述

8.1.1　病毒的发展阶段

在《中华人民共和国计算机信息系统安全保护条例》第 28 条中被明确定义，计算机病毒"指编制或者在计算机程序中插入的破坏计算机功能或者破坏数据，影响计算机使用，并能自我复制的一组计算机指令或者程序代码"。

1982 年，匹兹堡的一名 15 岁高中生里奇·斯克伦塔（Rich Skrenta）（图 8-1）编写了一个恶作剧程序，通过软盘在苹果机的操作系统中传播，并显示一首歪诗。这个名为"ElkCloner"的病毒被看做是计算机领域的第一个病毒。

1988 年是计算机病毒发展历史上的一个转折点。那一年"莫里斯蠕虫"病毒在因特网上蔓延，这个蠕虫病毒给当时羽翼未丰的因特网以沉重打击。如今，数以万计的病毒已成为所有计算机用户的噩梦，网络时代的到来更为病毒的传播提供了新的模式。

图 8-1　里奇·斯克伦塔

计算机病毒的发展可划分为以下几个阶段。

（1）DOS 引导阶段

1987 年，计算机病毒主要是引导型病毒，具有代表性的是"小球"（Pingpang）、"石头"（Stone）和"米开朗琪罗"（Michelangelo）病毒。"小球"病毒是最早传入我国的计算机病毒，最早是在大连市统计局发现的。当这个病毒发作时，计算机屏幕上会出现一个小球弹跳不休，在碰到屏幕边缘的时候就反弹，像乒乓球一样。这也是这个病毒名字的由来。感染了"石头"病毒的计算机屏幕上将会显示"Your PC is Now Stoned."，并且可能导致某些硬盘和软盘无法再使用。"米开朗琪罗"每年 3 月 6 号发作，这一天是米开朗琪罗的生日，发作起来会删掉当前磁盘上的所有数据。

当时的计算机硬件较少，功能简单，一般需要通过软盘启动后使用。引导型病毒利用软盘的启动原理工作，它们修改系统启动扇区，在计算机启动时首先取得控制权，减少系统内存，修改磁盘读/写中断，影响系统工作效率，在系统存取磁盘时进行传播。

1989 年，引导型病毒发展为可以感染硬盘，典型的代表有"石头 2"。

(2) DOS 可执行阶段

1989 年,可执行文件型病毒出现,这类病毒把自己复制到可执行文件中,当用户运行这个可执行文件的时候,病毒就会在内存中复制一份,并且传染那些未被感染的可执行文件。代表为"黑色星期五"和它的一个变种——"耶路撒冷"(又名 Stone 3),这种病毒每到既是 13 号又是星期五的日子发作,一旦发作,计算机里的数据基本上就被删除了。

(3) 伴随、批次型阶段

1992 年,伴随型病毒出现,它们利用 DOS 加载文件的优先顺序进行工作,代表性病毒:"金蝉"(Golden Cicada),这种病毒会把原来的文件改名,如果原来文件的扩展名是"EXE",那么就改成"COM";如果是"COM",就改成"EXE",然后把自己改成文件本来的名字。在 DOS 加载文件时,病毒就取得控制权。

在非 DOS 操作系统中,一些伴随型病毒利用操作系统的描述语言进行工作,具有典型代表的是"海盗旗"病毒,它在得到执行时,会询问用户名称和口令,然后返回一个出错信息,将自身删除。批次型病毒是工作在 DOS 下的和"海盗旗"病毒类似的一类病毒。

(4) 幽灵、多形阶段

1994 年,随着汇编语言的发展,实现同一功能可以用不同的方式进行完成,这些方式的组合,使一段看似随机的代码产生相同的运算结果。幽灵病毒就是利用这个特点:每感染一次就产生不同的代码。其中,"一半"病毒就是产生一段有上亿种可能的解码运算程序,病毒体被隐藏在解码前的数据中,查解这类病毒就必须能对这段数据进行解码,加大了查毒的难度。

多形型病毒是一种综合性病毒,它既能感染引导区又能感染程序区,多数具有解码算法,一种病毒往往要两段以上的子程序方能解除。

(5) 生成器、变体机阶段

1995 年,在汇编语言中,一些数据的运算放在不同的通用寄存器中,可运算出同样的结果,随机的插入一些空操作和无关指令,也不影响运算的结果。这样,一段解码算法就可以由生成器生成,当生成器的生成结果为病毒时,就产生了这种复杂的"病毒生成器",而变体机就是增加解码复杂程度的指令生成机制。这一阶段的典型代表是"病毒制造机"VCL,它可以在瞬间制造出成千上万种不同的病毒,查解时就不能使用传统的特征识别法,需要在宏观上分析指令,解码后查解病毒。

(6) 网络、蠕虫阶段

1995 年,随着网络的普及,病毒开始利用网络进行传播,它们只是上几代病毒的改进。在非 DOS 操作系统中,"蠕虫"是典型的代表,它不占用除内存以外的任何资源,不修改磁盘文件,利用网络功能搜索网络地址,将自身向下一地址进行传播,有时也在网络服务器和启动文件中存在。

(7) Windows 阶段

1996 年,随着 Windows 操作系统的日益普及,利用 Windows 工作环境的病毒开始发展,最出名的 Windows 病毒应该算是在 1998 年由中国台湾人陈盈豪编写的 CIH 病毒了。这个病毒一共有从 V1.0 到 V1.4 这 5 个版本,其中造成最大损失的是 V1.2 版。在每年 4 月 26 日发作,改写磁盘引导区数据,并且可能会修改主板上的基本输入/输出系统

(Basic Input/Output System)芯片,甚至造成主板损坏。

(8) 宏病毒阶段

1996 年,随着 Windows Word 功能的增强,使用 Word 宏语言也可以编制病毒,这种病毒使用 VBScript,编写容易,感染 Word 文档等文件;在 Excel 出现的相同工作机制的病毒也属于此类,由于 Word 文档格式没有公开,这类病毒查解比较困难。

(9) 因特网阶段

1997 年,随着因特网的发展,各种病毒也开始利用因特网进行传播,一些携带病毒的数据包和邮件越来越多,如果不小心打开了这些邮件,机器就有可能中毒。例如:"女鬼"病毒,打开邮件并不马上发作,在一段时间后,随机显示女鬼动画,伴有声音及文字信息等,妨碍计算机的正常工作。

(10) Java 邮件炸弹阶段

1997 年,随着万维网(World Wide Web)上 Java 的普及,利用 Java 语言进行传播和资料获取的病毒开始出现,典型的代表是 Java Snake 病毒,还有一些利用邮件服务器进行传播和破坏的病毒。例如,Mail-Bomb 病毒会严重影响因特网的效率。

8.1.2　病毒的表现

计算机受到病毒感染后,会表现出不同的症状,下面归纳感染病毒的症状,通过观察计算机表现出的异常来识别是否被病毒感染。

1. 机器不能正常启动

通电后机器根本不能启动;或者可以启动,但所需要的时间比原来的长。有时会突然出现黑屏现象。

2. 运行速度降低

如果发现在运行某个程序时,读取数据的时间比原来长,存文件或调文件的时间都增加了,那就可能是由于病毒造成的。

3. 磁盘空间迅速变小

由于病毒程序要进驻内存,而且又能繁殖,因此使内存空间变小,甚至变为 0,用户什么信息也不进去。

4. 文件内容和长度有所改变

一个文件存入磁盘后,本来它的长度和其内容都不会改变,可是由于病毒的干扰,文件长度可能改变,文件内容也可能出现乱码。有时文件内容无法显示或显示后又消失了。

5. 经常出现"死机"现象

正常的操作是不会造成死机现象的,即使是初学者,命令输入不对也不会死机。如果机器经常死机,那可能是由于系统被病毒感染了。

6. 外部设备工作异常

因为外部设备受系统的控制,如果机器中有病毒,外部设备在工作时可能会出现一些异常情况,出现一些用理论或经验说不清、道不明的现象。

(1) 扰乱屏幕显示病毒,会出现:字符跌落、环绕、倒置、显示前一屏、光标下跌、滚屏、抖动、乱写、吃字符等。

（2）键盘病毒，干扰键盘操作，已发现有下述方式：响铃、封锁键盘、换字、抹掉缓存区字符、重复、输入紊乱等。

（3）喇叭病毒，许多病毒运行时，会使计算机的喇叭发出响声。有的病毒作者通过喇叭发出种种声音，有的病毒作者让病毒演奏旋律优美的世界名曲，在高雅的曲调中去杀戮人们的信息财富，已发现的喇叭发声有以下方式：演奏曲子、警笛声、炸弹噪声、鸣叫、咔咔声、嘀嗒声等。

（4）干扰打印机，典型现象为：假报警、间断性打印、更换字符等。

以上仅列出一些比较常见的病毒表现形式，还有诸如：不执行命令、文件打不开、时钟倒转、重启动、死机、强制游戏、扰乱串行口、并行口等表现形式。肯定还会遇到一些其他的特殊现象，这就需要由用户自己判断了。

8.1.3　病毒的类型

一般病毒可以分为 4 种类型：外壳型、入侵型、操作系统型和源码型。

（1）外壳型病毒。将它们自己包裹在主程序的四周，对源程序不做修改。外壳型病毒容易编写，这也正是约有一半病毒程序是这种类型的原因。

（2）入侵型病毒。侵入已有的程序，实际上是把病毒程序的一部分插入到主程序中。入侵型病毒难以编写，在去除它们时常常会破坏主文件。

外壳型和入侵型病毒常攻击可执行文件及带有 .COM 或 .EXE 扩展名的文件。数据文件也有受攻击的危险。

（3）操作系统型病毒。发作时用自己的逻辑代替部分操作系统。这些病毒程序的编写非常困难，它们一旦得手就有能力控制整个系统。例如，一些操作系统型病毒把自身的逻辑隐藏在那些表示"坏"的磁盘扇区中。

（4）源码型病毒。源码型病毒是入侵程序，它们在程序被编译之前插入到诸如用 Pascal 编写的源程序中，它们是最少见的病毒程序，因为它们不仅编写困难，而且与其他类型的病毒相比，受它们破坏的主程序数目也有限。

对于使用杀毒软件查出的病毒，例如：Backdoor. RmtBomb. 12、Trojan. Win32. SendIP. 15 等这些一串英文还带数字的病毒名。那么这些病毒名称有什么特殊含义？

其实只要掌握一些病毒的命名规则，就能通过杀毒软件的报告中出现的病毒名来判断该病毒的一些共有的特性了。

病毒的一般格式为：

＜病毒前缀＞.＜病毒名＞.＜病毒后缀＞

（1）病毒前缀是指一个病毒的种类，它是用来区别病毒的种族分类的。不同种类的病毒，其前缀也是不同的。比如常见的木马病毒的前缀是 Trojan，蠕虫病毒的前缀是 Worm，等等。

（2）病毒名是指一个病毒的家族特征，是用来区别和标识病毒家族的，如以前著名的 CIH 病毒的家族名都是统一的 CIH，振荡波蠕虫病毒的家族名是 Sasser。

（3）病毒后缀是指一个病毒的变种特征，是用来区别具体某个家族病毒的某个变种的。一般都采用英文中的 26 个字母来表示,如 Worm.Sasser.b 就是指振荡波蠕虫病毒的变种 B,因此一般称为"振荡波 B 变种"或者"振荡波变种 B"。如果该病毒变种非常多,可以采用数字与字母混合来表示变种标识。

下面附带一些常见的病毒前缀(针对用得最多的 Windows 操作系统)。

(1) 系统病毒。系统病毒的前缀为 Win32、PE、Win95、W32、W95 等。这些病毒的共有的特性是可以感染 Windows 操作系统的 .exe 和 .dll 文件,并通过这些文件进行传播,如 CIH 病毒。

(2) 蠕虫病毒。蠕虫病毒的前缀是 Worm。这种病毒的共有特性是通过网络或者系统漏洞进行传播,很大部分的蠕虫病毒都有向外发送带毒邮件,阻塞网络的特性,如冲击波(阻塞网络,如图 8-2 所示)、振荡波、小邮差(发带毒邮件)、U 盘寄生虫等。

(3) 木马病毒、黑客病毒。木马病毒其前缀是 Trojan,黑客病毒前缀名一般为 Hack。木马病毒的共有特性是通过网络或者系统漏洞进入用户的系统并隐藏,然后向外界泄露用户的信息;而黑客病毒则有一个可视的界面,能对用户的计算机进行远程控制。木马、黑客病毒往往是成对出现的,即木马病毒负责侵入用户的计算机,而黑客病毒则会通过该木马病毒来进行控制。现在这两种类型都越来越趋向于整合了。一般的木马如 QQ 消息尾巴木马 Trojan.QQ3344,还有大家可能遇见比较多的针对网络游戏的木马病毒,如 Trojan.LMir.PSW.60。这里补充一点,病毒名中有 PSW 或者什么 PWD 之类的一般都表示这个病毒有盗取密码的功能(这些字母一般都为"密码"的英文"password"的缩写)。常见的黑客程序有网络枭雄(Hack.Nether.Client)、熊猫烧香(武汉男生)(如图 8-3 所示)等。

图 8-2　冲击波病毒感染后,提示一分钟内关机　　　　图 8-3　熊猫烧香病毒

(4) 脚本病毒。脚本病毒的前缀是 Script。脚本病毒的共有特性是使用脚本语言编写,通过网页进行传播,如红色代码(Script.Redlof)。脚本病毒还会有前缀 VBS、JS(表明是何种脚本编写的),如欢乐时光(VBS.Happytime)、十四日(Js.Fortnight.c.s)、情人节(Vbs_Valentin.A)等。

(5) 宏病毒。宏病毒也是脚本病毒的一种,由于它的特殊性,因此在这里单独算成一类。宏病毒的前缀是 Macro,第二前缀是 Word、Word97、Excel、Excel97(也许还有别的)其中之一。病毒采用 Word97 作为第二前缀,只感染 Word 97 及以前版本 Word 文档的,格式是 Macro.Word97;采用 Word 作为第二前缀,只感染 Word 97 以后版本 Word 文档的病毒,格式是 Macro. Word;病毒采用 Excel 97 作为第二前缀,只感染 Excel 97 及以前版本 Excel,文档的格式是 Macro. Excel97;病毒采用 Excel 作为第二前缀,只感染 Excel 97 以后版本 Excel,文档的格式是 Macro. Excel,以此类推。该类病毒的共有特性是能感染 Office 系列文档,然后通过 Office 通用模板进行传播,如著名的梅莉莎(Macro. Melissa)病毒,如图 8-4 所示。

(6) 后门病毒。后门病毒的前缀是 Backdoor。该类病毒的共有特性是通过网络传播,给系统开后门,给用户计算机带来安全隐患。如爱情后门病毒 Worm. Lovgate. a/b/c 等。

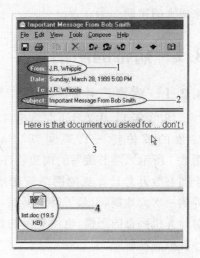

图 8-4   一封带有梅莉莎病毒的邮件

(7) 病毒种植程序病毒。这类病毒的共有特性是运行时会从体内释放出一个或几个新的病毒到系统目录下,由释放出来的新病毒产生破坏。如冰河播种者(Dropper. BingHe2. 2C)、MSN 射手(Dropper. Worm. Smibag)等。

(8) 破坏性程序病毒。破坏性程序病毒的前缀是 Harm。这类病毒的共有特性是本身具有好看的图标来诱惑用户单击,当用户单击这类病毒时,病毒便会直接对用户计算机产生破坏,如格式化 C 盘(Harm. formatC. f)、杀手命令(Harm. Command. Killer)、勒索者(Harm. Extortioner. a)等。

(9) 玩笑病毒。玩笑病毒的前缀是 Joke。也称恶作剧病毒。这类病毒的共有特性是本身具有好看的图标来诱惑用户单击,当用户单击这类病毒时,病毒会做出各种破坏操作来吓唬用户,其实病毒并没有对用户计算机进行任何破坏,如女鬼(Joke. Girl ghost)病毒。

(10) 捆绑机病毒。捆绑机病毒的前缀是:Binder。这类病毒的共有特性是病毒作者会使用特定的捆绑程序将病毒与一些应用程序如 QQ、IE 捆绑起来,表面上看是一个正常的文件,当用户运行这些捆绑病毒时,会表面上运行这些应用程序,然后隐藏运行捆绑在一起的病毒,从而给用户造成危害,如捆绑 QQ(Binder. QQPass. QQBin)、系统杀手(Binder. killsys)等。

以上为比较常见的病毒前缀,有时候还会看到一些其他比较少见的,这里简单提一下。

(1) DoS:会针对某台主机或者服务器进行 DoS 攻击。

(2) Exploit:会自动通过溢出对方或者自己的系统漏洞来传播或者它本身就是一个用于 Hacking 的溢出工具。

(3) HackTool:黑客工具,也许本身并不破坏你的计算机,但是会被别人用来做替身去破坏其他人的计算机。

可以在查出某个病毒以后,通过以上所说的方法来初步判断所中病毒的基本情况,达到知己知彼的效果。在杀毒工具无法自动查杀,打算采用手工方式的时候这些信息会带来很大的帮助。

8.2　病毒的防治

8.2.1　病毒产生的原因

　　1988年11月2日下午5时1分59秒,美国康奈尔大学的计算机科学系研究生,23岁的罗伯特·T.莫里斯(Robert Tappan Morris)(如图8-5所示),将其编写的蠕虫程序输入计算机网络,致使这个拥有数万台计算机的网络被堵塞。这件事就像是计算机界的一次大地震,引起了巨大反响,震惊全世界,引起了人们对计算机病毒的恐慌,也使更多的计算机专家重视和致力于计算机病毒研究。

图8-5　罗伯特·T.莫里斯

　　现在流行的病毒是由人为故意编写的,多数病毒可以找到作者和产地信息,从大量的统计分析来看,病毒产生的原因可归纳如下。

　　(1)一些天才的程序员为了表现和证明自己的能力。

　　(2)用于研究或有益目的而设计的程序,由于某种原因失去控制,产生意想不到的效果。

　　(3)从事计算机工作和业余爱好者的恶作剧、寻开心、好奇制造出的病毒。

　　(4)处于对上司的不满,进行恶意报复。

　　(5)软件公司及用户为保护自己的软件被非法复制而采取的报复性惩罚措施。

　　(6)旨在攻击和摧毁计算机信息系统和计算机系统而制造的病毒。

　　(7)为了祝贺和求爱。

　　(8)为了得到控制口令。

　　(9)为了防止软件拿不到报酬预留的陷阱。

　　(10)有因政治、军事、宗教、民族等方面的需求而专门编写的病毒。

8.2.2　避免病毒的侵害

　　预防病毒的8点注意事项如下。

　　(1)备好启动软盘,并设置写保护。检查计算机的问题,最好应在没有病毒干扰的环境下进行,才能测出真正的原因或解决病毒的侵入。因此,在安装系统之后,应该及时做一张启动盘,以备不时之需。

　　(2)重要资料,必须备份。资料是最重要的,程序损坏了可重新复制或再买一份,但是自己输入的资料,可能是历年的工作资料或画了3个月的图纸,硬盘坏了或者因为病毒而损坏了资料,会让人欲哭无泪,所以对于重要资料经常备份是绝对必要的。

　　(3)尽量避免在无防毒软件的机器上使用可移动储存介质。一般人都以为不要使用别人的磁盘,即可防毒,但是不随便用别人的计算机使用自己的可移动储存介质也是非常重要的,否则有可能带一大堆病毒回家。

　　(4)使用新软件时,先用扫毒程序检查,可减少中毒机会。

（5）计算机中安装有杀毒及保护功能的软件，将有助于杜绝病毒。

（6）重建硬盘是有可能的，并且救回的几率相当高。若硬盘资料已遭破坏，不必急着格式化，因病毒不可能在短时间内将全部硬盘资料破坏，故可利用杀毒软件加以分析，恢复至受损前状态。

（7）不要在因特网上随意下载软件。病毒的一大传播途径，就是 Internet。病毒潜伏在网络上的各种可下载程序中，如果随意下载、打开，对于制造病毒者来说，可真是再好不过了。因此，不要贪图免费软件，如果实在需要，在下载后执行杀毒软件，彻底检查。

（8）不要轻易打开电子邮件的附件。近年来造成大规模破坏的许多病毒，都是通过电子邮件传播的。不要以为只打开熟人发送的附件就一定保险，有的病毒会自动检查受害人计算机上的通信录，并向其中的所有地址自动发送带毒文件。最妥当的做法是先将附件保存下来不要打开，待用查毒软件彻底检查后再打开。

8.2.3　如何查杀病毒

病毒无孔不入，即使掌握预防病毒的各种方法，也时时受到病毒侵害。一旦感染病毒，应及时杀毒，杀毒最好的环境就是用干净引导盘启动的 DOS。但是，如果每次出现病毒都到 DOS 下杀毒是不科学的。既费时间，又减少 DOS 杀毒盘的寿命。那么，该怎么判断该在什么环境下杀毒呢？

1. 被激活的非系统文件内的病毒

查杀这种病毒很简单，只需要在一般的 Windows 环境下查杀就行了，一般都能将其杀除。

2. 已经被激活或发作的非系统文件内的病毒

在一般 Windows 环境下杀毒，效果可能会大打折扣。虽然现在的反病毒软件都能查杀内存病毒，但是此技术毕竟还未成熟，不一定能歼灭病毒。

因此，查杀此类病毒应在 Windows 安全模式下进行。在 Windows 安全模式下，这些病毒都不会在启动时被激活。

3. 系统文件内病毒

这类病毒比较难缠，所以在操作前要先备份。杀此类病毒一定要在干净的 DOS 环境下进行。有时候还要反复查杀才能彻底清除。

4. 网络病毒

此类病毒必须在断网的情况下才能清除，而且清除后很容易重新被感染！要根除此类病毒必须靠网络管理员的努力了！

5. 感染杀毒厂家有提供专用杀毒工具的病毒

下载免费的专用杀毒工具进行查杀，专用杀毒工具杀毒精确性相对较高。

单靠杀毒是不够的，最重要的是防护！要做到将病毒拒于门外，这样才能真正的安全。所以，选择适合自己的反病毒软件和时刻开启监控很重要，专业的杀毒软件提供实时升级服务，监控最新病毒情况。

8.3　常用杀毒软件的使用

8.3.1　国内杀毒软件

目前国内杀毒软件有瑞星、金山、江民、光华、费尔托斯特安全、微点主动防御、360 杀毒等。这几款杀毒软件各有优缺点。下面以瑞星软件为例介绍杀毒软件的功能、安装及使用。

1. 杀毒软件的功能

（1）系统保护：计算机安全检测、系统加固、漏洞扫描/修补

对操作系统进行全面检查，帮助用户直观地发现系统中存在的漏洞，从而可以加固系统、弥补漏洞，提高系统的健壮性和稳定性。

（2）查杀病毒：已知/未知病毒查杀、病毒强杀、抢先杀毒、嵌入式杀毒。

除对已知病毒进行快速查杀外，还可以对大量未知病毒、恶意程序进行检测和查杀，对顽固的病毒可以采用强杀手段，对通过下载软件、即时通信工具传输的文件，自动进行病毒扫描。

（3）主动防御：恶意行为检测、隐藏进程检测、IE 功能调用拦截、应用程序访问控制主动防御未知病毒，抵御各种网络威胁的入侵。

（4）即时升级：推送式即时升级、手动升级。

提供"即时升级"服务，软件自动检测最新版本、自动升级。

2. 杀毒软件的安装

从网上下载瑞星杀毒软件 2010 免费版，安装步骤如下。

（1）双击瑞星 2010 安装启动文件 ![ravl471771] 单击"运行"按钮，下载完成后，弹出如图 8-6 所示"瑞星杀毒软件"安装向导对话框选择"中文简体"命令，单击"确定"按钮。

（2）单击"下一步"按钮，如图 8-7 所示。

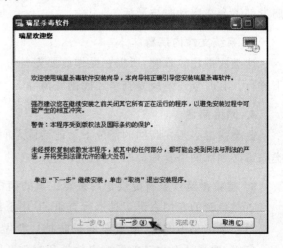

图 8-6　"瑞星杀毒软件"安装(1)　　　　图 8-7　"瑞星杀毒软件"安装(2)

（3）选中"我接受"（用户许可协议）单选按钮，单击"下一步"按钮，如图 8-8 所示。

（4）选择安装模式"完全安装"（或者"最小安装"）单击"下一步"按钮（如图 8-9 所示），在弹出的窗口中选择目标文件夹（直接输入安装位置或单击"浏览"按钮更改路径）单击"下一步"按钮（如图 8-10 所示），在弹出的窗口中选择"开始菜单文件夹"，单击"下一步"按钮（如图 8-11 所示）。

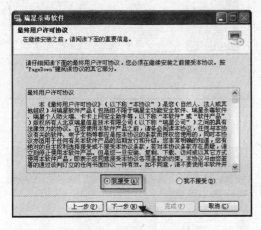

图 8-8　用户许可协议

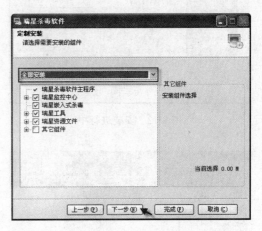

图 8-9　定制安装

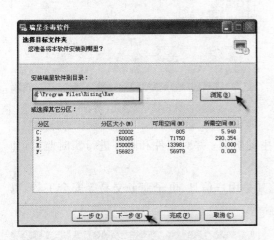

图 8-10　选择安装路径

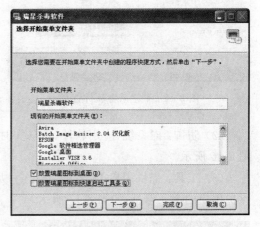

图 8-11　选择开始菜单文件夹

（5）单击"下一步"按钮，直到显示杀毒软件安装过程，如图 8-12 和图 8-13 所示。单击"完成"按钮后，系统重新启动。

系统重新启动后，首先弹出"瑞星配置"向导文件，按照提示配置即可。

3．杀毒软件的使用

瑞星配置文件可以进行系统检测、选择杀毒预警处理方式等，弹出如图 8-14 所示杀毒界面。

（1）杀毒：如图 8-15 所示是对计算机中硬盘、内存、引导区、系统邮件及关键区域进行杀毒，对于发现的病毒可选择"询问我"、"清除病毒"和"不处理"3 种手动查杀方式。

图 8-12　安装进行中

图 8-13　安装完成

图 8-14　瑞星杀毒软件首页

图 8-15　"杀毒"界面

（2）防御：对系统、应用软件、木马实时主动防御；并对文件和邮件进行实时监控，如图 8-16 所示。

（3）工具：提供用户 U 盘、网络安全，尤其是用户信息、电子商务交易等安全工具，以保护用户的个人信息，如图 8-17 所示。

图 8-16　"防御"界面

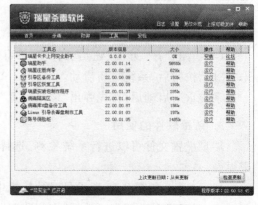

图 8-17　"工具"界面

(4) 安检：综合考察用户计算机的安全设置，给出综合安全评定，并给出建议，如图 8-18 所示。

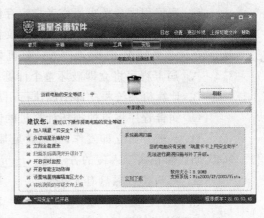

图 8-18 "安检"界面

提示：国内杀毒软件官方网址如下。

瑞星：http://www.rising.com.cn/

金山：http://www.duba.net/

江民：http://www.jiangmin.com/

光华：http://www.viruschina.com/

费尔托斯特安全：http://www.filseclab.com/chs/

微点主动防御：http://www.micropoint.com.cn/

360 杀毒：http://sd.360.cn/

8.3.2 国外杀毒软件

国外杀毒软件主要有：诺顿、卡巴斯基、ESET NOD 32、小红伞、比特梵德(BitDefender)、AVG Anti-Virus(捷克)、迈克菲(McAfee)、趋势、安博士(韩国)等。在实际使用上各有特长，用户可根据个人需要选择下载安装杀毒软件。

安装和使用操作方法与 8.3.1 小节中瑞星软件安装、操作方法类似，这里不再赘述。

提示：国外杀毒软件官方网址如下。

诺顿：http://www.norton.com.cn

卡巴斯基：http://www.kaspersky.com.cn/

ESET NOD 32：http://www.eset.com.cn/

小红伞：http://www.free-av.com/

比特梵德(BitDefender)：http://www.bit361.com/

AVG Anti-Virus：http://free.avg.com/ww-en/homepage

迈克菲(McAfee)：http://home.mcafee.com/Default.aspx

趋势：http://cn.trendmicro.com/cn/home/

安博士：http://www.ahn.com.cn/

习题八

1. 选择题

(1) 计算机病毒是一段可运行的程序，它一般＿＿＿＿＿＿保存在磁盘中。

    A. 作为一个文件   B. 作为一段数据

    C. 不作为单独文件   D. 作为一段资料

(2) 病毒在感染计算机系统时，一般＿＿＿＿＿＿感染系统的。

    A. 病毒程序都会在屏幕上提示，待操作者确认(允许)后

    B. 是在操作者不觉察的情况下

  C. 病毒程序会要求操作者指定存储的磁盘和文件夹后

  D. 在操作者为病毒指定存储的文件名以后

（3）在大多数情况下，病毒侵入计算机系统以后，_____。

  A. 病毒程序将立即破坏整个计算机软件系统

  B. 计算机系统将立即不能执行用户的各项任务

  C. 病毒程序将迅速损坏计算机的键盘、鼠标等操作部件

  D. 一般并不立即发作，等到满足某种条件的时候，才会出来活动、捣乱、破坏

（4）彻底防止病毒入侵的方法是_____。

  A. 每天检查磁盘有无病毒   B. 定期清除磁盘中的病毒

  C. 不自己编制程序   D. 还没有研制出来

（5）以下关于计算机病毒的描述中，只有_____是对的。

  A. 计算机病毒是一段可执行程序，一般不单独存在

  B. 计算机病毒除了感染计算机系统外，还会传染给操作者

  C. 良性计算机病毒就是不会使操作者感染的病毒

  D. 研制计算机病毒虽然不违法，但也不提倡

2. 简答题

（1）什么是病毒？病毒的名称有何规律？

（2）谈谈遇到的病毒以及它对计算机有何破坏。

（3）根据使用计算机的经验，与同学相互交流保护计算机安全的措施。

第 9 章

常用工具软件的使用

计算机中除必不可少的系统软件操作系统之外,在日常使用中,一些常用工具软件也是操作必备。如为了节省存储空间的软件——文件压缩工具;为了优化系统的工具软件——系统优化工具;为了提升网络下载速度的工具软件——网络下载工具;为了播放、编辑各种多媒体文件的工具软件——媒体播放工具;等等。

这些工具软件全面拓展了操作系统的功能,提升了硬件系统的使用率!

本章学习导航:

1. 文件压缩工具
2. 系统优化工具
3. 网络下载工具
4. 媒体播放工具

知识点与能力目标:

1. 文件压缩与解压缩的应用
2. 系统优化的技术指标与优化方法
3. 因特网资源下载
4. 媒体的播放与资源整合

9.1 文件压缩工具

随着计算机技术的不断发展,文件占用的空间越来越大,使保存、交换以及网络上的数据传输耗时越来越多,占用资源过多,从而带来极大的不便。文件压缩工具正是为了解决这些矛盾。文件压缩工具的工作过程是把一个或多个文件通过一定的算法压缩存放在一个特定后缀的管理文件中,从而便于存储和交换。解压缩工具是压缩工具的逆过程,即把压缩的文件解开。

大多数操作系统,包括 DOS、NetWare、Windows NT 等,现在都包含压缩软件。启动自动压缩系统时要注意,一些应用程序由于文件处在压缩状态,如果没有解压缩软件,是不能正常工作的。

9.1.1　压缩工具安装

从网上下载一个压缩工具软件，如 WinRAR。安装非常简单。

双击安装文件，出现如图 9-1 所示安装窗口。选择安装路径，也可以不做修改，直接安装到默认路径，单击"安装"按钮后，开始安装。安装完成后，出现图 9-2 所示界面，可以对程序的关联文件（自动以 WinRAR 程序识别）、界面、外壳整合设置进行自定义设置。

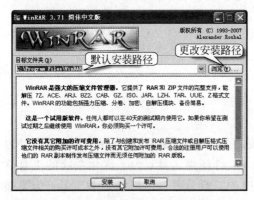

图 9-1　WinRAR 安装窗口

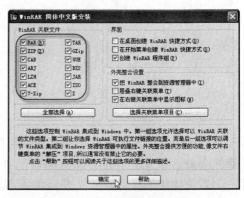

图 9-2　压缩软件设置

9.1.2　压缩工具的基本功能

目前流行的专业文件压缩工具有 WinRAR、WinZIP、7-Zip 等。这些压缩工具具有的基本功能如下。

（1）压缩文件：各种文件传输、转移或存储时，受到网络传输速度、邮件附件大小、磁盘空间等条件的限制。采用文件压缩的方法可以解决以上问题。

（2）分片压缩：有时文件占有空间太大，将一个较大的文件压缩成几个相同大小的压缩文件进行分批发送。到达目的地后，利用解压缩工具合并解压即可。

（3）解压缩文件：对于压缩文件进行解压缩后，才可以正常使用。不同压缩工具支持压缩格式的解压缩也略有不同，如 WinRAR 支持 CAB、ARJ、LZH、TAR、GZ、ACE、UUE、BZ2、JAR、ISO 等多种类型的解压缩。

（4）文件资料加密：文件在移动、传送等过程中，为了保护文件信息以防止被剽窃，可以在压缩文件大小的同时给一个或者一批文件加密。解压时，只有当密码正确时，才可正确解压看到文件信息。

9.1.3　实例操作

传送一批文件，需要保护文件的安全性，下面以 WinRAR 为例介绍。

（1）在选定需要传送的文件上，右击，选择"添加到压缩文件"命令，如图 9-3 所示。如果直接压缩无需密码，可直接选择"添加到总页面.rar"命令。

（2）如图 9-4 所示，在"常规"选项卡中，单击"浏览"按钮，更改压缩文件的保存位置；在"压缩文件名"文本框中可修改压缩文件名。

说明：

① 压缩文件格式：共有两种压缩格式可供选择，"RAR"和"ZIP"。"RAR"格式压缩

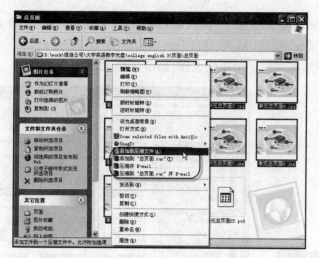

图 9-3　"添加到压缩文件"命令

比高,为 WinRAR 默认格式;"ZIP"为一般压缩格式文件,可直接在 Windows 操作系统下自动解压缩。

　　② 压缩选项:可根据要求选中一个或多个复选框。

 • 压缩后删除源文件。生成压缩文件后,将删除原有文件。
 • 创建自解压格式压缩文件。在压缩文件的同时,会创建类 EXE 文件格式的自解压文件。
 • 解压时无须 WinRAR 安装应用程序,即可自动解压。
 • 创建固实压缩文件。
 • 添加用户身份校验信息。
 • 添加恢复记录。文件一旦毁坏,可根据恢复记录还原文件。
 • 测试压缩文件。测试压缩文件压缩的正确性、完整性。
 • 锁定压缩文件。

　　③ 压缩方式:选择压缩质量和压缩时间。

　　④ 压缩分卷大小,字节:设置分片压缩文件的大小。

(3) 选择"高级"选项卡,打开如图 9-5 所示对话框,单击"设置密码"按钮,设置密码保护。

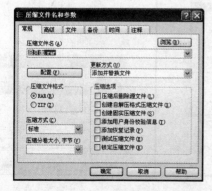

图 9-4　"常规"选项卡

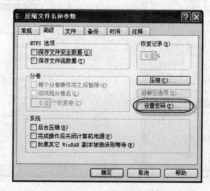

图 9-5　"高级"选项卡

（4）在如图 9-6 所示对话框中，两次输入密码后（可选中"加密文件名"复选框来隐藏文件名称），单击"确定"按钮，回到"高级"选项卡，单击"确定"按钮。

（5）完成压缩后将生成一个压缩文件，如图 9-7 所示。

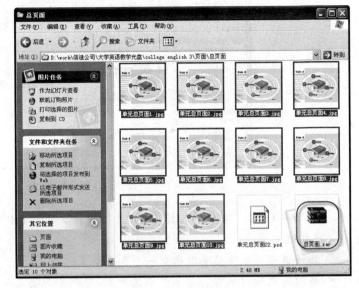

图 9-6　带密码压缩　　　　　　　　　　图 9-7　压缩后的文件

将压缩文件解压缩到原来位置，步骤如下。

（1）在压缩文件上右击，选择"解压到当前文件夹"命令，如图 9-8 所示。

（2）在弹出的如图 9-9 所示对话框中，输入密码。如果密码正确，则解压到当前位置，如图 9-10 所示。反之，则显示解压出错诊断信息，如图 9-11 所示。因在图 9-6 所示操作中，选择了"加密文件名"复选框，所以密码错误，拒绝显示文件名。

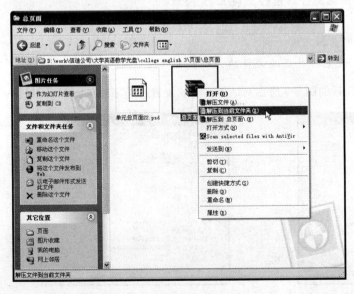

图 9-8　解压缩文件　　　　　　　　　　图 9-9　验证密码

图 9-10　解压文件

图 9-11　密码错误出错提示

（3）删除压缩文件，完成解压过程。

9.2　系统优化工具

在使用计算机时，经常会安装、卸载一些软件；复制、删除诸多文件；安装、卸载各种外部设备，如打印机、绘图仪、摄像头、数码设备等；也可能在使用网络时浏览网页、视频、安装一些临时软件或协议，以便查看网上信息。这些日常性的操作都可能导致计算机中遗留下临时文件、垃圾程序、没有卸载干净的程序等，都可能导致计算机性能下降。

系统优化工具为用户提供了全面的解决方案——系统优化工具能够为系统提供全面有效、简便安全的系统信息检测；系统清理和维护；系统性能优化手段，让计算机系统始终保持在最佳状态。

常用系统优化工具有 Windows 优化大师、Windows 优化王、系统优化大师 V2008 build 等。

9.2.1　系统优化工具安装

系统优化大师 V2008 build 安装过程如下。

（1）双击系统优化工具安装包，单击"下一步"（如图 9-12 所示）按钮，在弹出的窗口中单击"下一步"按钮。

（2）选择安装路径或自定义安装路径，单击"下一步"（如图 9-13 所示）按钮，在弹出的窗口中选择"开始菜单文件夹"，单击"下一步"按钮。

（3）按照安装软件提示选择程序显示等选项，完成安装后，程序运行界面如图 9-14 所示。

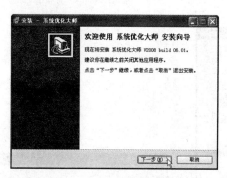

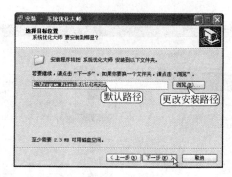

图 9-12　安装系统优化大师　　　　图 9-13　安装路径

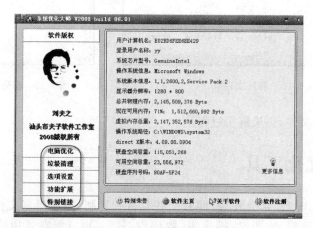

图 9-14　系统优化大师界面

9.2.2　系统优化的基本功能

1. 系统优化

系统优化工具可以迅速达到系统优化目的,包括桌面优化、菜单优化、网络优化、软件优化、系统优化以及禁用设置、选择设置、更改设置等一系列个性化优化及设置选项,如图 9-15 所示。

2. 垃圾清理

可以进行高速地硬盘垃圾文件清理、注册表清理、缓存文件清理及恶意插件清理。清理全面、安全、不影响任何运行性能,如图 9-16 所示。

3. 系统性能优化

可以检测系统的软硬件信息、修改系统禁用项目、系统个性设置及系统项目设置等,如图 9-17 所示。

4. 系统备份及清理

可备份恢复系统、驱动程序,以便系统崩溃后进行系统恢复或驱动程序的重新安装,如图 9-18 所示。

5. 扩展清理

系统优化大师还可以对计算机中的浏览器插件、系统进程加载项、系统内存、系统安装程序项、无效的 ActiveX 和 COM 项目以及系统恶意软件进行清理,如图 9-19 所示。

图 9-15　系统优化选项

图 9-16　垃圾清理

图 9-17　性能优化

图 9-18　系统备份

9.2.3　实例操作

对计算机进行垃圾文件清理,操作步骤如下。

(1) 在桌面上双击系统优化大师快捷图标,打开程序。

(2) 在打开的如图 9-14 所示界面上,单击窗口左侧的"垃圾清理"按钮,打开"垃圾清理"选项。

(3) 依次单击"垃圾文件清理"→"开始检测"→"确定"按钮。显示检测结果,如图 9-20 所示。

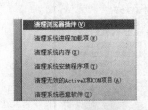
图 9-19　扩展清理

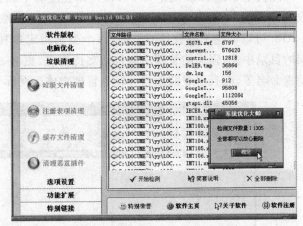
图 9-20　"垃圾文件清理"检测结果

(4) 单击"全部删除"按钮,完成垃圾文件清理。

9.3　网络下载工具

9.3.1　网络下载工具简介

现今,通过因特网可以浏览的各种各样的信息、资料、软件、图片、音频和视频等信息,从网络下载信息限于网络的速度、稳定性及文件大小等缺陷,因此网络下载工具应运而生,网络数字时代,人们对于庞大资料的获取量更使得网络下载工具得到空前发展。

目前,常用的网络下载工具主要有:快车(FlashGet)、迅雷、Web迅雷、超级旋风、电驴(eMule VeryCD)、哇嘎画时代(Vagaa)、比特彗星(BitComet)、比特精灵(BitSpirit)等。

网络下载工具具有如下基本功能。

(1)断点续传,避免断网重传。网络的工作状态不能保证时时连接,有可能因断电、网络阻塞、服务器故障、线路中断等意外的情况导致网络中断,重新连接时,使用普通下载只能重新下载,而网络下载工具的基本功能就是实现断线后的续传!

(2)多线程传输(多点续传),提升下载速度。将文件分成多份同时下载,这样自然可以提升下载速度。

9.3.2　FlashGet/Web迅雷下载文件

目前网页文件下载方面流行的下载软件有FlashGet和Web迅雷软件。

1.　网际快车(FlashGet)

网际快车(FlashGet)的作者侯延堂认为,因特网是一个巨大的"宝藏",充满了可供下载的各种电影、音乐、软件、游戏等资源。然而分布于HTTP、FTP、BT、eMule等不同的下载源的内容,如同将"宝藏"藏于一座座孤岛。如果需要一个一个地去探访,则太耗时间。只有将这些孤岛串联起来,通过一站式服务的下载服务,才能最大限度地节省用户的时间,满足网络下载的需求。

网际快车FlashGet就是为了解决网络速度和下载管理而编写的,它通过把一个文件分成几个部分同时下载可以成倍地提高速度,下载速度可以提高100%～500%。FlashGet可以创建不限数目的类别,每个类别指定单独的文件目录,不同的类别保存到不同的目录中去,强大的管理功能包括支持拖曳、更名、添加描述、查找、文件名重复时可自动重命名等,而且下载前后均可轻易管理文件。网际快车的界面如图9-21所示。

图9-21　网际快车主界面

最新网际快车的特点如下。

(1)车库和资源中心:车库通过管理收藏曾经下载过的影视、音乐、软件、书籍,分享用户对资源的看法,打造用户自己的基地,更有"资源中心"定制最优秀的车库,商业资料、DVD大片等数十种资源纷至沓来。

（2）保障用户系统资源优化：在高速下载的同时，维持超低资源占用，不干扰用户的其他操作；UDCT（Ultra Disk Cache Technology）超磁盘缓存技术全面优化硬盘读写。

（3）杀毒软件自动调用：单击关联流行杀毒软件，文件下载完成后将自动调用用户指定的杀毒软件，彻底清除病毒和恶意软件。

（4）全面提升下载速度及稳定性：大幅减少读写次数，使用 MHT（Multi-server Hyper-threading Transportation）多服务器超线程传输技术，最大限度优化算法，智能拆分下载文件，多点并行传输，并且 UDCT 技术可以全面保护硬盘，下载更快更稳定！

（5）P4S 全面支持 HTTP、FTP、BT 等多种协议：P2P 和 P2S 无缝兼容，全面支持 BT、HTTP 及 FTP 等多种协议。智能检测下载资源，HTTP/BT 下载切换无须手工操作。One Touch 技术优化 BT 下载，获取种子文件后自动下载目标文件，无须二次操作。

网际快车的官方下载地址：http://www.flashget.com/。

2. Web 迅雷

Web 迅雷是迅雷公司最新推出的一款基于多资源超线程技术的下载工具，使用了全网页化的操作界面，更符合因特网用户的操作习惯，如图 9-22 所示。

图 9-22　Web 迅雷界面

Web 迅雷的特点如下。

（1）支持多协议下载：包括 HTTP、FTP、MMS、RTSP、BT、eMULE。

（2）全新的多资源超线程技术，显著提升下载速度。

（3）智能磁盘缓存技术，有效防止了高速下载时对硬盘的损伤。

（4）病毒防护功能，可以和杀毒软件配合保证下载文件的安全性。

（5）提供下载任务的图片和信息描述。

Web 迅雷的官方下载地址：http://dl.xunlei.com/index.htm。

FlashGet 和 Web 迅雷的安装过程简单，按照安装向导一次执行即可完成。这里不再讲解。安装完成后，在下载文件时会自动弹出；在下载页面的地址上右击，快捷菜单中也会有网络下载软件的快捷方式,如图 9-23 所示。

图 9-23　快捷菜单中的网络下载程序

9.3.3　实例操作

使用网络下载工具 FlashGet,下载媒体播放软件 Winamp。操作步骤如下。

(1) 浏览网页,打开 Winamp 软件的下载网页,如图 9-24 所示。

图 9-24　Winamp 下载页面

(2) 从网页中,任选适合网络链接情况的下载地址,也可直接单击"快车用户专用下载"链接地址,弹出 FlashGet "添加新的下载任务"对话框,单击"确定"按钮,如图 9-25 所示。

图 9-25 添加新的下载任务

说明：单击"浏览"按钮自定义下载文件的存储位置。

在"重命名"文本框中可以修改下载软件 Winamp 的名称。

（3）文件下载过程如图 9-21 所示。软件下载完成后，下载的文件转移到"已下载"目录显示，如图 9-26 所示。

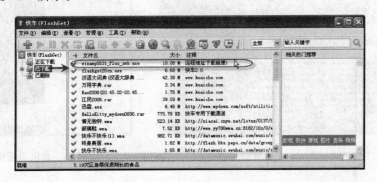

图 9-26 "已下载"目录

9.4 媒体播放工具

媒体播放工具是指能够播放多种音频、视频文件、CD、VCD、DVD 的工具软件，常用媒体播放工具有：Windows Media Player、RealPlayer、RealOne Player、超级解霸、Winamp、Power DVD、暴风影音（Storm Player）等。

这些软件有的是专门软件，如：Power DVD 是专门用来播放 DVD 的；有的是专业音频播放，如：Winamp；还有综合各种媒体的播放，如：Windows Media Player、RealPlayer、RealOne Player、超级解霸、暴风影音（Storm Player）。目前，暴风影音是兼容性较好的媒体播放软件；超级解霸可以实现音频、视频的编辑与管理。

9.4.1 媒体播放工具的类型

1. 音频播放

音频文件格式有：MP1、MP2、MP3、WAV、OGG、WMA、MP4、APE、MIDI、AFX、ASF、AAC、eAAC+、AAC+、TTA、FLAC、MPC、VOC、G721、G726、VYF、M4A、AVI、

RM、RMVB、MPEG、DAT 等。目前常用的音频播放软件有：Winamp、千千静听等。也有在线播放媒体软件，是融歌曲在线播放、下载、歌词同步显示为一体的媒体文件播放器，如：月光宝盒、酷我音乐盒等。

各种媒体播放器，图 9-27 所示为 Winamp 播放器（新版兼具视频播放），通常都会采用可视化图形界面有类似于录音机、DVD 等设备的操作按钮，操作简便。

2. 视频播放

视频文件格式有：AVI、MPEG、MGEG-AVC、WMV、MOV、MKV、QuickTime、Matroska、DIVX、XVID、MP4、ASF、VOB、3GP、iPhone、FLV、RM、RMVB、DAT、VCD、SVCD、DVD、MPG 等。目前常用的视频播放软件大多也兼具音频播放的功能，如：RealPlayer、暴风影音（Storm Player）、超级解霸等。

媒体播放器可以直接双击文件关联打开默认的播放器，也可如图 9-28 所示，使用菜单打开。

图 9-27　Winamp 播放器

图 9-28　暴风影音播放器

3. 音频处理工具

音频处理工具可以实现如下功能。

(1) CD 音轨抓取和转换，能将 CD 音轨直接转换为 MP3、WMA、OGG 和 WAV 格式文件。如：超级解霸的音频解霸、ALO Audio CD Ripper 等。

(2) 从各种流行的视频文件中提取出声音。如：A123 Mobile Ringtone Converter 等。

(3) 对音频格式进行分割、合并及转格式等编辑。如：Absolute MP3 Splitter Converter 等。

(4) 从 MP3、OGG、WAV 等音频文件中截取声音片段转换为手机铃声。如：MP3 超强铃声转换器等。

(5) 提取 DVD 音频为 MP3。如：Plato DVD to MP3 Ripper 等。

4. 视频处理工具

视频处理包括视频格式间的转换、频截图、录制等。如：超级解霸、3GP 手机视频转换王、视频转换大师专业版、AMV 精灵（AMV Fairy）等。

超级解霸软件既可以进行音频、视频的播放，也可以实现视频、音频的处理。图 9-29 所示显示了超级解霸的视频转换工具。

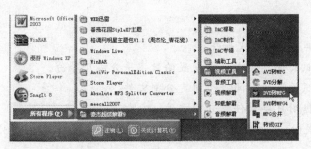

图 9-29　超级解霸视频工具菜单

9.4.2　分割/合并/转换格式

1. 分割

分割就是将一个完整的音频或视频文件分割成几个文件。用户经常希望能够截取声音或视频文件中的某个片段，这就是分割的应用。

下面以 Absolute MP3 Splitter Converter 为例完成分割音频文件操作，具体步骤如下。

（1）在桌面上双击软件 Absolute MP3 Splitter Converter 的快捷方式图标■。打开如图 9-30 所示的程序主界面。

（2）单击"分割"按钮，打开"分割音频文件向导"窗口，单击"浏览"按钮（指定源文件），单击"下一步"按钮，如图 9-31 所示。

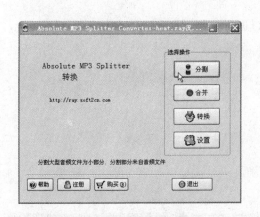

图 9-30　程序主界面

图 9-31　打开分割文件

（3）选择文件"保存格式"和"保存路径"单击"下一步"按钮，如图 9-32 所示。

说明：

① 保存格式：MP3、WAV、WMA、OGG 任选其一。

② 保存路径：可以保存到与源文件相同的路径（默认），也可以自定义文件路径，只需单击"选择"按钮选择路径即可。

（4）选择"分割模式"→"设置"命令，单击▶（"播放"）→ ■ （"设置分割点"）→"下一步"按钮。

说明：

分割模式各单选按钮意义如下。

① 总计：按照文件总大小根据设置的数字平分成几等份。

② 时间：按照设置的时间每个固定分割文件。

③ 设置：根据用户要求任意分割文件。

选择分割模式时，单击几次 ⌚ ，将会分割成几个文件，如图9-33所示。

图9-32　选择保存格式和保存路径

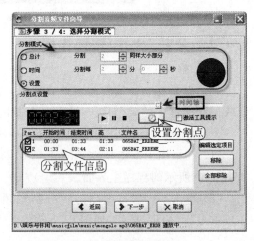

图9-33　选择分割模式

（5）单击"立刻分割"按钮（如图9-34所示）进行分割，分割完成（如图9-35所示）后，单击"确定"按钮。

图9-34　开始分割

图9-35　完成分割

分割文件的结果如图9-36所示。

2. 合并

合并是指将多个音频或视频文件链接合并成为一个文件。

（1）在程序主界面中单击"合并按钮"，如图9-37所示，打开"合并音频文件"窗口，如图9-38所示。

（2）通过"添加文件"命令的先后顺序来决定文件链接的先后顺序，也可以在添加文件后，利用"上移"和"下移"命令来调整。

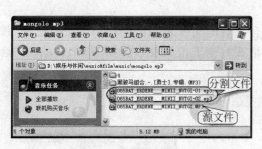

图 9-36 分割结果

图 9-37 程序主界面

（3）在合并文件的同时还可以对文件的格式进行转换。软件提供保存的文件格式有：MP3、WAV、WMA、OGG。

3. 转换格式

音频或视频文件由于移动、传输、播放或缩小文件容量等各种原因由一种格式转换成另外的格式，称为转换格式，如图 9-39 所示。

说明：

（1）可以成批转换音频文件。可以在选择"添加文件"命令时选择多个文件，也可以通过多次选择"添加文件"命令成批选择。

（2）转换格式：MP3、WAV、WMA、OGG。既可以实现 MP3 转换为 WAV、WMA 和 OGG 任何一种格式；也可以实现 WMA 转换为 MP3、WAV、OGG 任何一种格式。以此类推。

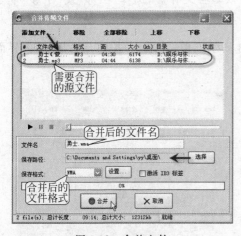

图 9-38 合并文件

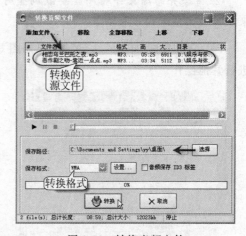

图 9-39 转换音频文件

9.4.3 实例操作

将两个已经分割好的 MP3 文件（使用分割工具，步骤如图 9-30～图 9-35 所示）合并为一个 WMA 文件,操作步骤如下。

(1) 在桌面上双击音频处理程序 ,进入 Absolute MP3 Splitter Converter 主界面,如图 9-39 所示。

(2) 单击"合并"按钮,在弹出的窗口中选择"添加文件"命令,再选择待合并文件,单击"打开"按钮,如图 9-40 所示。

(3) 在"文件名"右侧的文本框中,输入合并后的文件名"背景音乐",单击"选择"按钮,选择保存路径(如图 9-41 所示),在保存格式右侧下拉列表中选择"WMA",单击"合并"按钮,如图 9-42 所示。

图 9-40 "打开"对话框

图 9-41 浏览文件夹

说明:

① 如果需要修改添加的源文件,可以单击选中文件,单击"移除"按钮或者可以单击"全部移除"按钮,然后单击"添加文件"按钮,重新选择源文件。

② 待合并的源文件顺序需要做调整时,可以单击文件后,选择"上移"或"下移"命令来实现向上或者向下移动。

(4) 合并完成,单击"确定"按钮(如图 9-43 所示),单击"取消"按钮,返回程序主界面进行其他操作。

图 9-42 设置合并文件

图 9-43 完成合并文件

习题九

(1) 说说对压缩工具的认识。谈谈使用压缩工具的优点。

(2) 系统优化的功能有什么？

(3) 常用的系统工具主要有哪些？

(4) 列举几种常见的网络下载工具，并且上网查询对于该网络下载工具的评价。

(5) 日常学习生活中，会有需要处理的音频、视频吗？是用何方法解决的？

(6) 简述 Real 10 的功能。

(7) 简述流媒体技术的实现原理。

(8) 利用优化大师进行注册表维护的步骤。

(9) 简述自动优化的使用。

(10) 简述 WinRAR 的特点。

(11) 将桌面上的 xh.rar 文件解压到 D 盘。

第三篇

排 版 技 术

第 **10** 章

基本版式的知识

本章学习导航：

1. 版面设计概述

2. 平面设计的历史发展

3. 版面设计基本知识

知识点与能力目标：

1. 版面设计概念及特点

2. 平面设计的历史发展

3. 版面与排版的基础知识

4. 版面设计的组织原则

5. 排版设计的基本类型

10.1 版面设计概述

10.1.1 版面设计概念和特点

1. 版面设计的概念

版面设计是在一个展示平面（版面）上，运用形式美法则对文字、图形、色彩、形态通过艺术的夸张、变化、排列组合、对比平衡等方法进行有机编排，使其发挥最佳的视觉传达形式和效果，传达某种信息、观念、知识、思想，并能引起人们对视觉对象感的思维、激动、兴奋、求索、共鸣、从而达到设计目的一种直觉性、创造性的活动。

具体地讲，版面设计即指展示版面，书报杂志，包装装潢、招贴、广告、样本、年历、挂历、海报、电影电视片头字幕、书籍、唱片封套等所有平面的视觉传达设计。用一句话概括：一切应用文字和图形设计编排，达到设计目的都可称为版面设计。

2. 版面设计的特点

版面设计与纯艺术或装饰图案，色彩，平面构成或室内装饰的区别在于后者仅是一种有理或无理，有形或无形的艺术装饰，不是有目的传达特定的信息，没有文字编排，而版面设计离不开文字，通常是有目的传播某种信息或思想，它通过艺术形式美感将图形，文字，色彩组合编排应用，通过直接或间接，抽象的视觉效果传播信息，必须是十分明确、正确、有效的。人们通过版面设计的形式感,视觉冲击力,介绍传播某种经济、文化、政治、科学、技术、产品的信息或知识,树立某种形象,扩大某种影响,推销某种商品和技术,传播某种观念,由此版面设计的应用几乎涉及设计的所有领域。

10.1.2 平面设计的历史发展

1. 古代的平面设计发展

平面设计的起源是人类社会走向文明的象征。在人类原始生活逐步走向文明的起始阶段,人与人之间的交流不断发展,这就要求将自身的思想感情用符号形式来传达。从历史资料记载的结绳记事演变到图形符号,标志着人类历史上文明进程中的大转折。在文字出现以前,人类就是依据各种图形符号进行记事与交流,直至图形演变为简单的文字,其中包括世界三大古老文字:中国的甲骨文、两河流域的楔形文字以及埃及的象形文字。三大古老文字成为如今世界文字的发展源头。可以说,文字的出现为日后平面设计的发展奠定了最原始的基础条件。

平面设计发展的历史应该说是从书写、文字的创造开始的。从古代的原始绘画中,人类的祖先创造了各种形象的符号,因而,也逐渐产生了布局、版面等日后平面设计的因素。法国南部拉斯考克地区的山洞中发现的原始人壁画要上溯到公元前 15 000—前 10 000 年,绘画生动,但是没有特别的设计布局,绘画的元素基本上是简练的动物的形象,具有强烈的符号特征。北美洲的印第安人岩画当中,可以看到更加简练、更富于标志化的形象。

一般说来,大约在公元前七八千年,农业经济已经开始在两河流域、现在的泰国北部地区、埃及的尼罗河三角洲、中国的黄河流域与长江流域的下游开始发展起来。农业发展促进了原始人的交流,从而促进了文字的产生。

(1) 两河流域的苏美尔人创造了利用木片在湿泥板上刻画的"楔形"文字(如图 10-1 所示),它出现在大约公元前 3 000 年,基本是象形文字,在公元前 2 000 年发展成熟,最重要的就是"汉谟拉比"法典。古巴比伦时代的泥板文书已具有现代版面编排的某些特点(如图 10-2 所示)。

图 10-1 "楔形"文字　　　　　　图 10-2 泥板文书

（2）古埃及是文字的重要发源地之一。埃及人以本身发展起来的，以图形为中心的象形文字为核心从事记录书写，这类文字称为埃及"象形文字"，象形文字的原意是"神的文字"。这种文字基本上是象形图画式的，在埃及使用时间较长。其中对平面设计影响较大的，也可以被看做是现代平面设计的雏形是在纸莎草书写的文书。这种被称为埃及文书的文字记录，利用横式或者纵式布局，文字本身是象形的，因此插图与文字相互辉映，十分精美。由于在后来的发展中，象形文字对某些抽象的意义显得无能为力，从而一部分就变成了字母。在所有古埃及的文书中，最具平面设计价值的应该是纸草文书，特别是给去世的人书写的《死亡书》，这些书大部分有精美的插图，插图和文字混合，文字纵排，具有高度的装饰特点（如图 10-3 所示）。

（3）中国是世界上文明发生最早的国家。在被发现的新石器时代的一些陶器上已经具有类似的图形。中国文字——汉字是迄今依然被采用的世界上绝无仅有的象形文字。传说夏代早已具有文字，但没有考古发现。但是商、周的甲骨文和金文大量存在。中国文字的最早形态是简单象形的，甲骨文的排列方式是从右到左、从上到下，奠定了中文以后书写的基本规范。与埃及不同，中文早期是以文字为中心的记录和书写排列，早期并没有插图与文字并存的先例，直到清代都没有发生变化。印刷术是古代中国的发明，造纸术在东汉时期就已经发展起来。中国现存最早的印刷品应该是唐代的佛经教义《金刚经》，是在 868 年印刷的。现存的 1249 年的医学著作《本草》一书（如图 10-4 所示），图文并茂，利用字体大小不同标明段落，非常清楚。插图简明扼要，木刻技术成熟，表明中国的印刷和平面设计已经非常成熟。宋代的毕昇发明了活字印刷技术，使中国的出版事业达到新的高峰。

图 10-3 纸草文书《死亡书》

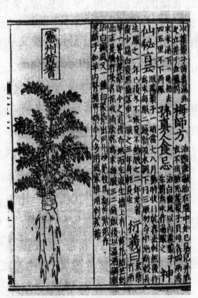

图 10-4 活字印刷《本草》

（4）对于平面设计影响最大的应该是西方字母的发明。西方平面设计的重要特征是与它的文字分不开的：西方的字母表是人类史上一个重要的创造。字母体系最早创造于希腊地区的米诺亚文明。公元前1700年,象形文字就被希腊语言拼音的抽象符号取代。希腊文字和手抄本的高度发展是在公元前500年左右,那是雅典的黄金时代,文学、艺术兴盛,文字更加规范,字体也更加均匀和平衡。

希腊以后的罗马共和国和罗马帝国是古罗马文化的集大成者,罗马取代希腊,成为古典时期的文明中心。罗马的文字则是拉丁文字,因而,标准化的文字是拉丁文字。罗马帝国时期,罗马字体的一个重要特点是出现了装饰线,并因此形成了"罗马饰线体";另一个特点是方形的大写字母——方体。利用扁头笔书写,字体方正,比较正式。与此同时,也出现了手写体"方形拉斯提克体",这种字体相当紧密,比较节省空间,书写较快。

公元4世纪,罗马的手抄本具有两个明显的特征:广泛采用插图和进行书籍、字体的装饰。而中世纪时期的手抄本具有更高的象征功能、装饰功能、崇拜功能。同时书籍也出现了装饰华贵的大写第一个字母,出现了与内容密切相关的插图。

2. 中世纪平面设计的发展

(1)古典风格的存在和有限发展:中世纪利用羊皮纸替代埃及的纸草,以长方形的书页进行布局,文字采用方形拉斯提克体,插图往往采用红色作边框,宽度与文字部分相同,工整地排在文字的上方。

(2)凯尔特人的书籍设计:凯尔特人的书籍具有强烈的装饰特点,色彩绚丽,往往把手写字母装饰得非常大和华贵,书籍的插图都是图案式的,插图具有比较宽阔的装饰边缘环绕,每一页都被视为一页独立的艺术品。

(3)卡罗林时代平面设计的复兴:公元789年,国王查理曼发布命令,以统一整个欧洲书籍的版面标准、字体标准、装饰标准。

(4)西班牙的图画表现主义风格发展:书籍抄本具有强烈的装饰风格,复杂插图装饰,书籍四周有华贵的阿拉伯风格图案花边装饰;并在公元945年出现了完全以图案为中心的装饰扉页,扉页采用非常工整的几何图案布局,色彩绚丽。

(5)中世纪晚期的宗教读物装饰手抄本:书籍在这时期达到一个高峰,读者的范围扩大,手抄本的标准化成为重要的问题之一。《启示录》是由插图和文字合并组成的。插图往往以比较工整的方形安排在每页的上半部分,下半部分则是文字(现代字体),字体具有比较花哨的装饰笔画的头尾,风格古朴。

3. 文艺复兴时期的平面设计

文艺复兴在欧洲开始于14世纪,从文学、艺术上的特点看是古罗马、古希腊的风格加以发挥,而实际上是欧洲资本主义的萌芽,是人文主义的发展。

意大利的文艺复兴在佛罗伦萨和威尼斯都有相当的发展,达·芬奇、米开朗琪罗和拉斐尔的创作都是在佛罗伦萨进行的,但是威尼斯是平面设计和印刷设计的中心。

意大利文艺复兴在设计上的一个特点是对于花卉图案装饰的喜爱,这个时期的家具、建筑、抄本都广泛地采用卷草花卉图案,文字外部全部用这类图案环绕。

科学书籍和宗教书籍同时盛行是意大利文艺复兴时期出版业的特点。玛努提斯是意大利文艺复兴时期印刷和平面设计的重要代表人物,他的书籍,比较少用插图,集中于文字的编排,比较讲究工整、简洁,首写字母装饰是主要的因素,往往采用卷草环绕首写字母。1501 年,他首创"口袋本",这是世界上第一本采用斜体的书籍(如图 10-5 所示)。

文艺复兴时期,欧洲以法国的巴黎、德国的纽登堡、意大利的威尼斯、瑞士的巴塞尔等平面印刷设计事业出现兴盛的局面。特别是意大利的平面设计事业很有特色,社会对花卉图案特别钟爱,与此同时,意大利很多早期的印刷匠人为自己的印刷工厂设计了商标,开创了商标设计和使用的先河。在字体设计方面,意大利人波多尼主力设计了一种美感很强的"现代"字体,该字体有较强的粗细线条对比,在易读性和审美性上达到很高的造诣,至今被世界各国重视与应用。1609 年德国出现了世界上第一份报纸,后发展成为每日出版的《阿维沙关系报》,不久报纸成为德国以及欧洲各国的主要出版物,报纸由此成为信息交流不可缺少的重要媒介。随后的维多利亚时期,英国国力达到登峰造极的地步,各个方面都呈现欣欣向荣的局面,繁荣的社会环境影响到设计方面,浪漫主义倾向盛行(如图 10-6 所示)。

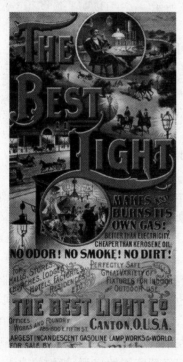

图 10-5　口袋本

图 10-6　《阿维沙关系报》

4. 近现代的平面设计发展

西方近代平面设计之所以在世界产生影响,可从两方面来论证。

(1) 一方面是现代艺术对平面设计的深远影响。现代艺术并非是单方面的艺术流派,而是一种复杂的社会思潮,它深刻地影响了西方的意识形态,同时也影响了其他领域。现代艺术领域中各种流派,如野兽派,立体主义、超现实主义、未来主义以及反传统美学思想的达达主义,都是在当时的政治、文化、经济背景中形成。时势造英雄,这个时代不但产生了像毕加索(立体主义)、布拉克(野兽主义代表)以及未来主义创始人意大利菲利波·特马索·马里内蒂等一代有思想的艺术家,而且这些流派深深地影响了当时的艺术思潮,不但在绘画方面,而且在文学、建筑、戏剧等方面带来了无限的刺激与思潮,这个时代的平面设计的海报、讽刺漫画、插图、插画以及书籍、报纸无不反映着时代的思潮,尤其是立体派的绘画技巧鲜明地表现了"装饰艺术"中的平面设计风格,而且这些都为平面设计进入现代奠定了基础。

（2）另一方面受工业革命的影响,欧洲及世界各地都在不同程度地进入到经济发展时代,尤其是英美工业技术发展迅速,新的技术、设备不断发明,极大地促进了生产力的发展,同时也为人们生活带来了极大的冲击。这个时期的平面设计有两个突出的特点:一是为了适应生产与销售的要求,商品包装和户外广告开始盛行,海报及报纸更加趋向商业化;二是商业的冲击带来的社会需求,新设计的日用品和装饰品大量出现。图 10-7 所示是德国霍尔戈·马蒂斯的设计作品。

图 10-7　德国霍尔戈·马蒂斯的海报

19 世纪 70 年代的巴黎,已成为欧洲大众传媒中心,也是现代海报的产生地。值得一提的是法国海报先驱朱利斯·查理德发明的"三色版印刷工艺",这种印刷方式通过 3 套印刷(红黄蓝)达到丰富的印刷效果,它利用纸张的机理产生丰富的变化,尤其结合文字图形,使海报引人注目。这种石版印刷的海报形式至少影响了近一个世纪,并有现代广告先驱之称。

20 世纪初,德国著名建筑家、设计理论家、设计教育先驱沃尔特·格罗佩斯创办包豪斯学院,在欧洲近半个世纪的现代主义探索中,包豪斯学院集中了各国对现代主义探索与试验的成果,如荷兰的"风格派",苏联的"构成主义",德国的"现代主义"。"包豪斯"成为现代设计运动的中心,至今仍然影响深远。

第二次世界大战后,企业形象设计在全球开始盛行。当时美国的工业和商业蓬勃发展、国际贸易市场竞争日趋激烈,部分发展中国家也加入到竞争行列,科技的进步和生产力的提高,促使社会商品总量增大和更加丰富多彩,刺激了消费市场。这种趋势迫使商品生产者和商品经营者在提供优质商品的同时还要在信誉、服务等方面开辟新的经营之道,以扩大市场的份额。由于市场竞争而诱导企业内部经营范围的变更、机构的改组、兼并与被兼并等,都需要寻求一种形象力的整合与统一,对外创建自身形象,对内增进员工的向心力,以此提升竞争力。在上述的新情况下,一些大型企业开始从传统的产品广告中超脱出来,尝试策划品牌效应,以此创造产品的附加值。20 世纪 50 年代初,美国 IBM 公司率先对企业形象作一次全盘规划,为 IBM 公司设计了一套系统的、新颖独特的企业形象识别符号,并撰写了一篇企业形象视觉传播的专题论文。其中提出:"经由重复不断地出现的统一识别符号,将可获得以乘积相统计的数学效果。"尔后,企业形象设计风潮在美国、德国及欧洲各国开始兴起,20 世纪 60 年代被日本企业家所采纳,并融入企业管理中,创建了企业理念识别系统、企业行为识别系统与企业视觉识别系统为一体的亚洲式 CIS 企业形象识别系统,尔后,传入韩国以及中国的香港和台湾地区,20 世纪 80 年代初期进入中国内地,这就是当今每天都在谈论的企业形象识别系统 CIS 战略体系。

10.2　版面设计基本知识

10.2.1　版面与排版的基础知识

版面与排版基础知识主要包括版面构成要素、排版技术术语、校对符号的作用及各种版式处理等。这些知识是激光照排工艺中不可缺少的重要组成部分。一名合格的工艺设计人员和操作员只有掌握"排版语言"和一些排版工艺知识,才能达到高效率和高质量的目的。

版面指在书刊、报纸的一面中图文部分和空白部分的总和,即包括版心和版心周围的空白部分书刊一页纸的幅面。通过版面可以看到版式的全部设计,版面构成要素如图 10-8 所示。

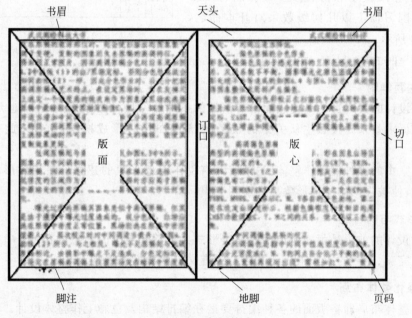

图 10-8　版面构成

（1）版心

版心位于版面中央、排有正文文字的部分。

书刊版心大小是由书籍的开本决定的,版心过小容字量减少,版心过大有损版式的美观。一般字与字间的空距要小于行与行间空距;行与行间的空距要小于段与段间的空距;段与段间的空距要小于四周空白。版心的宽度和高度的具体尺寸,要根据正文用字的大小、每面行数和每行字数来决定。而每面行数又受行距的影响。印刷标准术语中将字行与字行之间的空白称为行间,行中心线与行中心线的距离称为行距。

（2）书眉

书眉排在版心上部的文字及符号统称为书眉。它包括页码、文字和书眉线,一般用于检索篇章。

（3）页码

书刊正文每一面都排有页码，一般页码排于书籍切口一侧。印刷行业中将一个页码称为一面，正反面两个页码称为一页。

（4）注文

注文又称注释、注解，是对正文内容或对某一字词所作的解释和补充说明。排在字行中的称夹注，排在每面下端的称脚注或面后注、页后注，排在每篇文章之后的称篇后注，排在全书后面的称书后注。在正文中标识注文的号码称注码。

（5）开本

版面的大小称为开本，开本以全张纸为计算单位，全张纸裁切和折叠多少小张就称多少开本。我国习惯上以几何级数来对开本命名，如图10-9所示。

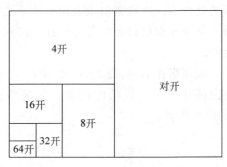

图10-9　开本

10.2.2　版面设计的组织原则

1. 主题鲜明

版式设计的最终目的是使版面具有清晰的条理性，用悦目的组织来更好地突出主题，达到最佳诉求效果。按照主从关系的顺序，使放大的主体形成视觉中心，以此表达主题思想。

将文案中的多种信息作整体编排设计，有助于主体形象的建立。在主体形象四周增加空白量，使被强调的主体形象更加鲜明突出。

2. 形式与内容统一

版式设计的前提是版式所追求的完美形式必须符合主题的思想内容。

通过完美、新颖的形式来表达主题。没有文字的版面是最难设计的。

3. 强化整体布局

强化整体布局即将版面的各种编排要素在编排结构及色彩上作整体设计。

加强整体的结构组织和方向视觉秩序，如水平结构、垂直结构、斜向结构、曲线结构。

加强文案的集合性。将文案中的多种信息合成块状，使版面具有条理性。加强展开页的整体性，无论是产品目录的展开版，还是跨页版，均为同一视线下展示，因此，加强整体性可获得更良好的视觉效果。

10.2.3　版面构成的原则

1. 艺术性与装饰性

为了使版面构成更好地为版面内容服务，寻求合乎情理的版面视觉语言显得非常重要，也是达到最佳的体现。构思立意是设计的第一步，也是设计作品中所进行的思维活动。主题明确后，版面色图布局和表现形式等则成为版面设计艺术的核心，也是一个艰辛的创作过程。怎样才能达到意新、形美、变化而又统一，并具有审美情趣，这就要取决于设计者文化的涵养。所以说,版面构成是对设计者的思想境界、艺术修养、技术知识的全面检验。

版面的装饰因素是文字、图形、色彩等,通过点、线、面的组合与排列构成的,并采用夸张、比喻、象征的手法来体现视觉效果,既美化了版面,又提高了传达信息的功能。装饰是运用审美特征构造出来的。不同类型的版面信息,具有不同方式的装饰形式,它不仅起着排除其他,突出版面信息的作用,而且又能使读者从中获得美的享受。

2. 思想性与单一性

版面设计本身并不是目的,设计是为了更好地传播客户信息的手段。设计师以往中意自我陶醉于个人风格以及与主题不相符的字体和图形中,这往往是造成设计平庸失败的主要原因。一个成功的版面构成,首先必须明确客户的目的,并深入去了解、观察、研究与设计有关的方方面面。简要地咨询则是设计良好的开端。版面离不开内容,更要体现内容的主题思想,用以增强读者的注目力与理解力。只有做到主题鲜明突出,一目了然,才能达到版面构成的最终目标。主题鲜明突出是设计思想的最佳体现。

平面艺术只能在有限的篇幅内与读者接触,这就要求版面表现必须单纯、简洁。对过去的那种填鸭式的、含意复杂的版面形式,人们早已不屑一顾了。实际上强调单纯、简洁,并不是单调、简单,而是信息的浓缩处理,内容的精炼表达,这是建立于新颖独特的艺术构思上。因此,版面的单纯化,既包括诉求内容的规划与提炼,又涉及版面形式的构成技巧。

3. 趣味性与独创性

版面构成中的趣味性,主要是指形式美的情境。这是一种活泼性的版面视觉语言。如果版面本无多少精彩的内容,就要靠制造趣味取胜,这也是在构思中调动了艺术手段所起的作用。版面充满趣味性,会使传媒信息如虎添翼,起到了画龙点睛的传神功力,从而更吸引、打动人。趣味性可通过采用寓言、幽默和抒情等表现手法来获得。

独创性原则实质上是突出个性化特征的原则。鲜明的个性是版面构成的创意灵魂。一个版面多是单一化与概念化的大同小异,人云亦云,可想而知,它的记忆度有多少? 更谈不上出奇制胜。因此,要敢于思考,敢于别出心裁,敢于独树一帜,在版面构成中多一点个性而少一些共性,多一点独创性而少一点一般性,才能赢得消费者的青睐。这种独特的版面诉求,能给读者以视觉的惊喜。

4. 整体性与协调性

版面构成是传播信息的桥梁,所追求的完美形式必须符合主题的思想内容,这是版面构成的根基。只讲表现形式而忽略内容,或只求内容而缺乏艺术表现,版面都是不成功的。只有把形式与内容合理地统一,强化整体布局,才能取得版面构成中独特的社会和艺术价值,才能解决设计应说什么,对谁说和怎么说的问题。

强调版面的协调性原则,也就是强化版面各种编排要素在版面中的结构以及色彩上的关联性。通过版面的文图间的整体组织与协调性的编排,使版面具有秩序美、条理美,从而获得更良好的视觉效果。

10.2.4　排版设计的基本类型

1. 骨骼型

骨骼型是一种规范的理性的分割方法。常见的骨骼有竖向通栏、双栏、三栏、四栏和横向通栏、双栏、三栏和四栏等,一般以竖向分栏为多。在图片和文字的编排上则严格按照骨骼比例进行编排配置,给人以严谨、和谐、理性的感觉。骨骼经过相互混合后的版式,既理性、条理,又活泼而具弹性。

2. 满版型

版面以图像充满整版,主要以图像为诉求,视觉传达直观而强烈。文字的配置压置在上下、左右或中部的图像上。满版型给人以大方、舒展的感觉,是商品广告常用的形式。

3. 上下分割型

把整个版面分为上下两个部分,在上半部分或下半部分配置图片,另一部分则配置文案。配置有图片的部分感性而有活力,文案部分则理性而静止。上下部分配置的图片可以是一幅或多幅。

4. 左右分割型

把整个版面分割为左右两个部分,分别在左或右配置文案。当左右两部分形成强弱对比时,则造成视觉心理的不平衡。这仅仅是视觉习惯上的问题,也自然不如上下分割的视觉流程自然。不过,倘若将分割线虚化处理,或用文字进行左右重复或穿插,左右图文则变得自然和谐。

5. 中轴型

将图形作水平或垂直方向的排列,文案以上下或左右配置。水平排列的版面给人稳定、安静、和平与含蓄之感。垂直排列的版面给人强烈的动感。

6. 曲线型

图片或文字在版面结构上作曲线的编排构成,产生节奏和韵律。

7. 倾斜型

版面主体形象或多幅图版做倾斜编排,造成版面强烈的动感和不稳定因素,引人注目。

8. 对称型

对称的版式给人稳定、庄重理性的感觉。对称有绝对对称和相对对称之分,一般多采用相对对称,以避免过于严谨。对称一般以左右对称居多。

9. 中心型

中心型有 3 种概念。

① 直接以独立而轮廓分明的形象占据版面中心。

② 向心:视觉元素向版面中心聚拢的运动。

③ 离心:犹如将石子投入水中,产生一圈圈向外扩散的弧线运动。

中心型版式产生视觉焦点,使强烈而突出。

10. 三角型

在圆形、四方形、三角形等基本形态中,正三角形(金字塔形)是最具安全稳定因素的形态,而圆形和倒三角形则给人以动感和不稳定感。

11. 并置型

将相同或不同的图片作大小相同而位置不同的重复排列。并置构成的版面有比较、说解的意味,给予原本复杂喧嚣的版面以次序、安静、调和与节奏感。

12. 自由型

自由型结构是无规律的、随意地编排构成,有活泼、轻快之感。

13. 四角型

四角型指在版面四角以及连接四角的对角线结构上编排的图形。这种结构的版面,给人以严谨、规范的感觉。

习题十

(1) 什么是版面设计,版面设计有哪些特点?

(2) 文字排版经历了哪几个时期?

(3) 简述版心、书眉、开本和注文概念。

(4) 排版的基本原则有哪些?

(5) 常用的基本版式是骨骼型、_____、上下分割型、中轴型、曲线型、_____、_____、对称型、中心型、三角型、_____、自由型、_____。

第 **11** 章

常用公函和办公文件的处理

本章学习导航:

1. 公函的格式

2. 常用办公文件的格式

知识点与能力目标:

1. 公函的书写格式

2. 公函的排版

3. 常用办公文件的格式

4. 常用办公文件的排版

11.1 公函的处理

11.1.1 公函的格式

1. 公函的案例

在日常工作中,正确的书写公函和公函的排版对大学生而言是非常重要的,也是最基本的技能。图 11-1 所示为一个公函示例。

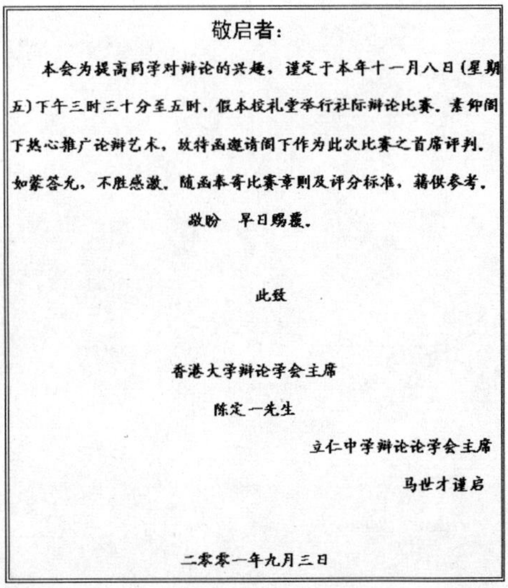

2. 公函的书写格式

(1) 公函分类

① 按性质分,可以分为公函和便函两种。公函用于机关单位正式的公务活动往来;便函则用于日常事务性工作的处理。便函不属于正式公文,没有公文格式要求,甚至可以不要标题,不用发文字号,只需要在尾部署上机关单位名称、成文时间并加盖公章即可。

② 按发文目的分,可以分为发函和复函两种。发函即主动提出了公事事项所发出的函,复函则是为回复对方所发出的函。

敬启者:

本会为提高同学对辩论的兴趣,遂定于本年十一月八日(星期五)下午三时三十分至五时,假本校礼堂举行社际辩论比赛。素仰阁下热心推广论辩艺术,故特函邀请阁下作为此次比赛之首席评判。如蒙答允,不胜感激。随函奉寄比赛章则及评分标准,藉供参考。

敬盼 早日赐覆。

此致

香港大学辩论学会主席

陈定一先生

立仁中学辩论论学会主席

马世才谨启

二零零一年九月三日

图 11-1 公函示例

（2）公函的写作格式

① 标题：公函的标题一般有两种形式：一种是由发文机关名称、事由和文种构成；另一种是由事由和文种构成。

② 主送机关：即受文并办理来函事项的机关单位，于文首顶格写明全称或者规范化简称，其后用冒号。

③ 正文：其结构一般由开头、主体、结尾、结语等部分组成。

- 开头。主要说明发函的缘由。一般要求概括交代发函的目的、根据、原因等内容，然后用"现将有关问题说明如下："或"现将有关事项函复如下："等过渡语转入下文。复函的缘由部分，一般首先引叙来文的标题、发文字号，然后再交代根据，以说明发文的缘由。

- 主体。这是函的核心内容部分，主要说明致函事项。函的事项部分内容单一，一函一事，行文要直陈其事。无论是商洽工作，询问和答复问题，还是向有关主管部门请求批准事项等，都要用简洁得体的语言把需要告诉对方的问题、意见叙写清楚。如果属于复函，还要注意答复事项的针对性和明确性。

- 结尾。一般用礼貌性语言向对方提出希望。或请对方协助解决某一问题，或请对方及时复函，或请对方提出意见或请主管部门批准等。

- 结语。通常应根据函询、函告、函商或函复的事项，选择运用不同的结束语。如"特此函询（商）"、"请即复函"、"特此函告"、"特此函复"等。有的函也可以不用结束语，如属便函，可以像普通信件一样，使用"此致"、"敬礼"。

- 结尾落款。一般包括署名和成文时间两项内容。署名机关单位名称，写明成文时间年、月、日，并加盖公章。

（3）撰写函件应注意的问题

函的写作，首先要注意行文简洁明确，用语把握分寸。无论是平行机关或者是不相隶属的行文，都要注意语气平和有礼，不要倚势压人或强人所难，也不必逢迎恭维、曲意客套。至于复函，则要注意行文的针对性，答复的明确性。

其次，函也有时效性的问题，特别是复函更应该迅速、及时。像对待其他公文一样，及时处理函件，以保证公务等活动的正常进行。

11.1.2　公函的排版

1. 设置版面

页面设置是公函排版中首先要做的工作，不论哪个印刷软件，都会提供这一功能。

在 Word 中进行页面设置更加简单。只要选择菜单栏中的"文件"→"页面设置"命令（如图 11-2 所示），就可以打开"页面设置"对话框（如图 11-3 所示），对页面进行设计。

（1）设置纸张大小

设计纸张大小的目的就是要满足印刷的要求，因此最好将版式尺寸大小设置为与成品尺寸相同。当然，如果文档不用于印刷，那么可以自由地根据实际需要定义纸张的大小。

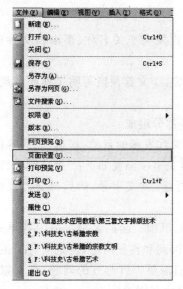

图 11-2　"文件"菜单

图 11-3　"页面设置"对话框

目前流行的出版物成品大小有如下几种。

① 标准 16 开,185mm×260mm。

② 国际大 16 开,210mm×297mm。

③ 国际大 18 开,185mm×230mm。

④ 标准 32 开,130mm×185mm。

⑤ 大 32 开,140mm×203mm。

在"纸张大小"选项组中可以选择提供的纸型（如图 11-4 所示）。

（2）设置版心

页边距的设计实际上就是设计版心。所谓版心就是指出版物正文所在的页面范围,它通过定义纸张大小后,再对页边距进行设定后得到（如图 11-5 和图 11-6 所示）。版心位于页面的正中位置。

图 11-4　设置纸张大小

2. 设置内文的字体、字号和行距

一般的公函标题设置为二号黑体,内文字体设为四号仿宋,行间距为 1.5 倍。

11.1.3　实例操作

下面就以前文的公函案例为实例讲解公函的排版。

具体操作如下。

1. 设置页面和版心

（1）选择"文件"→"页面设置"命令,在打开的对话框中选择"纸张"选项卡,设定纸张大小为 A4 幅面（如图 11-7 和图 11-8 所示）。

（2）选择"页边距"选项卡,设置边距,如图 11-9 所示。

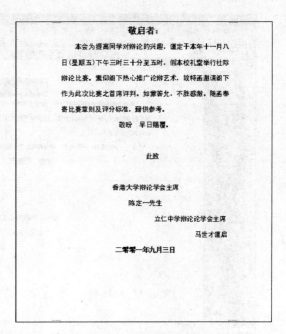

图 11-5 "页面设置"对话框(3)　　　　　图 11-6 显示效果

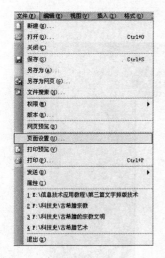

图 11-7 页面设置　　　图 11-8 "纸张"设置　　　图 11-9 "页边距"选项卡

2. 设置字体、字号和行间距

(1) 将标题设置为二号黑体(如图 11-10 所示)。

(2) 把内文字体设为四号仿宋(如图 11-11 所示)。

(3) 设置行间距,调整版面行列位置。选择"格式"→"段落"命令(如图 11-12 和图 11-13 所示)。

最后排版效果如图 11-14 所示。

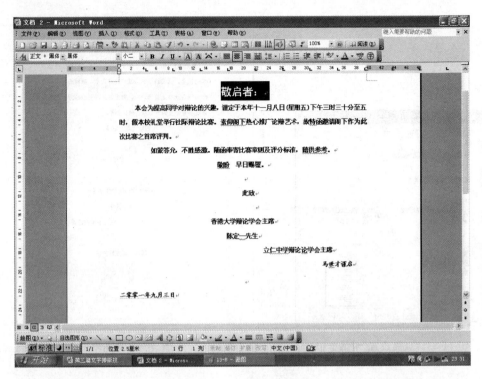

图 11-10 设置标题字体

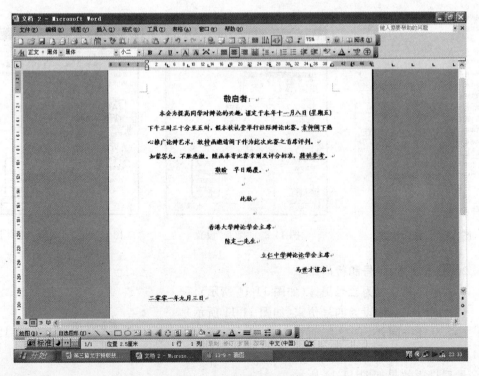

图 11-11 设置内文字体

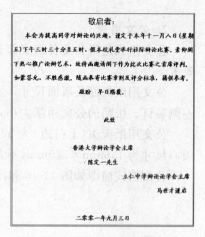

图 11-12　"格式"菜单　　　图 11-13　"段落"对话框　　　图 11-14　排版效果

11.2　常用办公文件的处理

11.2.1　办公文件的格式

1. 公文的案例

在日常工作中,常常会见到学院机关和政府机关的办公文件,如何对学院和政府机关的文件进行排版是大学生要掌握的重要的,也是基本的技能,图 11-15 所示是一个学院机关所发文件示例。

图 11-15　学院机关所发文件示例

2. 公文格式

公文格式是指公文各组成部分的写作要求和标识规则,还包括用纸、装订和文字排列要求。

公文用纸幅面及版面尺寸:公文用纸一般采用国际标准 A4 型(210mm×297mm),左侧装订。张贴的公文用纸大小,根据实际确定。

公文用纸天头(上白边)为 37mm±1mm;公文用纸订口(左白边)为 28mm±1mm;版心尺寸为 156mm×225mm(不含页码)。

公文格式简图如图 11-16 和图 11-17 所示。

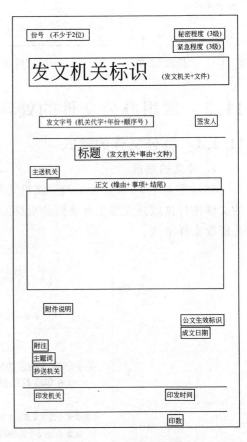

图 11-16　公文格式简图(1)　　　　　图 11-17　公文格式简图(2)

置于公文首页红色反线(宽度同版心,即 156mm)以上的各要素统称眉首;置于红色反线(不含)以下至主题词(不含)之间的各要素统称主体;置于主题词以下的各要素统称版记。之所以这样划分,是为了叙述方便,更重要的是这 3 个部分各有其特点,具有其相对的独立性,界限比较明显。

眉首的特点是位置相对固定。掌握了眉首所含各要素位置,就可以设计文件的"红头"部分。

主体的特点是位置经常变动,依公文内容的长短而定。由于公文实质性的内容均在此部分,所以称为"主体"。

版记的特点是位置要依公文主体的构成而定。由于按规定公文要双面印刷,版记的位置有一个位于哪一面的问题;如果公文有附件,版记还有一个放在正文后还是放在附件之后的问题。因此,版记有必要作为一个单独部分加以叙述。

11.2.2　办公文件的排版

1. 公文的版面设置

(1) 正文版式规格

公文文字从左至右横写、横排。在民族自治地方,可以并用汉字和通用的少数民族文字(按其习惯书写排版)。

① 公文用纸幅面尺寸:公文用纸张采用 GB/T 148 中规定的 A4 型纸,其成品幅面尺寸为 210mm×297mm,尺寸的允许偏差见 GB/T 148。

② 公文页边与版心尺寸:公文用纸天头(上白边)为,37mm±1mm;公文用纸订口(左白边)为,28mm±1mm;版心尺寸为,156mm×225mm(不含页码)。

③ 公文中图文的颜色:未作特殊说明公文中图文的颜色均为黑色。

(2) 眉首版式规格

① 公文份数序号:用阿拉伯数码顶格标识在版心左上角第 1 行。

② 秘密等级和保密期限:用三号黑体字,顶格标识在版心右上角,第 1 行,两字之间空一字,用三号黑体字,顶格标识在版心右上角第 1 行,秘密等级和保密期限之间用"★"隔开。

③ 紧急程度:用三号黑体字,顶格标识在版心右上角。第 1 行,两字之间空一字;用三号黑体字,顶格标识在版心右上角第 1 行,紧急程度顶格标识在版心右上角第 2 行。

④ 发文机关标识:由发文机关全称或规范化简称后加"文件"组成;对一些特定的公文可只标识发文机关全称或规范化简称。发文机关标识上边缘至版心上边缘为 25mm。发文机关标识使用小标宋体字,用红色标识。字号由发文机关以醒目美观为原则酌定,但一般应小于 22mm×15mm(高×宽)。

(3) 公文排版的版面格式

公文的基本版式要求如图 11-18 和图 11-19 所示。

2. 公文版式的字体、字号和行距

(1) 文头的字体:大号黑体字、黑变体字或标准体、宋体字套色(一般为红色)。

(2) 发文字号的字体:三号或四号仿宋体。

(3) 标题的字体:宋体、黑体,二号字。

(4) 正文用三号仿宋体字,一般每面排 22 行,每行排 28 个字。

(5) 未作特殊说明,公文中正文的颜色均为黑色。公文在一般情况下,除了发文机关标识、眉首的反线和发文机关印章为红色外,其余部分均为黑色。

(6) 主送机关的字体:三号或四号仿宋体。

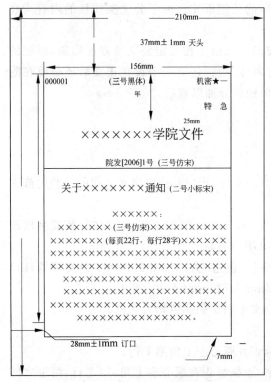

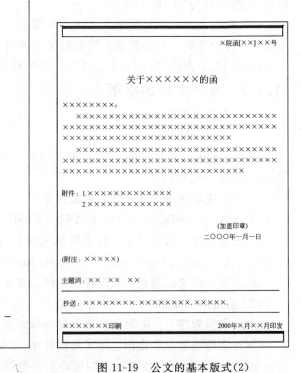

图 11-18 公文的基本版式(1)   图 11-19 公文的基本版式(2)

11.2.3 实例操作

1. 设置页面和版心

(1)选择"文件"→"页面设置"命令,在打开的对话框中选择"纸张"选项卡,设定纸张大小为 A4 幅面,如图 11-7 和图 11-8 所示。

(2)选择"页边距"选项卡,设置页边距,如图 11-9 所示。

2. 设置字体、字号和行间距

(1)设定公文的字体和字号(如图 11-20 所示)。

(2)设定字距和行距(如图 11-21 和图 11-22 所示)每页 22 行,每行 28 字。

(3)设定抄报部分的字体。

① 作者的字体:字体字号与正文相同(三号或四号仿宋体);

② 日期的字体:字体字号与正文相同(三号或四号仿宋体);

③ 主题词的字体:常用三号或四号黑体;

图 11-20 "字体"对话框

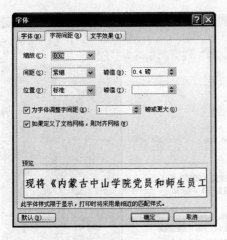

图 11-21　"字符间距"选项卡　　　　　图 11-22　"缩进和间距"选项卡

④ 印发说明的字体：与抄送机关的字体字号相同（常用三号或四号仿宋体）或小一号的文字。

（4）给抄报部分设定下划线，单击格式工具栏中的"下划线"按钮（如图 11-23 所示）。

图 11-23　"下划线"按钮

最后排版效果如图 11-24 和图 11-25 所示。

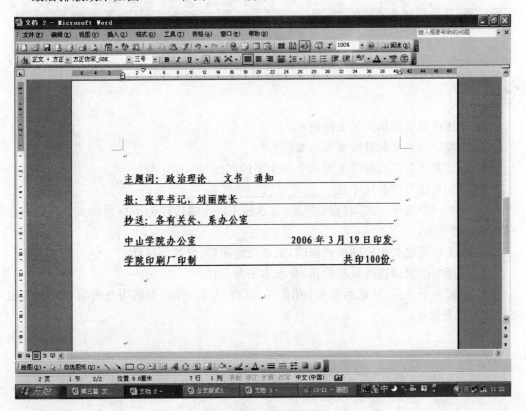

图 11-24　显示编辑窗口

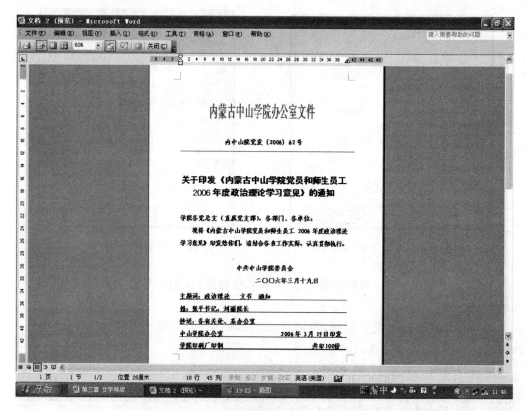

图 11-25　预览窗口

习题十一

（1）简述所见学院机关公文的格式。

（2）学院机关公文的排版要求有哪些？

（3）简述常用学院政府公文中的各种文字的名称和字体字号。

（4）公文页边与版心尺寸是_____、_____和_____。

（5）创建一个简单排式，名称：标题，要求按 Enter 键后转为小标题排式。自行设定字符、段落等属性。

（6）将上题所定义的标题排式修改，重新设定字符、段落等属性。

（7）选择一个页面进行分栏操作，要求水平分三栏。

（8）创建一个主页，要求为双页，有页眉、页脚、左右页码（页码为全角数字），自行设定栏辅助线等属性。

第 *12* 章

期刊的排版

本章学习导航：

1. 期刊的基本版式
2. 期刊的排版
3. 期刊的技巧

知识点与能力目标：

1. 期刊的基本版式
2. 期刊的排版的基本方法
3. 期刊的技巧

12.1　期刊的基本版式和要求

1. 期刊的案例

平时同学们业余时间都爱看杂志，杂志的种类五花八门、令人眼花缭乱，杂志的版式也多种多样。如何对杂志进行排版是这章要掌握的内容也是基本的技能。下面来看一个杂志的案例（如图 12-1 所示）。

论文案例如图 12-2 所示。

科技期刊案例如图 12-3 所示。

2. 期刊的排版

期刊的版面，是期刊内容编排布局的整体表现形式，是为体现编辑意图而在版面处理上采取的种种方式和手段。期刊版面设计要追求格式与节奏变化的统一，整体性和连贯性的统一。版面设计要遵循装饰设计的一般原理，科学合理地安排配置各种版面结构要素，以形成体现期刊个性的版面布局。同时，期刊版面的设计必须突出易读性原则，以体现期刊为读者服务的思想。

图 12-1　杂志的案例

工作论文排版格式

姓 名

（华南理工大学 工商管理学院 新型工业化研究所，广州，510640）

摘 要 摘要

关键词 关键词;关键词;关键词;关键词

中图分类号 G237.5

The Layout of Working Papers

Abstract Abstract abstract abstract Abstract abstract abstract Abstract abstract Abstract abstract abstract Abstract abstract abstract Abstract abstract abstract Abstract abstract Abstract abstract abstract Abstract abstract abstract Abstract abstract abstract Abstract abstract Abstract abstract abstract.

Key words keywords; keywords; keywords; keywords

First-author' address Address, 510641, GuangZhou, China

华南理工大学新型工业化发展研究所第二期刊物将以论文讨论稿集的形式出版，欢迎各位老师前来投稿（包括还没发表的 WORKING PAPER 和已录取但还没有登出的论文）。

本刊物预计在 2005 年 5 月份出版，请各位投稿的老师在 4 月 30 日之前把论文出版稿件发送至新型工业化研究所工作邮箱:kl1503@126.com。在收到您的邮件之后，我们在 2-3 天之内回复，以便让你确定我们收到电子文档.如果您没有收到确定回信，一定是我们没有收到您的电子文档,这时请再发送一遍。

谢谢。

排版说明

版心说明
版心以所提供的模版和样例为准,不要改动。

字号
正文字号为 5 号。

具体要求
不要试图修改包括页眉、页脚、各级标题、参考文献、文摘和作者单位等在内的设定尺寸,即使非常微小的调整也不要去做.将你论文中的相应内容填充在所提供的模版或样例中。

论文的标题、摘要、关键词、作者单位的中、英文写法必须保持一一对应。

参考文献
1 北京博彦科技发展有限公司.Office2000 中文版培训教程.北京:清华出版社,2000.
2 刘海芳.用 WORD 进行稿件排版初探.科技期刊学报,2000,12(1):50-56

图 12-2 论文案例

图 12-3 科技期刊案例

版面创意为主题服务,在方寸之间讲究不同组版元素之间咬合,块面不同的均衡组合,局部变化,讲究视觉错落、曲径通幽、多方修饰、雕梁画栋、清潭散布的美学创意,运用高科技巧妙组合,以达到文精意美的境界。

版面编排中美学特征,主要由对称、平衡、比例大小、粗细、曲直等要素合成。挖掘其中创新美,提高版面形式美的审美功能,版面中的文与图是实,空白是虚,只有虚实相衬,疏密相间,开朗而不拥塞,灵秀而不滞重,才能达到赏心悦目。

(1) 期刊版式的版面排版规则

其是指期刊正文的全部格式设计。一般而言,除封面、环衬和扉页,前言也包括在其中。

① 每幅版式中文字和图形所占的总面积被称为版心。版心之外上面空间称为天头,下面称为地脚,左右称为内口、外口。中国传统的版式天头大于地脚,是为了让人作"眉批"之用。西式版式是从视觉角度考虑的,上边口相当于两个下边口,外边口相当于两个内边口,左右两面的版心相异,但展开的版心都向心集中,相互关联,有整体紧凑感。目前国内的出版物版心基本居中,上边口比下边口、外边口比内边口略宽,但有的前言和正文第一页留出大量空白。版心靠近版面外口或下部。此外版心的确定,要考虑装订形式,锁线订、骑马订与平订的书,其里边的宽窄也应有所区别,不能同样对待。

② 版心的大小根据期刊的类型设定:画册、影集为了扩大图画效果,宜取大版心,乃至出血处理(画面四周不留空间);字典、辞典、资料参考书,仅供查阅用,加上字数和图例多,并且不宜过厚,故扩大版心缩小边口;相反诗歌、经典则应取大边口小版心为佳;图文并茂的书,图可根据构图需要安排大于文字的部分,甚至可以跨页排列和出血处理,并使展开的两面取得呼应和均衡,让版面更加生动活泼,给人的视线带来舒展感。

版式中的文字排列也要符合人体工学。太长的字行会给阅读带来疲劳感。降低阅读速度。所以一般 32 开书籍都为统栏排版。在 16 开或更大的书籍上,其版心的宽度较大。假如用五号字或小五号字排版,宜缩短过长的字行,排成两栏。如不宜排双栏的,像"前言"、"编后记"等,则以大号字排列,或缩小版心。辞典、手册、索引、年鉴等,每段文字简短,但副标题多,也需采用双栏、三栏、多栏排列,分栏排列中的每行字数相等。栏间隔空一字或两字,也可放线条间隔。

(2) 正文排版规则

书刊正文必须按照书刊的内容进行设计,不同性质的刊物应该有不同的特点:政治性的刊物,要端庄大方;文艺性的刊物,要清新高雅;生活消遣性的刊物,要活泼花哨。不同对象的刊物,也要在技术上作不同的处理。给文化水平低的人看的书,字体不妨大一点,例如:儿童看的书要字大行疏,即采用疏排的方法。给青年人看的书可字小行密。杂志中不同的文章最好字体有所变化,尤其在设计版式及标题时更要注意,比较重要的文章标题要排得十分醒目。

① 书刊正文排版基本上可以分为以下几类。

• 横排和直排:横排的字序是自左而右,行序是自上而下;直排的字序是自上而下,行序是自右而左。

- 密排和疏排：密排是字与字之间没有空隙的排法，一般书刊正文多采用密排；疏排是字与字之间留有一些空隙的排法，大多用于低年级教科书及通俗读物，排版时应放大行距。
- 通栏排和分栏排：通栏就是以版心的整个宽度为每一行的长度，这是书籍通常排版的方法。有些书刊，特别是期刊和开本较大的书籍及工具书，版心宽度较大，为了缩短过长的字行，正文往往分栏排，有的分为两栏（双栏），有的三栏，甚至多栏。

② 正文排版必须以版式为标准，正文的排版要求如下。

- 每段首行必须空两格，特殊的版式作特殊处理。
- 每行之首不能是句号、分号、逗号、顿号、冒号、感叹号以及引号、括号、模量号矩阵号等的后半个。
- 非成段落的行末必须与版口平齐，行末不能排引号、括号、模量号矩阵号等的前半个。
- 双栏排的版面，如有通栏的图、表或公式时，则应以图、表或公式为界，其上方的左右两栏的文字应排齐，其下方的文字再从左栏到右栏接续排。在章、节或每篇文章结束时，左右两栏应平行。行数成奇数时，则右栏可比左栏少排一行字。
- 在转行时，下列各项不能分拆：整个数码，连点（两字连点）、波折线，数码前后附加的符号（如 95%、r30、$-35℃$、$\times100$、~50）。

（3）目录的排版规则

目录的繁简随正文而定，但也有正文章节较多，而目录较简单的情况。对于插图或表格较多的书籍，也可加排插图目录或表格目录。

目录字体一般采用宋书，偶尔插入黑体。字号大小，一般为五号、小五号、六号。目录版式应注意以下事项。

① 目录中一级标题顶格排（回行及标明缩格的例外）。

② 目录常为通栏排，特殊的用双栏排。

③ 除期刊外目录题上不冠书名。

④ 篇、章、节名与页码之间（单篇论文集或期刊为篇名与作者名之间）加连点。如遇回行，行末留空三格（学报留空六格），行首应比上行文字退一格或两格。

⑤ 目录中章节与页码或与作者名之间至少要有两个连点，否则应另起一行排。

⑥ 非正文部分页码可用罗马数码，而正文部分一般均用阿拉伯数码。章、节、目如用不同大小字号排时，页码亦用不同大小字号排。

（4）页码、书眉的排版规则

① 页码：书页中的奇数页码叫单页码，偶数页码叫双页码。单双页在版式处理上的关系很大。通常页码在版口居中或排在切口，一般在书页的下方，单页码放在靠版口的右边，双页码放在靠版口的左边。期刊的页码可放在书页上方靠版口的左右两边。辞典之类书籍的页码，可居中排在版口的上方或下方。

封面、扉页和版权页等不排页码，也不占页码。篇章页、超版口的整页图或表、整面的图版说明及每章末的空白页也不排页码，但以暗码计算页码。

② 暗码：篇章页、整面的超版口（未超开本的）的图、表及章末的空白页等都用暗码计算页码。空白页的页码也叫"空码"。校对时暗码（包括空码）必须标明页码顺序。

③ 书眉：横排页的书眉一般位于书页上方。单码页上的书眉排节名，双码页排章名或书名。校对中双单码有变动时，书眉亦应作相应的变动。

未超过版口的插图、插表应排书眉，超过版口（不论横超、直超）则一律不排书眉。

(5) 标点排版规则

标点符号的排法，在某种程度上体现了一种排版物的版面风格，因此，排版时应仔细了解出版单位的工艺要求。目前标点符号排版规则主要如下。

① 行首禁则（又称防止顶头点）：在行首不允许出现句号、逗号、顿号、叹号、问号、冒号、后括号、后引号、后书名号。

② 行末禁则：在行末不允许出现前引号、前括号、前书名号。

③ 破折号"——"和省略号"……"不能从中间分开排在行首和行末。

一般采用伸排法和缩排法来解决标点符号的排版禁则。伸排法是将一行中的标点符号加开些，伸出一个字排在下行的行首，避免行首出现禁排的标点符号；缩行法是将全角标点符号换成对开的，缩进一行位置，将行首禁排的标点符号排在上行行末。

3. 论文的版面格式

(1) 论文版式要求

① 论文标题：二号字，加粗，黑体，居中。

② 作者：单位，姓名，其间空两格，四号字加粗，宋体，居中。

③ 摘要："摘要"两个字加方头黑括弧"【】"，紧接摘要内容，五号字，楷体，摘要内容一般不超过 200 字。

④ 关键词："关键词"三个字加方头黑括弧"【】"，五号字，楷体，不超过四个词。

⑤ 正文：五号字，宋体。

⑥ 行间距：15 磅。

⑦ 纸张尺寸：A4 纸。

⑧ 页边距：上、下、左、右为 2.5cm。

⑨ 论文标题要求如下。

一级标题：四号字，加粗，宋体；采用中国数字编号，如"一、二、三"等。

二级标题：五号字，加粗，宋体；采用中国数字编号，如"（一）（二）（三）"等。

三级标题：五号字，宋体；采用阿拉伯数字编号，如"1. 2. 3"等。

四级标题：五号字，宋体；采用阿拉伯数字编号，如"（1）（2）（3）"等。

五级标题：五号字，宋体；采用项目符号，如"·×××××　·××××××　·×××××××"等。

⑩ 参考文献："参考文献"四个字加方头黑括弧"【】"，小五号字，宋体。

(2) 论文版式

论文版式如图 12-4 所示。

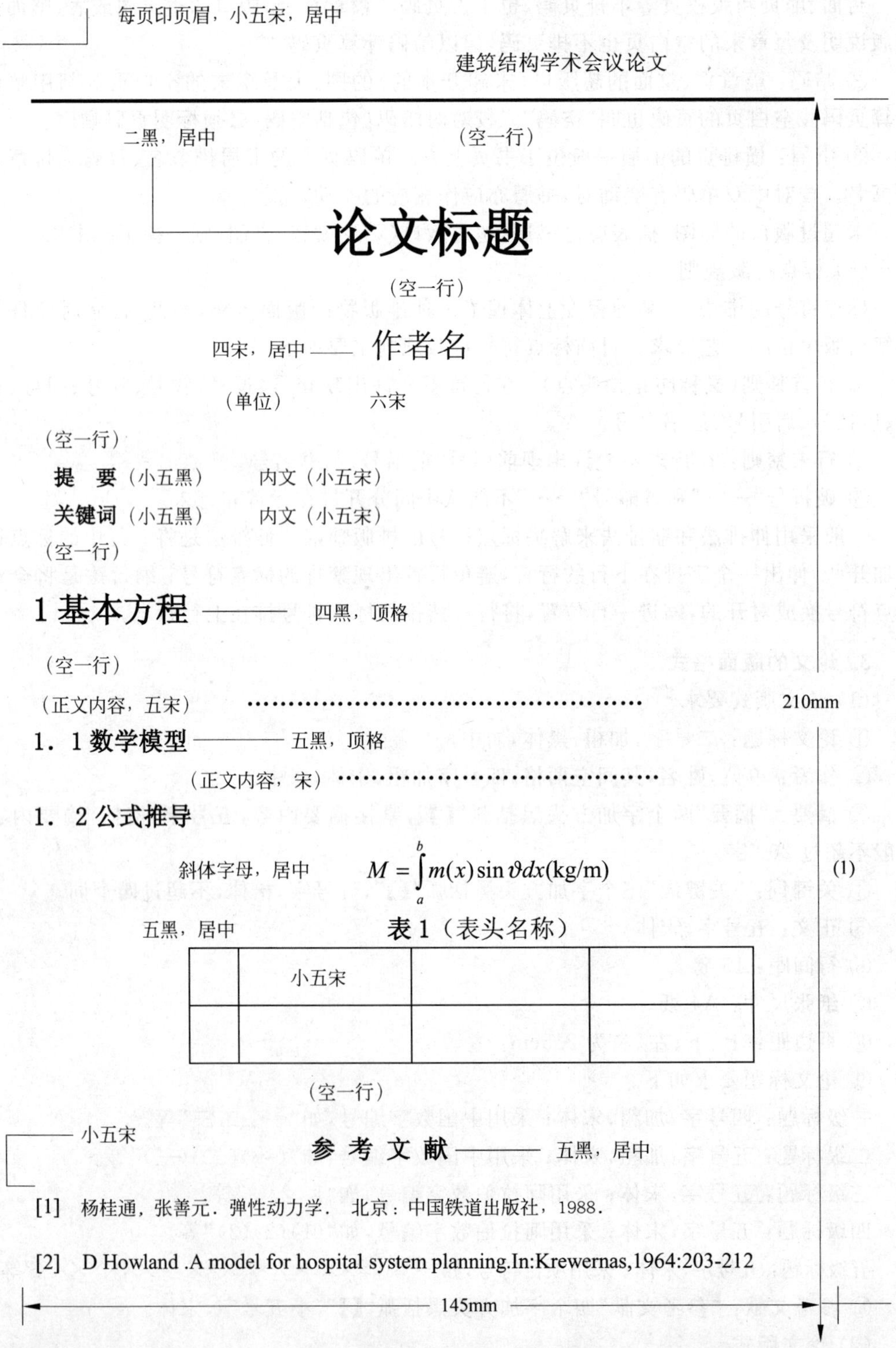

每页印页眉，小五宋，居中

建筑结构学术会议论文

二黑，居中　　　　　　　　（空一行）

论文标题

（空一行）

四宋，居中——　**作者名**

（单位）　　　六宋

（空一行）

提　要（小五黑）　　内文（小五宋）

关键词（小五黑）　　内文（小五宋）

（空一行）

1 基本方程 ——　四黑，顶格

（空一行）

（正文内容，五宋）·····································　210mm

1.1 数学模型 ——　五黑，顶格

（正文内容，宋）····························

1.2 公式推导

斜体字母，居中　　　$M = \int_a^b m(x)\sin\vartheta dx(\text{kg/m})$　　　（1）

五黑，居中　　　**表1**（表头名称）

小五宋		

（空一行）

小五宋

参 考 文 献 ——　五黑，居中

[1]　杨桂通，张善元．弹性动力学．　北京：中国铁道出版社，1988．

[2]　D Howland .A model for hospital system planning.In:Krewernas,1964:203-212

|←——————————— 145mm ———————————→|

图 12-4　论文版式

12.2 期刊排版的基本技巧

12.2.1 期刊的版式设计

1. 期刊的版式设计技巧

（1）点在版面上的构成

点、线、面是构成视觉的空间的基本元素，也是排版设计上的主要语言。排版设计实际上就是如何经营好点、线、面。不管版面的内容与形式如何复杂，最终都可以简化到点、线、面上来。在平面设计家眼里，世上万物都可归纳为点、线、面：一个字母、一个页码数可以理解为一个点；一行文字、一行空白均可理解为一条线；数行文字与一片空白则可理解为面。它们相互依存，相互作用，组合出各种各样的形态，构建成一个个千变万化的全新版面。

点的感觉是相对的，它是由形状、方向、大小、位置等形式构成的。这种聚散的排列与组合，带给人们不同的心理感受。点可以成为画龙点睛之"点"，和其他视觉设计要素相比，点可以形成画面的中心，也可以和其他形态组合，起着平衡画面轻重，填补一定的空间，点缀和活跃画面气氛的作用；还可以组合起来，成为一种肌理或其他要素，衬托画面主体（如图 12-5 所示）。

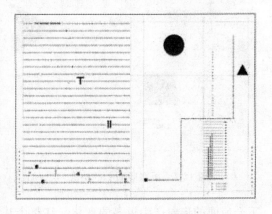

图 12-5 点在版面上的构成

（2）线在版面上的构成

线游离于点与形之间，具有位置、长度、宽度、方向、形状和性格。直线和曲线是决定版面形象的基本要素。每一种线都有它自己独特的个性与情感存在。将各种不同的线运用到版面设计中去，就会获得各种不同的效果。所以说，设计者能善于运用它，就等于拥有一个最得力的工具。

线从理论上讲，是点的发展和延伸。线的性质在编排设计中是多样的。在许多应用性的设计中，文字构成的线，往往占据着画面的主要位置，成为设计者处理的主要对象。线也可以构成各种装饰要素以及各种形态的外轮廓，它们起着界定、分隔画面各种形象的作用。作为设计要素，线在设计中的影响力大于点。线要求在视觉上占有更大的空间，它们的延伸带来了一种动势。线可以串联各种视觉要素，可以分割画面和图像文字，可以使画面充满动感，也可以在很大程度上稳定画面（如图 12-6 所示）。

（3）面在版面上的构成

面在空间上占有的面积最多，因而在视觉上要比点、线来得强烈、实在，具有鲜明的个性特征。面可分成几何形和自由形两大类。因此，在排版设计时要把握相互间整体的和谐，才能产生具有美感的视觉形式。在现实的排版设计中，面的表现也包容了各种色彩、肌理等方面的变化，同时面的形状和边缘，对面的性质也有着很大的影响，在不同的情况

图 12-6   线在版面上的构成

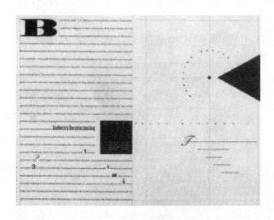

图 12-7   面在版面上的构成

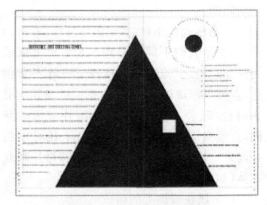

图 12-8   面在版面上的构成

下会使面的形象产生极多的变化。在整个基本视觉要素中,面的视觉影响力最大,它们在画面上的作用往往是举足轻重的(如图 12-7 和图 12-8 所示)。

2. 科技期刊的版式设计技巧

科技期刊在封面设计、版面设计、图表设计、文字设计等方面无不体现出独有的创造性劳动。应以通俗、简洁、明快、新颖的形式展示其丰富的内在。主要包括期刊总体布局、封面、栏目、目次、版面的编排;版面中每篇文章个体的布局,标题形式的处理,字体、字号以及底纹、线条的修饰等。

封面设计应做到主题突出,特点鲜明,简洁明快,美观大方,达到庄重而不呆板,高雅而不浮华的艺术效果。一个好的封面设计不仅可以突出科技期刊表象与内容一致的特点,带给人知识信息,同时给人带来美的享受。

科技期刊可将主要栏目与辅助性栏目用底纹、线条、字体、字号等手段区分开。辅助性栏目的正文处理,更可以用颜色、花纹、字体、字号、位置等,设计不同效果,这样既活跃了版面,又取悦了读者。

此外,论文题名及层次标题选用不同的字体、字号也有着不同的审美效应。通常题名选用二号黑体,显得强劲、醒目。层次标题字体、字号的选择,要强调其整体结构的完整性,达到层次分明,一目了然的效果。

(1) 变化字体字号,图表层次清晰

期刊作为知识的载体,其内容决定了版式的设计形式。好的版式设计,能对期刊的内容进行充分有效地整合,提高期刊的传播效果。

① 用字体字号的变化可表现出清晰的体系和层次。如对标题字体的选择,必须把握文章属性:理论性文章一般选用粗黑、粗圆、综艺体等,给人以庄重、厚实之感;而应用性的科技文章,可采用标宋、书宋、仿宋体等,给人以轻灵之感。在选择某种字体为期刊主调时,应该按文字内容的要求而定。正文字体原则上用宋体,因为宋体字比较清秀,可以方便阅读。在科技期刊的文字构成中,选择 2～3 种字体为最佳视觉效果。在选定的 2～3 种字体中,可考虑通过加粗、变细、拉长、压扁或调整行距来变化字体大小,加强其装饰性,使之产生丰富多样的视觉效果。过多的字体、繁杂的修饰、过于分散的文字布局和过密的排列,会使人感到版面零乱而缺乏整体效果,使读者失去接收信息的耐心。

图表是科技论文中的重要组成部分,它配合正文表达题意,同时概括地以直观的形象或用具体数据补充正文的不足。图表的比例、字体、大小、位置以及图的描绘质量,通过美术编辑的精细加工、合理布局,使其在版面中的明度、面积以及在版面上布局的整体效果达到完美的统一。

② 在图的设计上,科技类期刊不宜采用对比强烈、活泼多变的版面构图,应强调理性、有序,使图的风格与刊物类型相一致。表格在科技期刊中应用广泛,它可以将确切的数字分类、排列、对比,以表明复杂变化的情况,使其一目了然。科技期刊多以三线表为主,原则上要求表随文后,如受版面限制,可以前后小步移动,但不应跨章节。表格的字号、比例应前后统一,不能以所剩空白的大小来设计表格的尺寸。

(2) 强调色调对比,凸显栏式美感

科技期刊多为单色印刷,色彩表现范围为黑、白、灰:黑色与不同明度的色相配合,会增加节奏感;白色有协调对比色的特殊作用;灰色居于黑白之间,可以作为中间色调来调节黑与白的对比,它是达到色调和谐的最佳"调和剂"。灰色还可以用来设计装饰字形和图形等,既可满足内容的需要,又可以使灰色的变化丰富多彩。黑、白、灰的合理使用,加之点、线、面的平面构成,使文章与文章、文章与标题、插图之间在黑白对比中形成统一变化的有机整体。

黑白灰不仅包括黑色、白色、灰色,还包括靠字体的大小、线条的粗细曲直、色彩的面积、疏密的组织等体现出来的关系。

科技期刊信息承载量大、行距长、字数多,易给读者带来视觉疲劳。为了方便阅读,可以根据文字和图表的多少,对栏式做出相应的设计变化。文章中图表过多时,可用双栏排式,因三栏排式易导致图表跨栏,造成版面零乱。通栏版式可以排一些政策性文件,而三栏的栏式最好排一些无图表的文章。

线条的合理使用可改变版面的比例。线条产生的视觉效果是:横线加宽,竖线加高,即垂直线使物体看起来似乎高些;横向的线条则产生相反的效果。在栏线的使用上要体现出虚实变化。单线、双线、点画线、文武线、花线等主要用来划定栏目或空间。设计版式时应熟练掌握栏线尺寸、线条长短等形状变化,减少在校样中的更改次数。如 0.05～0.09cm

为细线,0.1cm 为中线,0.15～0.2cm 为粗线,线宽超过 0.6cm 为网线。网线既可单独使用,也可在网上踏字。分割栏目一般用 0.1cm 的线,超过 0.15cm 的线具有强调作用,利用合理时,能给读者带来亲切、安稳的感觉,并体现出栏式、栏线的层次和变化美感。但由于线条过粗,应用时需慎重,否则易形成空间封闭。

(3) 掌握设计平衡,留白张弛有度

版式设计的平衡可分为对称平衡和非对称平衡。对称平衡要求版式在视觉上保持平衡,如左右平衡、上下平衡、放射平衡(对称)等。期刊左右页的整体编排则是对称平衡的构成手法。在科技期刊的版式设计中,往往采用增强和减弱的手法来加强主要部分、减弱次要部分,以达到对称平衡。就文字而言,逐渐增大字号或把字加黑、加粗或二者并用,都可起到增强作用。这样能使读者的视线一开始就集中到版式中的重点内容上,然后再向其他非重点部分过渡。而非对称平衡是对原来对称的版面有意识地在对称的外形中掺杂某种不对称的因素,在均衡布局的原则下,采用等量不同形的手法。这种平衡灵活生动、富于变化。如斜线平衡有动感效果,截断视线的垂直线有跳动和向上、向下伸展的趋向。

留白可给版式以呼吸空间,使文字与空间形成一张一弛的阅读节律。有的版面留白少,但安排合理,也一样有生气、有活力。当然,版面留白的多少,位置的安排,要和所表现的内容相适应。有的设计者怕浪费版面,而忽视留白。把版面排得满满的,有点空就"补白",这样效果反而不好。在版面构成中,巧妙的留白,讲究空白之美,是为了更好地衬托和加强主题的作用。上下留白,使版面有呼吸的空间和活跃版式的效果。也可以打破习惯,左右留白。

大胆合理地处理版面中的空白,能使枯燥、呆板的科技类期刊变得生动,富有活力。

(4) 整体均衡和谐

整体是由多个局部构成的,设计时则要将其视为一个整体,不仅每一期都要保持整体上的均衡和谐,而且每一年都要体现整体上的均衡和谐。

科技类期刊在长期实践中逐渐确立了与自己刊物性质、内容和风格相适应的版式形式,在整体风格上不应该有太大的变化,而且这种整体风格的统一要从纵的方面将各期贯穿起来,传延下去。但这并不意味着千篇一律的雷同,针对具体情况进行创造性的版式设计,常可使个性在与共性的对立中求得一种新的均衡与和谐。如一篇较长的稿子,需要排在两个版面上,不少杂志把这种稿件按文章排版顺序分别排在"单双页"上。这种排法虽能起到调剂版式、错落有致的作用,但版面互不联系,不能发挥两版合一的优势。现在,越来越多的版式设计则把它排在"双单页"上,把两个孤立分割的版面连到一起,形成一个有机的整体,使其更加完整、均衡。

科技期刊在排版上一般不采用首尾接排的方式,每篇论文开头另起一版。由于论文的篇幅长短不一,而版面容量是固定的,经常会出现超版或不足版的现象。设计时应该在空版处将一些与本专业相关的科技信息补进去,既避免版面浪费,也增加了科技期刊的信息量。

恰当地处理栏目间的变换,既能体现出文章整体的均衡,又能把科技论文的重点内容合理地表现出来,增强科技期刊的整体效果。

(5) 局部呈现韵律

版式设计在整体上要统一、均衡,局部上也应该呈现一种韵律和变化,与整体上的均衡和谐互相照应。人的视觉习惯,一般是先看整体,其次看对比最强的局部;然后再看整体,最后看对比相对较弱的局部。根据这一规律,应在把握版面整体风格的前提下完成局部间的细化设计。版式上的局部内容如文字、图表等看起来是静止的,把这些零散的点、线、面与黑、灰、白等色调编织在充满韵律的动感设计中,就可以产生高低、起伏,方向规律的流动效果,体现出科技期刊设计理念的精美、细腻。

(6) 风格变化统一

版式设计手法千变万化,没有固定模式。科技类期刊的版式设计形式总体上应体现出"稳中求变"的设计风格,在设计上力求统一,保持期刊版式的稳定性和一致性,但具体到某篇文章的版式时,又具有较大的灵活性,体现出某一篇或某一期文章版式的设计风格。

统一可以产生平衡、协调的效果。然而,过分的统一也会产生负面效果,如形状、大小、色彩完全一样,出现相同的设计时,则显得单调乏味。设计版式时,可以将这些在版式设计中对立的虚实、大小、黑白、松紧、疏密、浓淡等许多相互矛盾的要素统一起来,使版式设计风格在宏观上整齐划一,微观上变化多样,丰富而不单调、有序而不杂乱,达到形式与内容、布局与整体的完美一致。以篇幅、形式都相近的两篇稿件为例,如果按类同、相似的版式随意设计,所得版式效果必然形式单一、呆板乏味。反之,在设计时利用对比关系和分割原理进行有序、有变化的组合,加上形式多样、大小不一的字体以及留白、挂网等处理方式,形成的版式风格将在变化中具有韵味和节奏。

12.2.2　实例操作

1. 设置页面和版心

① 选择"文件"→"页面设置"命令,在打开的对话框中选择"纸张"选项卡,设定纸张大小为 A4 幅面,如图 12-9 和图 12-10 所示。

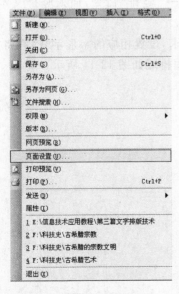

图 12-9　"文件"菜单

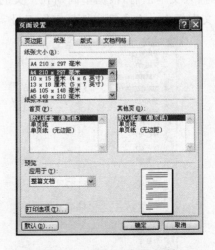

图 12-10　"页面设置"对话框

② 根据要编辑期刊的版面特点选择"页边距"选项卡,设置适当的页边距,如图 12-11 所示。

2. 正文的排版

本例以图 12-12 所示实物图作为排版后的一个正文效果样例。

图 12-11 "页边距"选项卡

图 12-12 正文效果样例

(1) 按照效果图的布局要求,先进行正文的排版,具体操作步骤如下。

① 在页面上插入文本框,并根据期刊中正文的横排或竖排的要求,选择插入横排或竖排的文本框。在本例中选择"插入"→"文本框"→"竖排"命令,插入竖排文本框,如图 12-13 所示。

② 插入文本框后,根据不同期刊正文的排版要求,设置相应的字形字号,并将文本内容录入文本框中。在本例中选择宋体五号字,文本框排版如图 12-14 所示。

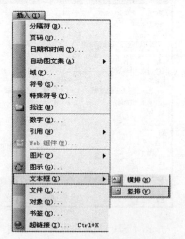

图 12-13 "插入"菜单

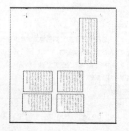

图 12-14 文本框排版

③ 右击文本框,选择"设置文本框格式"命令,如图 12-15 所示。在出现的对话框中选择"颜色与线条"标签并设定线条颜色为无,如图 12-16 所示。

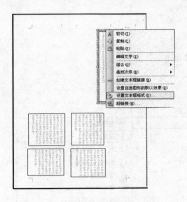

图 12-15　"设置文本框格式"命令　　　　　图 12-16　"设置文本框格式"对话框

④ 插入正文中的标题文本框,本例中同样选择插入竖排文本框,插入时注意调整与正文文本框的位置关系,插入后同样使用步骤③的方法将大标题文本框线条颜色设置为无,将小标题文本框线条颜色设置为绿色,同时调整标题文本的字形字号,本例中大标题选用华文行楷初号字和华文新魏小初号字,小标题用华文新魏四号字,如图 12-17 所示。

⑤ 根据不同版面的要求,使用"自选图形"工具绘制正文旁的间隔线。

先绘制直线部分,单击"自选图形"→"线条"→"直线"命令,如图 12-18 所示,在文档的相应位置绘制直线;再绘制曲线部分,单击"自选图形"→"线条"→"曲线"命令,在文档的相应位置绘制曲线,并为线条加上适当的颜色。

图 12-17　竖排版式　　　　　　　图 12-18　"自选图形"工具

绘制完成后文档效果如图 12-19 所示。

(2) 图片处理,具体操作步骤如下。

① 在版面中适当位置插入图片,选择"插入"→"图片"→"来自文件"命令,如图 12-20 所示。

② 在出现的对话框内选择相应的图片文件插入到页面中的相应位置上,插入时注意

图 12-19　文档效果图

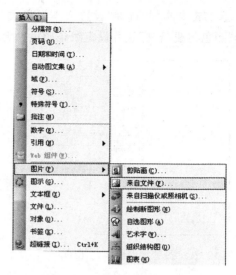

图 12-20　"插入"下拉菜单

调整图片与正文的位置关系。参照图 12-21 插入 3 幅图片并设置版式效果为"浮于文字上方"。

③ 再插入 2 幅图片,并设置其版式效果为"衬于文字下方"。

然后微调整个版面的布局,完成最终的排版工作,效果如图 12-22 所示。

图 12-21　版式效果(1)

图 12-22　版式效果(2)

习题十二

1. 简答题

(1) 简述期刊的排版规则。

(2) 简述标点排版规则。

（3）简述正文的排版规则。

2. 填空题

（1）期刊的版式设计主要包括期刊总体布局、_____、_____、目次、_____和版面中每篇文章个体的布局。

（2）_____、_____、_____是构成视觉的空间的基本元素，也是排版设计上的主要语言。

（3）论文标题要求，一级标题：_____，_____，宋体，中国数字编号，_____等。

（4）关键词格式为："关键词"三个字加方头黑括弧"【】"，_____、_____，不超过四个词。

（5）作者格式为：单位，姓名，其间空两格，_____，_____，_____。

第 13 章

特殊文档的排版

本章学习导航：

1. 杂志封面的版式

2. 杂志封面版式的要求

3. 报纸的版式

4. 报纸的排版要求

5. 网页的版式

6. 网页的排版要求

知识点与能力目标：

1. 杂志封面的版式种类

2. 杂志封面版式的排版要求

3. 杂志封面版式的排版方法与技巧

4. 报纸的版式设计要求

5. 报纸的排版方法与技巧

6. 网页的版式设计要求

7. 网页的排版方法与技巧

13.1 杂志封面的排版

案例： 图 13-1 所示是一个杂志封面，这一节来学习如何对杂志封面进行排版。

13.1.1 杂志封面版式的要求

1. 立意新颖

封面设计是视觉艺术，它的立意应该通过有生命、有寓意、有联想、有特点的画面来体现。所谓"诗要用形象思维"，包括封面设计在内的一切视觉艺术都要用形象来思维、构思。诗最忌直露，封面设计也最忌图解。封面设计的立意，要多采用与刊物内容相关的、有生命的形象物来表达。才能在视觉和心理上引起读者的联想与共鸣。

现代期刊封面设计在构思时还应充分考虑如何利用不同纸张材料的色泽、质地、纹路

图 13-1　杂志封面

等特性来表现期刊设计意图，即把材料的质地、纹理、色泽等均作为特殊的设计语言融于构思中，使思维驰骋的范围更为广大。

2. 构形典雅

封面设计构形的意义，一是指图案或图片结构，二是指文字安排，三是指图文等元素之间的配合。

封面设计的构图是在一定的格式内进行图案的布置，有其特定的规律，即构图中的"格律"规律：所谓"格"，指平面分格布局；所谓"律"是一分格中的规律和方法。

封面上的文字安排，本身就是一种艺术。所谓"新"，往往可以体现于文字自身的美化、构成和各文字之间的安排上。显然，刊名是最重要的文字，它无疑是封面的老大。其余的文字则可根据具体情况合理选用和安排。刊名若采用书法，一般不宜采用古篆或过于潦草的字，否则让读者难以辨识。

计算机时代，封面设计的文字有各种各样的创意。通过计算机特效处理可达到千变万化的效果。但不管怎么变，都应该让封面文字服从整体设计的大局，俗称大效果要好。文字是封面的眼睛，具有传递信息、表达感情的作用，在封面构形中是整个设计的"主件"。文字的选用和处理安排，是整个封面设计成败的最关键因素。不但要看上去构形典雅，更要让人一目了然。

3. 色彩清新

在期刊封面设计中，色彩的运用是不能忽视的重要方面。

色彩是吸引人的视觉之关键所在，也是一本期刊封面设计的重点，富有个性的色彩，往往更能迅速抓住读者的视线。色彩通过结合具体的形象,运用不同的色调,让观众产生不同的情感反应和心理联想,树立起期刊的形象,产生悦目的亲切感。

一般来说,不同色彩有它不同的象征意义,运用得宜,能更贴切主题。例如:红色,显得喜庆、热烈、欢快、有力、冲动;绿色,具中性特点,显得宁静、平和、活跃、有生机,偏向自然美;橙色、褐色象征美食和丰收,能增进人的食欲;而蓝色显得开阔、洁净;等等。充分考虑这些色彩的象征意义,能够大大增强期刊设计的表现力。

在现代的行业期刊封面设计中,有不少的行业期刊喜欢留有一定的白色。这是因为白色在画面上起着非常重要的作用,封面上如果没有白色,不仅少了一个色彩层次,而且使人感觉透不过气来,所以白色是不能被遗忘的。正因为白色重要,所以设计中对于白色位置、比例、形状、呼应等关系需细细斟酌。有时候,白色也可理解为"空白"(或空间)。封面空间大小,空间疏密和空间形态的处理,也是色彩布局统一、协调的关键。

13.1.2　实例操作

下面就以此案例为实例,讲解封面的排版。具体操作如下。

1. 设置页面和版心

(1) 选择"文件"→"页面设置"命令,在打开的对话框中选择"纸张"选项卡,设定纸张大小为 A4 幅面,如图 13-2 和图 13-3 所示。

(2) 选择"页边距"选项卡,设置上边距为 0 厘米,左右边距为 1 厘米,如图 13-4 所示。

图 13-2　"文件"菜单

图 13-3　"页面设置"对话框

图 13-4　"页边距"选项卡

2. 设置刊名

(1) 输入刊物名称"看电影",设置字体为华文中宋,字号为 160,加粗,居中对齐,如图 13-5 所示。

(2) 设置段落行距为最小值 0 磅,如图 13-6 所示。

(3) 选择"插入"→"文本框"→"横排"命令,在"电"字上方拖曳出大小适合的文本框并输入"MOVIEW"字样,字体为 Arial Black,字号为二号。

图 13-5　效果图

（4）选中前两个字母"MO"，选择"格式"→"字体"命令，在弹出的对话框中选择效果为"上标"，如图 13-7 所示，同样选中字母"W"，设置效果为"下标"。

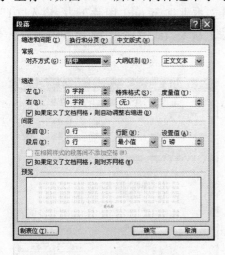

图 13-6　"缩进和间距"选项卡

图 13-7　"字体"选项卡

3. 设置期号

（1）选择"插入"→"图片"→"来自文件"命令，选择图片 pic1。单击图片，在图片工具栏中选择文字环绕方式为"浮于文字上方"，调整图片至合适位置，如图 13-8 所示。

图 13-8　效果图

（2）在图片工具栏中单击"设置图片格式"按钮，在
弹出的对话框中选择"大小"选项卡，设置图片高度为
0.83 厘米，宽度为 0.79 厘米，如图 13-9 和图 13-10 所示。

图 13-9　"设置图片格式"按钮

（3）选择"插入"→"文本框"→"竖排"命令，将文本框拖至 pic1 图片下方，输入"01"，
右击文本框，在弹出的窗口中选择"设置文本框格式"命令，在"文本框"选项卡中设置所有
内部边距为 0 厘米，如图 13-11 所示。

图 13-10　"大小"选项卡

图 13-11　"文本框"选项卡

（4）选中文字"01"，选择"格式"→"段落"命令，设置行距为最小值 0 磅，如图 13-12
所示。

（5）设置字体为 Arial Black，字号为一号。

（6）在"01"下方插入横排文本框，输入 2008，同上所述将行距设置为最小值 0 磅，文本框边距为 0 厘米，字体为 Arial Black，字号为五号。

（7）插入竖排文本框，拖曳到"2008"下方，输入"·本期 1 月 5 日出版 每月 5 日 20 日 25 日发行"，同上设置文本框边距为 0 厘米。选择文本框，选择"格式"→"文字方向"命令，在弹出的界面中选择竖排第三种文字方向，如图 13-13 所示。

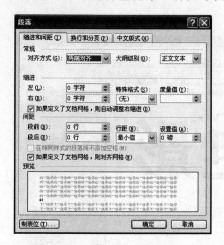

图 13-12　"缩进和间距"选项卡

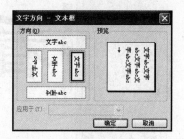

图 13-13　"文字方向"选项卡

（8）选择文字"·本期 1 月 5 日出版 每月 5 日 20 日 25 日发行"，设置字体为宋体，字号为小五。选择"格式"→"字体"命令，在"字符间距"选项卡中设置间距紧缩 1 磅，如图 13-14 所示。

（9）在该文本框中换行输入"总 365 期"，设置行距为固定值 15 磅，字号为三号，"365"字体为 Arial Black，将"总"字设为上标，"期"字设为下标，字体为宋体加粗。选择"总 365 期"字样，选择"格式"→"边框和底纹"命令，在弹出的对话框中选择"底纹"选项卡，设置底纹为红色，应用于文字，如图 13-15 所示。

图 13-14　"字符间距"选项卡

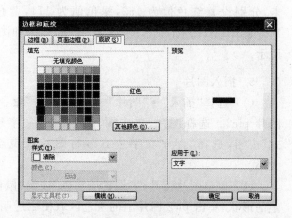

图 13-15　"底纹"选项卡

（10）继续插入文本框，文本框边距为 0 厘米。输入"零售"，字体为黑体，字号为小五，换行输入"RMB"，字体为 Batang，行距为固定值 8 磅。

（11）继续插入文本框，设置文本框边距为 0 厘米。输入"10 元 港币 15 元"，数字字体为 Arial Black，字号为三号，文字字体为幼圆，字号为五号，行距为固定值 15 磅。选择两个"元"字，单击"格式"工具栏上的"带圈字符"按钮。

完成后效果图如图 13-16 所示。

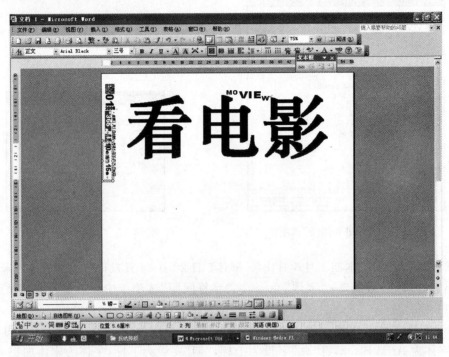

图 13-16　效果图

4. 设置背景色

选择"格式"→"背景"→"其他颜色"命令，在弹出的颜色对话框中，选择"自定义"选项卡，分别设置红色值为 152，绿色值为 171，蓝色值为 178，如图 13-17 所示。单击"确定"按钮，效果如图 13-18 所示。

5. 插入图片

（1）选择"插入"→"图片"→"来自文件"命令，选择图片 pic2。选择图片，单击图片工具栏"文字环绕方式"按钮，选择"浮于文字上方"，将图片拖曳至合适大小。

（2）单击图片工具栏"设置透明色"按钮，鼠标变为笔的形状，单击 pic2 图片上的灰色区域使之透明。

完成后效果图如图 13-19 所示。

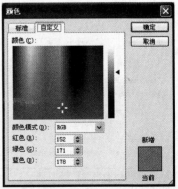

图 13-17　"自定义"选项卡

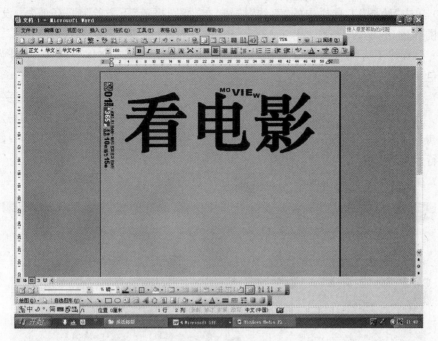

图 13-18 效果图(1)

图 13-19 效果图(2)

6. 文字排版

（1）参照图 13-1 插入横排文本框，输入文字"特别报道给你脸"，并设置字体为黑体，字号为小四。然后设置"特别报道"四个字的颜色为桃红色。

（2）单击"绘图"工具栏中的"直线"按钮，在"特别报道"下方绘制一条直线，设置线条颜色为桃红色，线型为 1 磅。

（3）在直线下方插入横排文本框，输入图 13-20 所示文字，字体为黑体，字号为小四，字体颜色为灰色。

（4）在图 13-20 所示位置插入文本框，输入文字，字体为黑体，字号为小四，字体颜色为黑色。其中，"点亮 2008"加粗，字号为小一，"点亮"字体颜色为桃红；"长江七号"加粗，字号为初号，与上一行段落行距为固定值 45 磅；"3 个周星驰"加粗，字号为小一，与上一行段落行距为固定值 40 磅，数字"3"字体为 Rockwell Extra Bold，加黑色底纹。

（5）在图 13-20 所示位置绘制一条直线，颜色为桃红色，线型为 1 磅。

图 13-20　效果图（3）

7. 插入条形码

选择"插入"→"图片"→"来自文件"命令，选择图片 pic3。单击图片，在图片工具栏中选择文字环绕方式为"浮于文字上方"，将图片拖曳至图 13-20 所示位置，设置图片大小高度 2.18 厘米，宽度 3.81 厘米。

13.2　报纸的排版

13.2.1　报纸的版式

报纸在排版中较为复杂，且变化较多，本节介绍报纸的排版，图 13-21 所示为报纸案例。

图 13-21　报纸案例

13.2.2　报纸的排版要求

1. 报刊的版式设计

一本期刊,除了封面设计,都属于内文版式设计的范围。而报纸,则全都是版式设计。因而内文版式设计的内容很多,包括确定所有版面的安排,版面要素如文字、图表、色彩之间的配合,确定文字的字号、字体,标题、图、表的设计、安放等。此外,还包括内容所占的空间位置,文字的排版形式,正文行间距,图和表的配备位置,版面装饰及色彩(有的是彩印)的使用等。简言之,报刊的版面设计就是要规范、美观地确定版面各要素的合理布局,并使之符合印刷工艺的要求,以保证刊物版面的科学性、艺术性。

从读者对报刊阅读的顺序来看,依次是大标题、图片、小标题、表格、内文、补白等。

2. 报刊的版式设计的要求

(1) 突出报纸的中心

将最具有视觉冲击力的图片和标题放在版面上部,作突出处理。

通过加大头条稿件所占面积、加大头条文字的排栏宽度、拉长头条标题加大标题字号以及使头条标题反白。

同时要注意不能把版面处理得过于花哨而转移了读者对新闻本身的注意力。

(2) 巧用图片

"读图"时代: 不再说"告诉我",而是说"画给我"。

随着时代的发展,图片的作用和地位越来越突出,它所占据的版面位置也越来越大。

报纸对大小不同照片的安排恰当与否,对版面的美观程度以及形成版面的视觉中心有直接影响。

照片为一天的新闻制造气氛,它诱使读者去读一条本来可能会被忽视的报道,或者刺激读者的视觉,吸引读者去买一张报纸。

(3) 增加版面亮点

当报纸头条一般读者不感兴趣时,就要在版面的中下部突出读者爱看的稿件,增加版面亮点,使之成为视觉中心。

在突出处理中下部稿件时,可以采取局部的图案修饰、加大标题字号和所占版面的空间、突出的题图设计、标题形状的奇特变化、独特的花边形式等方式。

此外,一条有声、有色、感染力强的标题,三言两语便扣住了读者的心弦,标题的编排形式多样,标题各行左端平头或右端平头、引题主题副题留白适当、黑白错落有致等均极富现代气息,吸引读者的视线。

(4) 视觉效果的多样统一

整张报纸的风格要有统一的设计,形成一个整体,报纸的整体视觉设计正如它的 CI 形象设计,应该从更深层次上体现报纸的定位、办报宗旨以及适应目标受众的欣赏口味。

同时各个编辑还要在自己负责的版样上下工夫,在整体风格保持一致的前提下,又要形成各自的个性风格,逐日规划新鲜的、醒目的版面,达到多样统一的视觉效果。

(5) 追求视觉的均衡

优秀的版面设计,都表现出其各构成因素间和谐的比例关系,达到视觉上的均衡。

比例法则也是实现形式美感的重要基础。版面的比例,可以采用"三三黄金律"、"四分法"、"黄金分割"等理论,达到版面视觉的均衡。

13.2.3   实例操作

1. 设置版心

选择"文件"→"页面设置"命令,在"页面设置"对话框的"页边距"选项卡中将上下边距设置为 3 厘米,左右边距设置为 2 厘米,方向设置为横向。在"纸张"选项卡中,纸张大小设置为自定义 52 厘米×36.8 厘米(如弹出警告对话框单击"忽略"按钮),如图 13-22 和图 13-23 所示。

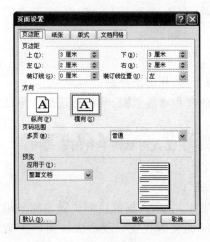

图 13-22   "页面设置"对话框

图 13-23   "纸张"选项卡

2. 制作报头

(1) 设置文字对齐方式为右对齐,选择"插入"→"图片"→"来自文件"命令,选择文件"标题.jpg"。选择图片,在图片工具栏中选择文字环绕方式为"四周型环绕"。单击"设置图片格式"按钮,大小设置为 5.52 厘米×14.44 厘米。

(2) 选择"插入"→"文本框"→"横排"命令,在报名下方拖曳出合适大小的文本框,选择文本框,在绘图工具栏中单击"线条颜色"按钮,选择"无线条颜色"。在文本框中输入如图 13-24 所示文字。设置文字字体为黑体,字号为小四号字,加粗,段落行间距为固定值 18 磅。选中第一行文字设置颜色为红色,选择"格式"→"字体"命令,在"字符间距"选项卡中设置间距为加宽 2 磅。选中第二行文字,选择"格式"→"边框和底纹"命令,设置文字底纹为红色,字体颜色为白色。

完成后效果如图 13-24 所示。

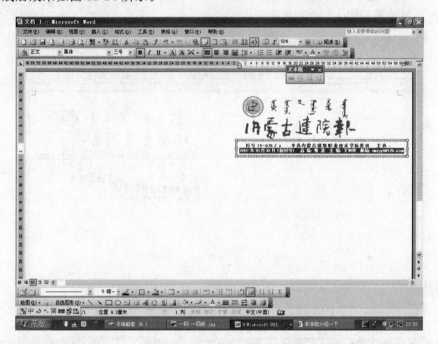

图 13-24　制作报头

3. 制作报眼

(1) 选择"插入"→"图片"→"来自文件"命令,选择文件"pic1.gif",单击图片,在图片工具栏中选择文字环绕方式为"四周型环绕",单击"设置图片格式"按钮,大小设置为 4.48 厘米×4.4 厘米。

(2) 选择"插入"→"文本框"→"横排"命令,在"pic1.gif"图片的上方拖动绘制出合适大小的文本框,选择文本框,在绘图工具栏中单击"填充颜色"按钮,选择"无填充颜色",单击"线条颜色"按钮,选择"无线条颜色"。在文本框中输入如图所示文字,字体颜色为白色,行距为固定值 21 磅。将第一行标题"喜讯"字体设置为隶书,字号为小二号,加粗,段后 1.5 行。正文字体为黑体,字号为五号。

4. 制作头条

(1) 选择"插入"→"文本框"→"横排"命令,在报头下方拖动绘制出合适大小的文本框,选择文本框,在绘图工具栏中单击"线条颜色"按钮,选择"无线条颜色"。在文本框中输入如图 13-25 所示文字,字体为黑体,字号为初号,字体颜色为红色,行距为固定值 43 磅。选择"格式"→"字体"命令,在"字符间距"选项卡中设置缩放为 75％,间距为加宽 1 磅。

　　(2) 选择"插入"→"文本框"→"横排"命令,在头条标题下方拖动绘制出合适大小的文本框,选择文本框,在绘图工具栏中单击"线条颜色"按钮,选择"无线条颜色"。在文本框中输入如图 13-25 所示文字,第一行标题字体为方正姚体,字号为小初,选择"格式"→"字体"命令,在"字符间距"选项卡中设置缩放为 70％,间距为紧缩 2.5 磅。第二行和第三行文字设置字体为楷体,字号为小四号,段落行距为固定值 15 磅,选择"格式"→"字体"命令,在"字符间距"选项卡中设置间距为加宽 1 磅。

　　制作头条效果如图 13-25 所示。

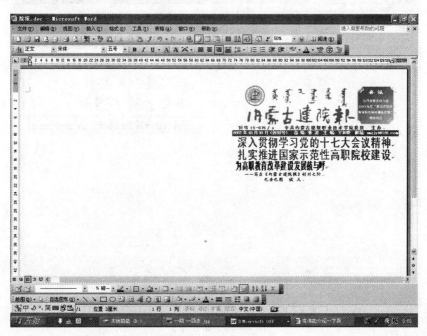

图 13-25　制作头条

5. 制作内文

　　(1) 选择"插入"→"文本框"→"横排"命令,在标题下方拖动绘制出合适大小的文本框,选择文本框,在绘图工具栏中单击"线条颜色"按钮,选择"无线条颜色"。在文本框中输入正文文字,字体为宋体,字号为小五,段落行间距为固定值 12.5 磅。

　　(2) 选择"插入"→"图片"→"来自文件"命令,选择图片"照片 1.jpg",单击该图片,在图片工具栏中选择文字环绕方式为"四周型环绕",单击"设置图片格式"按钮,大小设置为 4.33 厘米×8.11 厘米。

　　(3) 选择"插入"→"文本框"→"横排"命令,在标题下方拖动绘制出合适大小的文本框,选择文本框,在绘图工具栏中单击"线条颜色"按钮,选择"无线条颜色"。在文本框中输入如图 13-26 所示的文字,其中第一行标题字体为黑体,字号为二号,加粗,第二行字体为楷体,字号为四号,行距为固定值 17 磅。

　　(4) 选择"插入"→"文本框"→"横排"命令,在标题下方拖动绘制出合适大小的文本

框,选择文本框,在绘图工具栏中单击"线条颜色"按钮,选择"无线条颜色"。在文本框中
输入如图 13-26 所示的文字,字体为宋体,字号为小五,行距为固定值 12 磅。

　　完成后的效果如图 13-26 所示。

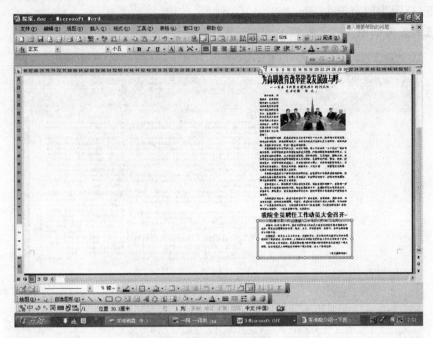

图 13-26　内文效果

6. 制作分栏

　　(1) 单击绘图工具栏上的"绘制直线"按钮,在如图所示位置绘制一条垂直线条。

　　(2) 选择"插入"→"图片"→"来自文件"命令,选择图片"照片 2.jpg",单击该图片,在
图片工具栏中选择文字环绕方式为"四周型环绕",单击"设置图片格式"按钮,大小设置为
4.9 厘米×7.11 厘米。

　　(3) 选择"插入"→"文本框"→"横排"命令,在图片下方拖动绘制出合适大小的文本
框,选择文本框,在绘图工具栏中单击"填充颜色"按钮,选择"无填充颜色",单击"线条颜
色"按钮,选择"无线条颜色"。在文本框中输入如图 13-27 所示的文字,设置字体为黑体,
字号为小二,加粗,字体颜色为红色,行距为固定值 20 磅。

　　(4) 选择"插入"→"文本框"→"横排"命令,在标题下方拖动绘制出合适大小的文本
框,选择文本框,在绘图工具栏中单击"填充颜色"按钮,选择"无填充颜色",单击"线条颜
色"按钮,选择"无线条颜色"。在文本框中输入如图 13-27 所示的文字,设置字体为宋体,
字号为小五,行距为固定值 12 磅。

　　(5) 选择"插入"→"文本框"→"横排"命令,在上一段文本下方拖动绘制出合适大小
的文本框,选择文本框,在绘图工具栏中单击"填充颜色"按钮,选择"无填充颜色",单击
"线条颜色"按钮,选择"无线条颜色"。在文本框中输入如图 13-27 所示的文字,设置字体
为方正姚体,字号为三号,加粗。选择"格式"→"字体"命令,在"字符间距"选项卡中设置
间距为紧缩 1.5 磅。

（6）选择"插入"→"文本框"→"横排"命令，在标题下方拖动绘制出合适大小的文本框，选择文本框，在绘图工具栏中单击"填充颜色"按钮，选择"无填充颜色"，单击"线条颜色"按钮，选择"无线条颜色"。在文本框中输入如图 13-27 所示文字，设置字体为宋体，字号为小五，行距为固定值 12 磅。

完成后效果如图 13-27 所示。

图 13-27　制作分栏的效果

7. 制作竖版

（1）选择"插入"→"文本框"→"竖排"命令，拖动绘制出合适大小的文本框，选择文本框，在绘图工具栏中单击"填充颜色"按钮，选择"无填充颜色"，单击"线条颜色"按钮，选择灰色。在文本框中输入如图 13-28 所示的文字，第一行标题设置字体为黑体，字号为二号，字体颜色为白色，加粗，行距为固定值 20 磅，段后 0.5 行。正文设置字体为宋体，字号为六号，行距为固定值 10 磅，项目符号设置为红色。

（2）在绘图工具栏中单击"绘制矩形"按钮，在"要闻回放"四个字的位置绘制矩形，设置该矩形的线条颜色为无，填充颜色选择填充效果，设置为从红到黄的渐变色。

（3）右击该矩形，选择"设置自选图形格式"命令，在弹出的对话框中选择"大小"选项卡，设置高度为 4.06 厘米，宽度为 1.2 厘米。右击该矩形，选择"叠放次序"→"置于底层"命令。调整文本框与矩形高度相等，右边对齐。

完成后效果如图 13-28 所示。

8. 制作中缝

（1）选择"插入"→"文本框"→"横排"命令，在如图 13-28 所示位置拖动绘制出合适大小的文本框，选择文本框，在绘图工具栏中单击"填充颜色"按钮，填充颜色选择填充效果,设置为从黄到红的渐变色,单击"线条颜色"按钮,选择黑色。在文本框中输入如图 13-29 所示的文字,设置字体为宋体,字号为小四号。

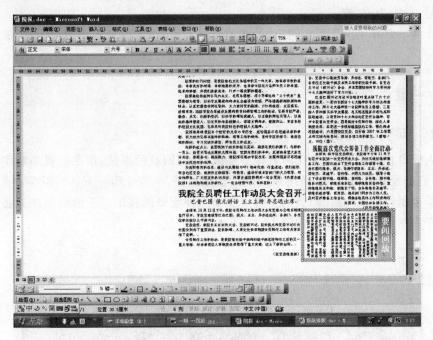

图 13-28 制作竖版效果

图 13-29 最终效果

（2）在上段文字下方输入文字"征稿启事",设置字体为宋体,字号为一号,加粗,字体颜色为白色。

（3）选择"插入"→"文本框"→"横排"命令,在标题下方拖曳出合适大小的文本框,选择文本框,在绘图工具栏中单击"填充颜色"按钮,填充颜色选择茶色,单击"线条颜色"按钮,选择"无线条颜色"。在文本框中输入如图 13-29 所示的文字,设置字体为楷体,字号为小五号,行距为 12 磅。

第 4 版的制作与第 1 版相同,这里就不赘述了。图 13-29 所示是报纸 1～4 版的最终效果。

13.3   网页的排版

13.3.1   网页的版式

在人们日常的工作中,制作网页并不是很神秘、困难的事情,现在有很多制作网页的软件,它们的操作都很简单,做出来的网页也很漂亮,本节介绍一下如何用 Word 制作网页。大学生制作个人网页、班级网页的排版是一种重要的技能。下面以浙江某通信公司的网页作为网页排版的案例,如图 13-30 所示。

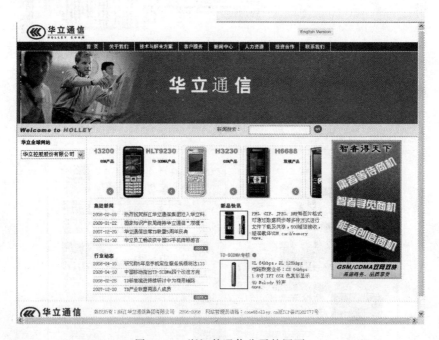

图 13-30   浙江某通信公司的网页

13.3.2   网页的排版要求

1. 网页文字的排版要求

(1) 文字的格式化

① 字号:字号大小可以用不同的方式来计算,例如磅(Point)或像素(Pixel)。因为以计算机的像素技术为基础的单位,需要在打印时转换为磅,所以,建议采用磅为单位。

最适合于网页正文显示的字体大小为 12 磅左右,现在很多的综合性站点,由于在一个页面中需要安排的内容较多,通常采用 9 磅的字号。较大的字体可用于标题或其他需要强调的地方,小一些的字体可以用于页脚和辅助信息。需要注意的是,小字号容易产生整体感和精致感,但可读性较差。

② 字体:网页设计者可以用字体来更充分地体现设计中要表达的情感。字体选择是一种感性、直观的行为。但是,无论选择什么字体,都要依据网页的总体设想和浏览者的需要而定。

③ 行距:行距的变化也会对文本的可读性产生很大影响。一般情况下,接近字体尺寸的行距设置比较适合正文。行距的常规比例为 10∶12,即用字 10 点,则行距 12 点。适当的行距会形成一条明显的水平空白带,以引导浏览者的目光,而行距过宽会使一行文字失去较好的延续性。

(2) 文字的整体编排

页面里的正文部分是由许多单个文字经过编排组成的群体,要充分发挥这个群体形状在版面整体布局中的作用。从艺术的角度可以将字体本身看成是一种艺术形式,它在个性和情感方面对人们有着很大影响。在网页设计中,字体的处理与颜色、版式、图形等其他设计元素的处理一样非常关键。从某种意义上来讲,所有的设计元素都可以理解为图形。

① 文字的图形化:字体具有两方面的作用,一是实现字意与语义的功能,二是美学效应。所谓文字的图形化,即是强调它的美学效应,把记号性的文字作为图形元素来表现,同时又强化了原有的功能。作为网页设计者,既可以按照常规的方式来设置字体,也可以对字体进行艺术化的设计。无论怎样,一切都应围绕如何更出色地实现自己的设计目标。

将文字图形化、意象化,以更富创意的形式表达出深层的设计思想,能够克服网页的单调与平淡,从而打动人心。

② 文字的叠置:文字与图像之间或文字与文字之间在经过叠置后,能够产生空间感、跳跃感、透明感、杂音感和叙事感,从而成为页面中活跃的、令人注目的元素。虽然叠置手法影响了文字的可读性,但是能造成页面独特的视觉效果。这种不追求易读,而刻意追求"杂音"的表现手法,体现了一种艺术思潮。因而,它不仅大量运用于传统的版式设计,在网页设计中也被广泛采用。

③ 标题与正文:在进行标题与正文的编排时,可先考虑将正文作双栏、三栏或四栏的编排,再进行标题的置入。将正文分栏,是为了求取页面的空间与弹性,避免通栏的呆板以及标题插入方式的单一性。标题虽是整段或整篇文章的标题,但不一定千篇一律地置于段首之上。可作居中、横向、竖向或边置等编排处理,甚至可以直接插入字群中,以新颖的版式来打破旧有的规律。

④ 文字编排的 4 种基本形式:页面里的正文部分是由许多单个文字经过编排组成的群体,要充分发挥这个群体形状在版面整体布局中的作用。

- 两端均齐:文字从左端到右端的长度均齐,字群形成方方正正的面,显得端正、严谨、美观。
- 居中排列:在字距相等的情况下,以页面中心为轴线排列,这种编排方式使文字更加突出,产生对称的形式美感。

- 左对齐或右对齐：左对齐或右对齐使行首或行尾自然形成一条清晰的垂直线，很容易与图形配合。这种编排方式有松有紧，有虚有实，跳动而飘逸，产生节奏与韵律的形式美感。左对齐符合人们阅读时的习惯，显得自然；右对齐因不太符合阅读习惯而较少采用，但显得新颖。
- 绕图排列：将文字绕图形边缘排列。如果将退底图插入文字中，会令人感到融洽、自然。

（3）文字的强调

① 行首的强调：将正文的第一个字或字母放大并作装饰性处理，嵌入段落的开头，这在传统媒体版式设计中称为"下坠式"。此技巧的发明溯源于欧洲中世纪的文稿抄写员。由于它有吸引视线、装饰和活跃版面的作用，所以被应用于网页的文字编排中。其下坠幅度应跨越一个完整字行的上下幅度。至于放大多少，则依据所处网页环境而定。

② 引文的强调：在进行网页文字编排时，常常会碰到提纲挈领性的文字，即引文（也称为眉头）。引文概括一个段落、一个章节或全文大意，因此在编排上应给予特殊的页面位置和空间来强调。引文的编排方式多种多样，如将引文嵌入正文的左右侧、上方、下方或中心位置等，并且可以在字体或字号上与正文相区别而产生变化。

③ 个别文字的强调：如果将个别文字作为页面的诉求重点，则可以通过加粗、加框、加下划线、加指示性符号、倾斜字体等手段有意识地强化文字的视觉效果，使其在页面整体中显得出众而夺目。另外，改变某些文字的颜色，也可以使这部分文字得到强调。这些方法实际上都是运用了对比的法则。

（4）文字的颜色

在网页设计中，设计者可以为文字、文字链接、已访问链接和当前活动链接选用各种颜色。例如，如果使用 FrontPage 编辑器，默认的设置是正常字体颜色为黑色，默认的链接颜色为蓝色，鼠标单击之后又变为紫红色。使用不同颜色的文字可以使想要强调的部分更加引人注目，但应该注意的是，对于文字的颜色，只可少量运用，如果什么都想强调，其实是什么都没有强调。况且，在一个页面上运用过多的颜色，会影响浏览者阅读页面内容，除非有特殊的设计目的。

颜色的运用除了能够起到强调整体文字中特殊部分的作用之外，对于整个文案的情感表达也会产生影响。这涉及色彩的情感象征性问题，限于篇幅，在这里不作深入探讨。

另外需要注意的是文字颜色的对比度，它包括明度上的对比、纯度上的对比以及冷暖色调的对比。这些不仅对文字的可读性发生作用，更重要的是，可以通过对颜色的运用实现想要的设计效果、设计情感和设计思想。

2. 网页图像的排版要求

除了文本之外，网页上最重要的设计元素莫过于图像了。一方面，图像的应用使网页更加美观、有趣；另一方面，图像本身也是传达信息的重要手段之一。与文字相比，它直观、生动，可以很容易地把那些文字无法表达的信息表达出来，易于浏览者理解和接受。

（1）图像的格式

Web 通常使用两种图像格式：GIF 和 JPEG。除此以外，还有两种适合网络传播但没有被广泛应用的图像格式：PNG 和 MNG。

（2）图像的形式

同印刷排版一样,静态图像在网页排版中的运用不外乎 4 种形式：方形图、退底图、出血图以及这 3 种形式的结合使用。

① 方形图：即图形以直线边框来规范和限制,是一种最常见、最简洁、最单纯的形态。方形图使图像内容更突出且将主体形象与环境共融,可以完整地传达主题思想,富有感染性。配置方形图的页面,给人以稳重、可信、严谨、理性、庄重和安静的感觉,但有时也显得平淡、呆板。

② 退底图：将图像中的背景去掉,只留下主题形象。退底图形自由而突出,更具有个性,因而给人印象深刻。配置退底图的页面,轻松、活泼,动态十足,而且图文结合自然,给人以亲和感。但也容易造成凌乱和不整体的感觉。

③ 出血图：图像的一边或几个边充满页面,有向外扩张和舒展之势。一般用于传达抒情或运动信息的页面,因不受边框限制,感觉上与人更加接近,便于情感与动感的发挥。

（3）图像的编排

① 四角与中轴四点结构：页面的四个角与对角线、中轴四点及水平与垂直的中轴线,具有支配页面结构的作用。

四角是页面边界相交形成的四个点,把四角连接起来的斜线即对角线,交叉点为页面中心。中轴四点指经过页面中心的垂直线和水平线的端点。这四个点可上、下、左、右移动。

通过四角与中轴四点结构的不同组合、变化,可以求得多样的页面结构。在图像排版时紧紧抓住这八个点,可以突出网页的形式美感,网页的版式设计、视觉流程的筹划也得到相应简化。

② 块状组合与散点组合结构：块状组合,即通过水平、垂直线分割,将多幅图像在页面上整齐有序地排列成块状,这种结构具有强烈的整体感和秩序美感。各幅图像相互自由叠置或分类叠置而构成的块状组合,具有轻快、活泼的特性,同时也不失整体感。

散点组合,即图像分散排列在页面各个部位,具有自由、轻快的感觉。采用这种结构应注意图像的大小、主次以及方形图、退底图和出血图的配置,同时还应考虑疏密、均衡、视觉流程等。

（4）图像的处理

图像的外形、大小、数量以及与背景的关系,都与内容有着密切的联系。

① 图像的外形处理：图像的外形能使页面的气氛发生变化,并直接影响浏览者的兴趣。一般而言,方的稳定、严肃,三角形的锐利,圆形或曲线外形的柔软亲切,退底图及一些不规则或不带边框的图像活泼。

② 图像的面积：图像在网页中占据的面积大小能直接显示其重要程度。一般情况下,大图像容易形成视觉焦点,感染力强,传达的情感较为强烈；小图像常用来穿插在字群中,显得简洁而精致,有点缀和呼应页面主题的作用。在一个页面中,如果只有大图像而无小图像或细密的文字,就会显得空洞,但只有小图像而无大图像又使页面缺乏视觉冲击力。

图像的大小不仅决定着主从关系,也控制着页面的均衡与运动。大小对比强烈,给人跳跃感,使主角更突出;大小对比减弱,则页面稳定、安静。这是因为,访问者在浏览页面时,首先会注意到大图像,然后再看到较小的图像,这种由大到小的引导,使浏览者的视线在页面上流动,便造成一种动势,使页面活泼起来。

因此,在网页设计时,应首先确定主要形象与次要形象,扩大主要图像的面积,使次要角色缩小到从属地位。只有大小图像主次得当地穿插组合,才能构成最佳的页面视觉效果。

③ 图像的数量:图像的数量是根据内容决定的。只用一幅图像,会使内容突出、页面安定。增加一幅图像,页面会因为有了对比和呼应而活跃起来。再增加一幅,则更加热闹、活泼。但是,限于目前网络的传输速度,使用图像时一定要谨慎,大的图像会降低页面显示速度,即使是小图像,如果运用数量过多,同样会使页面下载速度变慢。随着网络环境及技术条件的改善,这种情况已经有了很大的改观。

④ 与背景的关系:网页图像与背景是对比和统一的关系。也就是说,图像与背景在和谐统一的基础上,应存在一定的对比,以使主要图像更加突出。如精密的相机镜头以粗糙的岩石为背景,明亮的文字以深邃的星空为背景,或者使用没有背景及陪衬物的退底图像,周围留出大面积空白,都是利用对比对主体形象起到突出作用。

(5) 图像在长页面中的应用

网页一般都是纵向的(也有特意设计成横向滚屏的),其长度从一屏到三屏不等,有时甚至更多。访问者在浏览页面时,通过拖动垂直滚动条使网页一屏一屏地显示,但这并不意味着可以将整个页面分割开来,孤立地进行每一屏的设计。页面的整体感是建立在形象的启承关系上,尽管页面被分割成几屏来显示,但图像或文字的延续性应使浏览者得到完整、统一的视觉感受。设计者所要做的就是进行通盘考虑,例如:寻找对比中的和谐、建立同一的视觉识别等,来处理好每一屏与整个页面的关系。

13.3.3　实例操作

一般制作网页前要准备材料,做需求分析,确定网页的主题,比如想做一个个人主页,要介绍 3 个方面内容:自我介绍、爱好、学习生活。因此,规划是很重要的。如果事先规划好网站,就成功了一半。就像语文老师常说的"提纲是作文的二分之一"一样。想想你的网站要做什么,能做些什么,怎么做,等等,是非常重要的。

下面就以某公司主页为实例,为大家讲解网页排版的操作。

1. 设置页面

(1) 选择"文件"→"页面设置"命令,在打开的对话框中选择"纸张"选项卡,设定纸张大小为 A4 幅面,如图 13-31 和图 13-32 所示。

(2) 选择"页边距"选项卡,设置页面方向为横向,如图 13-33 所示。

2. 设置版式、插入图片及文字

(1) 将光标移到要插入图像的地方,然后选择"插入"→"图片"→"来自文件"命令。

(2) 按照实例页面,插入图片 biaotou.jpg,换行插入 pic.jpg,pic-1.jpg,换行居中插入 pic-2.jpg,图片版式设为四周型环绕方式。

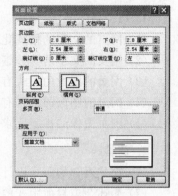

图 13-31　"文件"菜单　　　图 13-32　"页面设置"对话框　　　图 13-33　"页边距"选项卡

（3）换行相应位置使用宋体小五号字体输入"集团新闻"、"新品快信"，换行新建文本框，大小为宽 8.26 厘米，高 2.47 厘米，在文本框中输入集团新闻内容。

其他内容的制作同上。最后制作的网页效果如图 13-34 所示。

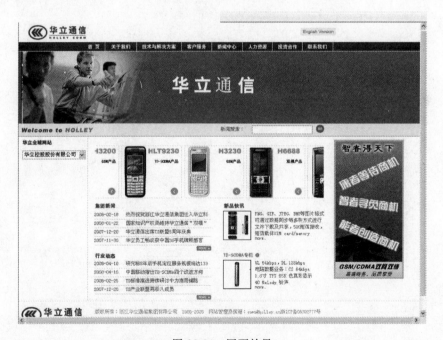

图 13-34　网页效果

3. 保存网页

保存的方法很简单，单击工具栏的"保存"按钮，在弹出的窗口中选择要保存的文件夹，给自己的网页文件起个名字，然后单击"保存"按钮就可以了！

习题十三

1. 填空题

（1）网页的文字的格式化包括_____、_____和_____。

（2）网页的文字的整体编排分为_____、_____和_____。

（3）网页的图像的形式有_____、退底图和_____。

（4）网页的图像的编排有_____结构和_____结构。

（5）网页图像的排版要求是_____、_____、_____、图像的处理和_____。

2. 简答题

（1）简述报刊的版式设计的要求。

（2）简述杂志封面版式的要求。

（3）简述网页的排版要求。

第 14 章

演示文稿的制作

本章学习导航：

1. 演示文稿
2. 设计演示文稿
3. 编制演示文稿
4. 幻灯片
5. 幻灯片的模板设计
6. 幻灯片的制作技巧
7. 制作多媒体演示文稿

知识点与能力目标：

1. 演示文稿基本概念
2. 演示文稿的作用
3. 演示文稿的设计原则
4. 编制演示文稿的方法
5. 幻灯片的种类
6. 幻灯片的制作技巧
7. 多媒体的应用

14.1 演示文稿的基础知识

14.1.1 演示文稿

1. 基本概念

（1）演示文稿：它就是一个 PowerPoint 的文件，是所有演示材料的统称，包括幻灯片、演示文稿大纲（文字部分）、观众讲义（打印发给观众的内容）和演讲者备注（给演讲者提示的内容）。

（2）幻灯片：表示 PowerPoint 中的一个视觉形象页，一般有文本、图片、动画和超链接等页面元素以及背景音乐等多媒体信息。

（3）占位符：一种带有虚线或阴影线边缘的框，绝大部分幻灯片版式中都有这种框。

在这些框内可以放置标题及正文,或者是图表、表格和图片等对象。

(4) 设计模板:它是包含演示文稿样式的文件,包括项目符号和字体的类型和大小、占位符大小和位置、背景设计和填充、配色方案以及幻灯片母版和可选的标题母版。

(5) 配色方案:作为一套的8种谐调色,配色方案中的各种颜色可应用于幻灯片、备注页或听众讲义。配色方案包含背景色、线条和文本颜色以及选择的其他6种使幻灯片更加鲜明易读的颜色。

(6) 幻灯片母版:它是存储关于模板信息的设计模板的一个元素,这些模板信息包括字形、占位符大小和位置、背景设计和配色方案。

(7) 版式:它是指添加新幻灯片时所选用的格式,PowerPoint为用户提供了28种自动版式,每种版式的版面设置各不相同,主要包括标题、文本、图片及图表占位符。PowerPoint允许对占位符执行移动、调整大小、设置格式等操作,这与母版不同。

(8) 视图模式:PowerPoint中的视图包含普通视图、幻灯片浏览视图、幻灯片放映视图和备注页视图。

2. 演示文稿的作用

演示文稿主要用于产品演示、工程介绍、企业论坛、电子演讲等,制作的演示文稿可以通过计算机屏幕或者投影机播放;还可以在因特网上召开面对面会议、远程会议或在Web上给观众展示。随着办公室自动化的广泛应用和多媒体教学的迅速发展,因演示文稿具有独特的图、文、声、像,方便高效的演示功能,越来越多的人想到了设计制作演示文稿。

3. 演示文稿设计制作的工作内容

假定对某个产品要制作一个演示文稿,构思如下。

(1) 伴随主题曲音乐,在屏幕上打出"××××产品闪亮登场"等字样。

(2) 显示一段有关该产品性能的文字简介,同时播放该产品型号各个侧面的照片。

(3) 展示该产品各个主要部件和基本结构。

(4) 用视频展示其主要功能并穿插适当的解说。

(5) 播放一段产品生产流程的录像。

(6) 演示,同时做必要的圈点和勾画,标示出需要加强理解的重点内容。

这是一个范例,可以根据具体的需要进行规划,一个好的演示文稿就像一个好厨师能够满足客户的口味一样。

制作时需要准备的素材:公司Logo,说明书,语音文稿、产品照片、动画资料和录像剪辑等。

4. 演示文稿与幻灯片的关系

演示文稿是以文稿为基础,用幻灯片的形式来表现文稿内容的幻灯片的集合。在PowerPoint中,演示文稿和幻灯片这两个概念是有差别的,应用PowerPoint演示文稿制作软件,设计制作出来的文件是演示文稿,它是一个完整的文件,而演示文稿中的每一页就叫幻灯片。每张幻灯片都是演示文稿中既独立又相互联系的内容。

14.1.2 设计演示文稿

1. 演示文稿的设计原则

（1）整体性原则

幻灯片整体效果的好坏，取决于幻灯片制作的系统性，幻灯片文字的艺术效果处理以及幻灯片色彩的配置，等等。幻灯片文件一般是以提纲的形式出现，最忌讳的做法是将所有内容全部写在几张幻灯片上。制作幻灯片时要将文字做提炼处理，起到强化要点、文字简练、重点突出的效果。

（2）主题性原则

在设计幻灯片时，要注意突出主题，通过合理的布局有效地表现教学内容。在每张幻灯片内都应注意构图的合理性，可使用黄金分割及九宫法构图，使幻灯画面尽量地做到均衡与对称。从可视性方面考虑，还应当做到视点明确（视点即是每张幻灯片的主题所在）。利用多种对比方法来为主题服务：例如黑白色对比，互补色对比（红和青、绿和品、蓝和黄），色彩的深浅对比，文字的大小对比等，以及各种对比方法的综合使用。总之，尽量使幻灯片画面具有感染力和鲜明的主题。用色多则乱，用色繁则花，"用色不过三"就是一条常用的法则。如果用色太多和过繁，极易喧宾夺主干扰画面主题，导致幻灯片的主题不突出和整体效果不佳。因此，切记用色不要滥。

（3）规范性原则

幻灯片的制作要规范，特别是在文字的处理上，力求使字数、字体、字号的搭配做到合理、美观。主要应注意以下几点。

① 字体的选择：各种字体具有其各自的风格色彩，根据文稿的不同需求，选择不同风格的字体。正文用字多以庄重为宜，通常选用宋体，如果选用仿宋体、楷体或其他一些美术字体为正文用字，易给人以轻散的感觉。

②字号的选择与行距的关系：字号的选择也影响着画面的效果。字号过小，视觉困难；过大，则造成松弛感。同样，行距过宽或过窄也会使阅读的内在节奏受到阻碍。对于文字，按照经验，在一般小教室里进行的演示，正文必须要大于 18 号才能使受众毫不费劲地看清楚，标题则要大于 44 号才能比较醒目。实践表明，如果演示过程中受众看不清楚视屏上字的内容，那么他们不仅会放弃观看视屏，甚至还会丧失听讲兴趣退场而去。对于图表和图形，应当力求轮廓线粗一些，而细节部分则尽可能地越少越好。

③ 画面的稳定与留白的关系：留白不但有助于阅读，而且还利于稳定视线。画面与留白的关系如同呼吸，画面大小就如同呼吸深浅，过大过小都会有窒息感。在标题、文、图和四周应留有适当的空白，便于主题的突出，使版面清爽，疏密相间，让听众阅读时有透气的地方。

（4）少胜多原则

大多数演示视屏所犯的通病和最大问题是在一张幻灯片上放置太多的信息。比较合理的做法是，视屏上应大致留出三分之一左右的空白，特别是在视屏的底部应该留有较多的空白。这样安排的原因有如下两个。

一是比较符合受众观看演示的心态和习惯。当一张幻灯片出现时，受众直接和自然的反应是首先观看其上内容,随后才听取演示者的讲解。如果一张幻灯片刚一显示,演示者就立即开口讲解,那么前面的几句话往往是没有效果的。有经验的演示者此时常常会稍等片刻,并且把这个片刻控制得恰到好处,恰似一个自然的过渡,而不像是一个中断,一般这个时间大约以 5 秒钟为宜。如果幻灯片上信息太多,满篇文字,那么受众在5 秒钟内就会看不完。

二是有利于建立演示者和受众间的交流气氛。幻灯片上满篇文字的另一个缺点是,会使演示者的"念"比受众的"看"慢得多,容易造成受众长时间地等待,同时还使演示者长时间背对观众,破坏了演示者和受众之间的交流气氛。

减少视屏信息量的措施有"浓缩"、"细分"和"渐进"3 种。

① 浓缩:对于文字,尽量使用简短和精练的句子,结构简单,使受众一看就懂。一张幻灯片上的文字,行数不多于 6～7 行,每行不多于 20 个字。对于图表和表格,也要精简,通过合并一些相关行列来使图形和表格的行列数为 4～5 个,否则就会显得过于繁杂。

② 细分:对于文字,把原先置于一张幻灯片上的较多内容加以分解,分别放到几张幻灯片上,每张幻灯片上的内容具有相对的独立性。对于图表和表格,基本原则是一张幻灯片只放一幅图表或一个表格,但那些必须放在一起需要进行比较的例外。

③ 渐进:做法是将一个视屏的信息分为几次,按先后顺序进行显示,并且把演示着的演讲与相应显示的视屏信息相匹配,使受众每次所需要注视的信息量大为减少。在演示应用软件 PowerPoint 中包含了这种功能,如利用自定义对象的动画来安排视屏上的信息对象出现的先后次序,还可以决定先出现的信息在视屏上是否可以改变颜色或者消失等。

(5) 易读性原则

易读性的含义是指要使坐在最后一排的受众都能看清楚视屏上的信息。通常,计算机屏幕上可以看得很清楚的文字和图表,一旦放映到演示屏幕上常常会不清楚,在制作演示文稿时对这一点一定要有明确的认识。

(6) 简单性原则

视屏信息是为演示的主题服务的,而不是展示演示者艺术创作或多媒体技术水平的舞台,如果过度使用,则会囿于为设计而设计的局限之中,使阅读因装饰过度而受到阻碍。因此,应避免单纯追求计算机技术的时髦,将众多的图形、字体、重叠、旋转、渐变、虚化等效果不假思索地滥用,出现与内容风马牛不相及的设计,以致喧宾夺主,违背了教学演示文稿本身的特性。由视屏信息的这一定位出发,在简单性原则下,总结了设计中的"六忌",即:一忌字体变化过多;二忌字号变化无层次;三忌色彩过艳过杂;四忌一页中文字数过多;五忌动画效果过乱,左进右出,使人眼花缭乱;六忌插入与文稿无关联的插图,尤其是卡通图案的使用。

(7) 醒目原则

一般,可以通过加强色彩的对比度来达到使视屏信息醒目和悦目的目的。例如,蓝底白字的对比度强,其效果也好;蓝底红字的对比度要弱一些,效果也要差一些;而如果采用红色作为白字的阴影色放在蓝色背景上,那么就会更加醒目和美观。

（8）完整性原则

完整性是指，力求把一个完整的概念放在一张幻灯片上，万不得已不要跨越几张幻灯片。这是因为，当幻灯片由一张切换到另一张时，会导致受众原先的思绪被打断。此外，习惯上总是认为，在切换以后，上一张幻灯片中的概念已经结束，下面所等待的是另外一个新概念。

（9）一致性原则

所谓一致性，就要求演示文稿的所有幻灯片上的背景、标题大小、颜色、幻灯片布局等，尽量做到保持一致。实践表明，与内容无关的任何变化，都会分散受众对演示内容的注意力，削弱演示的效果。

（10）重视首尾原则

重视首尾的意思是要提醒演示者对标题幻灯片和演示尾声的制作予以充分的重视。对于演示，第一张标题幻灯片起着开场锣鼓的作用。在演示应用软件 PowerPoint 里，专门设有为制作演示的标题而提供的标题母版，可见标题在演示中处有非常特殊的地位。同样，演示的尾声对一个成功的演示也有着很重要的作用。

2. 创建演示文稿

具体设计步骤如下。

（1）构思，确定文稿的内容，表现形式。

如某计算机公司的演示文稿构思如下。

① 伴随公司的主题曲音乐，在屏幕上打出"DLT 新型计算机闪亮登场"等字样。

② 显示一段有关该产品性能的文字简介，同时播放该型号计算机各个侧面的照片。

③ 展示计算机各个主要部件和基本结构。

④ 用动画展示其主要功能并穿插适当的解说。

⑤ 播放一段产品生产流程的录像。

⑥ 演示同时做必要的圈点和勾画，标示出需要加强理解的重点内容。

（2）准备素材，比如产品照片、动画文件和录像剪辑和文字资料。

若准备从头设计，虽然可以以"空演示文稿"开始编辑，但最好的办法也是首先考虑好演示文稿的大体结构，准备好素材，对希望实现的效果有个大体的概念，然后开始。这比在欢迎窗口中直接选择"空演示文稿"命令，直接面对空幻灯片开始设计要少走许多弯路。

（3）创建演示文稿。

① 运行 PowerPoint 在欢迎画面上选择"内容提示向导"命令，如图 14-1 所示，单击"下一步"按钮。

② 在随后出现的窗口上选择"销售/市场"类中的"产品/服务概况"选项，如图 14-2 所示，单击"下一步"按钮。

③ 接下来选中"屏幕上的演示文稿"（不具备计算机投影仪的地方也可根据情况选择"黑白/彩色投影机"，把每张幻灯片打印到投影胶片上使用，并在"是否打印"选项中选"是"）单选按钮，如图 14-3 所示。

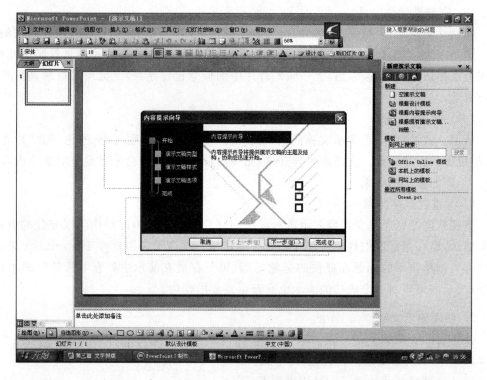

图 14-1　内容提示向导

图 14-2　选择"产品/服务概况"选项

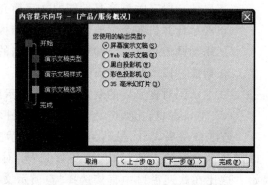

图 14-3　内容提示向导

④ 这一切做完后,会出现如图 14-4 所示的编辑窗口。看到这个界面,若仔细观察,会发现右侧还有一个浮动的小窗口,它是幻灯片预览窗口。把编辑光标从一个标题移动到另一个标题,预览窗口的标题也随之改变。而编辑一级标题下的正文的时候,也就是编辑相应幻灯片上的正文了。而且凡是添加文字,并设定为一级标题,都意味着添加了一个新的幻灯片。若想调节幻灯片的顺序,可以使用左边的按钮,也可以直接使用鼠标拖动。在这个视图模式下,可以很容易地把整个演示文稿组织得条理清晰。

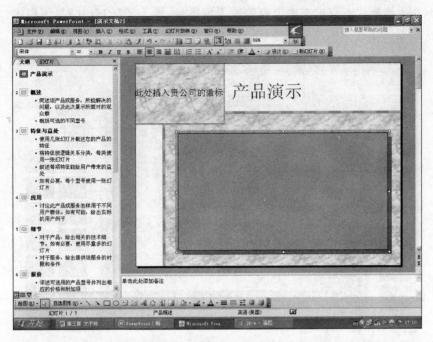

图 14-4　向导生成的演示文稿

14.1.3　编制演示文稿

具体操作步骤如下。

(1) 首先,把现成的提纲作修改和完善,输入针对产品的介绍,其中,每开始一个主要的题目,可以把那段话设为一级标题(如图 14-5 所示)。

图 14-5　修改和完善演示文稿

（2）在大纲模式下完成文本内容的输入编排后，转入了"幻灯片"视图模式。这样做的目的主要是为了灵活使用视图模式以最大限度地提高效率（如图 14-6 所示）。

图 14-6 "幻灯片"视图模式

在此模式下，可以清楚地看到接近实际的效果。

14.2 幻灯片制作

14.2.1 幻灯片概述

1. 幻灯片的种类

常见的幻灯片现在有以下几种。

（1）物理性的

物理性的幻灯片是指用投影机观看的一幅幅照片，这种幻灯片多半是用透明正片装进放映机放映。照相相片称为照相幻灯片，彩色照片称为彩色幻灯片。成卷的幻灯片叫做长条幻灯片。

（2）电子文档性的

电子文档性的幻灯片是指一种由文字、图片等制作出来加上一些特效动态显示效果的电子文档。

它是利用 Microsoft 的 PowerPoint 制作出来的一种 PPT 格式文件。简单地说，就是在做演讲的时候给别人看的一种图文并茂的图片，用来更加直接，直观地阐述观点，使听众更加容易理解的辅助工具。如果在做商务，那么 PowerPoint 一定将成为必要的工具。

（3）其他类型的幻灯片

计算机发展到现在，使许多固有的东西发生了很多变化，幻灯片也不例外，现在有用 Flash 制作的，有各种特效的幻灯片，也有通过 HTML 程序来实现图片播放的幻灯片，还有很多经常看到的不同类型的幻灯片。

2. 常用术语

（1）场景

场景和场面，都是事物发生的背景和空间，但也有一些区别：场景是影片中的术语，场面是小说中的术语。如泰坦尼克号中的一个场景，冰海沉船；一个场景描写其中包含人物表情和动作。

（2）背景音乐

背景音乐简称 BGM，是 Back Ground Music 的缩写，它的主要作用是掩盖噪声，并创造一种轻松和谐的气氛，听的人若不专心听，就不能辨别其声源位置，音量较小，是一种能创造轻松愉快环境气氛的音乐。

（3）旁白

旁白是电影、戏剧中使用的一种独特语言描写。旁白是画外音的一种，是画外运用的一种台词形式。它一般可分为两种：一种是剧中人的主观性自述，以第一人称的口吻回忆过去或展开情节，能给人以亲切之感；一种是作者对故事的客观性叙述，概括说明故事发生的背景及原委，或对人物、事件表明态度，直接进行议论和抒情。旁白描写还具有转换场景、结构作品的功用。旁白应富于表现力；力求简练隽永，以增强作品的艺术感染力。

（4）脚本

脚本是指分镜头脚本。脚本的意思就是以该文本为拍摄依据。分镜头就是，图文并茂。

3. 幻灯片的制作要求

由于幻灯片具有很强的空间表现力和延时重现表现力以及投资少、制作快等优点，是性能价格比最好的媒体，所以目前在课堂教学、学术报告等活动中应用得非常广泛，这就要求制作者要充分考虑到观众的视觉习惯和心理感受，在视觉上给观众一适宜的感观效果。

（1）内容应简明扼要，集中易懂，重点明确

在有限的幻灯画面里，要求视点明确，画面的内容应有条有理，力避零乱，避免满视野的文字和数字以及复杂难认、毫无重点的图形，不要贪多求全，防止出现"顶天立地"的现象。在同一画面上不应有两个以上的兴趣中心，以免分散注意力。

（2）风格统一，排版一致

将幻灯片的主体统一为一致的风格，目的是使幻灯片有整体感。包括页面的排版布局，色调的选择搭配，文字的字体、字号等内容。

排版同样注意要有相似性，尽量使同类型的文字或图片出现在页面相同的位置。使观看者便于阅读，清楚地了解各部分之间的层次关系。

（3）色调鲜明醒目，能使人加深记忆

丰富的色彩可调动观众的无意注意和强化记忆，要避免毫无特色，色调单一、贫乏的

图文堆积。

幻灯片配色以明快醒目为原则,文字与背景形成鲜明的对比,配合小区域的装饰色彩,突出主要内容。

(4) 画面新颖,表现生动,具有艺术感染力,给人以启发联想

能发掘观众思维,调动观众的积极性,避免生硬呆板、枯燥无味的表现手法,要尽可能引人入胜,生动有趣,使观众进入演讲的氛围,有助于理解演讲全文。

(5) 影像图片造型应端正清晰,主体突出

照片内容应主体明确,主次分明,景物安排适当,灵活使用景别,画面干净,不杂乱无章。

图案的选择要与内容一致,同时注意每页图片风格的统一。包括 Logo、按钮等涉及图片的内容,都尽量在不影响操作和主体文字的基础上进行选择。

(6) 布局合理,具有均衡性

画面构图合理,要让人看上去是稳定、整体、和谐的。要注意视觉的右撇现象,即通常人们观察画面从左到右,把注意力停留和集中在右面,右边不宜太重。

(7) 图表设置实用美观

以体现图表要表达的内容为选择图表类型的依据,兼顾其美观性,在此基础上增加变化。同时为排版的需要,将部分简单的图表改为文字表述。

(8) 链接易用,简化页面

各页面的链接设置在固定的文字和按钮上,便于使用者记忆和操作,避免过于复杂的层次结构之间的转换,保持各页面之间的逻辑关系清晰明了。

每页只保留必要的内容,较少出现没有意义的装饰性图案,避免页面出现零乱的感觉,在此基础上使每页有所变化。

(9) 幻灯片的字体

① 线条不小于 1.5 磅。

② 字体不小于 18 磅,以使坐在会议室最后一排的观众也能看清楚。

③ 避免使用过多的字体,减少下划线、斜体和粗体的使用。

④ 幻灯片中的尽量使用笔画粗细一致的字体,如黑体、arial、tahoma。

⑤ 如果采用英文,不要全部采用大写字母。一方面是对听众的不尊敬(用大写字母拼写表示对别人大声吼叫),另一方面大写字母也不如小写字母容易辨认。

⑥ 正文字体比标题稍小。不要在幻灯片上塞满文字。如果文字太多,宁愿分成多张幻灯片。

⑦ 文字应当尽量一致,如果整套幻灯片使用太多的字形和样式,显得花里胡哨、不整洁。

以上的几点为计算机制作幻灯埋下伏笔。只有计算机才能制作出色彩丰富、表现生动、感染力强的高品质的幻灯片,同时计算机优越无比的制作手段,简单方便的操作方法,无可争辩地使幻灯制作迈入计算机制作时代,与传统的幻灯制作相比这是一个质的飞跃和突破。

14.2.2　幻灯片模板

1. 模板和母版

（1）模板的使用

如果经常需要制作风格、版式相似的演示文稿，就可以先制作好其中一份演示文稿，然后将其保存为模板，以后直接调用修改就行了。

（2）母版的使用

所谓"母版"是一种特殊的幻灯片，它包含了幻灯片文本和页脚（如日期、时间和幻灯片编号）等占位符，这些占位符控制了幻灯片的字体、字号、颜色（包括背景色）、阴影和项目符号样式等版式要素。

2. 应用设计模板

应用设计模板创建演示文稿的步骤如下。

① 启动 PowerPoint 2003，选择"文件"→"新建"命令，展开"新建演示文稿"任务窗格（如图 14-7 所示）。

② 选择"根据设计模板"选项，打开"模板"对话框（如图 14-8 所示），选中需要的模板，单击"确定"按钮（如图 14-8 所示）。

图 14-7　"新建演示文稿"任务窗格

图 14-8　"模板"对话框

③ 根据制作的演示的需要，对模板中相应的幻灯片进行修改设置后，保存，即可快速制作出与模板风格相似的演示文稿。

注意：如果在"模板"对话框中，切换到"设计模板"或"演示文稿"选项下，可以选用系统自带的模板来设计制作演示文稿。

3. 母版的使用

母版通常包括幻灯片母版、标题母版、讲义母版、备注母版 4 种形式。下面介绍"幻灯片母版"的建立和使用。

幻灯片母版通常用来统一整个演示文稿的幻灯片格式,一旦修改了幻灯片母版,则所有采用这一母版建立的幻灯片格式也随之发生改变,快速统一演示文稿的格式等要素。

① 启动 PowerPoint 2003,新建或打开一个演示文稿。

② 选择"视图"→"母版"→"幻灯片母版"命令,进入"幻灯片母版视图"状态,此时"幻灯片母版视图"工具条也随之被展开(如图 14-9 和图 14-10 所示)。

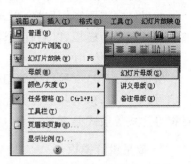

图 14-9　"视图"菜单

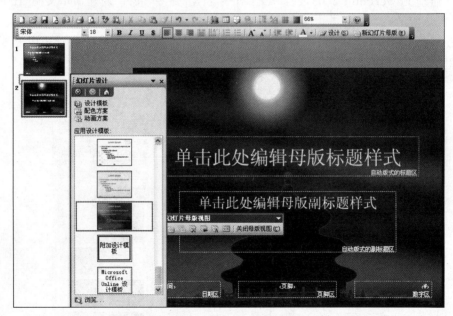

图 14-10　幻灯片母版视图

③ 右击"单击此处编辑母版标题样式"字符,在随后弹出的快捷菜单中,选择"字体"

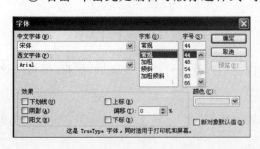

图 14-11　"字体"对话框

选项,打开"字体"对话框(如图 14-11 所示)。设置好相应的选项后单击"确定"按钮返回。

④ 分别右击"单击此处编辑母版文本样式"及下面的"第二级、第三级、……"字样,仿照上面第③步的操作设置好相关格式。

⑤ 分别选中"单击此处编辑母版文本样式"、"第二级、第三级、……"字样,选择

"格式"→"项目符号和编号"命令,打开"项目符号和编号"对话框,设置一种项目符号样式后,单击"确定"按钮退出,即可为相应的内容设置不同的项目符号样式。

⑥ 选择"视图"→"页眉和页脚"命令,打开"页眉和页脚"对话框(如图 14-12 和图 14-13 所示),选择"幻灯片"选项卡,即可对日期区、页脚区、数字区进行格式化设置。

图 14-12　"视图"菜单　　　　　　　　　　图 14-13　"页眉和页脚"对话框

⑦ 选择"插入"→"图片"→"来自文件"命令,打开"插入图片"对话框,定位到事先准备好的图片所在的文件夹中,选中该图片将其插入到母版中,并定位到合适的位置上。

⑧ 全部修改完成后,单击"幻灯片母版视图"工具条上的"重命名母版"按钮,打开"重命名母版"对话框(如图 14-14 所示),输入一个名称(如"演示母版")后,单击"重命名"按钮返回。

图 14-14　"重命名母版"对话框

⑨ 单击"幻灯片母版视图"工具条上的"关闭母版视图"按钮退出,"幻灯片母版"制作完成。

4. 配色方案的使用

通过配色方案,可以将色彩单调的幻灯片重新修饰一番。

（1）在"幻灯片设计"任务窗格中，单击其中的"配色方案"选项，展开内置的配色方案（如图 14-15 所示）。

（2）选中一组应用了某个母版的幻灯片中任意一张，单击相应的配色方案，即可将该配色方案应用于此组幻灯片。

注意：如果对内置的某种配色方案不满意，可以对其进行修改：选中相应的配色方案，选择任务窗格下端的"编辑配色方案"选项，打开"编辑配色方案"对话框，双击需要更改的选项（如"阴影"），打开相应"调色板"（如图 14-16 所示），重新编辑相应的配色，然后单击"确定"按钮返回。

图 14-15　配色方案

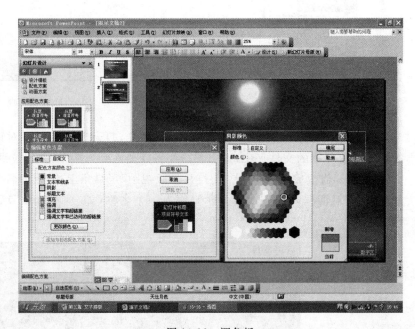

图 14-16　调色板

14.2.3　幻灯片的制作技巧

1. 幻灯片背景设置

（1）启动背景设置：选择"格式"→"背景"命令（或右击空白处），弹出"背景"对话框，单击"背景填充"项目下方的小箭头，弹出颜色下拉列表。

（2）设置幻灯片背景有如下两项内容。

① 颜色背景：选择"其他颜色"选项，选择一种背景颜色后单击"确定"按钮返回。

② 填充效果：选择"填充效果"选项，在"填充效果"对话框中有以下 4 种填充效果可以选择。

- 过渡：是指两种颜色之间的过渡效果，可选择颜色、式样和变形，单击"确定"按钮即可。
- 纹理：是指具有石质、木质、布质等效果的纹理。
- 图案：是指两种颜色前后搭配，构成背景。

- 图片：单击"选择图片"按钮，选中合适图片，单击"插入"按钮返回。

（3）应用幻灯片背景。选中"忽略母版的背景图形"复选框，可防止原有母版的背景影响到新背景。单击"应用"按钮，只应用到当前一张幻灯片；单击"全部应用"按钮，则应用到所有幻灯片。

2. 幻灯片设计

选择"格式"→"幻灯片设计"命令（或右击空白处），出现"幻灯片设计"任务窗口，其中有 3 个模块：设计模板、配色方案和动画方案。

（1）设计模板：选择"设计模板"选项，弹出"应用设计模板"窗口。

① 模板显示方式：指向任何一个模板，会显示模板名称；单击右侧的下三角按钮，选中"显示大型预览"复选框，决定显示方式。

② 使用设计模板：选择一种模板，单击右侧的下三角按钮，选择应用于单张还是全部幻灯片。

③ 取消设计模板：选择"可供使用"之下第一个设计，名称为"标准设计模板"。

（2）配色方案：选择"配色方案"选项，弹出"应用配色方案"窗口。

① 标准配色方案：选择一种配色方案，单击下三角按钮，选择应用于单张还是全部幻灯片。

② 自定义配色方案：单击"编辑配色方案"按钮，在"自定义"选项卡下对 8 种元素进行配色，再单击"添加为标准配色方案"按钮，单击"应用"按钮。

③ 删除配色方案：单击"编辑配色方案"按钮，在"标准"选项卡下选择一种配色方案，单击"删除配色方案"按钮，单击"应用"按钮。

（3）动画方案：单击"动画方案"（或选择"幻灯片放映"→"动画方案"命令）按钮，弹出动画窗口。

① 选择动画方案：单击一个动画方案，如果选中了下面"自动预览"复选框，可以立即看到动画效果并应用于本张幻灯片中，如选择"应用于所有幻灯片"选项则应用于所有幻灯片。

② 播放动画：单击"播放"按钮，即可播放动画。

3. 自定义动画

自定义动画指的是在演示一张幻灯片时，随着演示的进展，逐步显示幻灯片的不同层次、不同对象的动画内容。

（1）设置动画：选择"幻灯片放映"→"自定义动画"命令，弹出"自定义动画"窗口。

① 添加动画效果：选中一个对象，单击"添加效果"按钮，出现动画效果菜单。

- 进入：决定了对象从无到出现的动画过程。
- 强调：适用于已有的对象，以动画效果再次显示，起到突出和强调作用。
- 退出：决定了对象从有到无的动画过程。
- 动作路径：决定了一个对象的运动轨迹。

② 选择动画效果：从上面 4 项菜单中选择一种或多种动画效果，在窗口下会显示效果符号。

(2) 编辑动画效果：添加动画效果后会在窗口下面显示已定义的动画效果项目。

① 更改动画效果：单击"更改"按钮，可重新设置动画效果。

② 删除动画效果：单击"删除"按钮可以将已设置在对象上的动画效果去除。

③ 改变动画顺序：单击需要调整的项目，然后使用"重新排序"的上下按钮进行。

(3) 控制动画效果：控制动画开始时间、动画方向及动画速度。

① 开始时间：单击"开始"右边的下三角按钮，对象按照设定在幻灯片中开始出现。

- 单击时：是指在单击或按键盘上一个键之后。
- 之前：是指当前选中对象与上一个对象一起出现，动画效果分别按照各自的设置进行。
- 之后：是指在上一个对象出现结束后，当前对象自动接续出现。

② 动画方向：是指对象出现的方位或动画效果打开的方向，每一个动画可以有不同的方向。

③ 动画速度：是指动画过程的快慢程度，有非常慢、慢速、中速、快速和非常快。

(4) 设置效果选项：对动画作进一步设置，单击效果项目旁边的下三角按钮，选择"效果"选项。

① "效果"选项卡：在"方向"下拉列表框中进行方向选择；在"声音"下拉列表框中选择声音效果及音量；在"动画播放后"下拉列表中选择完成后的状态；在"动画文本"下拉列表中选择适当的动画文本发送方式。

② "计时"选项卡：在"开始"下拉列表中进行动画开始设置的选择；在"延迟"选项中设置动画的延迟时间；在"速度"下拉列表中设置动画播放的速度；在"重复"下拉列表中选择动画播放重复的次数；单击"触发器"按钮，选择"部分单击序列动画"选项，在幻灯片放映时用户在任意位置单击鼠标即可触发播放下一个动画，选择"单击下列对象时启动效果"选项，可以在其中选择一个对象作为触发动画播放的对象。

③ "正文文本动画"选项卡：在"组合文本"下拉列表中选择正文文本中段落的出现方式；选中"每隔"复选框，可以设置段落之间出现的时间间隔；选中"相反顺序"复选框，段落按相反的顺序出现。

(5) 高级日程表：位于"自定义动画"任务窗格的底端，以秒为单位说明每个动画的计时情况。

① 显示高级日程表：单击效果列表中的任意一项右侧的下三角按钮，选择"显示高级日程表"选项。

② 使用高级日程表：单击"秒"按钮，选择"放大"或"缩小"，可以增加或减少显示动画效果列表中计时的数量；鼠标指向"时间块"的左右两侧时，按住鼠标左键进行拖动，可以调整动画效果的过程长短；在两个"时间块"之间的竖线是"移动日程表"，它表示了两个动画效果之间的相对计时。

14.3 制作多媒体演示文稿

可以利用 PowerPoint 设计动画，配置声音，添加影片等技术，制作出更具感染力的多媒体演示文稿。

14.3.1　动画的设置

1. 进入动画设置

① 选中需要设置动画的对象（如段文字），选择"幻灯片放映→自定义动画"命令，展开"自定义动画片"任务窗格（如图 14-17 所示）。

② 单击"添加效果"右侧的下三角按钮，在随后出现的下拉列表中，展开"进入"下面的级联菜单，选中其中的某个动画方案（如图 14-17 所示）。此时，在幻灯片工作区中，可以预览动画的效果（如图 14-18 所示）。

注意：如果对列表中的动画方案不满意，可以选择上述列表中的"其他效果"选项，打开"添加进入效果"对话框（如图 14-19 所示），选项合适的动画方案，单击"确定"按钮返回即可。

图 14-17　"自定义动画片"任务窗格

图 14-18　预览动画的效果

2. 退出动画的设置

如果希望某个对象演示过程中退出幻灯片，就可以通过设置"退出动画"效果来实现。选中需要设置动画的对象，仿照上面"进入动画"的设置操作，为对象设置退出动画。

注意：如果对设置的动画方案不满意，可以在任务窗格中选中不满意的动画方案，然后单击"删除"按钮即可。

3. 自定义动画路径

如果对系统内置的动画路径不满意，可以自定义动画路径。

① 选中需要设置动画的对象(如一张图片),单击"添加效果"右侧的下三角按钮,选择"动作路径"→"绘制自定义路径"命令,选中其中的某个选项(如"曲线"),如图 14-20 所示。

图 14-19　"添加进入效果"对话框

图 14-20　"自定义动画片"任务窗格

② 此时,鼠标指针变成细"十"字形状(如图 14-21 所示),根据需要,在工作区中描绘,在需要变换方向的地方,单击。

全部路径描绘完成后,双击即可。

小技巧:选择"视图"→"网格和参考线"命令,打开"网格线和参考线"对话框(如图 14-22 和图 14-23 所示)。

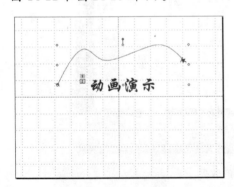

图 14-21　动画演示效果

图 14-22　"视图"菜单

图 14-23　"网格线和参考线"
对话框

设置好相应参数,并选中"屏幕上显示网格"复选框,单击"确定"按钮返回,在工作区上添加上网格,使得描绘路径更加准确。

14.3.2　声音的配置

1. 插入声音文件

(1) 准备好声音文件(.mid、.wav 等格式)。

（2）选中需要插入声音文件的幻灯片，选择"插入→影片和声音→文件中的声音"命令（如图 14-24 所示），打开"插入声音"对话框，定位到上述声音文件所在的文件夹，选中相应的声音文件，单击"确定"按钮返回。

（3）此时，系统会弹出如图 14-25 所示的提示框，根据需要单击其中相应的按钮，即可将声音文件插入到幻灯片中（幻灯片中显示出一个小喇叭符号）。

图 14-24　"插入"菜单

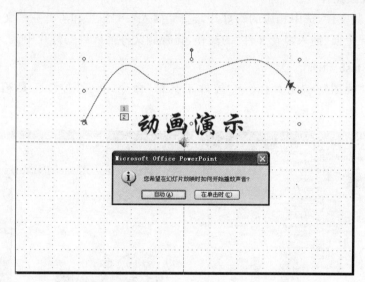

图 14-25　演示效果

2. 为幻灯片配音

（1）在计算机上安装并设置好麦克风。

（2）启动 PowerPoint 2003，打开相应的演示文稿。

（3）选择"幻灯片放映"→"录制旁白"命令，打开"录制旁白"对话框（如图 14-26 和图 14-27 所示）。

图 14-26　"录制旁白"菜单

图 14-27　"录制旁白"对话框

（4）选中"链接旁白"复选框，并通过"浏览"按钮设置好旁白文件的保存文件夹。同时根据需要设置好其他选项。

（5）单击"确定"按钮，进入幻灯片放映状态，一边播放演示文稿，一边对着麦克风朗读旁白。

图 14-28　提示框

（6）播放结束后，系统会弹出如图 14-28 所示的提示框，根据需要单击其中的相应按钮。

14.3.3　添加影片

1. 插入视频文件

准备好视频文件，选中相应的幻灯片，选择"插入"→"影片和声音"→"文件中的影片"命令，然后仿照上面"插入声音文件"的操作，将视频文件插入到幻灯片中。

2. 添加 Flash 动画

（1）选择"视图"→"工具栏"→"控件工具箱"命令，展开"控件工具箱"工具栏（如图 14-29 所示）。

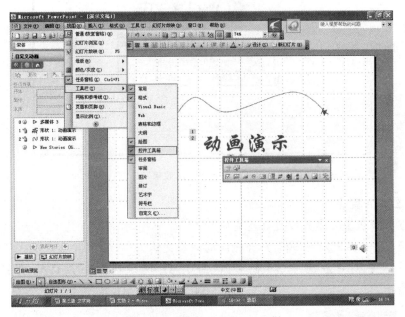

图 14-29　"控件工具箱"工具栏

（2）单击工具栏上的"其他控件"按钮（如图 14-30 所示），在弹出的下拉列表中，选择 Shockwave Flash Object 选项，这时鼠标变成了细十字线状，按住左键在工作区中拖拉出一个矩形框（此为后来的播放窗口）。

（3）将鼠标移至上述矩形框右下角成双向拖拉箭头时，按住左键拖动，将矩形框调整至合适大小。

（4）右击上述矩形框，在随后弹出的快捷菜单中，选择"属性"命令，打开"属性"对话框（如图 14-31 所示），在 Movie 选项后面的方框中输入需要插入的 Flash 动画文件名及完整路径，然后关闭"属性"窗口。

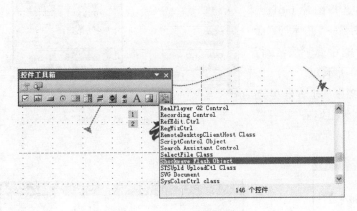

图 14-30　"其他控件"按钮　　　　　　　　　图 14-31　"属性"窗口

注意：为便于移动演示文稿，最好将 Flash 动画文件与演示文稿保存在同一文件夹中，这时，上述路径也可以使用相对路径。

14.3.4　实例操作

下面以"小石潭记"为例（如图 14-32 所示），讲述多媒体演示文稿的具体做法。

图 14-32　"小石潭记"幻灯片

1. 制作标题幻灯片

（1）打开 PowerPoint，将第一张幻灯片中的标题框和副标题框删除，然后右击，选择"背景"命令。在弹出的背景对话框中，单击"背景填充"下方的下三角按钮，选择"填充效果"命令（如图 14-33 所示）。

（2）在填充效果对话框中选择"图片"选项卡，单击"选择图片"按钮，选择图片 pic1。

（3）选择"插入"→"图片"→"艺术字"命令，在弹出的艺术字库对话框中选择第二行第三列的艺术字（如图 14-34 所示）。

（4）在"编辑'艺术字'文字"对话框里选择字体为华文行楷，字号为 96 号，在文字栏里输入"小石潭记"，如图 14-35 所示。

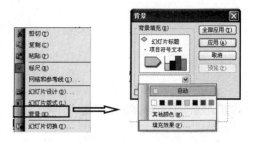

图 14-33　选择"填充效果"命令

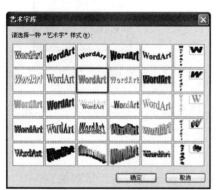

图 14-34　"艺术字库"对话框

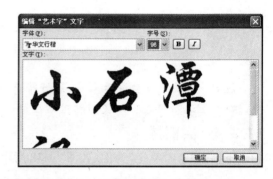

图 14-35　"编辑'艺术字'文字"对话框

（5）将艺术字移动到合适位置，选择该艺术字，在艺术字工具栏中单击"设置艺术字格式"命令，在弹出的对话框中选择"颜色和线条"选项卡，设置填充颜色为深灰色，线条颜色为黑色，如图 14-36 和图 14-37 所示。

图 14-36　"设置艺术字格式"命令

图 14-37　"颜色和线条"选项卡

（6）选择艺术字，单击"幻灯片放映"→"自定义动画"命令，在窗口右端出现自定义动画的任务窗格，单击"添加效果"→"进入"→"出现"命令，如图 14-38 所示。

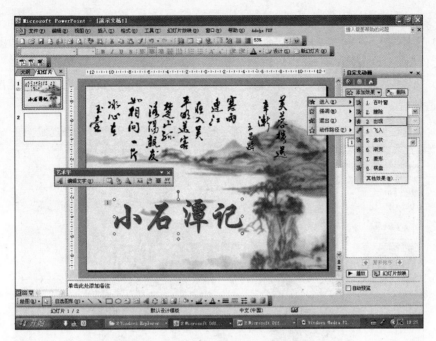

图 14-38 自定义动画的任务窗格

（7）单击动画方案列表中"小石潭记"动画的下三角按钮，选择"效果选项"命令，在弹出的"出现"对话框中，选择"效果"选项卡，在声音的下拉菜单中选择"其他声音"命令，选择 ZR58.WAV，单击"确定"按钮，如图 14-39 和图 14-40 所示。

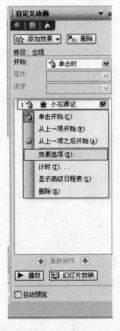

图 14-39 选择"效果选项"命令

图 14-40 "出现"对话框

2．编排分镜头、分字幕幻灯片

（1）选择"插入"→"新幻灯片"命令，删除标题框和文本框。选择"插入"→"图片"→"来自文件"命令，选择图片 pic2，将该图片拖曳至合适大小。

（2）选择"插入"→"图片"→"来自文件"命令，选择图片 pic3，将该图片拖曳至图 14-41 所示合适位置。

图 14-41　插入效果

（3）选择"插入"→"文本框"→"垂直"命令，拖曳出大小合适的文本框，输入小石潭记的标题和第一句，设置字体为隶书，标题字号为 32，正文字号为 28。

（4）选择该文本框中的所有文字，单击"格式"→"行距"命令，在弹出的对话框中设置行距为 1.4，如图 14-42 所示。

（5）设置动画。选择标题"小石潭记"，单击"幻灯片放映"→"自定义动画"命令，在任务窗格中单击"添加效果"→"进入"→"擦除"命令，方向选择"自顶部"。选择正文部分，单击"添加效果"→"进入"→"飞入"命令，开始选择"之后"，方向选择"自左侧"，速度选择"快速"（如图 14-43 所示）。

图 14-42　"行距"对话框

（6）选择第二张幻灯品，单击"插入"→"幻灯片副本"命令，在这第三张幻灯片中重复第 2 步到第 5 步操作，插入相关的图片并输入对应文本，取代原来的图片和文本。

（7）重复上述操作为每一句配好画面，一直做到第 9 张幻灯片。

3．添加影片

（1）单击"插入"→"新幻灯片"命令，继续单击"插入"→"图片"→"来自文件"命令，选择"放映动画．gif"文件，将该图在幻灯片中拖曳至合适大小（如图 14-44 所示）。

图 14-43　在任务窗格"自定义动画"

图 14-44　插入"放映动画.gif"

（2）单击"插入"→"影片和声音"→"文件中的影片"命令，选择"小石潭.mpg"，在弹出的对话框中单击"在单击时"按钮，使影片只有在单击时才开始播放，如图 14-45 所示。

图 14-45   "在单击时"按钮

（3）调整影片缩略图在幻灯片中的位置和大小（如图 14-46 所示）。

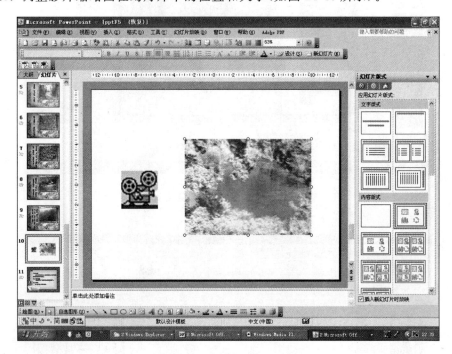

图 14-46   调整影片缩略图

4. 调用模板

（1）选择"插入"→"新幻灯片"命令，输入图 14-47 所示文字，设置字体为宋体，"小结"字号为 28 号，正文字体为 24 号，行距为 1，段前为 0.5。

（2）选择第 10 张幻灯片，选择"格式"→"幻灯片设计"命令，在任务窗格的设计模板中找到"古瓶荷花"模板，单击该缩略图右面的下三角按钮，选择"应用于选定的幻灯片"选项（如图 14-48 所示）。

（3）选择第 11 张幻灯片，在任务窗格的设计模板中找到"雪莲花开"模板，单击该缩略图右面的下三角按钮，选择"应用于选定的幻灯片"选项。

5. 添加背景音乐

（1）选择第 2 张幻灯片，单击"插入"→"影片和声音"→"文件中的声音"命令，选择声音文件"背景音乐.wma"，在弹出的对话框中单击"自动"按钮。

（2）单击"幻灯片放映"→"自定义动画"命令，在"自定义动画"任务窗格中，找到该声

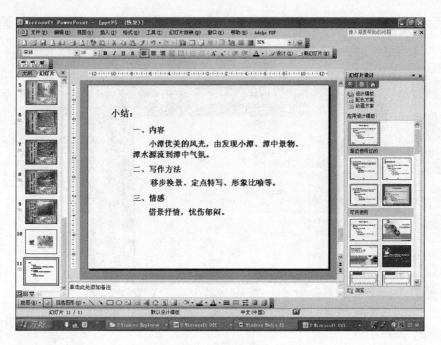

图 14-47　模板

图 14-48　"古瓶荷花"模板

音对象的动画方案,单击右侧的下三角按钮,选择"效果选项"选项,在"效果"选项卡中将
停止播放设置为在 11 张幻灯片后(如图 14-49 所示),在"声音设置"选项卡中选择"幻灯
片放映时隐藏声音图标"。

图 14-49　"效果"选项卡

习题十四

1. 幻灯片制作

(1) 在第 1 张幻灯片上，添加幻灯片标题和姓名。

要求：

① 标题内容："五一"游杭州。

② 文字格式：绿色、粗楷体、80 磅。

③ 姓名：竖排，文字格式：白色、宋体、24 磅。

(2) 新建一页幻灯片作为第 2 张幻灯片，利用文本框添加下面几行文字，并插入图片，要求文字大小为 24 磅楷体，图片调整大小到 135%，并且使图片位于文字下方。

三 潭 印 月

又称"小瀛洲"，是西湖三岛中面积最大、景观最丰富、知名度最高者，被誉为"西湖第一胜境"，是江南水上庭院艺术的代表作。"湖中有岛、岛中有湖"是这里的最大特色。小瀛洲呈"田"字状，外圈和内十字有岛桥相连，亭台榭轩，点缀其间，内部被岛桥自然分割成四个湖，中心绿洲的"竹径通幽"艺术墙充满诗情画意。岛南端的"我心相印亭"前可观赏三潭印月胜景。每到中秋月夜，放明烛于塔内，灯光外透宛如 15 个小月亮。此时，月光、灯光、湖光交相辉映,夜景十分迷人。

(3) 对第 2 张幻灯片设置自定义动画效果,要求图片从左下方飞入。

(4) 选择一种设计模板,使幻灯片更加美观。

最后将经过编辑修改的文档以原文件名保存下。

2. 制作多媒体演示文稿

要求:

(1) 题目为"我的大学生活"。

(2) 页面在 10 张以上,主题明确,内容丰富。

(3) 图文并茂,动静结合,感染力强。

(4) 声音、视频配合,具有一定的冲击力。

第四篇

数据处理技术

第 **15** 章

常用表格的制作

在日常学习、生活和工作中，经常使用各种各样的表格，如考勤表、工资表、办公用品申领表、学生成绩表、课程表等。从本章开始讲解表格的制作、编辑、美化等应用。根据表格内容、记录数量、完成操作等使用相应的软件实现操作。

本章学习导航：

1. 表格的建立
2. 表格的编辑
3. 表格的修饰

知识点与能力目标：

1. 建立表格的方法与技巧
2. 表格的编辑方法
3. 表格的修饰的方案与技巧

15.1 表格的建立

建立表格的方法有多种。一般情况下，当需要创建的表格行列规律、数量较少、内容简单时，可以直接使用拖动制作表格；当需要创建的表格数量较多、内容复杂时，可以在菜单中找到适当制作需求；当需要创建的表格内容复杂、行列错落无序时，可以尝试手动DIY制表来满足个人需要。熟悉拖动、菜单、手动的制表方法后，可以根据实际情况随意选择制表方法，也可以混合使用各种制表方法完成表格。

15.1.1 拖动制表

拖动制表是创建表格最为简单的方法。使用拖动制表方法制作的表格有以下特点：表格行列规律、内容简单；表格中的单元格数量较少，最大表格为4行5列表格。

例如：制作"班级卫生检查表"。该表行列数数量较少，如图15-1所示。

可以使用拖动制表方法：在"常用"工具栏上单击"插入表格"按钮，鼠标移动选定表格的行列数（2行，5列），单击即可完成简单表格的建立，如图15-2所示。

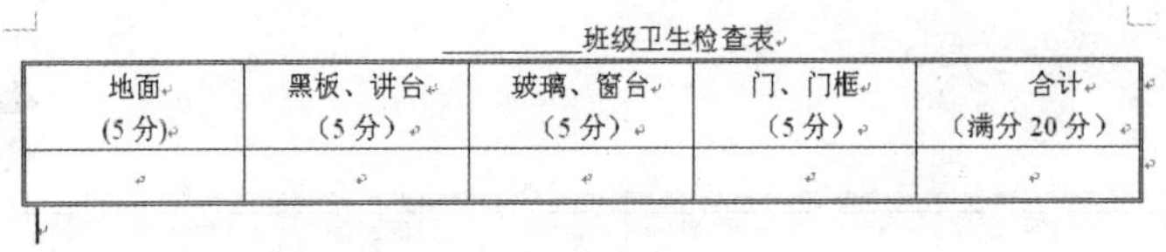

班级卫生检查表				
地面 (5分)	黑板、讲台 (5分)	玻璃、窗台 (5分)	门、门框 (5分)	合计 (满分20分)

图 15-1　班级卫生检查表

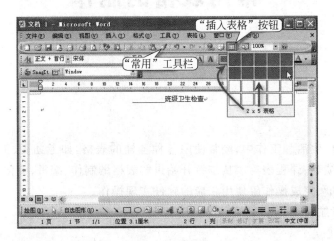

图 15-2　拖动制表

15.1.2　菜单制表

菜单制表是最常用的创建表格的方法。可以建立任意大小的表格。方法如下：单击"表格"→"插入"→"表格"命令，打开"插入表格"对话框，输入或单击"微调"按钮调整表格的行数和列数，最后单击"确定"按钮，如图 15-3 和图 15-4 所示。

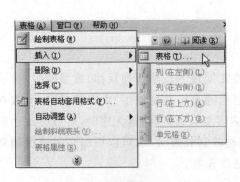

图 15-3　菜单制表

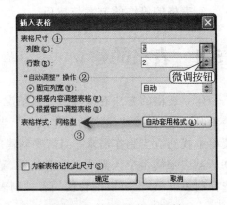

图 15-4　"插入表格"对话框

说明：

① 表格尺寸：行数和列数的数值可以直接输入，也可以使用"微调"按钮设置。

②"自动调整"操作：如图 15-4②中的选项用来控制表格的列宽。

固定列宽：表格按照表格的默认固定列宽度来创建。

根据内容调整表格：根据表格中内容的多少，适时调整表格的列宽。

　　根据窗口调整表格：根据窗口的大小创建的表格列占满整个窗口。

　　③ 表格样式：在创建表格的同时，可以通过单击"自动套用格式"按钮来选择给定的表格格式。图 15-4 中，默认的格式为"网格型"。

15.1.3　手动制表

　　手动制表给用户的表格制作提供了任意创建空间，表格的行、列可以没有任何规律。手动制作表格的使用工具是"表格和边框"命令，如图 15-5 所示。它的打开方法如下。

　　(1) 单击"常用"工具栏中"表格和边框"按钮。

　　(2) 选择"表格"→"绘制表格"命令。

图 15-5　"表格和边框"工具栏

　　使用"表格和边框"工具栏中的"绘制表格"按钮拖曳制作表格。方法如下：单击"绘制表格"按钮，在指定位置由左上角向右下角拖曳鼠标成外边矩形，横向或纵向拖曳鼠标划分行或列，如图 15-6 所示。

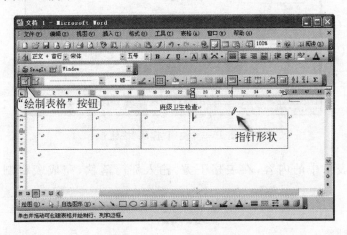

图 15-6　手动绘制表格

15.1.4　实例操作

　　下面以"办公用品申请表"为例来说明创建表格的方法。表格样式如图 15-7 所示。

　　操作步骤如下：

　　(1) 在制作表格的指定位置输入表格标题"办公用品申请表"及"申请部门："、"年 月 日"。

　　(2) 选择"表格"→"插入"→"表格"命令，打开"插入表格"对话框，输入行数 5 和列数 4，选中"'自动调整'操作"下的"根据窗口调整表格"单选按钮，使表格占满窗口，如图 15-8 所示。

　　(3) 单击"常用"工具栏上的"表格和边框"→"擦除"按钮 📋，在需要擦除的第 3 行两列竖线上拖曳鼠标，如图 15-9 所示。

办公用品申请表

申请部门：　　　　　　　　　　　　　年 月 日

申请品名		规　格	
数　量		预计金额	
事　由			
总务部经理		行政总监	
总经理		董事长	

申请部门负责人：　　　　申请人：　　　　库管员：

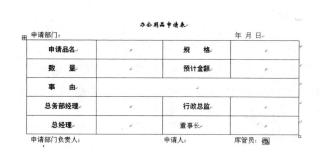

图 15-7　办公用品申请表

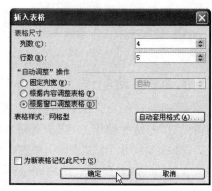

图 15-8　插入表格

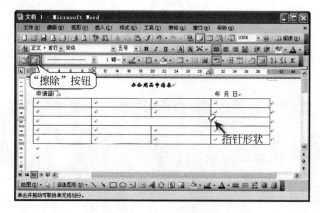

图 15-9　使用"擦除"按钮

(4) 输入表格中的内容，在表格下方，输入部门落款，完成表格制作，如图 15-10 所示。

办公用品申请表

申请部门：　　　　　　　　　　　　　年 月 日

申请品名		规格	
数量		预计金额	
事由			
总务部经理		行政总监	
总经理		董事长	

申请部门负责人：　　　　申请人：　　　　库管员：

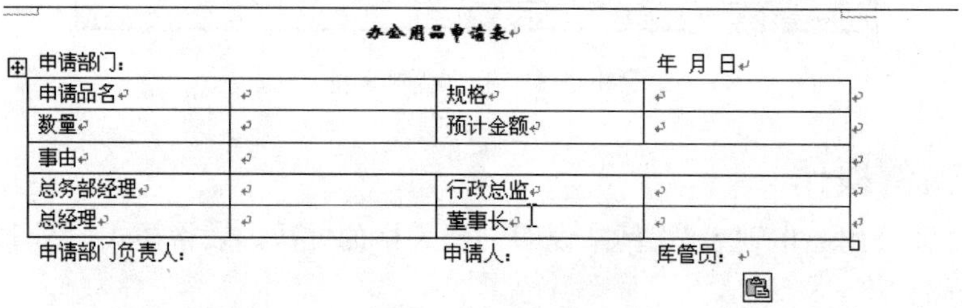

图 15-10　办公用品申请表

15.2　表格的编辑

在创建表格以后，还需要根据对表格进行添加或删除、对单元格拆分或合并等操作来实时调整、完善表格。表中数据的编辑与文档正文的编辑操作一样。

15.2.1　选定

在对表格进行添加、删除编辑，首先需要选定表格。根据编辑要求选定包括单元格、单元格区域、行、列、表格。

（1）单元格：将鼠标置于需要选定的单元格上，单击。也可以通过键盘的"↑"、"↓"、"←"、"→"方向键移动选取单元格。

（2）单元格区域：使用鼠标拖曳可以选取单元格区域；或者也可以通过单击单元格区域左上角的单元格，然后在按 Shift 键的同时单击单元格区域右下角的单元格，完成连续单元格区域的选定；如果按 Ctrl 键的同时单击单元格区域右下角的单元格，则可以实现不连续单元格区域的选定。

（3）行或列：当鼠标在表格左侧边框线外单击时，可以选中一行（列），如图 15-11 所示。当鼠标在表格左（上）侧边框线外单击一行（列）后，按 Shift 键的同时单击向下（左）或向上（右）的一行（列），则可以实现连续多行（列）的选定；如果按 Ctrl 键＋单击，则可以实现不连续多行（列）的选定，如图 15-12 所示。

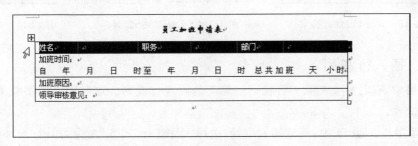

图 15-11　选定一行

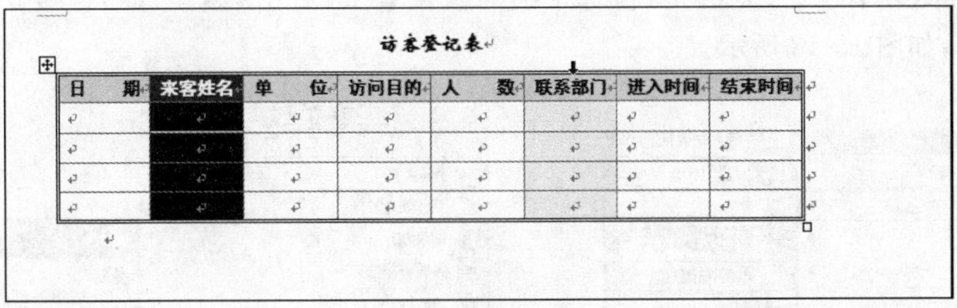

图 15-12　选定多列

（4）整个表格：在表格的左上角有一个选取整个表格的区域，如 ⊞（Word 表格）或 ▨（Excel、Access），当鼠标置于表格上时，表格左上角就会出现标记，在它的上面单击，即可选定整个表格。

15.2.2　调整行高和列宽

表格的行高和列宽可以通过鼠标直接拖曳改变，也可以精确设置。

（1）鼠标拖曳：将鼠标移动到需要调整的行或列边界上时，鼠标指针形状变为 ⇌ 或 ‖ 时，按住鼠标左键拖曳调整行高或列宽。

（2）精确设置：选中需要设置的行（列）选择"表格"→"表格属性"命令选择"行（列）"

选项卡,选中"指定高度(指定宽度)"复选框,Word 中进行行高或列宽的设置,如图 15-13 所示。在 Excel 中则只须选择"格式"→"行(列)"→"行高(列宽)"命令,在"行高(列宽)"对话框中,设置精确值,如图 15-14 和图 15-15 所示。

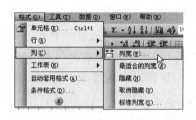

图 15-13　Word 设置行高　　　　图 15-14　Excel"格式"菜单　　　图 15-15　设置列宽

15.2.3　插入行和列

在表格中,有时需要在某一行或列的前或后插入行或列。这时可以使用菜单或快捷菜单完成操作。

(1) 菜单栏：Word 中,选定插入位置,选择"表格"→"插入"命令,如图 15-16 所示。

Excel 中,选定插入位置,选择"插入"→"行"/"列"命令,如图 15-17 所示。

(2) 快捷菜单：在 Excel 中,在选定的插入位置上,右击,选择"插入"命令,打开"插入"对话框,如图 15-18 所示。

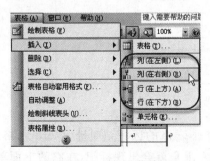

图 15-16　Word 菜单　　　　　图 15-17　Excel 菜单　　　图 15-18　"插入"对话框

说明："插入"对话框有 4 种选项。

① 活动单元格右移：在插入点后插入一个单元格。

② 活动单元格下移：在插入点下插入一个单元格。

③ 整行：在插入点上插入一行。

④ 整列：在插入点前插入一列。

15.2.4　合并单元格

当需要把多个单元格合而为一时，可以使用合并单元格完成操作。可以使用菜单、工具栏、快捷菜单实现合并单元格操作。

选中需要合并的单元格区域，使用以下任意一种方法都可实现合并单元格。

（1）菜单：Word 中，选择"表格"→"合并单元格"命令，如图 15-19 所示。

Excel 中，选择"格式"→"单元格"命令（如图 15-20 所示），打开"单元格格式"对话框，选择"对齐"选项卡，选中"合并单元格"复选框，如图 15-21 所示。

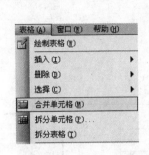
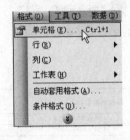
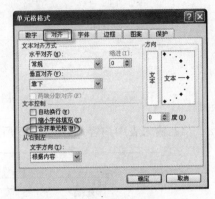

图 15-19　Word 菜单　　图 15-20　Excel 菜单　　图 15-21　"单元格格式"对话框

（2）工具栏：Word 中，在"常用"工具栏中单击"表格和边框"按钮，再单击"合并单元格"按钮；Excel 中，在"格式"工具栏中单击"合并单元格"按钮。

（3）快捷菜单：在选定单元格区域上，右击，Word 中，只需选择"合并单元格"命令；Excel 中，选择"设置单元格格式"命令，打开"单元格格式"对话框，选择"对齐"选项卡，选中"合并单元格"复选框，如图 15-21 所示。

15.2.5　实例操作

以"公司电脑登记表"，如图 15-22 所示为例，完成表格的编辑操作。

（1）在 Word 中文本编辑区，输入表格标题："公司电脑登记表"。

（2）选择"表格"→"插入"→"表格"命令，在打开的"插入表格"对话框中，输入行数 5、列数 2，选中"根据窗口调整表格"单选按钮，如图 15-23 所示。

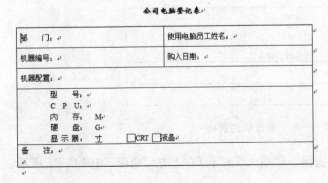

图 15-22　公司电脑登记表　　图 15-23　"插入表格"对话框

（3）选中表格中第 4 行，在选定行上右击，选择"合并单元格"命令，如图 15-24 所示。其他行的合并使用相同方法。

图 15-24　快捷菜单

（4）输入表中内容，如图 15-25 所示。

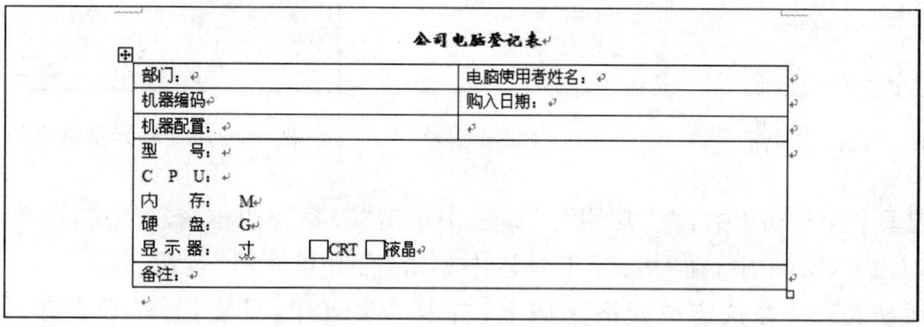

图 15-25　输入文字

在表格设计中，缺少部门领导的审核意见，需要在第 5 行"备注"行下，再插入一行，修改后的表格如图 15-26 所示。

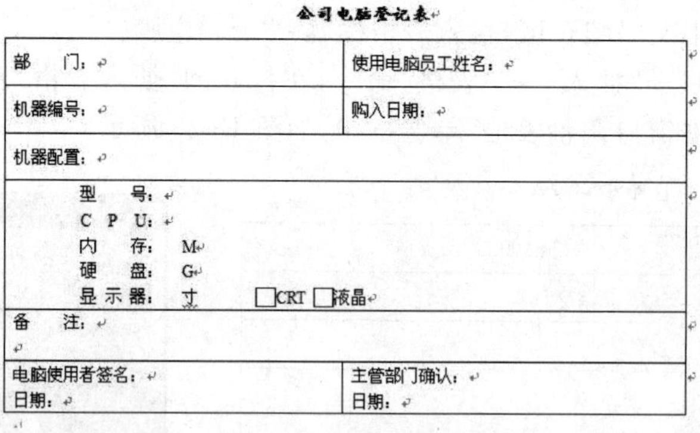

图 15-26　修改后的表格

（5）光标定位到第 5 行，选择"表格"→"插入"→"行（在下方）"命令，如图 15-27 所示，输入最后一行内容。

（6）将鼠标指针置于表格上，在左上角单击 ✛，选中表格，选择"表格"→"表格属性"命令，打开"行"选项卡，选中"指定高度"复选框，输入高度 1 厘米，如图 15-28 所示，完成操作。

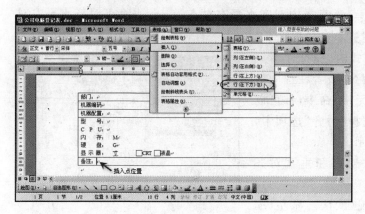

图 15-27　插入行　　　　　　　　　　　　　　　　　图 15-28　设置行高

15.3　表格的修饰

　　表格的修饰是制表的一个重要操作。表格的修饰包括文本格式、文本对齐、表格的边框和底纹等。经过修饰的表格美观大方、工整、简洁。

　　文本的格式设定主要是设定文本的字体、字号、字形、颜色等，可以参见第 3 篇内容。

15.3.1　数据对齐

　　要使表格显得整齐，还需要调整数据文本的排列方式。设置数据的对齐方式包括文本居中、对齐、缩进和旋转单元格中的数据等操作。

　　在默认的单元格中，Word 中数据是水平左对齐垂直上对齐的；而 Excel 中文本是左对齐的，而数字、日期和时间是右对齐的。

　　在 Word 中，设置数据对齐的方法很简单：选中需要设置的数据区域，在其上右击，选择"单元格对齐方式"命令（如图 15-29 所示），选择对齐方式，如图 15-30 所示。

图 15-29　Word 快捷菜单　　　　　　　　　图 15-30　数据对齐

图 15-30 中,共列出 9 种方式,依次是:▤,垂直上对齐水平左对齐;▤,垂直上对齐水平居中对齐;▤,垂直上对齐水平右对齐;▤,垂直居中对齐水平左对齐;▤,垂直居中对齐水平居中对齐;▤,垂直居中对齐水平右对齐;▤,垂直下对齐水平左对齐;▤,垂直下对齐水平居中对齐;▤,垂直下对齐水平右对齐。

在 Excel 中,设置对齐方式时,先选中单元格,选择"格式"→"单元格"命令,或者在选中的单元格上右击,选择"设置单元格"命令,都可以打开"单元格格式"对话框,选择"对齐"选项卡,设置对齐方式,如图 15-31 所示。

文本对齐方式包括水平对齐和垂直对齐两种。

(1) 水平对齐:包括常规(默认)、靠左(缩进)、居中、靠右(缩进)、填充、两端对齐、跨列居中、分散对齐(缩进)。在设置靠左、靠右、分散对齐时,还可以对数据设置缩进量。

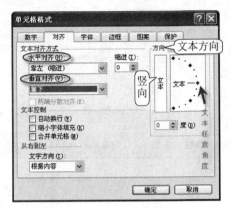

图 15-31　Excel 数据对齐

(2) 垂直对齐:包括:靠上、居中、靠下、两端对齐、分散对齐。

文本方向包括竖向和其他角度,如图 15-31 所示。单击竖向框设置文本方向为竖向;拖曳箭头指向的菱形控制柄控制文本的任意角度方向。

15.3.2　边框和底纹

边框和底纹的设置如下:选中表格,打开有关"边框和底纹"的设置。

Word 中,选择"格式"(或右击),选择"边框和底纹"命令;单击"常用"工具栏上的"表格和边框"按钮。

Excel 中,选择"格式"→"单元格"命令;右击,选择"设置单元格格式"命令。

图 15-31 中,选择"边框"选项卡,可以设置 Excel 中表格的边框,如图 15-32 所示;选择"图案"选项卡,可以设置 Excel 中表格的底纹,如图 15-33 所示。

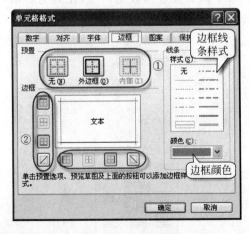

图 15-32　设置边框

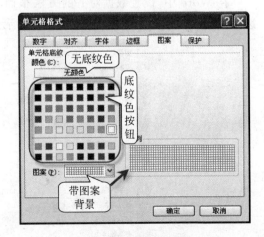

图 15-33　设置底纹

1. 边框

（1）颜色：设置边框线的颜色。

（2）线条：提供各种边框线的线条样式。鼠标移动到该样式上，单击即可选中。

（3）预置：如图 15-32①中，提供设置边框线的按钮，无边框、外边框、内边框。

（4）边框：通过单击如图 15-32②中按钮，任意设置表格中各种边框线。设置按钮上边框、中间横线框、下边框、斜线框、左边框、中间竖线框、右边框等。

2. 底纹

（1）单元格底纹：设置单元格各种底纹颜色，也可以单击"无颜色"按钮，撤销底纹设置。

（2）图案：提供各种底纹图案，如图 15-34 所示。上方的图案选项搭配下方的颜色设置成带颜色图案，如图 15-33 中示例图案。

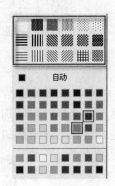

图 15-34　图案选项

15.3.3　颜色方案

表格的边框和底纹颜色可以根据给定设置，如前所述；也可以自定义设置。

自定义操作方法如下。

（1）边框颜色：选择"格式"→"边框和底纹"命令，打开"边框和底纹"对话框，选择"边框"选项卡，单击"颜色"下三角按钮选择"其他线条颜色"命令，如图 15-35 所示。

（2）底纹颜色：选择"格式"→"边框和底纹"命令，打开"边框和底纹"对话框，选择"底纹"选项卡，单击"其他颜色"按钮，如图 15-36 所示。

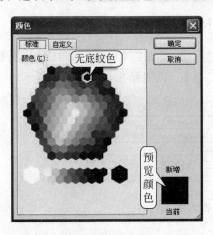

图 15-35　标准色

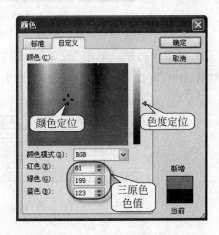

图 15-36　自定义颜色

15.3.4　实例操作

下面以"同学联谊表"为例，修饰表格，如图 15-37 所示。

操作步骤如下。

（1）输入标题，创建表格并输入数据。

同学联谊表						
姓名	生日	家庭住址	电话	E-mail	QQ	爱好
陈梅丽	6月2日	北京	010-33221161	chml@yahoo.cn	0000001	K歌
石清	3月21日	杭州	13243248877	S321@163.com	223355	篮球
刘畅	11月22日	天津		ch11@sina.cn	11227744	乒乓球
巴特尔	8月2日	呼和浩特	12343250001	bat@imaa.edu.cn	55443322	篮球

图 15-37　同学联谊表

　　(2) 设置外边框,选中表格,选择"格式"→"边框和底纹"命令,打开"边框和底纹"对话框。选择"边框"选项卡,单击"设置"中的"方框"按钮,再选中"线型"中的双线线型。单击"颜色"下三角按钮,选择蓝色。最后选中"宽度"中的"1/2磅"选项,如图 15-38 所示。

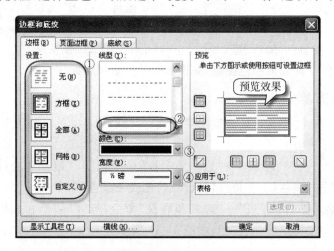

图 15-38　设置外边框

　　(3) 设置内边框:单击"设置"中的"自定义"按钮,单击"颜色"下三角按钮,选择黑色,然后选中"宽度"中的"1磅"选项,单击 ⊟ 和 ⊞ 按钮,设置结果如图 15-39 所示。

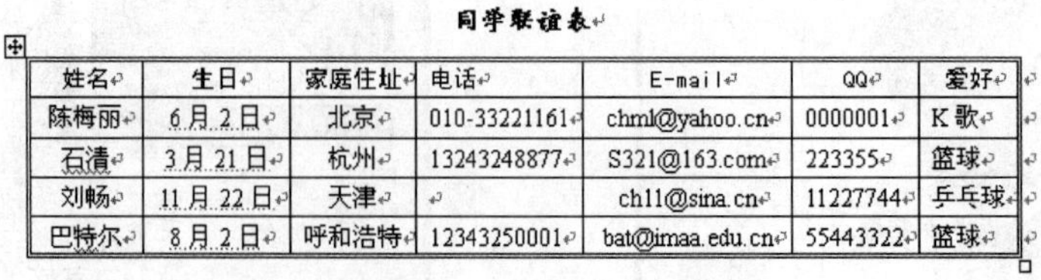

同学联谊表						
姓名	生日	家庭住址	电话	E-mail	QQ	爱好
陈梅丽	6月2日	北京	010-33221161	chml@yahoo.cn	0000001	K歌
石清	3月21日	杭州	13243248877	S321@163.com	223355	篮球
刘畅	11月22日	天津		ch11@sina.cn	11227744	乒乓球
巴特尔	8月2日	呼和浩特	12343250001	bat@imaa.edu.cn	55443322	篮球

图 15-39　设置边框效果

　　(4) 设置底纹,鼠标置于表格左侧第一行位置,单击选中表格的第一行,在图 15-38 中,选择"底纹"选项卡,单击"浅橙色"按钮,如图 15-40 所示。第 5 列底纹设置同上。

　　(5) 设置对齐,选中表格,在其上右击,选择"单元格对齐方式"命令,单击 ≡ 按钮,如图 15-41 所示。

　　说明:边框、底纹及数据对齐设置不分先后。

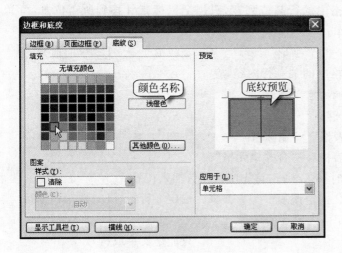

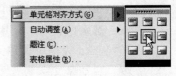

图 15-40　设置底纹　　　　　　　　　　　　图 15-41　设置数据对其方式

习题十五

1. 选择题

(1) 在 Word 中,下列说法中不正确的是_____。

  A. 单元格不能删除

  B. 单元格中的内容能删除

  C. 单元格中的格式能删除

  D. 单元格的宽度能改变

(2) 在 Word 中,表格的拆分是指_____。

  A. 从某两行之间把原来的表格分为上下两个表格

  B. 从某两行之间把原来的表格分为左右两个表格

  C. 从表格的正中把原来的表格拆分,拆分方向由用户指定

  D. 由用户任意指定一个区域,将其单独存为另一张表格

(3) 在 Word 的编辑状态下,创建一个多行多列的空表格,将插入点置于某一单元格内,选择"表格"→"选择"→"行"命令,则表格中被选中的部分是_____。

  A. 整个表格　　　　　　　　　　　　B. 插入点所在的列

  C. 插入点所在的行　　　　　　　　　D. 一个单元格

(4) 在 Word 的编辑状态下,创建一个多行多列的表格,如果选中一个单元格后按 Delete 键,则_____。

  A. 删除单元格,下方单元格上移

  B. 删除单元格所在的行

  C. 删除该单元格,右侧单元格左移

  D. 删除该单元格的内容

（5）在 Word 中，要修改表格中的行高或列宽，只须把鼠标指针移到所需位置，待光标变为_____形状时方可操作。

    A. 双向箭头   B. "十"字形   C. 竖线形   D. 单向箭头

（6）在 Word 中，要删除表格中的某一行内容，应_____。

    A. 选中该行后按 Delete 键

    B. 选中该行后按 Esc 键

    C. 选中该行后选择"表格"→"删除"命令

    D. 选中该行后选择"表格"→"合并单元格"命令

（7）在 Word 表格中，要同时插入 3 行，首先应该在待插入位置_____。

    A. 选定两行   B. 选定该表   C. 选定 3 行   D. 选定任意行

（8）在 Word 表格中的单元格内填写的信息_____。

    A. 只能是文字   B. 只能是文字或符号

    C. 只能是图像   D. 文字、符号、图像均可

2. 填空题

（1）在 Word 表格的单元格内单击，即可选定_____。

（2）在 Word 表格中，一个单元格可以_____成多个单元格；多个单元格可以_____成一个单元格。

（3）在 Word 中，选中表格后，使用_____→_____命令，可完成删除表格的操作。

3. 操作题

使用 Word 制作精美的班级课程表。要求文字有美化设置，并为表格设置边框和底纹。

第 **16** 章

表格中的计算处理

表格广泛应用于财务、统计、审计、金融、分析与办公事务的日常管理方面,是数据综合管理与分析的表现手段,使用表格可以高效地完成多种多样的数据计算、管理与分析。

本章学习导航:

1. 表格中的基本计算
2. 表格中的函数计算
3. 表格中的数据库应用
4. 表格中数据的图表表示

知识点与能力目标:

1. 表格中算术运算、特殊运算和公式运算
2. 表格中的常用函数计算
3. 表格中的常用函数计算
4. 依条件输入或计算数据
5. 表格中日期时间的计算
6. 表格的排序、查询和筛选
7. 表格数据的分类汇总
8. 表格数据的图表显示

16.1 表格中的基本计算

16.1.1 表格中算术运算

表格的运算中经常会出现相加、相减、相乘等数学运算,如:求分数之和、扣税、扣水电费、物品打折等。

例如:在"职工工资表"中,需要计算员工的津贴,津贴的金额按照工龄每年100元发放,则使用算术计算,如图16-1所示。

算术运算符如表16-1所示。

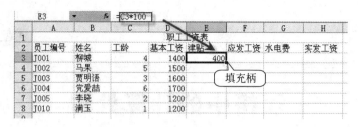

图 16-1   算术运算

表 16-1   算术运算符

算术运算符	示例	意义	算术运算符	示例	意义
＋（加号）	2＋4	加	/（斜号）	3/2	除
－（减号）	B2－A2	减、负号	%（百分号）	20%	百分比
＊（乘号）	B4＊50	乘	^（脱字符）	2^3	乘幂

说明：其中，A2、B2、B4 为单元格地址引用。

16.1.2   表格中数据的特殊计算

表格中除数值参与各种运算之外，还有一些特殊格式的数据需要参与计算。

1. 文本连接

可以通过"&"将一个或多个文本连接为一个组合体，如表 16-2 所示。

表 16-2   文本计算

文本运算符	示例	意义
&（连字符）	"王"&"韶英"	将两个文本值连接或串起来产生一个连续的文本值
&（连字符）	B2&"女士"	将单元格地址为 B2 中的文本与"女士"串起来

2. 日期数据格式的计算

日期数据的计算比较常见，例如：计算奥运倒计时，两个日期相减得出天数"63"天，如图 16-2 所示。

日期时间数据可以进行以下运算：日期－日期＝天；日期＋数值＝日期，如表 16-3 所示。

图 16-2   日期数据计算

表 16-3   日期时间计算

日期时间运算符	示例	意义
＋（加号）	"2008-6-3"＋20	计算 2008 年 6 月 3 日 20 天后的日期
－（减号）	"2008-8-8"－"2008-6-6"	计算 2008 年 8 月 8 日离 2008 年 6 月 6 日相差的天数

3. 自动求和

在表格的运算中，求和是使用最为频繁的。在图 16-1 的"职工工资表"中，计算员工"应发工资"可以使用自动求和完成。

操作方法：选定需求和的单元格，单击"常用"工具栏上的"自动求和"按钮 **∑**，如图 16-3 所示。

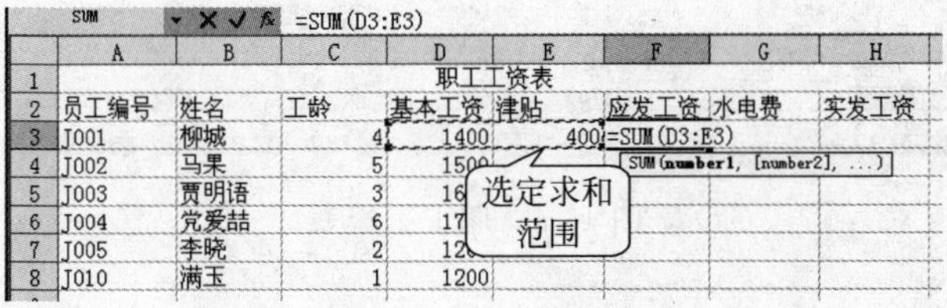

图 16-3　自动求和

说明："自动求和"按钮 **∑** 除具有求和功能外，还包括平均数、计数、最大、最小。

16.1.3　表格中的公式运算

公式表格中数值进行计算的等式。公式要以等号"＝"开始。例如在单元格中输入："＝5＋7＊2"，则单元格的显示结果为 19。

公式中可以包括各种数据类型如：算术、文本、日期、关系（比较大小）等各种运算，甚至可以包括函数。

在输入过程中，如果在编辑栏中输入了运算符"＝"以后，可以继续在编辑栏中输入相应的单元格名称，也可以直接用鼠标选取相应的单元格。输入完毕后，按 Enter 键或编辑栏中的 ✔ 按钮，即可在该单元格中得到各个单元格的求和结果。如需取消本次操作，可以单击编辑栏中的 ✘ 按钮或按 Esc 键。

单元格中的公式可以像单元格中的其他数据一样进行编辑，例如：修改、复制、移动等。操作方法相同，只是操作对象不同而已。但是在公式复制、移动时，单元格地址的不同引用方式会产生不同结果。

单元格地址的引用样式中有绝对引用和相对引用两种基本的样式。

（1）相对引用：指单元格引用会随公式所在单元格的位置的变更而改变。例如图 16-1 中，计算津贴 E3 单元格中的值后，使用填充柄复制公式，复制后的公式的引用地址发生变化。

（2）绝对引用：指引用特定位置的单元格。如果公式中的引用是绝对引用，那么复制后的公式引用不会改变。绝对引用的样式是字母和行数字之前加上"＄"符号，例如："＄A＄1"、"＄B＄4"都是绝对引用。如果用户在复制公式时，不希望公式中的引用随之改变，这就要用到绝对引用。

16.1.4　实例操作

下面以"职工工资表"为例，说明表格的简单计算，如图 16-4 所示。

（1）在 A1 单元格上按住鼠标左键，并拖曳到 I1 单元格，选中表格区域 A1:I1，单击"格式"工具栏中的"合并及居中"按钮 ，合并单元格后输入标题。

（2）输入数据，其中"员工序号"下的数字使用自动填充。选中 A3 和 A4 单元格区域，鼠标指针指向置于右下角向下拖曳，如图 16-5 所示。

	A	B	C	D	E	F	G	H	I	J	K
1					职工工资表					津贴标准（年）	100
2	员工序号	员工编号	姓名	工龄（年）	基本工资	津贴	应发工资	水电费	实发工资		
3	1	J001	柳城	4	1400	400	1800	23.5	1776.5		
4	2	J002	马果	5	1500	500	2000	14.0	1986.0		
5	3	J003	贾明语	3	1600	300	1900	25.0	1875.0		
6	4	J004	党爱喆	6	1700	600	2300	12.3	2287.7		
7	5	J005	李晓	2	1200	200	1400	21.0	1379.0		
8	6	J010	满玉	1	1300	100	1300	18.0	1282.0		
9			最高值		1700	600	2300	25	2287.7		
10											

图 16-4　职工工资表

	A	B	C	D	E	F	G	H	I	J	K
1					职工工资表					津贴标准	100
2	员工序号	员工编号	姓名	工龄（年）	基本工资	津贴	应发工资	水电费	实发工资		
3		J001	柳城		1400			23.5			
4	2	J002	马果	5	1500			14.0			
5		J003	贾明语	3	1600			25.0			
6			爱喆	6	1700			12.3			
7	鼠标形状		晓	2	1200			21.0			
8		J010	满玉	1	1200			18.0			
9											
10											

图 16-5　输入数据

（3）单击 F3 单元格，输入"＝D3＊＄K＄1"，按 Enter 键后鼠标置于 F3 单元格右下角填充柄处向下填充，如图 16-6 所示。

图 16-6　输入公式

说明：

① D3 是单元格地址的相对引用，＄K＄1 是单元格地址的绝对引用。

② 公式中 D3 也可通过单击该单元格完成输入。

（4）单击 G3 单元格，单击"常用"工具栏中的"自动求和"按钮 Σ，拖曳鼠标重新选定求和区域（E3：F3），按 Enter 键或 ✓ 按钮，如图 16-7 所示。

（5）单击 I3 单元格，输入"＝G3－H3"，按 Enter 键或 ✓ 按钮，鼠标置于 I3 单元格右下角填充柄处向下填充，如图 16-8 所示。

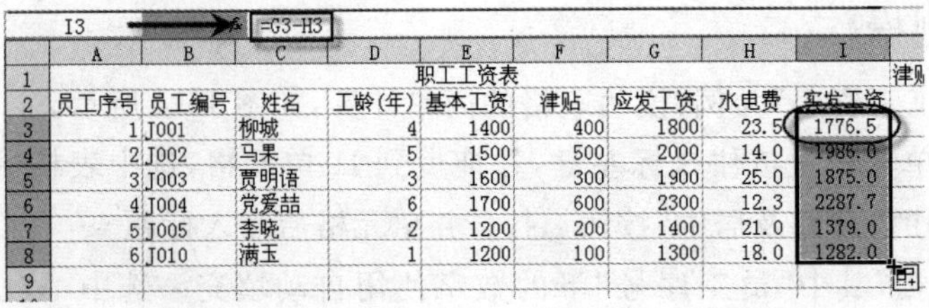

图 16-7　自动求和选定的区域

I3				＝G3-H3				
	A	B	C	D	E	F	G	H	I

	A	B	C	D	E	F	G	H	I
1					职工工资表				津贴
2	员工序号	员工编号	姓名	工龄（年）	基本工资	津贴	应发工资	水电费	实发工资
3	1	J001	柳城	4	1400	400	1800	23.5	1776.5
4	2	J002	马果	5	1500	500	2000	14.0	1986.0
5	3	J003	贾明语	3	1600	300	1900	25.0	1875.0
6	4	J004	党爱喆	6	1700	600	2300	12.3	2287.7
7	5	J005	李晓	2	1200	200	1400	21.0	1379.0
8	6	J010	满玉	1	1200	100	1300	18.0	1282.0
9									

图 16-8　公式计算

（6）选中 A9:D9 连续单元格区域，单击"格式"工具栏中的"合并及居中"按钮 ⬚ ，输入"最高值"；单击 E9 单元格，单击"常用"工具栏中的 Σ 右侧的下三角按钮，选择"最大值"命令，按 Enter 键或 ✔ 按钮（如图 16-9 所示），将鼠标置于 E9 单元格右下角填充柄处向右填充，如图 16-10 所示。

（7）选中 E3:I9 的连续区域，选择"格式"→"单元格"命令，在打开的"单元格格式"对话框中，选择"分类"选项中的"货币"选项，输入小数位数"1"，设置货币符号为"￥"，单击"确定"按钮，完成操作，如图 16-11 所示。

图 16-9 求最大值

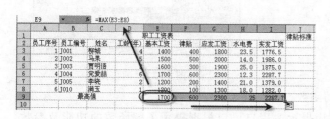

图 16-10 向右填充公式

图 16-11 设置数据格式

16.2 表格中的函数计算

表格中数据的计算是使用频率最高的，为了方便用户计算，软件提供了各种函数，这些函数可以方便、快捷地完成各种操作。许多工作都要借助函数的功能来完成，甚至有些功能只能借助函数来完成。

函数其实就是内部设定的公式，它们执行某些预先制定的工作。函数的运算步骤与公式极为相似，它使用被称为参数的特定数值，按语法的特定顺序进行计算。

函数的语法是以函数名开始，后面是左圆括号、以逗号隔开的参数和右圆括号。函数的一般格式如下：

函数名（参数 1，参数 2，…，参数 n）

说明：

（1）函数所使用的参数可以是数字、文本、数组或引用的单元格地址等。

（2）参数可以是常量、公式或其他函数。

（3）给定的参数必须能产生有效的值。

（4）当参数不止一个时，各参数之间要用逗号分开。

函数既可以单独使用,又可以放在公式中使用。函数以公式的形式出现时,在函数名称前面输入等号"＝"。例如:＝SUM(B1:B3),＝MAX(3,4,2)。

说明:

(1) 函数名:SUM、MAX。

(2) 参数:单元格的引用,B1;常量,3、4、2。

16.2.1　表格中的函数类型

各行各业都会有用到大量表格,而这些千变万化的表格使用的计算方法也可能不相同。例如:财务要计算税金,则需要税金的专用公式;银行要计算利率,则使用计算利率的专用公式。

表格中的函数有以下类型:常用函数、财务函数、日期与时间函数、数学与三角函数、统计函数、查找与引用函数、数据库函数、文本函数、逻辑函数、信息函数等,如图 16-12 所示。

使用函数的方法如下。

(1) 选择"插入"→"函数"命令。

(2) 单击编辑栏中的 f_x 按钮。

图 16-12　函数类型

(3) 直接在单元格中输入需要的函数。

在使用函数过程中,都会给出相应提示。用户可以根据提示了解函数的功能及参数的含义。

16.2.2　表格中的常用函数计算

表格的计算中,经常会对数据进行求和、最大值、最小值、平均值运算等。例如:求总分、工资总额、最高分、最低价格、平均成绩、GDP 等。这些可以用常用函数实现。

1. SUM 函数

SUM 函数可以计算单元格区域中所有数字之和。由于大多数用户使用 SUM 函数的频率都比较高,所以在 Excel 中,将它的命令按钮放了在"常用"工具栏中。

SUM 函数的格式如下:

SUM(number1,number2,…)

说明:number1、number2 等为需要求和的参数,参数可以是数字、数值型文本或者地址引用。

例如求成绩总分,如图 16-13 所示。

2. SUMIF 函数

对满足条件的单元格求和。

SUMIF 函数的格式如下:

SUMIF(range, criteria, sum_range)

说明：range 用于条件判断的单元格区域；criteria 为相加求和的条件，其形式可以是数字、表达式或文本，例如 32、"32"、">32"、"讲师"；sum_range 为需要求和的单元格区域。

SUMIF 函数的运算过程为：当 range 中的单元格区域满足条件时，对 sum_range 中的单元格求和，省略 sum_range 时，则直接对 range 中的单元格区域求和。

例如："职工工资表"中需要计算出职称为"高级"的基本工资总和，如图 16-14 所示。

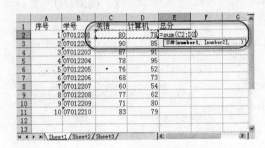

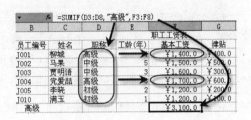

图 16-13　SUM 函数　　　　　　　　　　图 16-14　SUMIF 函数

3. AVERAGE 函数

求出给定若干数的平均值。

AVERAGE 函数的格式如下：

AVERAGE(number1, number2, …)

说明：number1、number2 等为需要计算平均值的参数；参数可以是数字或者是涉及数字的名称、数组或引用，数组或单元格引用的参数中有文字和空单元格，则忽略其值，但零值是要被计算的。

如，对"华夏集团各分公司销售指标统计表"中的销售额求和，公式如图 16-15 所示。

图 16-15　AVERAGE 函数

16.2.3　依据条件输入或计算数据

有时表格中数据的输入和统计，不能只用简单的公式或函数计算，根据条件不同，输入的数据相应有不同的计算。

例如：超市不定期举办活动，会根据顾客的购买金额给予优惠；公司员工根据项目完成数的不同级别给予不同级别的奖励；学生根据成绩分数段给予不同等级奖学金；等等。

使用 IF 函数可以执行真假值判断，根据逻辑测试的真假值，返回不同的结果。IF 函数的格式如下：

IF (logical_test, value_if_true, value_false)

说明：

（1）logical_test：计算结果为 TRUE 或 FALSE 的任何数值或表达式。

（2）value_if_true：是 logical_test 为 TRUE 时函数的返回值。value_if_true 可以是一个公式。

（3）value_false：是 logical_test 为 FALSE 时函数的返回值。value_false 可以是一个公式。

（4）IF 函数最多可以嵌套 7 层，用 value_if_true 及 value_false 参数可以构造复杂的检测条件。

例如：某超市购物总额超过 50 元时，给予 9.5 折优惠，如图 16-16 所示。

说明：当购物总额超过 50 元时，给予打折，收费总计额＝总计×折扣；反之，收费总额＝总计。

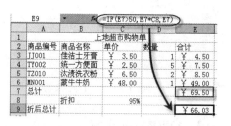

图 16-16　IF 函数

16.2.4　表格中日期时间的计算

通过日期与时间函数，可以在公式中分析和处理日期值与时间值。例如：TODAY 函数可以提供计算机系统时钟的当前日期；YEAR 函数可以提取给定日期的年份；等等。

由于日期与时间函数与系统的时间设置有密切的关系，需要了解目前计算机中的系统时间设置：可以是 1900 年 1 月 1 日到 9999 年 12 月 31 日，同样可以是 1904 年 1 月 1 日到 9999 年 12 月 31 日。设置方法如下：选择"工具"→"选项"，命令，在打开的对话框中选择"重新计算"选项卡，选中或清除"1904 年日期系统"复选框，如图 16-17 所示。

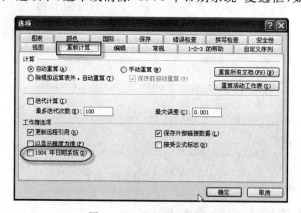

图 16-17　"选项"对话框

常用的日期时间函数如下。

1. TODAY 函数和 NOW 函数

TODAY 函数的功能是返回当前系统日期的序列数，而 NOW 函数的功能是返回当期日期和时间所对应的"日期-时间"序列数，它比 TODAY 函数多返回一个时间值。

说明：TODAY 函数和 NOW 函数都与系统时钟有关，没有参数参与计算；TODAY 函数和 NOW 函数不会随时更新，只在重新计算表格或执行含有此函数的宏时才改变。

例如：购物清单上需自动显示当前日期，如图 16-18 所示。

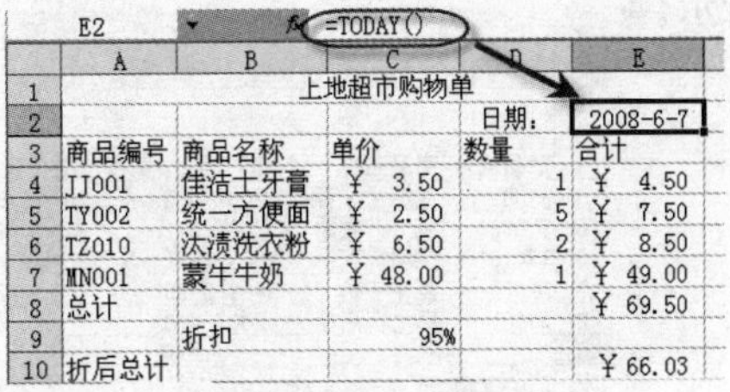

E2　=TODAY()

	A	B	C	D	E
1			上地超市购物单		
2				日期：	2008-6-7
3	商品编号	商品名称	单价	数量	合计
4	JJ001	佳洁士牙膏	￥ 3.50	1	￥ 4.50
5	TY002	统一方便面	￥ 2.50	5	￥ 7.50
6	TZ010	汰渍洗衣粉	￥ 6.50	2	￥ 8.50
7	MN001	蒙牛牛奶	￥ 48.00	1	￥ 49.00
8	总计				￥ 69.50
9		折扣	95%		
10	折后总计				￥66.03

图 16-18　TODAY 函数

2. DATE 函数

返回某一特定日期的序列数。

DATE 函数的格式如下：

```
DATE (year, month, day)
```

说明：year 是介于 1900～9999 之间的数字(或者介于 1904～9999)；month 代表月份，所输入的月份大于 12，将从指定年份的 1 月份开始往上累加；day，代表在该月份中的第几天，如果 day 大于该月份的最大天数时，将从指定月份的第一天开始往上累加。

例如：DATE(2003,2,23)返回代表 2003 年 2 月 23 日的序列数；DATE(2004,13,2)返回代表 2005 年 1 月 2 日的序列数；DATE(2007,3,35)返回代表 2007 年 4 月 4 日的序列数。

3. YEAR 函数、MONTH 函数和 DAY 函数

YEAR 函数返回给定参数对应的年(1900～9999 或 1904～9999)；MONTH 函数返回给定参数对应月份(1～12)；DAY 函数返回给定参数对应的一月内的某天(1～31)。

YEAR 函数的格式如下：

```
YEAR(serial_number)
```

MONTH 函数的格式如下：

```
MONTH(serial_number)
```

DAY 函数的格式如下：

```
DAY(serial_number)
```

说明：serial_number 用于日期和时间计算的日期-时间代码；serial_number 不仅可以是数字，还可以是文本。文本可自动转换为序列数。

例如：YEAR("2007-3-30")等于 2007；MONTH("Jan-23")或者 MONTH("1-23")等于 1；DAY("2007-3-4")或者 DAY("3-4")等于 4。

16.2.5　实例操作

如图 16-19 所示，制作有关“上地超市库存管理”表格。表格中的合计＝入库单价×数量；折扣价的输入有以下要求：如果库存时间超过库存上限，则折扣价＝出库价×0.95；反之，则不予打折。

操作步骤如下。

(1) 打开 Excel，鼠标拖曳选中 A1:I1 单元格区域，单击“常用”工具栏中的“合并及居中"按钮 ,在 H2 单元格中输入"今日",在 I2 中输入公式"＝TODAY()",如图 16-20 所示。

图 16-19　上地超市库存管理

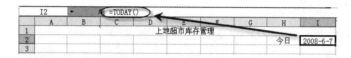

图 16-20　输入标题和当前日期

　　(2) 输入表中内容并且设置相应数据类型(如图 16-21 所示),单击"增加小数位数"按钮 ;对于需要计算乘积的单元格使用公式或函数计算,在 G4 单元格中输入(或选中 G3 单元格后,在编辑栏输入)公式"＝E4＊F4"后,鼠标置于该单元格右下角填充柄出向下拖曳复制公式,如图 16-22 所示。

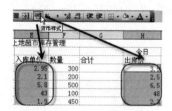

图 16-21　设置货币类型

图 16-22　输入公式

　　(3) 单击 I4 单元格,在编辑栏上单击 按钮(或者选择"插入"→"函数"命令),打开"插入函数"任务栏选中"常用函数"中的"IF"函数,单击"确定"按钮,在"函数参数"中,输入参数,也可以通过单击单元格有关地址引用,如图 16-23 和图 16-24 所示。

图 16-23　插入 IF 函数

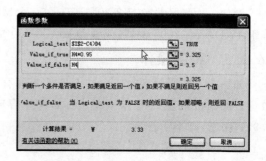

图 16-24　输入参数

说明：I2 单元格不能随公式移动或复制而变化，使用绝对引用。

(4) 鼠标置于 I4 填充柄复制公式，如图 16-25 所示。

I4　=IF(I2-C4>D4,H4*0.95,H4)

	A	B	C	D	E	F	G	H	I
1					上地超市库存管理				
2								今日	2008-6-7
3	商品编号	商品名称	入库时间	库存上限	入库单价	数量	合计	出库价	折扣价
4	JJ001	佳洁士牙膏	2007-6-2	90	￥ 2.95	300	￥ 885.00	￥ 3.50	￥ 3.33
5	TY002	统一方便面	2008-3-1	45	￥ 2.10	200	￥ 420.00	￥ 2.50	￥ 2.38
6	TZ010	汰渍洗衣粉	2008-1-21	60	￥ 5.80	500	￥ 2,900.00	￥ 6.50	￥ 6.18
7	MN001	蒙牛牛奶	2008-5-25	20	￥ 43.00	100	￥ 4,300.00	￥ 48.00	￥ 48.00
8	XJ001	田七洗洁精	2007-4-3	60	￥ 1.90	450	￥ 855.00	￥ 2.30	￥ 2.19
9			总计						

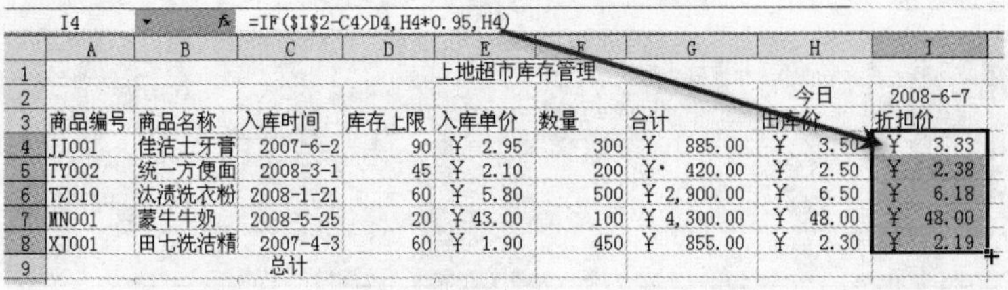

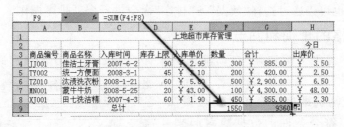

图 16-25　复制公式

(5) 单击 F9 单元格，输入公式"＝SUM(F4:F8)"(或如上使用插入函数向导操作)，鼠标在 F9 右下角利用填充柄向右拖曳填充，如图 16-26 所示，完成操作。

F9　=SUM(F4:F8)

	A	B	C	D	E	F	G	H
1					上地超市库存管理			
2								今日
3	商品编号	商品名称	入库时间	库存上限	入库单价	数量	合计	出库价
4	JJ001	佳洁士牙膏	2007-6-2	90	￥ 2.95	300	￥ 885.00	￥ 3.50
5	TY002	统一方便面	2008-3-1	45	￥ 2.10	200	￥ 420.00	￥ 2.50
6	TZ010	汰渍洗衣粉	2008-1-21	60	￥ 5.80	500	￥ 2,900.00	￥ 6.50
7	MN001	蒙牛牛奶	2008-5-25	20	￥ 43.00	100	￥ 4,300.00	￥ 48.00
8	XJ001	田七洗洁精	2007-4-3	60	￥ 1.90	450	￥ 855.00	￥ 2.30
9			总计			1550	9360	

图 16-26　使用 SUM 函数

16.3　表格中的数据库应用

在日常工作中，不仅要把数据保存起来，更多时候还需要按照要求快速、有序显示的数据，或者显示筛选出满足条件的数据记录，还有可能对表格中的数据进行有条件的汇总。例如：学生每年的奖学金评定，就可以把学生的成绩总评从高到低降序排列来确定奖学金的等级；公司或部门每年都会汇总各种级别的员工人数以期调研各级别比例；等等。

16.3.1　表格的排序

表格中数据的排序有升序和降序两种方式。

表格中的排序过程有其默认的排序方式，以"升序"为例，排序过程为：数字按照从最小到最大排序，文本以及包含数字的文本按照 0～9、A～Z 的顺序，逻辑值中的 FALSE 排在 TRUE 之前，空格排在最后，所有的错误值的优先级都相等。

图 16-27　多列排序

表格的排列可以按照一列进行排序，也可以按照几列进行排序。排序最多可由 3 列进行排序，如图 16-27 所示。"主要关键字"是第一顺位排序，以"主要关键字"下拉列表中选择的列标题排序，当该列中数据相同时，如果在

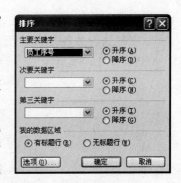

"次要关键字"中选择了列标题,则依次排序相同的数据,"第三关键字"以此类推。如图 16-28,将表中数据以"应发工资"降序排列,当该列数据相同时,以"工龄"降序排列。

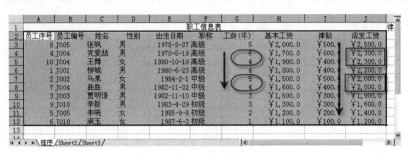

图 16-28　多列排序

由于对于表格的排序操作使用频繁,在 Excel 中将简单排序按钮 和 ,放入"常用"工具栏中;也可以通过选择"数据"→"排序"命令进行多列排序操作。

16.3.2　表格的查询和筛选

在 Excel 中提供了筛选器"自动筛选"和"高级筛选",来方便用户查询和筛选,如图 16-29 所示。

顾名思义,筛选即将符合条件的数据筛选出来,而将不符合条件的数据隐藏起来。筛选的条件可以是简单的数字、文本,也可以是复杂的多个表达式条件的符合。

图 16-29　自动筛选

1. 文本筛选

图 16-30 所示是对"职工信息表"中所有"高级"职称的筛选,筛选结果如图 16-31 所示。

图 16-30　筛选"高级"

图 16-31　筛选结果

2. 数字筛选

数字筛选的条件是常量值。对"职工信息表"查询工龄为 5 年的职工信息查询,如图 16-32 和图 16-33 所示。

图 16-32　选择 5

图 16-33　筛选结果

3. 复杂筛选

在"职工信息表"中筛选出"职称"为"高级",并且"工龄"大于等于 5 年的员工信息。这时就需要用户自定义"自动筛选",如图 16-34 和图 16-35 所示。

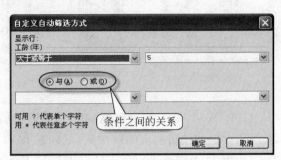

图 16-34　自定义筛选　　　　　　　图 16-35　"自定义自动筛选方式"任务栏

说明: 自定义自动筛选可以有多个条件符合完成复杂筛选。

16.3.3　表格数据的分类汇总

表格中的数据还可以实现分类统计的效果。例如:统计来自各省学生的人数、公司不同学历层次员工的平均年龄、各省居民最低收入、最高收入及平均收入、市场某类商品调研等。

以上统计实例通过分类汇总即可实现。分类汇总是在数据清单中迅速建立数据汇总的方法,它不需要建立数学公式,只要选择了分类汇总,软件就会自动创建公式,并且自动分级显示数据清单。

汇总可以实现:求和、最大值、最小值、平均值、计数、乘积等汇总操作。

对数据进行分类汇总前,需要先对分类项进行排序,然后才可以进行汇总。图 16-36 和图 16-37 所示是对"职工信息表"各种职称收入平均水平的汇总。

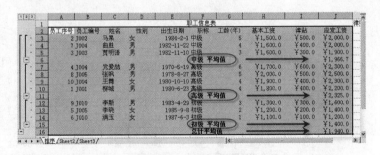

图 16-36　按照"职称"汇总　　　　　　　图 16-37　分类汇总结果

16.3.4　实例操作

"职工信息表"的数据如图 16-38 所示。复制 3 份该表,分别命名为"排列"、"筛选"和"分类汇总"。在"排列"表内完成以"工龄"降序、"基本工资"升序操作;在"筛选"表中需要筛选出所有年龄在 25～30 岁之间的男员工;在"分类汇总"表中需要统计出公司男女员工的人数。

	A	B	C	D	E	F	G	H	I	J	K	L
1					职工信息表						津贴标准	100
2	员工序号	员工编号	姓名	性别	出生日期	职称	工龄(年)	基本工资	津贴	应发工资		
3	1	J001	柳城	男	1980-6-23	高级	4	￥1,800.0	￥400.0	￥2,200.0		
4	2	J002	马果	女	1981-2-1	中级	5	￥1,500.0	￥500.0	￥2,000.0		
5	3	J003	贾明语	男	1982-11-10	中级	3	￥1,600.0	￥300.0	￥1,900.0		
6	4	J004	党爱喆	男	1970-5-19	高级	6	￥1,700.0	￥600.0	￥2,300.0		
7	5	J005	李晓	女	1985-9-8	初级	2	￥1,200.0	￥200.0	￥1,400.0		
8	6	J010	满玉	女	1987-6-3	初级	1	￥1,100.0	￥100.0	￥1,200.0		
9	7	J004	曲胜	男	1982-11-22	中级	4	￥1,600.0	￥400.0	￥2,000.0		
10	8	J005	张飒	男	1978-8-27	高级	5	￥2,000.0	￥500.0	￥2,500.0		
11	9	J010	李斯	男	1983-4-29	初级	3	￥1,300.0	￥300.0	￥1,600.0		
12	10	J004	王舞	女	1979-10-10	高级	4	￥1,900.0	￥400.0	￥2,300.0		

图 16-38　职工信息表

(1) 打开 Excel,输入该表数据,其中"津贴"列:单击 I3 单元格,输入"＝G3＊＄L＄1",按 Enter 键或编辑栏上的 ✔ 按钮,鼠标在 I3 右下角填充柄处拖曳复制公式。"应发工资"列:单击 J3 单元格,输入"＝H3＋I3",按 Enter 键或编辑栏上的 ✔ 按钮,鼠标在 J3 右下角填充柄处拖曳复制公式。在 Sheet1 工作表上双击输入"原始表",按 Enter 键。

(2) 鼠标在"原始表"上右击,打开"移动或复制工作表"对话框,在"下列选定工作表之前"选中 Sheet2,选中"建立副本"复选框,单击"确定"按钮,双击"原始表(2)"输入"排列"。使用同样的方法,创建"筛选"表和"分类汇总"表,如图 16-39～图 16-41 所示。

图 16-39　工作表快捷菜单

图 16-40　"移动或复制工作表"对话框

	A	B	C	D	E	F	G	H	I	J
1					职工信息表					
2	员工序号	员工编号	姓名	性别	出生日期	职称	工龄(年)	基本工资	津贴	应发工资
3	1	J001	柳城	男	1980-6-23	高级	4	￥1,800.0	￥400.0	￥2,200.0
4	2	J002	马果	女	1981-2-1	中级	5	￥1,500.0	￥500.0	￥2,000.0
5	3	J003	贾明语	男	1982-11-10	中级	3	￥1,600.0	￥300.0	￥1,900.0
6	4	J004	党爱喆	男	1970-5-19	高级	6	￥1,700.0	￥600.0	￥2,300.0
7	5	J005	李晓	女	1985-9-8	初级	2	￥1,200.0	￥200.0	￥1,400.0
8	6	J010	满玉	女	1987-6-3	初级	1	￥1,100.0	￥100.0	￥1,200.0
9	7	J004	曲胜	男	1982-11-22	中级	4	￥1,600.0	￥400.0	￥2,000.0
10	8	J005	张飒	男	1978-8-27	高级	5	￥2,000.0	￥500.0	￥2,500.0
11	9	J010	李斯	男	1983-4-29	初级	3	￥1,300.0	￥300.0	￥1,600.0
12	10	J004	王舞	女	1979-10-10	高级	4	￥1,900.0	￥400.0	￥2,300.0

图 16-41　复制工作表

(3) 单击"排列"工作表,选中表格 A2:J12 区域,选择"数据"→"排序"命令,打开"排序"对话框,在"主要关键字"下拉列表框中选中"工龄(年)",选中其右侧的"降序"单选按钮;在"次要关键字"下拉列表框中选中"基本工资",单击"确定"按钮,如图 16-42 和图 16-43 所示。

图 16-42 多列排序

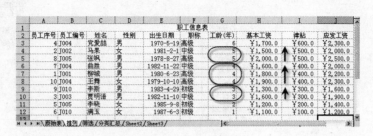

图 16-43 排序结果

（4）单击"筛选"工作表，在列表 F 上单击，选择"插入"→"列"命令，在 F2 单元格输入"年龄"，在 F3 输入"＝YEAR（TODAY（））－YEAR（E3）"，计算年龄显示的值为带有记忆功能的日期数据类型，如图 16-44 所示。

（5）单击 F3 单元格，选择"格式"→"单元格"命令，在弹出的对话框中选择"数字"选项卡，在"分类"列表中选择"常规"，单击"确定"按钮，如图 16-45 所示。

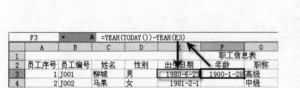

图 16-44 计算年龄

图 16-45 设置"单元格格式"

（6）单击 F3 单元格，在 F3 单元格右下角填充柄上拖曳鼠标复制公式，选中表格 A2:J12 区域，选择"数据"→"筛选"→"自动筛选"命令，在表格中"性别"列标右侧的下拉列表中选择"男"（如图 16-46 所示），在"年龄"列标题右侧的下拉列表中选择"自定义"（如图 16-47 所示），在"自定义自动筛选方式"对话框中进行如图 16-48 所示设置。

说明：年龄在 25～30 岁之间的表示方法："年龄"大于或等于 25 并且小于或等于 30；关系"与"表示"并且"，即两个条件都满足。

（7）选中表格 A1:I12 单元格区域，选择"数据"→"排序"→"性别"命令，单击"确定"按钮。选择"数据"→"分类汇总"命令，在"分类汇总"对话框中，设置如图 16-49 所示。完成操作如图 16-50 所示。

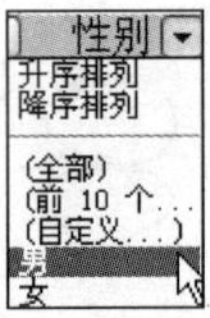

图 16-46　筛选"男"　　　　　　　　　　　图 16-47　"年龄"筛选

图 16-48　筛选 25～30 岁年龄段

图 16-49　分类汇总

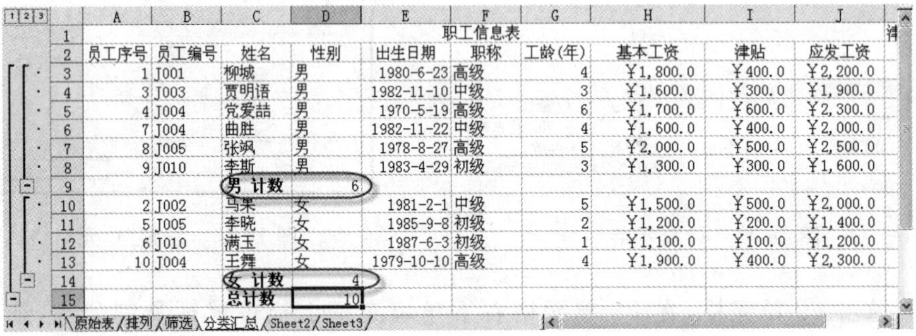

1 2 3		A	B	C	D	E	F	G	H	I	J	
	1					职工信息表						
	2	员工序号	员工编号	姓名	性别	出生日期	职称	工龄(年)	基本工资	津贴	应发工资	
	3	1	J001	柳城	男	1980-6-23	高级	4	￥1,800.0	￥400.0	￥2,200.0	
	4	3	J003	贾明语	男	1982-11-10	中级	3	￥1,600.0	￥300.0	￥1,900.0	
	5	4	J004	党爱喆	男	1970-5-19	高级	6	￥1,700.0	￥600.0	￥2,300.0	
	6	7	J004	曲胜	男	1982-11-22	中级	4	￥1,600.0	￥400.0	￥2,000.0	
	7	8	J005	张飒	男	1978-8-27	高级	5	￥2,000.0	￥500.0	￥2,500.0	
	8	9	J010	李斯	男	1983-4-29	初级	3	￥1,300.0	￥300.0	￥1,600.0	
	9			男 计数				6				
	10	2	J002	马果	女	1981-2-1	中级	5	￥1,500.0	￥500.0	￥2,000.0	
	11	5	J005	李晓	女	1985-9-8	初级	2	￥1,200.0	￥200.0	￥1,400.0	
	12	6	J010	满玉	女	1987-6-3	初级	1	￥1,100.0	￥100.0	￥1,200.0	
	13	10	J004	王舞	女	1979-10-10	高级	4	￥1,900.0	￥400.0	￥2,300.0	
	14			女 计数				4				
	15			总计数				10				

原始表 / 排列 / 筛选 / 分类汇总 / Sheet2 / Sheet3 /

图 16-50　分类汇总结果

16.4　表格中数据的图表表示

图表是表格中表示数据的一种方式,也是显示表格运算结果的另一种方法,利用图表可以更加直观地查看数据。

16.4.1　图表的类型

查看数据的目的不同,图表的显示方式也各不相同。在 Excel 中,提供了 14 大类共 100 多种图表类型,有:柱形图、条形图、折线图、饼图、面积图、雷达图、股市图等。这些图在日常制表中经常用到。

1. 柱形图

柱形图用来显示一段时期内的数据的变化或者描述各项之间的比较。分类项水平组织,数值项垂直组织,这样可以强调数据随时间的变化。

2. 条形图

条形图描述了各个项目之间的差别情况。分类项垂直组织,数值项水平组织,这样可以突出数值的比较,而淡化随时间的变化。

3. 折线图

折线图以等间隔显示数据的变化趋势。

4. 饼图

饼图显示数据系列中每一项占该系列数值综合的比例关系。它一般只显示一个数据系列,在需要突出某个重要项时是十分有用的。

5. 面积图

面积图强调幅度随时间的变化,通过显示绘制值得总和,面积图还可以显示部分和整体的关系。

6. 雷达图

在雷达图中,每一个分类都拥有自己的数值坐标轴,这些坐标轴由中点向外辐射,并由折射线将同一个系列中的数值联系起来。

雷达图可以用来比较数据系列的总和值。在这个图表中,覆盖了最大面积的数据系列。

7. 股市图

股市图通常用来描绘股票价格的走势。这种图也可以用于科学数据,例如:随温度湿度、空气质量等变化的数据。生成这种图和其他的股价图时,必须以正确的顺序组织数据。

计算成交量的股价图有两个数组坐标轴,一个代表成交量,另一个代表股票价格。股票的盘高-盘低-收盘图或者开盘-盘高-盘低-收盘图。

8. 圆锥、圆柱与棱锥图

圆锥、圆柱与棱锥图数据标记可以使得三维柱形图和条形图产生很好的效果。

16.4.2　数据的图表显示

图表的显示与表格中的数据息息相关,数据的实时更新会直接反映到图表上,即图表与图表的数据所在的表格有链接关系,修改表格中的数据时,图标也会随之更新。

可以选中不相邻的单元格或区域中的数据生成图表,也可以从数据透视表生成图表。图表的显示既可以选择生成"嵌入图表",也可以选择生成"图标工作表"。

图表的显示包括:标题、坐标轴、网格线、图例等元素,如图 16-51 所示。

(1) 标题:包括图表标题、分类轴标题、数值轴标题。

(2) 坐标轴:包括分类轴和数值轴。

(3) 网格线:对坐标轴进一步等分的坐标线的显示。

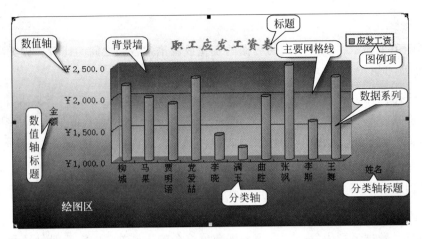

图 16-51　图表显示

（4）图例：显示数据设置。

（5）背景墙：辅以网格线清晰显示数据图例。

在如图 16-51 所示各位置上双击，均可设置其格式。

16.4.3　实例操作

以"职工信息表"为例，显示职工"应发工资"的图表。图表结果如图 16-52 所示。

操作步骤如下。

（1）选中 C2:C12 和 J2:J12 单元格区域，单击"常用"工具栏中的"图表向导"按钮 ![图标]（或者选择"插入"→"图表"命令），在打开的对话框中选择"标准类型"选项卡，选择"图表类型"中的"圆柱图"，在"子图表类型"中选择"柱形圆柱图"，单击"下一步"按钮，如图 16-52 所示。也可以单击"按下不放可查看示例"按钮预览图表。

（2）在打开的"图表向导-4 步骤之 2-图表源数据"对话框中，可以修改或重新选择源数据，单击"下一步"按钮，如图 16-53 所示。

图 16-52　图表类型

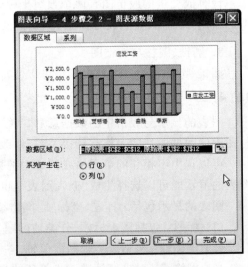

图 16-53　图表源数据

(3) 在打开的"图表向导-4 步骤之 3-图表选项"对话框中,在"标题"选项卡中,输入图表标题"职工应发工资表"、分类轴标题"姓名"和数值轴标题"金额",单击"下一步"按钮,如图 16-54 所示。

说明:图 16-54 中,各选项卡如:坐标轴、网格线、图例、数据标志、数据表等,分别负责其对应设置。

(4) 在打开的"图表位置"中,选中"作为其中的对象插入",单击"完成"按钮(如图 16-55 所示)。插入图表如图 16-56 所示。

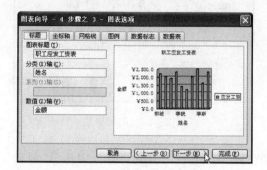

图 16-54 图表选项

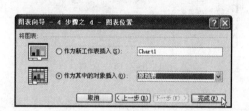

图 16-55 图标位置

说明:选择"作为新工作表插入"单选按钮,则添加一个新工作表,并将图表放入其中。

(5) 在插入的图表上"图表区"空白位置双击,选择"图表区格式"命令,在打开的对话框左侧"边框"区设置"样式"、"颜色"、"粗细"、"阴影"和"圆角"的边框样式(如图 16-57 所示),单击"填充效果"按钮,在"渐变"选项卡中设置颜色:"双色"、底纹样式:"水平",单击"确定"按钮,如图 16-58 所示。

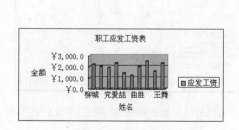

图 16-56 图表效果

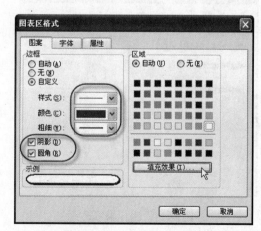

图 16-57 图表区格式

(6) 双击图表上的"应发工资"选择"图例格式"命令,在打开的图例样式中设置边框和底纹区域,如图 16-59 所示。

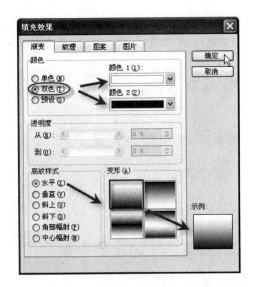

图 16-58　填充效果

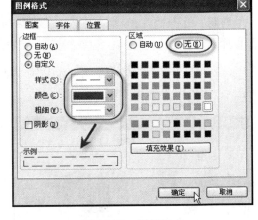

图 16-59　图例格式

（7）双击图表上的"分类轴"选择"分类轴格式"命令，在打开的对话框中选择"刻度"选项卡中设置，再选择在"分类数（分类轴刻度线标签之间）"中设置，再选择"字体"选项卡设置字号为 12；选择"对齐"选项卡，"方向"竖向文本，单击"确定"按钮，如图 16-60所示。

（8）双击图表上的"数值轴"选择"坐标轴格式"命令，在打开的对话框中选择"刻度"选项卡；在"自动设置"中设置最小值为 1000；选择"字体"选项卡设置字号为 12，单击"确定"按钮，如图 16-61 所示。

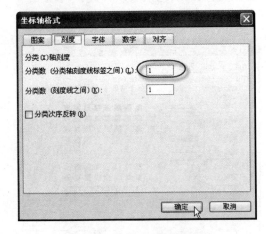

图 16-60　坐标轴格式

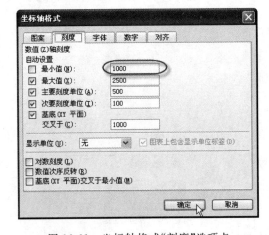

图 16-61　坐标轴格式"刻度"选项卡

（9）图标区域上的各种标题文本均可双击设置格式、拖曳调整位置。美化后图表如图 16-62 所示。

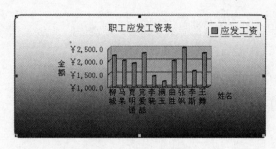

图 16-62　图表美化

习题十六

1. 简述题

（1）说出公式"＝Sheet3！C2＋Sheet4！C8＋成绩单！A4"的含义。

（2）简述图表的建立方法。

（3）说出数据透视表的功能。

（4）在"工资表.xls"工作簿中的"二月"工作表中筛选出基本工资大于 250 且小于 350 元的人员,应如何操作?

（5）简述进行排序的步骤。

（6）简述进行分类汇总的步骤。

2. 填空题

（1）Excel 中的公式是_____的核心,公式输入时都是以_____开始,后面由_____和_____构成。

（2）运算符有_____、_____和比较运算符 3 种,比较运算符的优先级_____,运算结果是_____或_____。

（3）若某工作表的 C2 单元格中的公式是"＝A1＋＄B＄1",再将 C2 单元格复制到 C3 单元格中,则 C3 单元格中的公式是_____。

（4）公式"＝SUM(C2：F2)－G2"的意义是_____。

（5）图表向导的 4 个步骤是_____、_____、图表选项和_____;"图表选项"对话框中共有 6 个选项卡:_____、_____、_____、坐标轴、网格线和数据标志。

（6）Excel 清单中的列被认为是数据库的_____,清单中的列标记被认为是数据库的_____,清单中的每一行被认为是数据库的_____。

第五篇

因特网应用技术

第 17 章

计算机网络与因特网

本章学习导航：

1. 计算机网络概述
2. 计算机网络的分类
3. 因特网的产生与发展
4. IP 地址和域名地址

知识点与能力目标：

1. 计算机网络的概念
2. 计算机网络的诞生与发展
3. 计算机网络功能与应用
4. 计算机网络组成与结构
5. 计算机网络分类
6. Internet 的产生与发展
7. Internet 的应用
8. IP 地址和域名地址

17.1　计算机网络概述

计算机网络是计算机技术与通信技术相结合的产物，它实现了远程通信、远程信息处理和资源共享等。它自 20 世纪 60 年代产生以来，经过半个世纪特别是最近十多年的迅猛发展，目前越来越多地被应用到经济、军事、生产、教育、科学技术及日常生活等各个领域。在现实的日常生活中，人们时刻都在与网络打交道。计算机网络的发展，缩短了人际交往的距离，给人们的日常生活带来了极大的便利。

在计算机发展的初期，人们曾经用"没有软件的计算机只不过是一堆废铁"来强调软件的重要性；而今，随着计算机技术的高速发展，计算机应用日益普及，计算机技术，尤其是网络技术正在对人类经济生活、社会生活等各方面产生巨大的影响。电子商务、网上银行、远程教育等与人们的联系越来越紧密。有理由相信，在不远的将来，人们将过上真正意义上的数字化生活。

1997 年,在美国拉斯维加斯的全球计算机技术博览会上,微软公司总裁比尔·盖茨先生发表了著名的演说。在演说中,"网络才是计算机"的精辟论点,充分体现出信息社会中计算机网络的重要基础地位。计算机网络技术的发展越来越成为当今世界高新技术发展的核心之一。

掌握计算机网络的基础知识,已经成为人们通向成功所必备的基本素质。有人说:"没有联网的计算机只不过是一个无用的信息孤岛"、"网络就是计算机",可见计算机网络在信息社会中起着举足轻重的作用,预示着"以网络为中心的计算时代"已经到来。

今天大家已看到 PC 的发展是如何影响着人们的生活了。3 年前,美国《纽约时报》的一位记者在采访微软公司(Microsoft)的高层经理时,问了这样一个问题:"微软公司怎样衡量一个国家的实力(Power),哪些国家拥有实力,而哪些没有?"微软公司的回答是这样的:"我们只有一个衡量标准:每个家庭的 PC 拥有量。"按这一衡量指标,当时我们的邻邦韩国排在第一位,美国、日本在其后,然后才是欧洲,最差的是中东地区。

今年,带着同样的问题,这位记者采访了硅谷的一些新兴技术公司。他们的回答是:"我们以计算机的联网程度和网络带宽来衡量一个国家的实力"。在机关、企业、学校和娱乐场所的 PC 是否广泛联网,是否已接入 Internet,能否访问万维网(World Wide Web),它们的公共网络带宽有多大。光纤、电话、电缆、有线电视、电缆网络的容量有多大,这些网络是否支持点对点的数据通信等。

"网络带宽"和"网络连接程度"这些新名词是现在硅谷的高技术公司衡量一个国家实力的标志。

17.1.1　计算机网络的定义

所谓计算机网络就是利用通信线路和通信设备将不同地理位置的、具有独立功能的多台计算机或共享设备互联起来,配以功能完善的网络软件,使之实现资源共享、信息传递和分布式处理的系统。对于用户来说,计算机网络是一个透明的数据传输机构,用户可以不必考虑网络的存在而访问网络中的任何资源。

17.1.2　计算机网络的发展

随着计算机网络技术的蓬勃发展,计算机网络的发展大致可划分为 4 个阶段。

(1) 第一阶段:诞生阶段

20 世纪 60 年代中期之前的第一代计算机网络是以单个计算机为中心的远程联机系统。典型应用是由一台计算机和全美范围内 2 000 多个终端组成的飞机订票系统。终端是一台计算机的外部设备包括显示器和键盘,无 CPU 和内存。随着远程终端的增多,在主机前增加了前端机(FEP)。当时,人们把计算机网络定义为"以传输信息为目的而连接起来,实现远程信息处理或进一步达到资源共享的系统",但这样的通信系统已具备了网络的雏形。

(2) 第二阶段:形成阶段

20 世纪 60 年代中期至 70 年代的第二代计算机网络是以多个主机通过通信线路互联起来,为用户提供服务。它兴起于 20 世纪 60 年代后期,典型代表是美国国防部高级研究计划局协助开发的 ARPANET,它的主机之间不是直接用线路相连,而是由接口报文处理机(IMP)转接后互联的。IMP 和它们之间互联的通信线路一起负责主机间的通信任务,构成了通信子网。通信子网互联的主机负责运行程序,提供资源共享,组成了资源子网。这个时期,网络概念为"以能够相互共享资源为目的互联起来的具有独立功能的计算机之集合体",形成了计算机网络的基本概念。

(3) 第三阶段:互联互通阶段

20 世纪 70 年代末至 90 年代的第三代计算机网络是具有统一的网络体系结构并遵循国际标准的开放式和标准化的网络。ARPANET 兴起后,计算机网络发展迅猛,各大计算机公司相继推出自己的网络体系结构及实现这些结构的软硬件产品。由于没有统一的标准,不同厂商的产品之间互联很困难,人们迫切需要一种开放性的标准化实用网络环境,这样应运而生了两种国际通用的最重要的体系结构,即 TCP/IP 体系结构和国际标准化组织的 OSI 体系结构。

(4) 第四阶段:高速网络技术阶段

20 世纪 90 年代末至今的第四代计算机网络,由于局域网技术发展成熟,出现光纤及高速网络技术,多媒体网络,智能网络,整个网络就像一个对用户透明的大的计算机系统,发展为以 Internet 为代表的互联网络。

17.1.3　计算机网络功能与应用

1. 计算机网络的功能

计算机网络的实现,为用户构造分布式的网络计算提供了基础。它的功能主要表现在以下 3 个方面。

(1) 硬件资源共享:可以在全网范围内提供对处理资源、存储资源、输入/输出资源等的共享,特别是对一些较高级和昂贵的设备,如巨型计算机、具有特殊功能的自理部件、高分辨率的激光打印机、大型绘图仪以及大容量的外部存储器等。从而使用户节省投资,也便于集中管理,均衡分担负荷。

(2) 软件资源共享:允许因特网上的用户远程访问各种类型的数据库,可以得到网络文件传送服务,远地进程管理服务和远程文件访问,从而可以避免软件研制上的重复劳动以及数据资源的重复存储,也便于集中管理。

(3) 用户之间的信息交换:计算机网络为分布在各地的用户提供了强有力的通信手段,可以通过计算机网络传送电子邮件、发布新闻消息和进行电子数据交换 EDI,极大地方便了用户,提高了工作效率(如图 17-1 所示)。

计算机网络在以上 3 个方面所具有的功能,是其他系统所不可替代的,因此也为用户带来了高可靠性,更高的性能价格比和易扩充性等好处,使得它在工业、农业、交通运输、邮电通信、文化教育、商业、国防以及科学研究等各个领域各个行业日益获得越来越广泛的应用。

2. 计算机网络的应用

未来网络的发展有以下几种基本的技术趋势。

(1) 朝着低成本微机所带来的分布式计算和智能化方向发展,即 Client/Server(客户/服务器)结构。

(2) 向适应多媒体通信、移动通信结构发展。

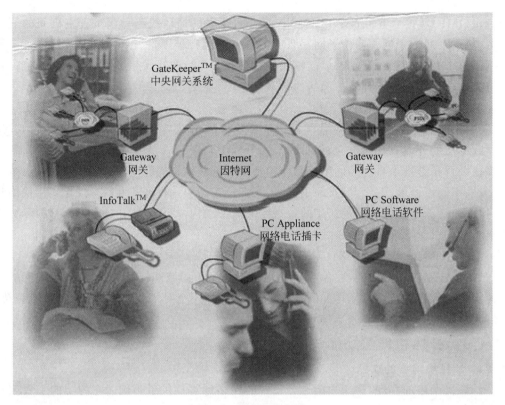

图 17-1　网络分布图

（3）网络结构适应网络互联，扩大规模以至于建立全球网络。应是覆盖全球的，可随处连接的巨型网。

（4）计算机网络应具有前所未有的带宽，以保证承担任何新的服务。

（5）计算机网络应是贴近应用的智能化网络。

（6）计算机网络应具有很高的可靠性和服务质量。

（7）计算机网络应具有延展性来保证适时迅速的发展并做出反应。

（8）计算机网络应具有很低的费用。

17.1.4　计算机网络组成与结构

通过通信信道和设备互联起来的多个不同地理位置的计算机系统，要使其能协同工作，实现信息交换和资源共享，它们之间必须具有共同的语言。交流什么、怎样交流及何时交流，都必须遵循某种互相都能接受的规则。

1. 网络协议（Protocol）

网络协议是为进行计算机网络中的数据交换而建立的规则、标准或约定的集合。协议总是指某一层协议，准确地说，它是对同等实体之间的通信制定的有关通信规则约定的集合。

网络协议的 3 个要素：语义（Semantics），涉及用于协调与差错处理的控制信息；语法（Syntax），涉及数据及控制信息的格式、编码及信号电平等；定时（Timing），涉及速度匹配和排序等。

2. 网络的体系结构及其划分所遵循的原则

计算机网络系统是一个十分复杂的系统。将一个复杂系统分解为若干个容易处理的子系统,然后"分而治之",这种结构化设计方法是工程设计中常见的手段。分层就是系统分解的方法之一。

在图 17-2 所示的一般分层结构中,n 层是 $n-1$ 层的用户,又是 $n+1$ 层的服务提供者。$n+1$ 层虽然只直接使用了 n 层提供的服务,实际上它通过 n 层还间接地使用了 $n-1$ 层以及以下所有各层的服务。

层次结构的好处在于使每一层实现一种相对独立的功能。分层结构还有利于交流、理解和标准化。

所谓网络的体系结构(Architecture)就是计算机网络各层次及其协议的集合。层次结构一般以垂直分层模型来表示(如图 17-3 所示)。

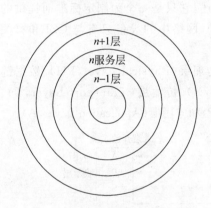

图 17-2　层次模型

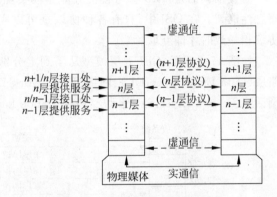

图 17-3　计算机网络的层次模型

(1) 层次结构的要点

① 除了在物理媒介上进行的是实通信之外,其余各对等实体间进行的都是虚通信。

② 对等层的虚通信必须遵循该层的协议。

③ n 层的虚通信是通过 $n/n-1$ 层间接口处 $n-1$ 层提供服务以及 $n-1$ 层的通信(通常也是虚通信)来实现的。

(2) 层次结构划分的原则

① 每层的功能应是明确的,并且是相互独立的。当某一层的具体实现方法更新时,只要保持上、下层的接口不变,便不会对邻居产生影响。

② 层间接口必须清晰,跨越接口的信息量应尽可能少。

③ 层数应适中。若层数太少,则造成每一层的协议太复杂;若层数太多,则体系结构过于复杂,使描述和实现各层功能变得困难。

(3) 网络的体系结构的特点

① 以功能作为划分层次的基础。

② 第 n 层的实体在实现自身定义的功能时,只能使用第 $n-1$ 层提供的服务。

③ 第 n 层在向第 $n+1$ 层提供服务时，此服务不仅包含第 n 层本身的功能，还包含由下层服务提供的功能。

④ 仅在相邻层间有接口，且所提供服务的具体实现细节对上一层完全屏蔽。

3. OSI 基本参考模型

（1）开放系统互联（Open System Interconnection）基本参考模型

由国际标准化组织（ISO）制定的标准化开放式计算机网络层次结构模型，又称 ISO's OSI 参考模型。"开放"这个词表示能使任何两个遵守参考模型和有关标准的系统进行互联。

OSI 包括了体系结构、服务定义和协议规范三级抽象。OSI 的体系结构定义了一个七层模型，用以进行进程间的通信，并作为一个框架来协调各层标准的制定；OSI 的服务定义描述了各层所提供的服务以及层与层之间的抽象接口和交互用的服务原语；OSI 各层的协议规范，精确地定义了应当发送何种控制信息及何种过程来解释该控制信息。

需要强调的是，OSI 参考模型并非具体实现的描述，它只是一个为制定标准而提供的概念性框架。在 OSI 中，只有各种协议是可以实现的，网络中的设备只有与 OSI 和有关协议相一致时才能互联。

如图 17-4 所示，OSI 七层模型从下到上分别为物理层（Physical Layer，PH）、数据链路层（Data Link Layer，DL）、网络层（Network Layer，N）、传输层（Transport Layer，T）、会话层（Session Layer，S）、表示层（Presentation Layer，P）和应用层（Application Layer，A）。

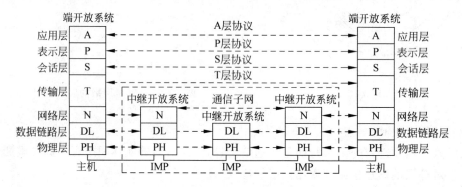

图 17-4　ISO's OSI 参考模型

从图 17-4 中可见，整个开放系统环境由作为信源和信宿的端开放系统及若干中继开放系统通过物理媒介连接构成。这里的端开放系统和中继开放系统，都是国际标准 OSI 7498 中使用的术语。通俗地说，它们相当于资源子网中的主机和通信子网中的节点机（IMP）。只有在主机中才可能需要包含所有七层的功能，而在通信子网中的 IMP 一般只需要最低三层甚至只要最低两层的功能就可以了。

（2）层次结构模型中数据的实际传送过程

图 17-5 中发送进程送给接收进程和数据，实际上是经过发送方各层从上到下传递到物理媒介；通过物理媒介传输到接收方后，再经过从下到上各层的传递，最后到达接收进程。

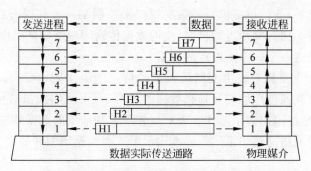

图 17-5　数据的实际传递过程

在发送方从上到下逐层传递的过程中,每层都要加上适当的控制信息,即图中和H7～H1,统称为报头。到最底层成为由"0"或"1"组成和数据比特流,然后再转换为电信号在物理媒介上传输至接收方。接收方在向上传递时过程正好相反,要逐层剥去发送方相应层加上的控制信息。

因接收方的某一层不会收到底下各层的控制信息,而高层的控制信息对于它来说又只是透明的数据,所以它只阅读和去除本层的控制信息,并进行相应的协议操作。发送方和接收方的对等实体看到的信息是相同的,就好像这些信息通过虚通信直接给了对方一样。

各层功能简要介绍如下。

① 物理层:定义了为建立、维护和拆除物理链路所需的机械的、电气的、功能的和规程的特性,其作用是使原始的数据比特流能在物理媒介上传输。具体涉及接插件的规格、"0"、"1"信号的电平表示、收发双方的协调等内容。

② 数据链路层:比特流被组织成数据链路协议数据单元(通常称为帧),并以其为单位进行传输,帧中包含地址、控制、数据及校验码等信息。数据链路层的主要作用是通过校验、确认和反馈重发等手段,将不可靠的物理链路改造成对网络层来说无差错的数据链路。数据链路层还要协调收发双方的数据传输速率,即进行流量控制,以防止接收方因来不及处理发送方发送来的高速数据而导致缓冲器溢出及线路阻塞。

③ 网络层:数据以网络协议数据单元(分组)为单位进行传输。网络层关心的是通信子网的运行控制,主要解决如何使数据分组跨越通信子网从源传送到目的地的问题,这就需要在通信子网中进行路由选择。另外,为避免通信子网中出现过多的分组而造成网络阻塞,需要对流入的分组数量进行控制。当分组要跨越多个通信子网才能到达目的地时,还要解决网际互联的问题。

④ 传输层:是第一个端—端,也即主机—主机的层次。传输层提供的端到端的透明数据传输服务,使高层用户不必关心通信子网的存在,由此用统一的传输原语书写的高层软件便可运行于任何通信子网上。传输层还要处理端到端的差错控制和流量控制问题。

⑤ 会话层:是进程—进程的层次,其主要功能是组织和同步不同的主机上各种进程间的通信(也称为对话)。会话层负责在两个会话层实体之间进行对话连接的建立和拆

除。在半双工情况下,会话层提供一种数据权标来控制某一方何时有权发送数据。会话层还提供在数据流中插入同步点的机制,使得数据传输因网络故障而中断后,可以不必从头开始而仅重传最近一个同步点以后的数据。

⑥ 表示层:为上层用户提供共同的数据或信息的语法表示变换。为了让采用不同编码方法的计算机在通信中能相互理解数据的内容,可以采用抽象的标准方法来定义数据结构,并采用标准的编码表示形式。表示层管理这些抽象的数据结构,并将计算机内部的表示形式转换成网络通信中采用的标准表示形式。数据压缩和加密也是表示层可提供的表示变换功能。

⑦ 应用层:是开放系统互联环境的最高层。不同的应用层为特定类型的网络应用提供访问 OSI 环境的手段。网络环境下不同主机间的文件传送访问和管理(FTAM)、传送标准电子邮件的电文处理系统(MHS)、使不同类型的终端和主机通过网络交互访问的虚拟终端(VT)协议等都属于应用层的范畴。

17.2 计算机网络的分类及特点

17.2.1 计算机网络分类

从小到大分为:局域网、城域网、广域网和因特网。

网络中计算机设备之间的距离可近可远,即网络覆盖地域面积可大可小。按照联网的计算机之间的距离和网络覆盖面的不同,一般分为局域网(LAN,Local Area Network)、城域网(MAN,Metropolitan Area Network)、广域网(WAN,Wide Area Network)和因特网(Internet)。LAN 相当于某厂、校的内部电话网,MAN 犹如某地只能拨通市话的电话网,WAN 好像国内直拨电话网,因特网则类似于国际长途电话网。

公司、政府机关、研究单位、学校等,都可以搭建网络。如果是小机构,可以只要一个局域网,大机构可把多个局域网连成一个或多个复杂的广域网,通常由专职人员来管理这些网络。

局域网间是通过路由器(Router)这一专门设备来实现连接的。路由器的作用是提供从一个网络到另一个网络的通路。用路由器来连接局域网(构成广域网)和广域网(构成更大的广域网)。换句话说,可以认为:Internet 里的计算机通过大量的路由器连成局域网和广域网。

17.2.2 局域网

局域网是指在某一区域内由多台计算机互联成的计算机组。"某一区域"指的是同一办公室、同一建筑物、同一公司和同一学校等,一般是方圆几千米以内范围。局域网可以实现文件管理、应用软件共享、打印机共享、扫描仪共享、工作组内的日程安排、电子邮件和传真通信服务等功能。局域网是封闭型的,可以由办公室内的两台计算机组成,也可以由一个公司内的上千台计算机组成。

17.2.3 广域网

广域网是指覆盖范围广阔(通常可以覆盖一个城市,一个省,一个国家)的一类通信子网,有时也称为远程网。

广域网的特点如下。

(1) 主要提供面向通信的服务,支持用户使用计算机进行远距离的信息交换。

(2) 覆盖范围广,通信的距离远,需要考虑的因素增多,如媒体的成本、线路的冗余、媒体带宽的利用和差错处理等。

(3) 由电信部门或公司负责组建、管理和维护,并向全社会提供面向通信的有偿服务、流量统计和计费问题。

17.3 因特网的产生与发展

17.3.1 因特网的产生

Internet 早已深入人们的生活,而这项庞大的工程真正的开始时间是 1962 年。不过确切地说,Internet 没有明确的发展历史,因为它本身就是不易定义的,它只是人与人之间所达成的协议,是高科技的反映。它证实了通信对人们的重要性,并充分肯定了个人的创造能力。

从 20 世纪 50 年代开始,世界被按照意识形态和信仰的不同,划分成东方和西方两大阵营。美国和苏联两个超级大国展开了疯狂的军备竞赛,而这种不见硝烟的"冷战"在激烈程度上丝毫不亚于真枪实弹的战争。

1957 年,苏联率先发射两颗人造卫星。1958 年 1 月 7 日,美国艾森豪威尔总统正式向国会提出要建立国防高级研究计划局 DARPA(Defense Advanced Research Project Agency,该机构也被称为 ARPA),希望通过这个机构的努力,确保不再发生在毫无准备的情况下看着苏联卫星上天的这种尴尬的事。

谁也没能想到,在 ARPA 成立 4 年后,一位拥有心理学博士学位的心理学教授,会被请到 ARPA 来领导指令和控制技术的研究工作。这位富有传奇色彩的人物,就是 J. C. R. Licklider(图 17-6)。

Licklider 在担任麻省理工学院(MIT)心理学教授期间,在林肯实验室的地下室偶然遇到计算机专家 W. Clark,后者给他看了一台奇怪的机器 TX-2,这让 Licklider 立刻着迷,转而将自己研究的"人际关系"改换成"人机关系"。

Licklider 与 Clark 在以后的工作中逐渐成为朋友。Licklider 以后又加入了 BBN 公司(Bolt Beranek and Newman Inc.)工作。作为一个心理学家,他极为重视计算机的重要性。他的理想就是要让计算机更好地帮助人们思考和解决问题。

1962 年,Clark 在林肯实验室里(图 17-7),在 LINC(实验室仪器计算机)上首次实现实时实验数据处理。同年 8 月,Licklider 与 Clark 共同发表论文,阐述分布式社交行为的全球网络概念。而 MIT 的 Slug Russell、Shag Graetz、Alan Kotok 这 3 位大学生就在这一年编制出世界上第一款游戏程序"空间大战"(Space War),这是联网用户分时运行同一程序的第一个实例。

分时系统蹒跚起步,使林肯实验室的工程师们逐渐熟悉了人机交互和联网技术,一批计算机通信技术人才在这里成长,为即将进行的网络实验奠定了良好的基础。

图 17-6　J. C. R. Licklider

图 17-7　林肯实验室

1962 年 10 月,ARPA 的第三位主任 Jack Ruina,与正在 BBN 工作的 Licklider 和他在林肯实验室工作的好友 Fred Frick,共同讨论在 ARPA 建立一个部门来研究"指令与控制"技术。Licklider 很快被这个技术所吸引。不过,由于本职工作的繁忙,两人只好靠扔硬币来决定谁放开手头工作去领导这个部门。最终,命运决定了 Licklider 前去 ARPA 工作。虽然他向 ARPA 提出了一系列看似过分的要求,不过事实证明,ARPA 没有找错人。

Licklider 为了转变他所领导的办公室的工作方式和作风,他把办公室更名为信息处理技术办公室(Information Processing Techniques Office,IPTO)。在不到半年的时间里,Licklider 就把全国最强的计算机专家团结到 ARPA 周围,包括麻省理工学院、斯坦福大学、加州大学伯克利分校和洛杉矶分校的一批科学家和工程师。实际上,这些人就是后来研制 ARPANET(阿帕网)的中坚力量。

1962 年,人类历史上开始了崭新的一页,这完全可以与蒸汽机的发明相提并论。然而,在那一年中,也许只有上帝才清楚,ARPA 这个"冷战"时期的产物竟为人类未来做出重要贡献。

17.3.2　因特网的发展

100 年前,人们要给异地的亲友送去问候,大多要依靠驿差的长途跋涉。如今,坐在家中的计算机前轻点鼠标,远在万里之遥的友人便可在瞬间收到发去的电子贺卡。于 1969 年问世、1993 年才对公众开放的因特网的迅速发展,使现实生活发展到匪夷所思的地步。截至 2009 年 9 月,全球共有 17.3 亿因特网用户,比 2008 年增长了 18%,计算机网络已经把全世界连成为一个"地球村",全世界正在为此构筑一个"数字地球"。美国科学家米歇尔·科兹曼曾经下过一个重要论断:"19 世纪是铁路时代,20 世纪是高速公路系统的时代,21 世纪将是宽带网络的时代。"

1968 年,美国国防部提出一种设想:如果能够建立一个网络系统,类似蜘蛛网,它的特点应该是没有中心,一旦战争爆发,一部分网络被破坏,其他网络可以照常工作。为此,美国国防部在其下属的高级研究项目署(ARPA)成立了一个专家小组,专门研究这个所谓的"蜘蛛网"系统。研究人员把若干小型计算机相互连接起来,当时把这一组计算机称做信息处理器,实际上是一个小型的计算机局域网络。研究结果表明,完全可以建立一个计算机网络通信系统,该系统可以不需要中心控制系统,在局部系统遇到破坏的情况下,整个系统照常运转。仅仅用了不到一年的时间,美国国防部就建起了一个计算机网络的雏形——ARPA 网。ARPA 网由 4 个相互连接的计算机网络组成,3 个设在加州大学洛杉矶分校,另一个设在内华达州。尽管 ARPA 网还处在研究阶段,但是由于它运作顺利,很快在学术界传开了,人们纷纷要求加入 ARPA 网。

1972 年,研究人员首次运用 ARPA 网发送电子邮件,便获得成功,这标志着网络开始与通信相结合。进入 20 世纪 80 年代,计算机网络技术开始从美国传到世界各地,但也只是局限在研究部门和大学的范围,然而它的商业潜能已默默地引起了各国的注意。

把时间拉回到 1955 年,美国田纳西州民主党参议员阿尔伯特·戈尔在美国国会提出一个对美国经济发展具有重要意义的"洲际高速公路法案"。戈尔及高速公路的其他支持者看到,美国中部地区正在从农业经济发展成为制造经济。一个高效洲际系统可以更快地把更多的物资输送给更多的人,从而加速经济发展,使制造商和消费者均能受益。这个法案的提出,为后来建立和发展因特网(Internet),奠定了政治和舆论基础。

36 年后的 1991 年,老戈尔的儿子国会议员阿尔·戈尔向政府提出,资助建设国家信息基础设施的法案,他把这个项目昵称为"信息高速公路"。时任美国总统的布什在当年的 11 月签署了这一法案。可以说,美国从此才开始重视信息技术对经济的影响。

克林顿入主白宫后,阿尔·戈尔担任副总统。他们执政的第一年,便成立了由戈尔主持的国家信息基础设施顾问委员会,同时以政府的命令,发布了国家信息基础设施,即"信息高速公路"的基本概念及其内容。命令称:国家信息基础设施是硬件、软件、技能的综合,它使人们之间以及人们与计算机和业务机构的联系更加便利。1994 年 1 月 25 日,克林顿在其《国情咨文》中对这个项目作了发展规划,其长期目标是,用 15～20 年的时间建成一个前所未有的全国的、最终是全世界的计算机通信网络,即因特网。

因特网的发展比预期的要快得多。1995 年,北美、欧洲和东亚地区迎来了网络建设的高潮,这一年被称为国际网络年。

17.3.3　因特网的影响

信息技术飞速发展,引发了社会信息化,"每 9 个月因特网用户增长一倍,信息流量增加一倍,线路带宽增加一倍"。这一事实被称为新摩尔定律。据统计,1999 年年底,全球已有超过 2.6 亿的因特网用户,956 万个站点,电子商务营业额达到 2 400 多亿美元;中国已有 890 万因特网用户,1.5 万个站点。目前,全球已有近 10 亿因特网用户,几千万个站点,电子商务营业额达到 1.3 万亿美元;中国因特网用户已达到 2.4 亿户,数十万个站点。而信息科学技术所引发的社会信息化正在深刻地改变社会的形态、经济增长方式、人们的生活方式和思维方式,对社会生活各个方面产生巨大的影响。

(1) 对经济增长方式的影响。在工业社会中,经济发展的主要方式是靠资源投入的方式来实现,工业化加工资源的方式是一种高消耗、高污染的实现方式,这种方式必然会引起自然资源的日益枯竭,工业污染的加剧、环境退化的失控。而信息科学技术引发的社会信息化,为各国摆脱高投入、高消耗、高污染的经济发展方式提供了技术可能。信息化的开展开创了经济增长的新方式,即依靠科技进步,而不是高资源、高投入来促进经济增长。目前发达国家中,科技进步对经济增长作用率已达 60%～80%。

（2）对人类社会时代的影响。由于信息科学技术的发展，时代已经开始发生变化，已经从以物质能量为主的生产力转换到以信息知识和技术为主的生产力，从工业经济转到知识经济，从读写为主的时代转换到视听为主的时代，即虚拟时代、数字时代。虚拟，就其本身来说，是数字化方式的构成。它首先是人类中介系统的革命。人类第一次中介系统的革命，是语言符号系统的发明，它创造了人类思维空间和符号空间，导致了人类文明的长足发展。而虚拟则是在思维空间中发生的革命，它在思维空间中又创造出了虚拟空间、数字空间、视听空间和网络世界，使不可能的可能在人类历史上第一次成为一种真实性。虚拟这场中介革命，使人类由以前的语言符号文明进入到更高级的数字文明。其次，虚拟性激发了人们的创造能力的巨大发展。对于虚拟而言，现实只是许多可能性中的一种可能性，在虚拟空间中，还有别的可能性，虚拟使现实中的不可能在虚拟空间中复活、再生、创造发展，从而使人的潜能得到充分的发挥。因此在信息科学技术影响下，虚拟时代、数字时代即将到来。

（3）对思维方式的影响。思维方式是一定时代人们的理性认识方式，是按一定结构、方法和程序把思维诸要素结合起来的相对稳定的思维运行样式。思维主体、思维客体和思维中介系统三者社会历史地结合，构成特定时代的思维方式。在大机器生产为主的工业社会，思维主体以个人为主、以人脑为主，思维客体受思维主体及社会关系的影响，主要以现实世界为主，思维中介主要由工业技术中介系统和工业文明所产生的各种物化的思维工具构成，这标志着工业社会时代人类的思维方式的发展状况和水平。进入信息化社会以后，思维主体则由以个人为主发展到以群体为主，以人脑为主发展到以人—机系统为主，思维客体由现实性为主进入到虚拟为主，思维中介系统由工业技术中介系统和工业文明所产生的各种物化的思维工具构成转变为网络技术中介系统和信息技术所产生的各种物化的思维工具构成，从而实现思维方式由现实性转换到虚拟性。

（4）对教育方式的影响。现代信息技术的发展及应用，给教育方式带来巨大影响。

① 教育投资的重心将由物质资源转向信息资源。工业社会中，教育以消耗物质资源如校舍、桌椅、粉笔等维持，因此教育投资的重心主要是物质资源的投入。而信息化社会，由于信息具有无损使用、无损分享、不可分割、公平性等特点，使其将取代自然资源、资金、人力等成为最重要的资源，投资的重心也将转变为信息的开发上，因为信息产业是开发费用高、使用费用低的产品，其低廉化使用是建立在高投入开发的基础上的。因而，教育一旦依赖于信息资源，则其开发问题将制约网络化教育发展，教育的投资由过去重在物质条件的扩充转向信息资源的开发也成为不言而喻的事情。

② 单一的"班级授课制"将为多样化的网络授课取代。"班级授课制"这种曾大大提高过教育效率的教学组织形式将被信息技术打破，因特网应用于教育，改变了传统的固定师生关系，使异地授课、网上学习成为可能。利用因特网可以十分便捷地得到世界各地的教育资料，实现信息交流、资源共享；网络技术的发展也使无法进入学校读书的人获得必要知识成为可能；学生无论身在何处，只要有网络计算机终端设备便可上网学习，为学生终身学习的需要奠定了基础。

③ 现代信息技术发挥多种媒体功能的优势，通过学习内容的丰富性、学习方式的灵活性，调动学生多重感观参与学习活动，从而大大改善了学习效果。

(5) 对生活方式的影响。由于信息化建立了一个规模庞大、四通八达的网络通信系统,从而信息作为最有效、最有价值的资源,改变了传统的生活方式。

① 通过网络体系,人类的观念大大地流通、渗透、互相影响,这将有利于人们按照共同利益协调行为。

② 网络技术的发展,使人们工作方式发生很大变化,由以前的按时定点上班变为可以在家上班,通过网络体系处理各种资料和信息。

③ 人们的访友、购物、会议、娱乐等许多事情都可以通过网络进行;在不远的将来,人们还可能通过住网络住宅、使用网络冰箱、乘坐网络汽车等,进入科技家庭的生活模式,体验科技带给人们的便利。

总之,信息技术日新月异的发展以及由它引发的社会信息化,给社会生活带来了巨大的影响,使人类社会将进入信息时代。

17.4 IP 地址和域名地址

17.4.1 IP 地址和域名地址的概念

在 Internet 上有数千万台主机(Host),为了区分这些主机,人们给每台主机都分配了一个专门的"地址"作为标识,称为 IP 地址,它就像用户在网上的身份证,要查看自己 IP 地址可在 Windows 9x 的系统中选择"开始"→"运行"命令,输入 winipcfg(2000/XP 输入 ipconfig),按 Enter 键。IP 是 Internet Protocol(因特网协议)的缩写。各主机间要进行信息传递必须要知道对方的 IP 地址。每个 IP 地址的长度为 32 位,分 4 段,每段 8 位(1 个字节),常用十进制数字表示,每段数字范围为 1~254,段与段之间用小数点分隔。每个字节(段)也可以用十六进制或二进制表示。每个 IP 地址包括两个 ID(标识码),即网络 ID 和宿主机 ID。同一个物理网络上的所有主机都用同一个网络 ID,网络上的一个主机(工作站、服务器和路由器等)对应有一个主机 ID。这样把 IP 地址的 4 个字节划分为 2 个部分,一部分用来标明具体的网络段,即网络 ID;另一部分用来标明具体的节点,即宿主机 ID。

由于 IP 地址全是些数字,为了便于用户记忆,Internet 上引进了域名系统 DNS(Domain Name System)。当输入某个域名的时候,这个信息首先到达提供此域名解析的服务器上,再将此域名解析为相应网站的 IP 地址,完成这一任务的过程就称为域名解析。域名解析的过程是:当一台机器 a 向其域名服务器 A 发出域名解析请求时,如果 A 可以解析,则将解析结果发给 A;否则,A 将向其上级域名服务器 B 发出解析请求,如果 B 能解析,则将解析结果发给 A,如果 B 无法解析,则将请求发给再上一级域名服务器 C……如此下去,直至解析到为止。域名简单地说就是 Internet 上主机的名字,它采用层次结构,每一层构成一个子域名,子域名之间用圆点隔开,自左至右分别为:计算机名、网络名、机构名、最高域名。Internet 域名系统是一个树形结构。

以机构区分的最高域名原来有 7 个:com(商业机构)、net(网络服务机构)、gov(政府机构)、mil(军事机构)、org(非营利性组织)、edu(教育部门)、int(国际机构)。1997 年又新增 7 个最高级标准域名:firm(企业和公司)、store(商业企业)、web(从事与 Web 相关业务的实体)、arts(从事文化娱乐的实体)、rec(从事休闲娱乐业的实体)、info(从事信息服务业的实体)、nom(从事个人活动的个体、发布个人信息)。这些域名的注册服务由多家机构承担,CNNIC 也有幸成为注册机构之一;按照 ISO 3166 标准制定的国家域名,一般由各国的 NIC(Network Information Center,网络信息中心)负责运行。

17.4.2　IP 地址和域名的对应关系

传统的域名和网址是一个技术层面上的事物,并有着严格的规定,上述几个部分组成了一个完整的"网址"(URL),有的 URL 中还包含了数据库、密码等内容。近来出现了中文域名,如"3721 中文网址"是一种架设在 IP 地址和域名技术之上的"应用和服务",它不需改变现有的网络结构和域名体系,将一个复杂的 URL 转换为一个直观的中文词汇,实现中文用户的轻松上网。另一种"CNNIC 中文域名"则突出网络的概念和技术,因为它是一个技术标准和规范,它的推出使域名汉化有标准可循,充分体现了 CNNIC 作为中国域名管理机构的身份,为中文网站提供了本土化域名注册的服务。这两者不是一个层面上的事物,因此完全不冲突,而且"3721 中文网址"支持传统的"IP 地址"和"域名"技术体系,也就自然支持 CNNIC 中文域名,3721 的用户只要在浏览器地址栏中输入"http://"+"中文域名"就可以使用 CNNIC 中文域名系统,如果按照老习惯直接输入中文名称,则仍然使用 3721 中文网址服务。一般每个"域名"或"中文域名"只对应一个"IP 地址",由于3721 中文网址作为一种架设在上层的应用,3721 中文网址可以实现"一对一"(一个中文网址对应一个网站)、"一对多"(一个中文网址对应多个镜像站点)、"多对一"(多个中文网址对应一个中文网站)、"多对多"等不同形式。可以将整个 URL(包括深层目录)转换成一个简单直观的中文词汇。随着科学技术的不断发展,地址与域名将有更丰富的含义。

17.4.3　域名

1. Internet 域名的分类

从技术上讲,域名只是 Internet 中用于解决地址对应问题的一种方法。可以说只是一个技术名词。但是,由于 Internet 已经成为了全世界人的 Internet,域名也自然地成为一个社会科学名词。从社会科学的角度看,域名已成为了 Internet 文化的组成部分。从商界看,域名已被誉为"企业的网上商标"。没有一家企业不重视自己产品的标识——商标,而域名的重要性和其价值,也已经被全世界的企业所认识。1998 年 3 月一个月内,世界上注册了 179 331 个通用顶级域名(据精品网络有关资料),平均每天注册 5 977 个域名,每分钟 25 个! 这个记录正在以每月 7% 的速度增长。中国国内域名注册的数量,从1996 年年底之前累计的 300 多个,至 1998 年 11 月猛增到 16 644 个,每月增长速度为 10%。

(1) 顶级域名

域名由两个或两个以上的词构成,中间由点号分隔开。最右边的那个词称为顶级域名。下面是几个常见的顶级域名及其用法。

① .com:用于商业机构。它是最常见的顶级域名。任何人都可以注册 .com 形式的域名。

② .net:最初是用于网络组织,例如因特网服务商和维修商。现在任何人都可以注

册以.net 结尾的域名。

③ .org：是为各种组织包括非营利组织而定的。现在,任何人都可以注册以.org 结尾的域名。

国家或地区代码是由两个字母组成的顶级域名,如.cn、.uk、.de 和.jp 等。其中,.cn 是中国专用的顶级域名,其注册归 CNNIC 管理,以.cn 结尾的二级域名简称为国内域名。注册国家或地区代码顶级域名下的二级域名的规则和政策与不同的国家或地区的政策有关。在注册时应咨询域名注册机构,问清相关的注册条件及与注册相关的条款。某些域名注册商除了提供以.com、.net 和.org 结尾的域名的注册服务之外,还提供国家或地区代码顶级域名的注册。ICANN 并没有特别授权注册商提供国家或地区代码顶级域名的注册服务。

(2) 二级域名

二级域名是顶级域名的下一级,如 domainpeople.com,域名注册人在以.com 结尾的顶级域名中,提供一个二级域名。域名形式也可能是 something.domainpeople.com,在这种情况下,something 称为主名或分域名。

2. Internet 上域名命名的一般规则

由于 Internet 上的各级域名是分别由不同机构管理的,所以,各个机构管理域名的方式和域名命名的规则也有所不同。但域名的命名也有一些共同的规则,主要有以下几点。

(1) 域名中只能包含以下字符。

① 26 个英文字母。

② 0,1,2,3,4,5,6,7,8,9 十个数字。

③ "-"(英文连字符)。

(2) 域名中字符的组合规则如下。

① 在域名中,不区分英文字母的大小写。

② 对于一个域名的长度是有一定限制的。

(3) 遵照域名命名的全部共同规则,只能注册三级域名,三级域名用字母(A～Z, a～z,大小写等价)、数字(0～9)和连接符(-)组成,各级域名之间用实点(.)连接,三级域名长度不得超过 20 个字符;不得使用或限制使用以下名称。

① 注册含有"CHINA"、"CHINESE"、"CN"、"NATIONAL"等,要经国家有关部门(指部级以上单位)正式批准。

② 公众知晓的其他国家或者地区名称、外国地名、国际组织名称不得使用。

③ 县级以上(含县级)行政区划名称的全称或者缩写,相关县级以上(含县级)人民政府正式批准。

④ 行业名称或者商品的通用名称不得使用。

⑤ 他人已在中国注册过的企业名称或者商标名称不得使用。

⑥ 对国家、社会或者公共利益有损害的名称不得使用。

⑦ 经国家有关部门(指部级以上单位)正式批准和相关县级以上(含县级)人民政府正式批准是指,相关机构要出具书面文件表示同意×××单位注册×××域名。如要申请 beijing.com.cn 域名,要提供北京市人民政府的批文。

习题十七

1. 填空题

(1) 计算机网络是现代_____技术与_____技术密切组合的产物。

(2) 通信子网主要由_____和_____组成。

(3) 局域网常用的拓扑结构有总线、_____、_____3 种。

(4) 光纤的规格有_____和_____两种。

(5) 计算机网络按网络的作用范围可分为_____、_____和_____3 种。

(6) 计算机网络中常用的 3 种有线通信介质是_____、_____、_____。

(7) 局域网的英文缩写为_____,城域网的英文缩写为_____,广域网的英文缩写为_____。

(8) 双绞线有_____、_____两种。

(9) 计算机网络的功能主要表现在硬件资源共享、_____、_____。

(10) 决定局域网特性的主要技术要素为_____、_____、_____。

2. 选择题

(1) 下列说法中,_____是正确的。

    A. 网络中的计算机资源主要指服务器、路由器、通信线路与用户计算机

    B. 网络中的计算机资源主要指计算机操作系统、数据库与应用软件

    C. 网络中的计算机资源主要指计算机硬件、软件、数据

    D. 网络中的计算机资源主要指 Web 服务器、数据库服务器与文件服务器

(2) 计算机网络可分为 3 类,它们是_____。

    A. Internet、Intranet、Extranet

    B. 广播式网络、移动网络、点—点式网络

    C. X.25、ATM、B-ISDN

    D. LAN、MAN、WAN

(3) 拓扑设计是建设计算机网络的第一步,它对网络的影响主要表现在_____。

    ① 网络性能   ② 系统可靠性   ③ 通信费用   ④ 网络协议

    A. ①②   B. ①②和③   C. ①②和④   D. ③④

(4) 下列说法中,_____是正确的。

    A. 因特网计算机必须是个人计算机

    B. 因特网计算机必须是工作站

    C. 因特网计算机必须使用 TCP/IP 协议

    D. 因特网计算机在相互通信时必须遵循相同的网络协议

(5) 组建计算机网络的目的是实现联网计算机系统的_____。

    A. 硬件共享   B. 软件共享   C. 数据共享   D. 资源共享

(6) 以下关于光纤特性的描述_____是不正确的。

    A. 光纤是一种柔软、能传导广波的介质

B.　光纤通过内部的全反射来传输一束经过编码的光信号

C.　多条光纤组成一束,就构成一条光缆

D.　多模光纤的性能优于单模光纤

(7)　一座大楼内的一个计算机网络系统,属于_____。

　　A.　PAN　　　　　　B.　LAN　　　　　　C.　MAN　　　　　　D.　WAN

(8)　计算机网络中可以共享的资源包括_____。

　　A.　硬件、软件、数据、通信信道　　　　　B.　主机、外设、软件、通信信道

　　C.　硬件、程序、数据、通信信道　　　　　D.　主机、程序、数据、通信信道

(9)　在星型局域网结构中,连接文件服务器与工作站的设备是_____。

　　A.　调制解调器　　B.　交换器　　　　　C.　路由器　　　　　D.　集线器

(10)　对局域网来说,网络控制的核心是_____。

　　A.　工作站　　　　B.　网卡　　　　　　C.　网络服务器　　　D.　网络互联设备

3.　简答题

(1)　什么是计算机网络? 计算机网络由什么组成?

(2)　计算机网络的发展分哪几个阶段? 每个阶段有什么特点?

(3)　计算机多用户系统和网络系统有什么异同点?

(4)　在计算机网络中,主要使用的传输介质是什么?

(5)　常用计算机网络的拓扑结构有几种?

(6)　计算机网络分成哪几种类型? 试比较不同类型网络的特点。

(7)　通信子网与资源子网分别由哪些主要部分组成? 其主要功能是什么?

(8)　UTP 是什么传输介质? STP 是什么?

(9)　同轴电缆分为几类? 有什么特点?

(10)　在选择传输介质时需考虑的主要因素是什么?

第 18 章

浏览器的应用

本章学习导航：

1. 浏览器概述
2. 常用浏览器

知识点与能力目标：

1. 浏览器的概念
2. 浏览器的发展
3. 浏览器的种类
4. IE 浏览器、傲游浏览器和绿色浏览器的应用
5. 网络虚拟环境和现实的不同与差距

18.1 浏览器概述

18.1.1 浏览器的概念

浏览器英文为 Browser，它是浏览 Internet 上的文本，图像、声音的主要工具。目前最常用的浏览器是 Microsoft Internet Explorer。

浏览器是浏览网页内容的必备软件，在常用的 Windows 操作系统中已经预先安装好了 IE 浏览器(Internet Explorer)，因此一般的计算机只要操作系统正常就可以通过浏览器上网获取信息。除了 IE 浏览器之外，还有多种网页浏览器，如网景浏览器 Netscape Navigator、Mosaic、Opera 以及近年来发展迅猛的火狐浏览器等，国内厂商开发的浏览器有腾讯 TT 浏览器、傲游浏览器(Maxthon Browser)等。

那么到底什么是浏览器呢？浏览器实际上是一个软件程序，用于与 WWW 建立连接，并与之进行通信。它可以在 WWW 系统中根据链接确定信息资源的位置，并将用户感兴趣的信息资源取回来，对 HTML 文件进行解释，然后将文字图像或者将多媒体信息还原出来。

通常说的浏览器一般是指网页浏览器，也就是浏览网页信息的工具，除了网页浏览器之外，还有一些专用浏览器用于阅读特定格式的文件，如 RSS 浏览器(也称 RSS 阅读器)、PDF 浏览器(PDF 文件浏览器)、超星浏览器(用于阅读超星电子书)、CAJ 浏览器(阅

读 CAJ 格式文件)。此外也有一些是专门用来浏览图片的图像浏览器,如 ACDSee、Google Picasa 等。

18.1.2　浏览器的发展

蒂姆·伯纳斯-李(Tim Berners-Lee)爵士(1955 年 6 月 8 日出生于英国伦敦)是万维网的发明者,不列颠帝国勋章佩戴者,英国皇家学会会员。他是监视万维网发展的万维网联盟的主席。

蒂姆·伯纳斯-李是第一个使用超文本来分享资讯,及于 1990 年发明了首个网页浏览器的人。在 1991 年 3 月,他把这项发明介绍给了同他一起在 CERN 工作的朋友。从那时起,浏览器的发展就和网络的发展联系在了一起。蒂姆·伯纳斯-李建立的第一个网站(也是世界上第一个网站)是 http://info.cern.ch/,它于 1991 年 8 月 6 日上网,它解释了万维网是什么,如何使用网页浏览器和如何建立一个网页服务器等。蒂姆·伯纳斯-李后来在这个网站里列举了其他网站,因此它也是世界上第一个万维网目录。

当时,网页浏览器被视为一个能够处理 CERN 宠大电话簿的实用工具。在与用户互动的前提下,网页浏览器根据 Gopher 和 Telnet 协议,允许所有用户能轻易地浏览别人所编写的网站。可是,其后加插图像进浏览器的举动使之成为因特网的“杀手程序”。

NCSA Mosaic 促进了因特网的迅速发展。它是一个先在 UNIX 下运行的图像浏览器;很快便发展到在 Apple Macintosh 和 Microsoft Windows 亦能运行。1993 年 9 月发表了 1.0 版本。NCSA 中 Mosaic 项目的负责人 Marc Andreesen 辞职并建立了网景公司。

网景公司(Netscape)在 1994 年 10 月发布了它的旗舰产品 Navigator(导航者,网景浏览器)。但第二年 Netscape 的优势就被削弱了。错失了因特网浪潮的微软在这个时候匆忙促地购入了 Spyglass 公司的技术,改成 Internet Explorer,掀起了软件巨头微软和网景之间的浏览器大战。这同时也加快了万维网的发展。

1994 年 12 月,网景发布 Netscape Navigator 1.0 版浏览器。这个版本支持所有的 HTML 2 语言的元素和部分 HTML 3 语言的功能。

不过,在浏览器的发展史上,在 Netscape 浏览器之前,Mosaic 浏览器就已经诞生了,事实上,Mosaic 并不是第一个具有图形界面的网页浏览器,但是,Mosaic 是第一个被人普遍接受的浏览器,它让许多人了解了 Internet。

这场战争把网络带到了千百万普通计算机用户面前,但同时显露了因特网商业化如何妨碍统一标准的制定。微软和网景都在它的产品中加入了许多互不兼容的 HTML 扩展代码,并试图以这些特点来取胜。1998 年,网景公司承认它的市场占有率已跌至无法挽回的地步,这场战争便随之而结束。微软能取胜的其中一个因素是将其浏览器与操作系统一并出售(OEM,原始设备制造);这亦使它面对反垄断诉讼。

网景公司以开放源代码迎战,创造了 Mozilla。但这个并不能挽回 Netscape 的市场占有率。在 1998 年年底美国在线收购了网景公司。在发展初期,Mozilla 计划为吸引开发者而挣扎;但至 2002 年,它发展成一个稳定而强大的因特网套件。Mozilla 1.0 的出现被视为其里程碑。同年,衍生出 Mozilla Firefox。Firefox 1.0 于 2004 年发表。及至 2005 年,Mozilla 及其衍生产品约占 10%网络流通量。

Opera 是一个灵巧的浏览器。它发布于 1996 年。目前它在手持计算机上十分流行。它在个人计算机网络浏览器市场上的占有率则比较小。

Lynx 浏览器仍然是 Linux 市场上十分流行的浏览器。它是全文字模式的浏览器,视觉上并不好。另外,还有一些有助进阶功能的同类型浏览器,例如 Links 和它的分支 ELinks。

纵然 Macintosh 的浏览器市场现在亦同样被 Internet Explorer 和 Netscape 占据,但未来有可能会是苹果电脑自行推出的 Safari 的世界。Safari 是基于 Konqueror 这个开放源代码浏览器的 KHTML 布局引擎而制成的。Safari 是 Mac OS X 的默认浏览器。

微软公司的 Internet Explorer 最初是从早期一款商业性的专利网页浏览器 Spyglass Mosaic 衍生出来的产品。到目前为止已经推出 IE 9 版本的浏览器。由于 IE 浏览器套装在 Windows 操作系统中,截至 2009 年 IE 浏览器仍占据着 79.85% 的最大市场份额。

18.2   常用浏览器

18.2.1   浏览器的种类

1. 常用浏览器的种类

(1) Avant Browser

它采用了和 IE 相同的基础架构,但它拥有许多提升功能的额外设计。像多数非 IE 浏览器一样,它支持分页浏览并且可以水平或垂直排列几个浏览窗口。但是和 Deepnet Explorer 不一样的是,新的 Web 站点可以装载到现有的分页当中,只是它不支持浏览器多种外观。

Avant Browser 10 最受争议的一点是其相当混乱的界面。它包括文件菜单在内一共有 10 个条目,而且众多快捷图标过于细小,使用户很难找到想要的内容。

这使得浏览器在视觉上增加了用户的负担,尽管可以将 HTML 文档的字体放大 5 倍。它还包括地址别名,用户可以在地址栏中输入自定义的短语,而不是完整的 URL。例如,输入"gg"将进入 www.google.com.

高级用户可以指定是否允许 ActiveX 组件,脚本或 Java Applet.,这提供了附加的安全性,虽然该浏览器面对 IE 相同的安全问题仍然会受到威胁。

由于其一系列优良特性,该浏览器的推荐度在 IE 之上。许多读者不会用到它的一些更高级的选项,如果不考虑其复杂的界面,Avant 可以算作一款强大并且功能完善的浏览器。

(2) Deepnet Explorer

Deepnet Explorer 集 Web 浏览,对等网络文件下载和 RSS/Atom 新闻阅读于一身。和 Avant Browser 10 类似的是,它是基于 IE 的,所以它的界面对多数用户来说应该不陌生。它最明显的区别在于分页窗口结构和支持水平与垂直排列浏览器窗口。

然而,其实现方式仍不够老练。例如,输入一个 Web 地址总是产生一个新的分页,因为没有在当前页面中装载新的内容,这使用户不得不手动关闭浏览过的页面。

Deepnet Explorer 中最与众不同的特性是它的对等网络下载功能。它使用 Gnutella

网络,所以具有一个相当大的用户基础并且有大量的文件可供选择而不会受到广告软件/间谍软件的骚扰。

(3) RSS/Atom 新闻阅读器

RSS/Atom 新闻阅读器允许从 Web 站点申请新闻资讯,并且将它们发送到浏览器,所以不必为阅读新闻打开 Web。

对于它的所有附加功能,该浏览器被证明存在和 IE 类似的问题。其相同的基础架构赋予它对大多数 Web 站点的广泛兼容性,但同时它也包含众多的安全漏洞,所以需要从微软的 Web 站点下载更新,以保持它和 PC 的安全。

它的帮助部分也是最小的,但是如果能够容忍它的缺点,Deepnet Explorer 是一款替代微软标准供应的强大浏览器。

(4) 微软 Internet Explorer

大多数人都能正常地使用 IE,这要感谢它对 Web 站点强大的兼容性。Service Pack 1 的版本 6 包括了近几年发布的所有安全更新,再加上一些有用的附件。因为带 SP1 的 IE 也可以在带 SP2 的 Windows XP 上运行。新的弹出广告拦截器比其他浏览器的相同功能工作得更好。尽管其他浏览器能够巧妙地拦截大多数自动弹出窗口,但是 IE 能够区分出不想要的弹出窗口和需要的窗口。默认情况下,弹出拦截敏感性设置为中级,但是在访问包含强制性广告的站点时可以将它设置得更高。

在限制 ActiveX 控件之后安全性改善了。如果某个站点试图向 PC 装载具有潜在危险内容或下载文件,地址栏下就会出现一个信息栏,让用户选择是继续还是获得更多信息。

除此之外,IE 缺乏其他特性的支持。它没有将支持分页浏览作为标准,所以需要打开该程序的多个实例。它也不支持 RSS feed,而且它是这些浏览器中最有可能成为间谍软件和其他恶意程序目标的浏览器。

(5) Mozilla Firefox

乍一看来,Mozilla Firefox 1.0 在这里似乎是最基本的浏览器。它具有必不可少的文件菜单,但默认情况下,它只显示最需要的导航图标:后退,前进,刷新,停止和主页。

更进一步,会发现一些有用的特性,包括一个内置的搜索框。Google 是默认的搜索引擎,但其他还包括 Yahoo、Amazon、IMDB 和 Dictionary. com。要想提高灵活性,可以通过 Mozilla 的 Web 站点添加更多的搜索引擎。

Firefox 以分页浏览为特色。和 Deepnet Explorer 不一样的是,尽管它缺乏使得用户可以像 Opera 7.54 中那样并排查看两个页面的工具,但是已经打开的分页可以转向新的站点。

Firefox 1.0 比 IE 受到的恶意攻击少得多。这很大程度上是因为黑客和病毒编写者将目标对准最常用的软件,但也是因为 Firefox 缺乏对 VBScript 和 ActiveX 控件的支持。所以,该浏览器可能无法正确地显示某些页面。

结果是 PC 基本不会被间谍软件感染,结合 Firefox 卓越的特性列表,这就是说它与在这里讨论的许多浏览器相比是日常冲浪的非常好的选择。

（6）Netscape Navigator

Navigator 7.2 基于 Mozilla 软件,但是其相当呆板的界面和 Firefox 使用的灵巧的界面相去甚远。冗长的安装过程也会引起问题。其安装文件的大小只有 288KB,但随后需要下载的文件总共有 27MB,这对于拨号的调制解调器需要一个小时的时间。

可以自定义安装过程,排除诸如桌面天气预报软件,集成的邮件客户端和 AOL Instant Messenger 这样的多余组件。这可以将大小减小到更易于管理的 12MB。

即使没有这些组件,Navigator 7.2 仍拥有优良的特性。它有优秀的弹出广告拦截性能并且允许分页浏览。还有就是它能比它的前辈以更快的速度显示 Web 页面,拥有一个新的口令管理器以允许查看在浏览期间保存的口令列表。

可以设置一个主口令以防止对该列表的访问,但在测试中,无须提供任何认证就可以访问所有登录的细节。如果不止一个人能访问你的 PC,这可能是危险的,因为使用者不仅在登录的时候能看到你的详细信息,而且还可以看到你在进行访问时使用的口令。

基本来说,Navigator 7.2 在这个系列中最受欢迎。它缺少了市场上一些更高级的浏览器华而不实的东西,由于它的 Mozilla 核心,使得它是一个完全能同 IE 媲美的选择。

（7）Opera

Opera 7.54 拥有一些同这里的其他浏览器相比独一无二的特性。其中最不同寻常的就是重绕和快速前进按钮。前者将用户带回到正在访问的 Web 站点的首页,以免浏览太深而迷路,后者试图猜测在指定站点上可能将要访问的下一个页面。

它们非常有效并且在基于 Web 的图像幻灯片显示上精确地模仿了"下一个"按钮。Opera 还包含了鼠标表示法,所以可以以不同的方式移动输入设备,以使导航器或浏览器做出相应的反应。例如,按住鼠标右键并将鼠标向左移动,将进入上一个页面。

它是这里允许在单个窗口中打开个多文档的仅有的两个浏览器之一,并且包括水平和垂直排列。它还拥有一个上下文相关的菜单,当双击某个 Web 页面上的任何文本时,它将加载一个语言翻译器,字典或搜索引擎。哄骗模式允许 Opera 将自己看做一个 IE 或 Mozilla 浏览器,但这并不总是可靠的。

选择使用哪个浏览器很大程度上依赖于要访问的站点。许多 Web 开发者创建不和 Internet Explorer 兼容的 Web 站点。所以,最好使用某个基于 IE 的浏览器。后者除了良好的兼容性,还提供了一些旨在加强导航的有用功能,例如分页浏览。由于有了非常方便的地址别名,访问那些 URL 很长的 Web 站点变得更加容易,它允许用短小而容易记忆的名称代替冗长的 URL。

Firefox 1.0 有许多非常好的特性,包括拦截弹出式（pop-up）和隐藏的（pop-under）弹出式广告,分页浏览以及一个下载管理器。它可以在一个单独的窗口内组织下载任务,而不是为每个文件传输分别打开窗口。

不幸的是,Firefox 1.0 不支持 ActiveX 控件或 VBScript。因为用户可能无法为一个邮件客户端装载诸如 Inotes 或 Outlook Web Access 这样的 Web 界面,所以这可能会限制它在企业环境中的应用。

2. 浏览器的基本功能

不同的浏览器有不同的功能,现时浏览器和网页会有很多功能与技术是以往没有的。

如之前提到的,因为浏览器大战的出现,使浏览器和万维网得以迅速但混乱地扩展。

以下是浏览器的功能。

(1) 支持标准

① HTTP(超文本传输协议)和 HTTPS。

② HTML(超文本置标语言),XHTML(可扩展的超文本置标语言)及 XML(可扩展置标语言)。

③ 图形档案格式如 GIF、PNG、JPEG、SVG。

④ CSS(层叠样式表)。

⑤ JavaScript(动态网页 DHTML)。

⑥ Cookie 让网站可以追踪浏览者。

(2) 基本功能

① 书签管理。

② 下载管理。

③ 网页内容缓存。

④ 透过第三方插件(plugins)支援多媒体。

(3) 附加功能

① 网址和表单资料自动完成。

② 分页浏览。

③ 禁止弹出式广告。

④ 广告过滤。

18.2.2　常用的浏览器

浏览器现在主要有三大派别:IE 内核、FF 内核和 OPERA 内核。

1. IE 内核

IE 内核比较适合娱乐、办公和聊天等。

(1) Internet Explorer 7 简体中文版

Internet Explorer 7 的设计宗旨是让日常工作更轻松,提供动态的安全防护功能以及增强开发平台和可管理性。针对最终用户的增强功能包括简化的界面、选项卡式浏览、打印的高级选项、改善的搜索功能、及时的新闻提要(RSS)、动态的安全防护等。

(2) Internet Explorer 6.0 简体中文完全版

IE 6 作为微软 Windows XP 中的意向核心技术,除了在稳定性和可靠性上与大幅改善外,它提供了大量的新功能。

(3) 傲游(Maxthon) 2.0 简体中文版

傲游浏览器是一个强大并且适合任何类型用户的多页面浏览器,除了方便的浏览功能,傲游浏览器还提供大量特色实用功能改善用户的上网体验。

(4) 世界之窗浏览器 2.0 正式版

世界之窗浏览器 2.0 正式版是继 IE 7 之后,世界上第二款采用多线程窗口框架的浏览器,区别于其他采用单线程的多窗口浏览器,多线程框架可以大幅减少由于某个网页假死,导致的整个浏览器假死情况,并且可以在一定程度上提高网页打开速度。

2. FF 内核

(1) Mozilla Firefox 2.0.0.4 简体中文版

Mozilla Firefox 是一个自由的、开放源码的浏览器,适用于 Windows、Linux 和 Mac OS X 平台,它体积小速度快,还有其他一些高级特征,主要特性有:标签式浏览,使上网冲浪更快;可以禁止弹出式窗口;自定制工具栏;扩展管理;更好的搜索特性;快速而方便的侧栏。这个版本做了脱胎换骨的更新,代码更优秀,功能更强大,包括安装程序,界面和下载管理器都做了改进。

(2) Firefox Plus(FoxPlus) v2.03 简体中文版

Mozilla Firefox Plus(FoxPlus)是 VeryCD 旗下一款基于 Firefox 的增强版浏览器软件,FoxPlus 旨在为用户提供一个安全、绿色界面。

3. OPERA 内核

Opera 9.21 Build 8776 简体中文版的特点如下。

Opera 使网上冲浪更加安全、快速和便利。它是市场上功能最全的因特网利器之一,包括弹出窗口阻截、标签式浏览、集成搜索。

18.3   浏览器的应用

18.3.1   IE 浏览器

Internet Explorer,简称 IE 或 MSIE,是微软公司推出的一款网页浏览器。Internet Explorer 是使用最广泛的网页浏览器,虽然自 2004 年以来它丢失了一部分市场占有率。在 2005 年 4 月,它的市场占有率约为 85%。图 18-1 所示为 Internet Explorer 8 浏览器。

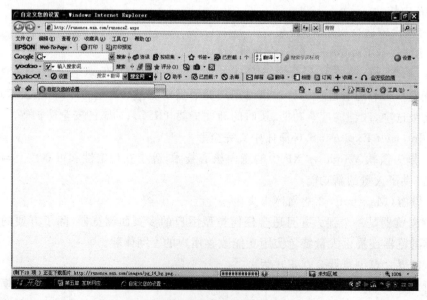

图 18-1   IE 8 浏览器

IE 8 正式版可以安装在 Windows Vista 系统以及 Windows XP 系统中。在 Windows 7 中，IE 8 浏览器被捆绑安装。IE 8 的新功能之一是一种名为 InPrivate 的浏览模式。这种浏览模式能够不留下用户 PC 的指纹。微软希望利用 IE 8 新增加的功能夺回在浏览器市场失去的市场份额。IE 8 新增加功能包括隐私浏览、改善的安全和名为加速器的新型插件。在安全方面，微软增加了跨站脚本过滤器并且增加了防御"点击劫持"攻击的功能。

微软于 2010 年 3 月 16 日发布了 Internet Explorer 9 Platform Preview（Internet Explorer 9 测试平台预览版）。这只是一个基于 Internet Explorer 9 的测试版，或者说是一个测试平台。5 月 5 日，微软又推出了升级产品，即 IE 9 预览版 2。IE 9 利用 PC 的图形处理单元（GPU）优势去加速文字和图形的渲染能力、加强标签浏览、可伸缩矢量图形（SVG）以外，IE 9 还将更遵守网页浏览标准，特别是对 HTML5 标准的支持。

18.3.2　Maxthon

傲游浏览器是一款基于 IE 内核的、多功能、个性化多标签浏览器。它允许在同一窗口内打开任意多个页面，减少浏览器对系统资源的占用率，提高网上冲浪的效率。同时它又能有效防止恶意插件，阻止各种弹出式，浮动式广告，加强网上浏览的安全。Maxthon Browser 支持各种外挂工具及 IE 插件，使用户在 Maxthon Browser 中可以充分利用所有的网上资源，享受上网冲浪的乐趣，如图 18-2 所示。

图 18-2　傲游浏览器

傲游浏览器的主要特点有：多标签浏览界面、鼠标手势、超级拖曳、隐私保护、广告猎手、RSS 阅读器、IE 扩展插件支持、外部工具栏、自定义皮肤。

18.3.3　绿色浏览器

从狭义的方面来说,绿色浏览器就是体积比较小,无须安装直接运行,不会向系统写入数据,删除时不需要使用删除程序的浏览器。

从广义的方面来说,绿色浏览器就是体积小,操作简单,安装方便,方便扩展和升级,不向系统写入大量的数据,无后门程序,卸载方便,卸载的时候不会留下残余等的浏览器。

但是,往往一个真正的浏览器不可能达到像狭义浏览器那么容易,所以通常说的绿色浏览器指的其实就是广义上的绿色浏览器。

作为绿色浏览器的代表 Firefox(如图 18-3 所示),它的绿色版体积有 5.7MB,不仅对于用户来说下载方便,而且可以随 U 盘等移动设备随身携带。还有一个优点就是下载解压之后,执行安装程序即可安装不需要再重新启动计算机;删除文件时执行删除程序就可以彻底删除整个文件,而且它不会在系统中留下任何的残余。

图 18-3　Firefox 浏览器

除了以上这些,Firefox 浏览器的绿色版也不会加载有害的 ActiveX 等控件,它还可以帮用户阻止恶意的间谍程序入侵计算机,同时兼并着为用户阻止弹出式窗口的功能,这才是所说的真正意义上的绿色浏览器。

18.3.4　实例操作

启动傲游浏览器,单击 RSS 图标就可以打开 RSS 新闻侧边栏(如图 18-4 所示),在这里我们就可以进行博客的添加等操作。

为了方便管理,可以先添加 RSS 频道。在 RSS 侧边栏单击"添加"按钮(如图 18-5 所示),打开"RSS 频道"对话框,在"标题"文本框和"网址"文本框中分别输入频道标题和网址,单击"添加"按钮,完成频道添加(如图 18-6 所示)。

图 18-4　傲游浏览器

图 18-5　RSS 侧边栏

图 18-6　添加 RSS 频道

1. 外观方面的改进

（1）新颖醒目的配色体系

Maxthon 2.5 采用了与以前版本大不一样的配色体系。不仅整个界面浑然一体，然后最重要的是，它能够让菜单中的未启用功能与已启用功能更容易地被区分开，如图 18-7 所示。

图 18-7　Maxthon 2.5 界面

（2）一键缩放页面大小

有时，上网会遇到一些字体超小的页面，影响自己正常的网页浏览。而以前的方法无非就是通过菜单或者快捷键来手动缩放页面，但这两种方法无疑都需要看完网页后再手工地将页面缩放回去，非常麻烦。而这个难题在 Maxthon 2.5 中便不复存在了。因为它仿照 IE 7 在界面的右下方设置了一个小按钮，单击它就可以让页面在 100%、125%、150% 之间循环缩放，一只手就能轻松完成，非常方便，如图 18-8 所示。

图 18-8　缩放网页

（3）自由定制状态栏提示信息

大家知道，现在的第三方浏览器能检测很多的系统数据，从网络速度、页面加密、当前日期、可用资源等都能够实时地显示出来。但并不是说这里的监控内容越多越好，太多的无用数据不仅会占用宝贵的状态栏空间，而且也会让使用者眼花缭乱，影响到正常的参数读取。虽然在 Maxthon 的 1.5x 版本就包含了自定义状态栏信息的功能，但那只是简单的功能关闭或打开设置。而在 Maxthon 2.5 中，则可以完全自由地定制状态栏信息了。在 Maxthon 2.5 中，只要单击一下状态栏中的信息显示栏，就会弹出"请选择要显示的信息"对话框，如图 18-9 所示。在这里，可以像编辑公式一样将需要的参数定义好。当然，如果觉得直接显示数据比较乱，还是可以为它们添上一些中文解释。

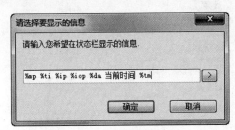

图 18-9　自定义信息显示

2. 仿 IE 7 的标签样式

大家都知道，Maxthon 之所以能迅速地流行，除了离不开它那兼容性极好的 IE 核心以外，多标签浏览也起到了至关重要的作用。而在 Maxthon 2.5 中，同样在标签功能方面看到了新的变化，如图 18-10 所示。

图 18-10　Maxthon 界面

Maxthon 2.5 的这些新按钮大都是与 IE 7 非常相像的,而值得称赞的是,它却并没有将 IE 7 的标签功能全部照搬,像以前非常受大家欢迎的双击关闭当前标签、双击空白标签栏新建标签这些便捷操作仍然予以保留。

(1)多种标签建立方式

在 Maxthon 2.5 中,建立新标签有了更多的选择。除了上面提到的两个标签按钮以外,还可以通过"复制页面"功能得到一个与当前标签内容完全相同的新标签以及通过标签栏自定义按钮剪贴板中的内容作为网址打开,如图 18-11 所示。

图 18-11　标签快捷方式菜单

(2)新闻的网页阅读方式

除了这些以外,Maxthon 2.5 还推出了一种全新的阅读标签模式。当在一个标签上右击选择"新建阅读标签"命令,页面会分成左右两部分。其中左侧就是当前的网页,无论在左侧单击了什么链接,它的结果都会显示在右窗格。而由于这两个窗格各自独立,彼此的翻页都不会影响到对方,所以也非常适合阅读网上书籍,如图 18-12 所示。

图 18-12　阅读标签模式

3. 一键检查收藏夹链接有效性

经常上网的朋友一定都有一个非常丰富的网页收藏夹吧。不过,和静止的收藏夹不同,网站的流动性很强,每天都有新的网站诞生,也有老的网站关闭,谁也说不清自己收藏夹里有多少个链接已经失效了,不过现在好了。在 Maxthon 2.5 中,有一个专门的链接有效性检查程序,用它就能在几秒钟之内找到所有失效的链接了。

在收藏夹菜单中单击 More Actions 以后,会出现一个"检查链接"的菜单项,单击以后就可以看到如图 18-13 所示的 URL 检查器了。它的使用很简单,只要单击一下检查器上方的"开始"按钮,Maxthon 便会马上对收藏夹链接进行核查。如果显示 OK 就代表这是一个有效链接,如果显示 Error,那么就代表这个链接会有一些问题,同时,错误的链接也会被同步导出到后面的标签中,以便进行其他操作。

图 18-13　URL 检查器

4．自动切换代理服务器地址

只要选择"工具"→"代理服务器"→"代理设置"→"高级代理规则"命令，就可以看到如图 18-14 所示的"高级代理"对话框，打开下拉菜单，便能看到自动切换代理服务器方面的几个设置了。

5．SSL 网站突出显示

除了上面这些，Maxthon 2.5 在安全方面也有一些小小的变化。当在 Maxthon 2.5 中访问 SSL 加密网页时，地址栏会首先变成醒目的黄色，然后在它的右侧会显示一个小锁图标。这样的提示，不仅较以前醒目了不少，而且也不会再像 IE 提示框那样给用户耽误时间了，如图 18-15 所示。

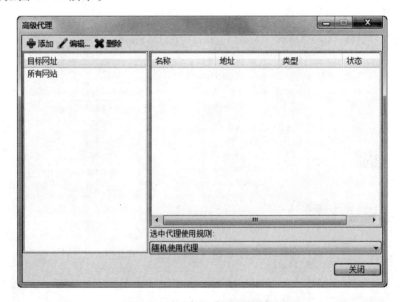

图 18-14　"高级代理"对话框

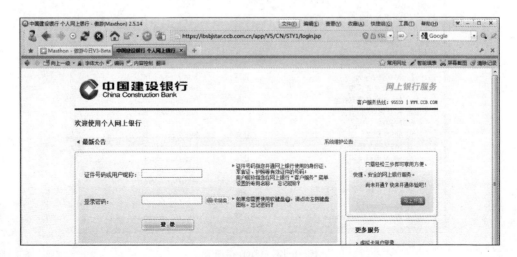

图 18-15　SSL 加密网页

习题十八

1. 选择题

(1) HTML 是指_____。

    A. 超文本置标语言　　B. 超文本文件　　C. 超媒体文件　　D. 超文本传送协议

(2) Internet 中 URL(Universal Resource Loactor)是指_____。

    A. 统一资源定位符　　　　　　　　B. Internet 协议

    C. 简单邮件传送协议　　　　　　　D. 传输控制协议

(3) URL 的含义是_____。

    A. 信息资源在网上什么位置和如何访问的统一的描述方法

    B. 信息资源在网上什么位置及如何定位寻找的统一的描述方法

    C. 信息资源在网上的业务类型和如何访问的统一的描述方法

    D. 信息资源的网络地址的统一描述方法

(4) Internet Explorer 浏览器本质上是_____。

    A. 连入 Internet 的 TCP/IP 程序

    B. 连入 Internet 的 SNMP 程序

    C. 浏览 Internet 上 Web 页面的服务器程序

    D. 浏览 Internet 上 Web 页面的客户程序

(5) 要在 IE 中停止下载网页,要按_____。

    A. Esc 键　　　　　B. Ctrl＋W 键　　C. BackSpace 键　　D. Delete 键

(6) 要在 IE 中返回上一页,应该_____。

    A. 单击"后退"按钮　　　　　　　　B. 按 F4 键

    C. 按 Delete 键　　　　　　　　　　D. 按 Ctrl＋D 键

(7) 要想在 IE 中看到最近访问过的网站的列表,可以_____。

    A. 单击"后退"按钮

    B. 按 BackSpace 键

    C. 按 Ctrl＋F 键

    D. 单击"标准按钮"工具栏上的"历史"按钮

(8) 如果想在 Internet 上搜索有关 Detroit Pistons(底特律活塞)篮球队方面的信息,用_____关键词可能最有效。

    A. Detroit Pistons　　　　　　　　B. Basketball(篮球)

    C. Detroit pistons　　　　　　　　D. Sports(体育)

2. 简答题

(1) 浏览器的功能有哪些?

(2) 常见的浏览器有哪几个?

(3) 万维网的发明者是谁?

(4) Netscape 浏览器是属于哪一家公司?

(5) 傲游浏览器的主要特点是什么?